OMEGA FORCE

RÜCKKEHR DES ARCHONS

FIENDS
PUBLISHING

PUBLISHING

www.fiendspublishing.de

Erhalten Sie ein kostenloses Buch, wenn Sie sich für den Fiends Publishing SF-Newsletter anmelden

fiendspublishing.de/newsletter

Erhalten Sie frühen Zugang, um Übersetzungen einiger der führenden SF-Titel zu bewerten. Für unser Beta-Team anmelden

fiendspublishing.de/beta-team

Alle Bücher in der Omega Force-Serie:

Der Aufstieg

Söldner

Wilde Heimkehr

Freund und Feind

Rückkehr des Archons

Das Geheimnis der Phönix

Erlösung

Faktor Mensch

Revolution

Unsterbliche Legenden

Rebellion

Das Pandora-Paradox

Durch die Hölle und zurück

Chaos

Auch von Joshua Dalzelle:

Die Saga der Schwarzen Flotte

Kapitel 1

Jasons Lungen brasnnten und sein Herz hämmerte in seiner Brust, aber er biss die Zähne zusammen und kämpfte um das letzte bisschen Kraft, das er noch hatte. Er sprintete über einen holprigen Feldweg auf eine rosa- und orangefarbene Baumreihe zu, die fast einen halben Kilometer vor ihm lag. Als er sah, dass er auf eine Anhöhe zusteuerte, überprüfte er schnell seine Geschwindigkeit über sein Neuralimplantat.

Über 61 Kilometer pro Stunde.

Trotz der schrecklichen Schmerzen, die die Milchsäure in seinen Muskeln verursachte, lächelte er und konzentrierte sich darauf, nicht gleich vom Boden abzuheben, als er den kurzen Hügel erklomm. Mit einem gut getimten Absprung sprang er auf halber Höhe ab und segelte über den Kamm der flachen Anhöhe, um auf der Abfahrtsseite relativ sanft zu landen, immer noch im vollen Lauf. Er konnte sein Ziel vor sich sehen und setzte alles daran, die letzten zweihundert Meter zu schaffen. Als seine Geschwindigkeit fast 65 Kilometer pro Stunde erreichte, freute er sich über die vorbeirauschende Luft und die leichten, schnellen Schläge seiner Füße auf dem harten Boden. Er raste an zwei Wesen vorbei, die lässig neben dem Weg standen, und verlangsamte seine Geschwindigkeit, bis er sicher zu Fuß gehen konnte.

Kaum war der Fahrtwind verschwunden, begann er stark zu schwitzen und zu keuchen, als er zu den beiden Wesen zurückging, die immer noch auf ihre Datenpads schauten. „Wie schnell?", fragte er, während er nach Luft schnappte.

„Das war unter fünf Minuten für die gesamte Strecke", sagte der größere der beiden. „Einfach erstaunlich." Er hatte dunkle, bronzefarbene Haut und war fast zwei Meter vierzig groß, aber davon waren sechzig Zentimeter Hals. „Solche Zahlen habe ich noch nie gesehen", fuhr er fort und wandte sich an seinen Kollegen. „Du etwa?"

„Ich habe dir gesagt, dass es beeindruckend sein würde", antwortete Doc und sah sich die Daten an, die Jasons Neuralimplantat ihnen während des Laufs geschickt hatte. „Aber nicht ohne Probleme. Jason, die Kühlkapazität deines Körpers ist fast ausgeschöpft. Wir können froh sein, dass heute kein besonders warmer Tag ist."

„Das kannst du laut sagen", antwortete Jason, der viel langsamer atmete, als sein Körper sich von der Strapaze des Hindernisparcours, den er gerade absolviert hatte, erholte. „Aber wie groß ist die Wahrscheinlichkeit, dass ich mich unter normalen Umständen jemals so anstrengen werde?"

„Das kann nicht dein Ernst sein", scherzte Doc. „Willst du, dass ich dir eine Liste mit Ereignissen allein aus dem letzten Jahr gebe?"

„Du bist manchmal wie eine Glucke, eine echte Mutterhenne", schimpfte Jason und nahm einen langen Zug aus der Wasserflasche, die Doc ihm gegeben hatte.

„Dr. Ma'Fredich!", rief der andere Außerirdische aus. „Ich wusste gar nicht, dass du eine Mutter bist!"

„Das hat er nicht gemeint, Dalon", sagte Doc. „Der Captain meint, dass ich mich zu sehr um die Gesundheit der Besatzung kümmere. Was er nicht weiß, ist, dass sie sich sonst selbst in den Ruin treiben."

„Ich fürchte, ich verstehe immer noch nicht", sagte Dalon und wippte mit dem Kopf hin und her, als er die seltsame Sprache des Menschen bedachte. „Aber das ist auch nicht so wichtig. Ich würde gerne zurück ins Labor gehen und die Daten von diesem Lauf fertig analysieren. Entschuldigt mich." Der schlaksige Außerirdische schritt über das Gelände, wobei seine nach hinten gebeugten Knie ihm einen seltsamen Gang verliehen.

„Ganz im Ernst, Captain", begann Doc wieder, „wir sind an der Grenze dessen, was ich tun kann, um deinen Körper durch Genmanipulation zu verbessern. Der einzige Schritt, der darüber hinausgeht, sind umfangreiche kybernetische Upgrades, was bedeutet, dass wir anfangen, Gliedmaßen abzuhacken und deine Körperhöhle mit Maschinen vollzustopfen."

„Du malst das so schön aus, Doc", sagte Jason mit einem angewiderten Gesichtsausdruck. „Nein ... das wird es sein. Ich brauchte nur noch den letzten kleinen Kick, den du mir geben konntest. Das hast du wirklich gut gemacht. Ich hätte mir nie träumen lassen, dass ich den Kurs überhaupt schaffen würde, geschweige denn in der Zeit, die ich gebraucht habe."

„Ich will nicht so tun, als würde ich deine Beweggründe verstehen, Captain", sagte Doc, als sie sich auf den Rückweg zum Laborkomplex machten, „aber ich hoffe, dass du dir das nicht antust, nur um mit den anderen beiden mitzuhalten."

Jason antwortete nicht, als sie weitergingen. Die Wahrheit war, dass er sich dieser Prozedur unterzog, um nicht das Gefühl zu haben, das schwache Glied zu sein, wenn er mit Lucky und Crusher, zwei der stärksten Soldaten und begabtesten Krieger, die er je gesehen hatte, im Einsatz war. Die Unzulänglichkeiten seines menschlichen Körpers konnte er mit einer teuren, leistungsstarken Rüstung ausgleichen, aber das war nicht immer eine praktische Lösung.

Deshalb hatte er Doc sechs Monate zuvor gebeten, eine umfassende Analyse durchzuführen und einen Plan zu entwickeln, um einige dieser Schwächen zu beseitigen. Drei Monate später erhielten er und Doc mit Hilfe von Crisstof Dalton die Erlaubnis, sich in einem der führenden Genetik-Forschungslabore auf Aracoria niederzulassen. Die ConFed-Hochburg verfügte über das Personal und die Einrichtungen, die Doc brauchte, um mit der Veränderung von Jasons Erbgut zu beginnen und die notwendigen Upgrades an seinem Körper vorzunehmen. Es waren drei Monate unvorstellbarer Schmerzen, in denen er an Maschinen angeschlossen war, während er buchstäblich spürte, wie sich sein Körper in etwas ... anderes verwandelte.

Die Krönung dieses Leidenswegs war eine rasante Zeit durch einen fast unmöglichen Hindernisparcours, ohne, dass er danach krank wurde. Sein Skelett war erneut mit organischen, kohlenstoffbasierten Materialien verstärkt worden. Die Muskeldichte und die Stärke der einzelnen Muskelstränge waren um mindestens das Vierfache erhöht worden. Das Gen, das seine Alterung steuert, war modifiziert worden, ebenso wie eine Vielzahl anderer Upgrades an seinen verschiedenen Systemen, die dafür sorgen würden, dass er noch einige Jahre lang mit Höchstleistung laufen würde. Hatte er sich mit den Verbesserungen, die er zuvor erhalten hatte, weniger als Mensch gefühlt, so fühlte er sich jetzt geradezu fremdartig, als er mit neuem Schwung lief.

„Ich habe fast Angst zu fragen", sagte Jason nach einem Moment, „aber wie geht es Kage?"

Da Jason ohnehin monatelang außer Gefecht gesetzt sein würde, hatte Kage gefragt, ob er seine Wetware auf den neuesten Stand der Technik bringen lassen könnte. Ihm war nicht klar gewesen, dass er sich nicht nur in einen neuen neuronalen Computer integrieren, sondern auch einige genetische Anpassungen von Doc und den Mitarbeitern der Einrichtung vornehmen lassen musste, um eine nahtlose Verbindung zwischen den beiden herzustellen. Außerdem musste der alte Computer, den er in seinem Kopf trug und dessen Kern fast zehn Jahre alt war, entfernt werden.

„Das hängt davon ab, wen du fragst", sagte Doc irritiert. „Als sein Arzt kann ich dir versichern, dass er sich phänomenal schnell erholt und sich wie erhofft in sein neues Nervensystem integriert."

„Und wenn ich ihn frage?"

Doc zuckte mit den Schultern. „Du solltest vielleicht nach ihm sehen, Captain."

Jason seufzte schwer. „Na schön."

*****

„Wie geht's, Kumpel?", sagte Jason mit übertriebener Fröhlichkeit, als er und Doc das Zimmer von Kage in der Klinik betraten. Es war nicht so, dass Jason kein gewisses Mitgefühl für seinen kleinen Freund empfand, aber Kage war ein ständiger Quengler und eine Weltklasse-Drama-Queen, und deshalb war es schwer zu sagen, wie

5

stark seine Schmerzen wirklich waren.

Jason war auf den Anblick, der sich ihm bot, nicht ganz vorbereitet. Seine eigene Genesung von den Eingriffen war zwar mühsam gewesen, aber das Endergebnis hatte ihn die Schmerzen schnell vergessen lassen. Kage hingegen schien sich noch in der Anfangsphase seiner Genesung zu befinden. Der kleine Veraner war an eine Vielzahl von Maschinen angeschlossen, von denen einige sogar durch den Schädel selbst in sein Gehirn eingeführt wurden. Flüssigkeitsführende Schläuche und elektronische Kabel waren auch direkt mit dem neuronalen Implantat verbunden, das sich mit Kages einzigartigem Gehirn verband. Aufgrund der Komplexität und der Fähigkeiten dieses Gehirns waren die Standard-Nanotech-Implantate nicht wirklich von Nutzen. Stattdessen war ein invasiver Eingriff erforderlich, um eine viel leistungsfähigere Schnittstelle zu installieren. *Nun, für Kages Arbeit war das erforderlich.*

„Captain, bist du das?", sagte Kage. Jason schaute sich verwirrt um. Soweit er wusste, konnte Kage noch sehen und hatte ihn sogar direkt angeblickt, als er hereinkam.

„Ja, ich bin's", sagte Jason. „Wie geht es dir?"

„Ich sterbe, Captain", flüsterte Kage. Jason sah zu Doc auf, der nur mit den Augen rollte und den Kopf schüttelte.

„Die Leute hier sagen, dass du wieder gesund wirst", sagte Jason. „Du wirst dich nur noch ein bisschen länger unwohl fühlen."

„Geht in Ordnung, Captain", flüsterte Kage wieder und ignorierte Jason. „Ich hatte einen guten Lauf. Wenn es nicht zu viel Mühe macht, könntest du meinen Leichnam zurück nach Ver bringen und ihn den Aufsehern für die Bestattungsriten übergeben?"

„Kage", begann Jason, bevor er unterbrochen wurde.

„Ich frage mich, ob es wehtun wird", fuhr der Veraner fort. „Sterben, meine ich."

„Kage ..."

„Ich wünschte, meine Familie wüsste, wie vielen Leuten ich hier geholfen habe."

„Kage, du stirbst nicht, verdammt!", schnauzte Jason und hielt inne, um tief Luft zu holen und sich zu beruhigen. „Du wirst ..." Wieder wurde er von Kage unterbrochen, der ihm mit einer feuchten Hand über das Gesicht strich.

„Ich werde euch alle vermissen", sagte Kage in einem kaum hörbaren Flüsterton. Dann, ohne Vorwarnung, hustete er heftig und ein Klumpen von gelblichem, grünlichem ... *irgendetwas* ... flog aus seinem Mund und landete mit einem nassen *Platsch* auf Jasons Gesicht. „Tut mir leid", flüsterte er erneut und versuchte, es mit der Hand abzuwischen. Das Einzige, was er damit erreichte, war, dass er es über Jasons Gesicht und seinen nun geschlossenen Mund schmierte. Jason stand auf und schlug wütend seine Hand weg. „Au!", quietschte Kage laut auf.

Doc, der so vernünftig und selbstbeherrscht war, nicht einmal zu lächeln, reichte Jason wortlos ein weiches Stoffhandtuch von der Theke, an der er lehnte. Jason griff danach und schrubbte sein Gesicht gründlich ab. Als er das Gefühl hatte, den größten Teil der schleimigen Substanz von seinem Gesicht entfernt zu haben, ging er zum Waschbecken, ohne die Muskeln in seinem Mund zu entspannen, und schrubbte sein Gesicht mit so heißem Wasser, wie er es aushalten konnte. Nachdem er sich mit einem anderen Handtuch abgetrocknet hatte, drehte er sich um, ohne seinen Freund anzusehen, und ging aus dem Zimmer.

„Er stirbt nicht wirklich", sagte Doc und folgte ihm auf den Korridor hinaus.

„Oh, lass uns nicht vorschnell urteilen", sagte Jason scharf. „Es gibt noch viel Zeit, in der er sterben kann."

„Du musst dich vielleicht hinten anstellen", antwortete Doc, während sie gingen. „Ich glaube, ein Teil des Pflegepersonals hat vor, ihn zu töten. Um fair zu sein, er empfindet eine Menge Unbehagen. Ich würde nicht so weit gehen, es als wirklichen Schmerz zu bezeichnen, aber der Integrationsprozess kann ziemlich beunruhigend sein und er hatte den vorherigen Kern viel länger in seinem Kopf, als es für diese Art von neuronaler Schnittstelle empfohlen wird."

„Wenn er schon so große Schwierigkeiten hat, sich an das Ding in seinem Kopf zu gewöhnen, wie lange wird es dann dauern, bis er seine Arbeit wieder richtig machen kann?", fragte Jason mit einiger Sorge.

„Ich bin nicht qualifiziert, darüber zu sprechen", gab Doc zu. „Ich möchte sagen, dass dies der schwierigste Teil ist, aber ich bin mir nicht ganz sicher."

„Das ist etwas beunruhigend", überlegte Jason. „Wir verlassen uns viel mehr auf ihn, als ich zugeben möchte. Um ehrlich zu sein, ist das eine eklatante Schwäche in unserer Truppe."

„Es gibt nicht viele Alternativen. Ohne Kage wären wir gezwungen, eine wahnsinnig teure, weniger effektive KI zu kaufen. Oder ... einen anderen Synth, der auf das Knacken von Codes und das Eindringen in Netzwerke spezialisiert ist. Wie groß sind die Chancen, dass wir einen weiteren Deetz bekommen? Auch wenn er manchmal eine enorme Nervensäge ist, ist Kage einer der Besten in seinem Job."

„Du erzählst mir nichts Neues. Deshalb musste ich seine Identität schon ein halbes Dutzend Mal ändern lassen", sagte Jason. „Wie du gesagt hast ... er ist eine Nervensäge, aber er ist *unsere* Nervensäge. Bringen wir ihn da durch und dann kann er uns sagen, was er braucht, um wieder voll einsatzfähig zu werden." Er verließ Doc, der wieder nach Kage sehen wollte, und machte sich selbst auf den Weg zurück zu seinem Quartier, das er seit seiner Ankunft in der Klinik bewohnte.

*****

Jason nahm den langen Weg zurück zu seinem vorläufigen Quartier, einen Umweg, der ihn wieder nach draußen und über einige Fußwege führte, wo er das schöne Wetter auf Aracoria und die beeindruckende Landschaft der Anlage genießen konnte. Wenn er die Geräusche des Flugverkehrs über ihm ignorierte, konnte er sich fast einreden, er sei wieder auf der Erde. Die Tatsache, dass es sich um eine künstliche Welt handelte, die seiner eigenen Heimat so ähnlich war, machte ihn ein wenig stutzig. Natürlich gab es einige Unterschiede. Die Atmosphäre hatte eine höhere Sauerstoffkonzentration, dank der Terraformer-Module, die immer noch als Atmosphärenaufbereiter arbeiteten, und die Zusammensetzung der Spurengase war anders. Aber in allen wichtigen Punkten war es für den im Exil lebenden Menschen eine angenehme Erinnerung an sein Zuhause.

Die Tatsache, dass er so frei in Erinnerungen schwelgen konnte, ohne Heimweh zu bekommen, bestärkte ihn darin, dass es die richtige Entscheidung gewesen war, dort zu bleiben, wo er war. Auf der Erde wäre er niemals in Frieden gelassen worden, und zu viele Menschen waren jetzt auf ihn angewiesen. Seine ungleiche Crew stand ihm näher als jede Familie in seinem vorherigen Leben. Sie lebten zusammen, stritten sich fast ständig, aber jeder von ihnen würde ohne zu zögern sein Leben für die anderen opfern. Das machte Jason sehr stolz, wenn er bedachte, dass die Hälfte der Crew keinen militärischen Hintergrund hatte, obwohl Kage ein Berufsverbrecher gewesen war, als sie ihn gefunden hatten.

Jason wischte seinen Ident-Chip über den Scanner und trat durch die Tür in sein Quartier, als die Luke mit einem leisen Zischen aus dem Weg glitt. Er warf seine Sachen auf den Schreibtisch und machte sich auf den Weg zur Dusche, um sich frisch zu machen, aber die Anzeige auf seinem Kommunikator hielt ihn auf, bevor er die Toilette erreichte. Es zeigte drei verschiedene Zeiten an: die Ortszeit, die Zeit *der Phönix* und die Zeit der *Defiant*. Der Schlachtkreuzer *Defiant* beendete gerade die erste Wache. Aus einer Laune heraus synchronisierte er sein Com-Gerät mit dem Desktop-Display und tippte eine Slipspace-Com-Adresse ein, die er auswendig kannte.

Er wartete, während die Meldung „Bitte bereithalten" auf dem Bildschirm aufleuchtete, lehnte sich in den Sitz zurück und fuhr sich mit den Händen durch sein inzwischen trockenes Haar. Er versuchte, nicht an das zu denken, was Kage ihm vorhin ins Gesicht gehustet hatte. Nach einer weiteren Minute griff er nach seinem Gerät, um die Verbindung zu unterbrechen, aber in diesem Moment leuchtete das Display auf.

„Captain Burke", sagte die umwerfend schöne Kapitänin Colleren mit einem Lächeln. „Ich hoffe, das ist ein Freundschaftsbesuch und du steckst nicht in Schwierigkeiten."

RÜCKKEHR DES ARCHONS

„Keine Probleme, Captain", sagte Jason mit einem Lächeln. „Ich wollte mich nur vergewissern, dass du nicht wieder uns schmuddelige Söldner brauchst, um deine Kaution zu bezahlen und dich aus dem Knast zu holen." Ihr Lachen war musikalisch, während sie sich in ihrem Sitz zurücklehnte und nach einer Tasse Tee griff.

„Wie läuft es denn so? Ich kann vom Hals aufwärts keinen Unterschied feststellen", sagte sie. „Ich dachte, der Doc hätte dich inzwischen unkenntlich gemacht."

„Ich habe um einen subtileren Touch gebeten", lachte Jason. „Man sieht es mir nicht wirklich an, aber ich bin so gut, wie es nur geht, mit all den Teilen, mit denen ich geboren wurde."

„War es das wert? Es musste doch wehtun."

„Ja, und ja."

„Wie geht es Kage?", fragte sie.

„Vielleicht schafft er es nicht", sagte Jason und hielt seine Hand hoch, als sie sich in ihrem Sitz aufrichtete. „Nein ... er hat den Eingriff gut überstanden. Aber sein Verhalten danach macht ihn zum Hauptkandidaten für einen *Unfall*, während er sich erholt. Wahrscheinlich werde nicht einmal ich es sein, der das tut."

„Oh, armer kleiner Kerl", sagte Kellea. „Sei nicht so streng mit ihm, er ist kein so harter Soldat wie manche von euch. Apropos ... hattest du in letzter Zeit Kontakt mit der *Phönix*?"

„Nein", gab Jason mit fester Stimme zu. „Ich versuche, die Illusion aufrechtzuerhalten, dass ich ihnen das Schiff anvertraue und mich nicht jeden Tag melde."

„Ich war ein bisschen überrascht, als du es ihnen überlassen hast, wenn ich ehrlich bin", sagte sie. „Du weißt doch, dass Crusher und Twingo zusammen ohne Aufsicht eine Katastrophe sein können."

„Ich hoffe, dass Lucky weiterhin die Stimme der Vernunft ist und sich nicht von ihnen zu einer dummen Idee überreden lässt", sagte Jason. „Aber sie monatelang hier auf Aracoria zu behalten, während Kage und ich aufgerüstet werden, wäre genauso schlimm gewesen. Wer weiß, in welche Schwierigkeiten sie geraten wären. Sie die Aufgabe übernehmen zu lassen, die Sicherheitskräfte des Barons auszubilden, war sinnvoll und wird ein bisschen Geld einbringen."

„Ihr habt ungehinderten Zugang zu Crisstofs Konto, wenn es um Betriebskosten geht, und trotzdem benehmt ihr euch wie hungernde Freiberufler", sagte sie und schüttelte den Kopf.

„Das ist eine sinnvolle Angewohnheit", sagte er achselzuckend. „Ich bin sicher, dass es ihnen gut gehen wird."

„Wen versuchst du zu überzeugen?", lachte sie ihn wieder an. „Übrigens, du hast mir nie von dem Gefallen erzählt, den du Ratsmitglied Scleesz schuldest. Du musstest doch niemanden ermorden, oder?" Ihr Tonfall zeigte deutlich, dass sie ihn aufziehen wollte, also nahm er es ihr nicht übel.

„Schön wär's", sagte er. „Sagen wir einfach, dass das Scheidungsverfahren seiner Spezies erfordert, dass die Dokumente der anderen Partei in Anwesenheit eines Zeugen in die Hand gedrückt werden. Seine entfremdete Frau war sich dieser Tatsache sehr wohl bewusst und hat uns fast einen Monat lang auf eine fröhliche Jagd durch die Unterwelt des Portcha-Sektors geführt. Das ist nicht einmal eine besonders große Region des Weltraums."

„Vielleicht verliert ihr langsam das Fingerspitzengefühl", sagte

Kellea, bevor sie für einen Moment zur Seite blickte. Sie schaute mit einem deutlich genervten Gesichtsausdruck zurück. „Ich muss zurück auf die Brücke. Wir haben die Freigabe zum Andocken viel schneller erhalten, als ich erwartet habe. Danke, dass du dich gemeldet hast." Sie lächelte breit, bevor sie die Verbindung kappte.

Jason saß einen Moment lang da und starrte auf den Bildschirm, als er wieder zum Hauptmenü zurückkehrte. Die Beziehung zwischen ihm und Kellea entwickelte sich in einem angenehmen, wenn auch sehr langsamen Tempo. Natürlich gab es einige Komplikationen, zum Beispiel die Tatsache, dass sie zwei verschiedene Spezies waren. Außerdem waren sie häufig Hunderte von Lichtjahren voneinander entfernt. Aber sie setzten sich nicht unter Druck und konnten dank des Wunders der Slipspace-Kommunikation immer wieder miteinander reden.

Seit er und seine Crew ihr vor knapp einem Jahr das Leben gerettet hatten, hatte sie ihre Zurückhaltung ein wenig gelockert und ihm erlaubt, eine Seite von ihr zu sehen, die sie ihrer Crew oder sogar ihrem Arbeitgeber nie gezeigt hätte. Er hatte keine Ahnung, wie weit die Dinge zwischen ihnen gehen würden, oder ob es jemals über den Austausch von Nachrichten und Vid-Links hinausgehen würde, bis einer von ihnen jemand anderen kennenlernte, aber damit war er zufrieden. Er wollte sich an der Nase kratzen, aber stattdessen schlug er sich selbst mit aller Kraft ins Gesicht.

„Verdammt!"

Er hatte sich immer noch nicht ganz daran gewöhnt, wie sich sein Körper jetzt bewegte, und wenn er sich nicht konzentrierte, schien er seinen eigenen Willen zu haben. Sein Gehirn würde eine Weile brauchen, um sich auf die erhöhte Geschwindigkeit und Kraft einzustellen. Er stand auf, streckte seinen Rücken und machte sich auf den Weg zur Toilette, wo er eine unverschämt lange Dusche mit heißem Wasser nehmen wollte, bevor er sich Doc schnappte und vielleicht eine der Kneipen im nahegelegenen Vergnügungsviertel aufsuchte.

Kapitel 2

„Wie geht es ihm?", fragte Jason zum vierten Mal.

„Captain", sagte Doc ungeduldig. „Bitte ... Ruhe." Jason ging verärgert zu seinem Platz zurück. Sie befanden sich in einem Raum im Laborbereich der Klinik, der mit medizinischen Geräten und Computern vollgestopft war. Doc und sein Partner Doran schauten durch das große Fenster, das die gesamte hintere Wand einnahm. Auf der anderen Seite lag Kage, der an eine Vielzahl von Maschinen angeschlossen war. Sein Schädel war jetzt wieder vollständig geschlossen und die Maschinen waren nur noch passiv mit ihm verbunden, ganz anders als damals, als Jason ihn mit aufgeschnittenem Kopf und voller Kabel und Schläuche sah.

Seitdem waren zwei Wochen vergangen und nun testete Kage sein neues Neuralimplantat auf Herz und Nieren. Dies war der zweite Tag der Tests und der Veraner zog bereits eine Menge erstaunter medizinischer Mitarbeiter und Techniker an, da er nicht nur den Testplan, sondern auch die allgemein anerkannten Fähigkeiten des

Geräts selbst weit übertraf. Das Training hatte ganz harmlos begonnen, als die Spezialisten Kage aufforderten, mit seinem Neuralimplantat einen vernetzten Computer anzupingen, aber der Veraner hatte, wie es seiner Natur entspricht, schnell die Grenzen des vermeintlich sicheren Netzwerks durchbrochen und begann, die Systeme der Klinik zu stören. Warum? Weil er es konnte.

Als Captain war es eine von Jasons schwierigsten Aufgaben, seine Mannschaft aus Schwierigkeiten herauszuhalten. Sie waren alle etwas reizbar und langweilten sich leicht, ein ernstes Problem, wenn ihre Vorstellungen bezüglich Unterhaltung von Bagatelldiebstählen bis hin zu Körperverletzung reichten. Von allen war Lucky derjenige, dem man am ehesten vertrauen konnte. Kage war bei weitem der Schlimmste. Er war der Kleinste unter ihnen, hatte einen schnellen Verstand und ein jähzorniges Temperament, das sich darin äußerte, dass er seine einzigartigen Talente einsetzte, um die Person, die ihn verärgert hatte, völlig unglücklich zu machen. Wenn man dann noch seine Spielsucht dazu nahm, hatte man ein unberechenbares kleines Wesen, das fast ständig überwacht werden musste.

„Er hat bereits die primäre und sekundäre Firewall durchbrochen", berichtete einer der Techniker. „Ich kann nicht sagen, was er jetzt macht. Irgendwie hat er seine Präsenz im Netzwerk auf vier verschiedene Einheiten aufgeteilt, die gleichzeitig unterschiedliche Knotenpunkte angreifen. Wie kann er das tun?"

„Lasst uns die Spekulationen und Gespräche auf ein Minimum beschränken", sagte Doc streng. „Ihr müsst euch auf das konzentrieren, was er tut, sonst verpasst ihr es." Ein paar Minuten lang herrschte Schweigen, während alle ihre Bildschirme studierten und Jason versuchte, eine bequeme Position auf einem Stuhl zu finden, der eigentlich nicht für Menschen gedacht war.

„Das ist unmöglich!", rief ein Techniker aus.

„Haltet ihn auf! Schaltet das System ab", sagte ein anderer, stolperte aus seinem Stuhl und versuchte, die Schalter an den Computern zu erreichen. Jason stand auf und schaute seinen Freund durch das Fenster an. Der schwache Hauch eines Lächelns umspielte seinen breiten Mund.

„Er ist außerhalb des Labors und im öffentlichen Netz! Die Festnetzverbindungen sind deaktiviert, wie ist das überhaupt möglich?"

„Captain", sagte Doc, „du solltest wahrscheinlich reingehen und ihm sagen, dass er aufhören soll. Er hat seinen Spaß gehabt und ich glaube, er hat seinen Standpunkt bewiesen. Sag ihm, dass die Testphase vorbei ist. Ich weiß nicht, was er vorhat, aber das hier *ist* eine ConFed-Enklave." Jason nickte nur und trat durch die Tür, die die beiden Räume trennte.

„Also gut ... was hast du vor?", fragte Jason, der am Fußende des zurückgelehnten Sessels stand, an dem Kage befestigt war. Er erhielt keine Antwort von seinem Freund. „Ich weiß, dass du mich hören kannst." Daraufhin öffnete sich eines von Kages Augen und ein schelmisches Grinsen kam zum Vorschein.

„Ich mache nur ein bisschen Spaß", sagte Kage. „Nichts Illegales oder Unmoralisches. Übrigens, wir haben eine Reservierung für das Abendessen in dem Lokal, das wir im Aracoria Center gesehen haben. Das Lokal oben auf dem Turm."

„Kage, der Laden kostet fast tausend Credits pro Teller und er war für die nächsten drei Monate ausgebucht", sagte Jason mit schmerzhafter Stimme.

„Ich habe mich darum gekümmert", antwortete Kage. Als er Jasons Gesichtsausdruck sah, erklärte er weiter: „Ich habe das Geld nicht gestohlen ... nicht direkt. Ich habe es von Crisstofs Spesenkonto abgezweigt, das er uns für Betriebsausgaben zur Verfügung stellt. Es sieht aus wie eine Tank- und Servicegebühr für die *Phönix*."

„Die *Phönix* ist gerade vierhundert Lichtjahre entfernt, und du hast gesagt, das sei nicht unmoralisch."

„Das ist es nicht", beharrte Kage.

„Du nimmst Crisstof Dalton tausende von Credits ab, damit wir uns amüsieren können", sagte Jason streng und verschränkte die Arme vor der Brust. „Das ist Diebstahl."

„Wir klauen die ganze Zeit", sagte Kage. „Außerdem, wäre es nicht schön, wenigstens einmal dorthin zu gehen? Nur um zu sagen, dass wir es getan haben?" Jasons Ermahnung kam ihm nicht über die Lippen, als er über Kages Worte nachdachte. *Die letzten Monate waren anstrengend gewesen.*

„Kannst du mir garantieren, dass Crisstofs Erbsenzähler das nicht herausfinden werden?"

„Du hast kein Vertrauen in mich", sagte Kage in einem spöttisch verletzten Ton. „Es ist alles erledigt, Captain. Kann ich mich jetzt von all dem hier losmachen lassen und mich waschen?"

*****

„Wie können wir uns das leisten?", fragte Doc mit gedämpfter Stimme, nachdem ein zickiger, olivhäutiger Außerirdischer sie zu einem privaten Tisch im oberen Stockwerk des Lokals geführt hatte. Der gesamte äußere Ring der Etage drehte sich langsam und ermöglichte ihnen während des Essens einen 360-Grad-Blick auf Aracoria Center.

„Es war nur ...“

„Ich habe einen speziellen Captainsfond für solche Dinge“, unterbrach Jason Kage. Doc hatte seine Meinung zu Kages kreativer Buchhaltung im Laufe der Jahre sehr deutlich gemacht.

„Wie speziell?“

„Ganz ruhig, Doc“, log Jason sanft. „Das ist nur ein bisschen Kleingeld, das ich durch den Verkauf meiner veralteten Rüstung bekommen habe.“ Doc wollte gerade wieder protestieren, als er ein Tablett mit teuren Getränken und Köstlichkeiten an einem anderen Tisch vorbeiziehen sah. Das Leben eines Söldners bot ihm nicht viele Gelegenheiten, den Luxus des Lebens zu genießen, das er als herausragender Genetiker hinter sich gelassen hatte.

„Nun, wenn du sicher bist, dass wir die Credits entbehren können“, beendete Doc lahm, während sein Blick dem Tablett folgte. Jason wusste, dass er ihn hatte, also ließ er das Thema fallen und begann, sich durch das interaktive Menü zu tippen, das vor ihm lag.

Fast drei Stunden und sechs Gänge später lehnten sich alle drei in den Plüschsesseln zurück und sahen zu, wie die Stadt Aracoria Center vorbeizog. Jason erkannte mindestens drei hochrangige Ausschussmitglieder, die ebenfalls in der privaten Etage dinierten, und musste sich fragen, wie viel Geld Kage von ihrem Betriebskonto abgeschöpft hatte, um das zu bezahlen. Das anhaltende Piepen seines Kommunikators rüttelte ihn aus seiner Lethargie nach dem Essen wach und er kramte das kleine Gerät aus der Tasche seiner teuren Anzugshose. Er las die Nachricht zweimal und verglich sie mit der Ortszeit, bevor er sich räusperte und sich an seine Freunde wandte. „Kage, kümmere dich um die Rechnung. Lasst uns zurückgehen und eine Nacht lang gut schlafen."

„Haben wir morgen etwas Dringendes zu tun?", fragte Kage, der seine Füße auf den leeren Stuhl gegenüber von ihm gestützt hatte.

„Die *Phönix* soll morgen Mittag landen."

Kapitel 3

„Da kommen sie", sagte Kage und deutete auf die schlanke Form des DL7-Kampfraumschiffs, das aus der Warteschleife heraus auf den vorgesehenen Landeplatz zusteuerte, wo Jason, Doc und Kage warteten und ihre Taschen ordentlich auf dem Rollfeld gestapelt hatten. Das Schiff setzte seinen Sinkflug in einem langsamen Bogen fort, so dass es in wenigen Minuten über dem Landeplatz sein würde.

Als sie noch fast eine Viertelmeile entfernt war, kam das Kampfraumschiff ruckartig zum Stehen und wackelte leicht mit der Nase, als es in den Schwebeflug überging. Die *Phönix* blieb fast dreißig Sekunden lang so stehen, während die drei Besatzungsmitglieder am Boden sich verwirrt ansahen. Jason wollte gerade sein Funkgerät herausholen, als sich das Schiff wieder in Bewegung setzte, sich in die entgegengesetzte Richtung drehte und nur mit den Repulsoren auf das Flugfeld zusteuerte. Einen Moment später senkte sich das Fahrwerk mit einem lauten Klirren und das Schiff setzte seinen Rückwärtsmarsch zum Feld fort.

Jasons Augen verengten sich misstrauisch, als das Schiff zehn Meter über der Landebahn zum Schweben kam, bevor es sich sanft absenkte und mit ein paar Knallgeräuschen auf dem Fahrwerk landete. Jetzt war er davon überzeugt, dass etwas nicht stimmte, und wartete darauf, dass die Triebwerke deaktiviert wurden und sich die Hauptrampe öffnete, damit er seine Crew befragen konnte.

„Captain!", rief Twingo mit einem heftigen Winken, als er die Rampe hinunterlief. „Du siehst toll aus! Wie ist es gelaufen?"

„Was habt ihr Idioten mit meinem Schiff gemacht?", fragte Jason unverblümt. Da war es. Ein schneller Blickwechsel und ein Innehalten in seinem Gang.

„Was meinst du?", fragte Twingo mit angespannter Stimme. „Was hast du gehört?" Das war alles, was er brauchte. Jason marschierte ohne ein weiteres Wort los und begann, den Rumpf zu untersuchen, während er um das Landefeld herumlief und Twingo neben ihm herjoggte, um Schritt zu halten. „Ich meine ... es gab nichts außer den üblichen Beulen und blauen Flecken. Verstehst du?"

„Nein, Twingo, ich verstehe es nicht", sagte Jason und ließ die *Phönix* nicht aus den Augen, während er ging. „Dieses Schiff sollte doch nur Crusher und Lucky zur Telamar-Station bringen. Warum sollte es da irgendwelche Beulen geben?"

„Nun ... es gibt zahlreiche navigatorische Gefahren, denen man jederzeit begegnen kann, wenn man ein Schiff durch den Weltraum bewegt. Interstellares Reisen ist ein gefährliches Spiel, wie du selbst schon so oft gesagt hast", sprach Twingo sehr schnell, nachdem Jason die Steuerbordflanke verlassen hatte und um die Bugspitze herumging.

„Was zum Teufel ist das?" Jasons Schrei hallte so laut über die

Rollbahn, dass einige der Bodencrews, die auf dem nächsten Feld arbeitete, aufschauten. An der Backbordflanke *der Phönix* waren die unverkennbaren Brandspuren von Plasmakanoneneinschlägen zu sehen.

„Was ist was?", fragte Twingo und machte eine Show, indem er am Rumpf auf und ab schaute. „Oh, das? Das ist nichts, Captain. Nur eine Verfärbung durch hochenergetische Entladungen."

„Waren diese Entladungen in Form von Plasmablitzen, die auf mein Schiff abgefeuert wurden?", fragte Jason. Ohne auf eine Antwort zu warten, drehte er sich um und brüllte erneut über die Rollbahn: „Lucky, Crusher ... bewegt eure Ärsche hierher!"

„Captain, es gibt keinen Grund ..." Jason hob einen Finger, um seinen Freund zum Schweigen zu bringen, als Lucky und Crusher um das Steuerbordtriebwerk schlurften.

„Okay", begann Jason mit ruhiger Stimme. „Ich will wissen, wer auf die Seite des Schiffes geschossen hat. Ich will diese Information kurz und bündig haben. Wer will zuerst?"

Twingo und Crusher sahen sich einen Moment lang an, bevor letzterer beschloss, dass jeder für sich selbst verantwortlich war.

„Das ist das erste Mal, dass ich so etwas sehe, Captain", sagte Crusher und deutete mit einer Geste auf den verbrannten Rumpf. „Ich muss es verpasst haben, als er uns abholte. Was ist passiert, Twingo?" Der große Krieger hatte sich während seines Auftritts strategisch neben Jason gestellt, um den Eindruck zu erwecken, er sei auf seiner Seite. Jason ließ sich nicht täuschen, und es wäre nicht das erste Mal, dass die beiden versuchten, ihn zu verarschen. Twingos Mund fiel auf und er starrte Crusher schockiert an. Offenbar gehörte das nicht zu ihrem vorher vereinbarten Plan.

„Du Hurensohn ...“

„Jemand sollte besser den Mund aufmachen“, unterbrach Jason Twingo und versuchte, die Situation unter Kontrolle zu halten, während er gleichzeitig versuchte, wütend zu bleiben. Oder zumindest so zu tun. Er konnte jetzt deutlich sehen, dass die Explosionsspuren nur oberflächlich waren und sie die harte Legierung des Rumpfes nicht wirklich beschädigt hatten. Das bedeutete, dass sie wahrscheinlich nur herumgealbert hatten und es zu weit gegangen war, aber er wollte trotzdem wissen, was passiert war und wer der Rädelsführer gewesen war. Genau aus diesem Grund hatte er ihnen das Kampfraumschiff gar nicht erst aushändigen wollen. „Muss ich das auf die harte Tour machen?“, fragte Jason mit einem müden Seufzer.

„Welche Tour soll das sein?“, sagte Twingo und trat ängstlich einen Schritt zurück.

„Lucky, was ist passiert?“, fragte Jason den Kampfsynth. Luckys Schultern hingen ein wenig herunter. Er hatte offensichtlich gehofft, nicht in das Schlamassel hineingezogen zu werden, aber sein Captain hatte ihm gerade eine direkte Frage gestellt. Er schaute hilflos zu Crusher und dann zu Twingo und hoffte, dass sie ihm aus der Patsche helfen würden. Als sie das nicht taten, wandte er sich an Jason.

„Die Explosionsspuren stammten von einer veralteten Flugabwehrbatterie, die mit beschleunigten Plasmaentladungen arbeitet, aber das Schiff war nicht in Kampfhandlungen verwickelt, als es passierte.“ Jason starrte dem Synth in die Augen und wartete auf mehr. Es war klar, dass Lucky hoffte, dass er mit den wenigsten Informationen auskommen würde.

„Mach weiter“, sagte Jason schlicht und einfach.

RÜCKKEHR DES ARCHONS

„Wir hatten unsere Mission abgeschlossen und wollten gerade aufbrechen, als eine Gruppe am Raumhafen auf uns zukam und uns ein Geschäft vorschlug", begann Lucky. „Sie erzählten uns von einem jährlichen Rennen, das die Einheimischen in diesem System veranstalten. Es waren hauptsächlich einheimische Schiffe dabei, aber es konnten auch welche von außerhalb angemeldet werden."

„Ich glaube, ich weiß, worauf das hinausläuft", sagte Jason und rieb sich die Kopfhaut. „Twingo, möchtest du dich rehabilitieren und die Geschichte fortsetzen, nachdem du deinen Mannschaftskameraden hier im Regen stehen gelassen hast?"

„Das Preisgeld für den ersten Platz war riesig." Twingo griff die Geschichte auf und erzählte nun keine Lügen mehr. „Die Strecke verlief quer durch das System und es gab Wegpunkte, die man überqueren musste, viele davon in der Atmosphäre der verschiedenen Planeten und Monde."

„Wir haben die anderen Schiffe des Rennens überprüft. Es waren etwa fünfzehn, und keines sah so aus, als könnten sie es mit der *Phönix* in dieser Art des Fliegens aufnehmen. Wir dachten, das wäre eine sichere Sache."

„Zwei Punkte", sagte Jason und stoppte die Erzählung. Inzwischen waren auch Kage und Doc aufgetaucht und starrten auf die Brandspuren. „Erstens: Du bist ein nicht besonders fähiger Pilot. Sicherlich würde ich nicht wollen, dass du mein Schiff in einem Rennen fliegst. Zweitens: Ist dir jemals in den Sinn gekommen, dass du von den Einheimischen abgezockt wurdest?"

„Ja", sagte Twingo. „Und ich bin nicht geflogen. Wie du schon sagtest ... das war ein lokaler Wettbewerb. Wir haben das Startgeld erhöht und konnten sofort sehen, wie sich die Einheimischen gegen die Außenseiter verbündeten, um sie frühzeitig aus dem Rennen zu nehmen. Also haben wir uns nicht die Mühe gemacht, kreativ zu sein und sind die Strecke einfach mit Vollschub geflogen. Als wir den letzten Wegpunkt auf dem Weg zum Ziel passierten, war niemand in der Nähe, aber sie hatten diese alte Flak-Batterie aufgestellt. Wir bekamen drei Streifschüsse auf der Backbordseite ab, waren aber schnell außer Reichweite."

„Wer ist also geflogen?", fragte Kage.

„Ich habe während des Rennens die *Phönix* gesteuert", gab Lucky zu.

„Du?", fragte Jason schockiert. „Von den beiden erwarte ich diesen Unsinn, aber ich hatte gehofft, du wärst die Stimme der Vernunft, Lucky, und würdest ihnen nicht aus der Patsche helfen. Und wann hast du gelernt, Pilot zu sein?"

„Es war klar, dass sie das Schiff ungeachtet meiner Proteste ins Rennen schicken würden", sagte Lucky in seiner ruhigen, würdevollen Art. „Ich ging davon aus, dass unsere beste Chance auf ein positives Ergebnis, d.h. eine unversehrte Rückkehr des Schiffes, darin bestünde, dass ich das Schiff steuern würde. Ich habe während meiner Nachtwache den Simulatormodus auf der Brücke genutzt, um meine Fähigkeiten zu erweitern." Jason versuchte, einen Fehler in der Logik seines Freundes zu finden, aber es gelang ihm nicht.

„Du wurdest also von einer veralteten Waffe getroffen, die sie zur Sicherung eingerichtet hatten", sagte er. „Du hast daher das Startgeld verloren und musst die Kosten für die Reinigung des Rumpfes tragen?"

„Nun ... nicht ganz, Captain", sagte Twingo unbehaglich. „Wir haben eigentlich gewonnen. Die *Phönix war* fast sechs Stunden schneller als das nächste Schiff. Zuerst wollten sie nicht zahlen, aber Lucky und Crusher konnten unseren Gewinn sichern."

„Wie viel?"

„Dreihunderttausend Credits, plus/minus ein paar Tausend." Jason stand nur da und starrte Twingo an, weil er sicher war, dass er die Zahl falsch verstanden hatte. Das war fast doppelt so viel, wie der Vertrag, den sie abgeschlossen hatten, wert war. Nach einem Moment schüttelte er nur den Kopf.

„Hat die Auszahlung für deine eigentliche Mission die Betriebskosten gedeckt und ist sie in der Kasse gelandet?" Als sie nickten, fuhr er fort. „Also, so wird es ablaufen ... die Kosten für die Reparatur meines Rumpfes werden von eurem Gewinn abgezogen. Der Rest wird gleichmäßig zwischen euch dreien aufgeteilt."

„Du lässt es uns behalten?", fragte Crusher schockiert.

„Ihr habt es verdient, ihr könnt es behalten", sagte Jason achselzuckend. „Aber ich erwarte nicht, dass so etwas noch einmal passiert. Das war ein törichtes Risiko, das ihr mit dem Schiff eingegangen seid, nur zum Spaß."

„Ja, Captain", kam der Chor der erleichterten Antworten.

„Jetzt geht zum Hafenmeister und macht euch an die Arbeit", sagte Jason und zeigte auf den Schiffsrumpf, bevor er zur Rampe ging. Er hatte das Schiff seit Monaten nicht mehr gesehen und hatte fast Angst davor, den Zustand im Inneren zu betrachten.

Kapitel 4

Die *Phönix* hob fast sieben Stunden nach der Landung von Aracoria ab. Ihre Backbordseite wies nach der überstürzten Reparatur einen fleckigen, ungleichmäßigen Anstrich auf. Nachdem sie sich erst durch das verworrene Luftverkehrskontrollsystem und dann durch das Orbitalverkehrskontrollsystem gekämpft hatten, konnten sie endlich in zügigem Tempo vom Planeten weg navigieren.

Jason überließ das Fliegen vorerst dem Computer. Obwohl er seine Reflexe und seine Kraft viel besser unter Kontrolle hatte als beim ersten Mal, würde das Muskelgedächtnis aus den vielen Stunden am Steuerknüppel jetzt aus dem Gleichgewicht sein. Er hatte einen viertägigen Slipspaceflug vor sich, also hatte er genug Zeit, um im Simulator zu üben und sich neu zu kalibrieren. Außerdem freute er sich auf das Sparring mit Crusher während des Fluges. Obwohl er immer wieder gefragt wurde, hatte Jason seine Optimierungen als unbedeutend abgetan, um seinem Freund später eine böse Überraschung zu bereiten. Wann immer sie trainiert hatten, war es fast unmöglich, Crushers überragende Kraft zu überwinden. Er machte sich zwar keine Illusionen darüber, dass er dem galvetischen Krieger jetzt irgendwie ebenbürtig war, aber er glaubte, dass er ihn in den ersten Sekunden eines Kampfes überraschen könnte.

„Also", sagte Kage vom Kopilotensitz aus, „wohin?"

„Nimm Kurs auf Colton Hub und wir werden sehen, was wir dort finden können", sagte Jason.

„Oh Mann", murmelte Kage sarkastisch. „Wenn wir es schaffen, nicht in einer Hintergasse erstochen zu werden, können wir uns auf schwere Magen-Darm-Beschwerden von all den feinen Restaurants dort freuen."

„So schlimm ist es gar nicht mehr", sagte Twingo in der Technikstation. „Seit das Kartell, das die Station verwaltet hat, letztes Jahr von ConFed ausgelöscht wurde, scheint der neue Besitzer sich wirklich zu bemühen, sie lebenswert zu machen. Ich habe gehört, dass sie sogar die atmosphärischen Filter ausgetauscht haben."

„Wir machen dort keinen Urlaub", erinnerte Jason sie. „Wir bleiben nur so lange, wie es nötig ist, um eine neue Spur zu finden oder herauszufinden, wo etwas los ist, und dann sind wir wieder weg."

„Warum finden alle unsere dubiosen Geschäfte auf heruntergekommenen, verfallenen Raumstationen statt?", beschwerte sich Kage lautstark. „Man könnte meinen, ein nettes Resort am Strand würde genauso gut funktionieren. Der Kurs ist bereit, Captain."

„Ich persönlich mag die alten, heruntergekommenen Raumstationen", sagte Jason, als er den Windschattenantrieb einschaltete. „Es ist für die Behörden schwieriger, sich an uns heranzuschleichen, und es ist aufregend, außerhalb des Wirkungsbereichs der Gesetze zu sein."

Wie üblich verteilte sich die Besatzung, sobald das Schiff in den Slipspace überging, um etwas anderes zu tun, als auf das verdunkelte Kabinendach zu starren. Bald war er mit Lucky allein auf der Brücke, der wie immer in der Nähe der Luke stand.

„Wie ist der Auftrag gelaufen, abgesehen von dem Rennen?", fragte Jason ihn.

„Ziemlich gut, Captain", sagte Lucky. „Wir konnten die Sicherheitskräfte in den Konzepten wie Personenschutz, Kampf in kleinen Einheiten und den allgemeinen Grundsätzen der Infanterie ausbilden."

„Man sollte meinen, dass sie das schon herausgefunden haben", überlegt Jason. „Haben die kein Militär?"

„Ihr Militär besteht ausschließlich aus autonomen Drohnen. Sie sind eine eher pazifistische Spezies", erklärt Lucky. „Obwohl sie den Krieg nicht völlig ablehnen, sind sie nicht bereit, ihn selbst zu führen."

„Es scheint, als hättest du da etwas zu sagen."

„Das hat nichts damit zu tun, Captain", korrigierte Lucky. „Die Drohnen, die wir benutzen, sind nicht empfindungsfähig."

„Verstehe", sagte Jason und begann, seine Station für eine Simulationssitzung einzurichten. „Warum heuern sie dann nicht einfach Söldner oder externe Sicherheitsleute an? Warum mussten sie überhaupt eine einheimische Truppe ausbilden lassen?"

„Sie sind außerdem sehr fremdenfeindlich. Sie würden niemals zugeben, dass ihr Herrscher von einer anderen Spezies beschützt wird.

Das war ein ziemlicher Widerspruch, das gebe ich zu", sagte Lucky.

„Das klingt nach einer äußerst unangenehmen Spezies", sagte Jason, als sich die Kabinenhaube lichtete und sie über eine unbenannte Bergkette auf einem unbenannten Planeten flogen. In Wirklichkeit befanden sie sich immer noch im Slipspace, aber der Computer nutzte das Display der Kabinenhaube und die Schwerkraft der Brücke, um einen unvergleichlich realistischen Flugsimulator zu erstellen. „Lass mich raten ... neben diesen charmanten Eigenschaften waren sie auch unerträglich selbstgefällig, was ihre eigene Überlegenheit anging."

„Eine treffende Vermutung, Captain", bestätigte Lucky. „Viele hielten sich für Experten im Nahkampf. Crusher brauchte fast zwanzig Minuten, um diesen Irrglauben zu zerstreuen. Es war, gelinde gesagt, eine anstrengende Mission."

„Was hat dich daran interessiert, diesen Kahn zu steuern?", fragte Jason und wechselte das Thema.

„Du bist der einzige fähige Kampfpilot in der Mannschaft", sagte Lucky. „Doc, Kage und in geringerem Maße auch Twingo können zwar alle das Schiff fliegen, aber keiner von ihnen ist in der Lage, eine taktische Situation zu meistern."

„Ist das der einzige Grund?", drängte Jason.

„Ich finde, es ist eine befriedigende Erfahrung."

„Du kannst es ruhig sagen, Lucky", lachte Jason. „Du dachtest, es sieht lustig aus, also hast du beschlossen, es auszuprobieren ... und es hat Spaß gemacht."

„Das ist so gut wie jeder andere Begriff", gab Lucky zu. „Und ja, das Schiff während des Rennens zu steuern, hat so viel *Spaß* gemacht, wie ich es mir nach all meiner Simulationszeit erhofft hatte."

„Gut, dann spring auf den Kopilotensitz und wir können abwechselnd diese Simulationen durchspielen", sagte Jason. „Die erste Simulation findet hauptsächlich in der Atmosphäre statt und das Terrain wird nach jedem Durchlauf neu festgelegt. Wir können das eine Weile machen und dann anfangen, Ziele hinzuzufügen."

Nach einer Stunde war Jason beeindruckt, wie selbstverständlich sich Lucky an die ständig wechselnden Simulationen anpasste. Nach zwei Stunden war er kaum noch in der Lage, mit ihm Schritt zu halten.

Kapitel 5

„Ach du Scheiße, das riecht ja übel", stieß Jason hervor, als die Rampe herunterkam. Die Luft, die von Colton Hub in den Frachtraum wehte, reichte fast aus, um ihn zum Kotzen zu bringen. „Okay ... wir kennen doch alle die Regeln, oder? Keine unnötigen Kämpfe, Diebstähle oder Betrügereien. Eigentlich solltet ihr all diese Dinge überhaupt nicht tun."

„Mach dir keine Sorgen um mich, Captain", sagte Kage mit gedämpfter Stimme und bedeckte Nase und Mund mit seinem kleineren Handpaar, während das andere davor herumwedelte. „Ich gehe nicht da raus. Ich bleibe hier und genieße die gefilterte und umgewälzte Luft an Bord des Schiffes, wenn du mich brauchst." Als er sich umdrehte und ging, folgte ihm auch Doc ohne ein Wort zurück ins Schiff.

„Das muss ja brutal für dich sein", sagte Twingo zu Crusher. „Es riecht hier nach Abwasser und dein Geruchssinn ist so unglaublich empfindlich." Als Crusher sich nur umdrehte, um ihn anzustarren, fuhr er fort. „Stört es dich nicht, dass winzige Partikel in deine Nase eindringen müssen, um etwas zu riechen und sich in den Rezeptoren festsetzen zu können? Stell dir vor, das heißt, wenn du riechst ..."

„Twingo", schnauzte Jason. „Lass ihn in Ruhe." In Wahrheit wollte Jason auch lieber nicht darüber nachdenken, was mit jedem Atemzug in seinen Körper gezogen werden könnte. Er überlegte kurz, ob er ein Atemgerät holen sollte, verwarf den Gedanken aber wieder und stieg mit den restlichen drei Mitgliedern seiner Crew die Rampe hinunter.

Die *Phönix* war in einem Hangar geparkt, in dem drei andere Schiffe ähnlicher Größe über das Deck verteilt waren, die sich jeweils eine Hangartür teilten. Jason war es immer unangenehm, sein Schiff an einen externen Andockarm anzuschließen, wenn er für längere Zeit weggehen wollte, und der Anblick des Andockkomplexes, der vom Colton Hub abzweigte, hatte ihn überzeugt, die Credits für einen Hangarplatz zu zahlen.

Die Station war eine riesige, weitläufige Anlage, die wie die meisten Plattformen, die mehr als ein Jahrhundert alt waren, wie ein Sammelsurium schlecht durchdachter und hastig fertiggestellter Bauarbeiten aussah. Das Besondere an ihr war, dass sie nicht in einem Sternensystem verankert war, sondern regungslos im interstellaren Raum schwebte. Sie war vor ein paar hundert Jahren als Tanklager gebaut worden, als die größeren Schiffe nicht genug Reichweite hatten, um den Colton-Sektor zu durchqueren, eine Region leeren Raums, die zwischen den Kernwelten und den Randsiedlungen lag, ohne ihren Treibstoffvorrat zu verbrauchen.

Als die großen Schiffe mit Slipdrives ausgestattet waren, die genauso effizient waren wie die kleineren, schnelleren Schiffe, blieb die Station ungenutzt und das kriminelle Element zog unweigerlich ein. Das

Fehlen jeglicher staatlichen Aufsicht im Weltraum trug erheblich dazu bei. Das markanteste Merkmal der Station war die „Krone" aus zerfetztem, zerklüftetem Metall an der Spitze. Das war alles, was von dem Teil übrigblieb, in dem sich einst die eigentlichen Betankungsarme befanden. Der Legende nach entkam ein Schiff der Fregattenklasse einem Feuergefecht, indem es in den Slipspace sprang, ohne zu wissen, dass seine Flugsysteme im realen Raum beschädigt waren. Als das Schiff den Slipspace verließ, kollidierte es mit der Station und riss den gesamten oberen Teil ab, wobei alle an Bord des Schiffes und auf den Stationsdecks ums Leben kamen.

Jason hielt die ganze Geschichte für Blödsinn. Wer sprang schon in den Slipspace, ohne zu wissen, dass er sein Schiff nicht steuern konnte? In Anbetracht der schlampigen Wartung überall auf der Station und der Tatsache, dass die meisten Raumschiffe flüssigen Wasserstoff als Treibstoff für ihre Antimaterie-Reaktoren verwenden, ging er davon aus, dass die Tankausleger höchstwahrscheinlich durch eine gewaltige Explosion in der Pumpstation, die sich früher genau dort befand, wo jetzt die „Krone" steht, abgetrennt wurden.

Unabhängig davon, ob die Geschichte wahr war oder nicht, diente sie als Erinnerung daran, dass es auf der Anlage Gefahren gab, die nicht unbedingt mit den Gesindel zu tun hatte, das sie bewohnte. Sie waren nur eine defekte Dichtung von einer explosiven Dekompression entfernt, die jederzeit an Bord des maroden Rumpfes auftreten konnte. Das war sicherlich ein motivierender Faktor bei dem Versuch, einen Auftrag zu finden und schnell wieder an Bord des tadellos gewarteten Kampfraumschiffs zu kommen.

„Wonach suchen wir denn?", fragte Crusher, während er die vorbeigehenden Fußgänger mit Verachtung betrachtete.

„Das Übliche", sagte Jason, der ebenfalls ein Auge auf die Menge geworfen hatte. „Jemand, der nicht dazugehört." Crusher grunzte nur und setzte seine Beobachtung fort, während sie die Hauptpromenade entlangschlenderten. Diese Taktik war ursprünglich Jasons Idee gewesen, die er bei seinen Einsätzen in Armutsgebieten der Dritten Welt und bei der Beobachtung des menschlichen Verhaltens aufgeschnappt hatte. Es war erstaunlich einfach: Er suchte nach Menschen, die aus den falschen Gründen auffielen. Zunächst einmal würden sie die falsche Kleidung für eine Station tragen, die von Halsabschneidern und Schmugglern bewohnt wird. Und dann war da noch der Blick, der in ihrer Situation artenübergreifend zu sein schien: die langsam dämmernde Erkenntnis des Schafs, das in die Höhle des Löwen wanderte.

Diese Typen hatten in der Regel alle Möglichkeiten ausgeschöpft und suchten nun nach Hilfe von außen, um ihr Problem zu lösen. Omega Force hatte schon mindestens ein Dutzend Aufträge erhalten, bei denen sie Gruppen von Räubern oder Drogenbanden aufspüren sollten, die die eine oder andere kleine Siedlung terrorisierten. Oft mussten diese Plagegeister einfach ausgerottet werden, und dabei halfen Jason und die Jungs nur zu gern. Nachdem sie so lange der Tyrann der Siedlung waren, waren viele dieser Gruppen hoffnungslos unvorbereitet auf das Ausmaß an Gewalt, das die kleine Söldnertruppe an den Tag legen würde. Die Cleveren unter ihnen liefen davon. Diejenigen, die das nicht taten, waren nicht mehr da und konnten keinen weiteren Ärger verursachen.

Jasons Methode der „verlorenen Schafe" funktionierte so gut, dass sie sogar Aufträge an Crisstofs Gruppe weiterleiteten, wenn ein wenig politischer Druck weitaus effektiver war als ein thermobarischer

Sprengkopf. In Anbetracht der räuberischen Natur der Söldner im Allgemeinen war er der Meinung, dass er ihnen einen großen Dienst erwies, indem er sie zuerst identifizierte. Einige der Crews, unter denen er sich befand, würden nicht zögern, das Problem zu beseitigen, sich zu nehmen, was sie hatten, und dann auch noch alles zu rauben, was die Auftraggeber hatten.

Sie gingen an den üblichen Bettlern und Betrügern vorbei, bevor sie auf ein schmutziges und abgemagertes kleines Mädchen einer Spezies trafen, die Jason schon einmal gesehen hatte, an deren Namen er sich aber nicht erinnerte. Sie hielt ein gekritzeltes Schild in der Hand, auf dem stand: „Bitte helfen. Familie ist gestrandet. Habe Credits." Er blieb stehen und sah zu ihr hinunter, während ihre Augen ängstlich zwischen Crusher und Lucky hin und her huschten.

„Wieso seid ihr gestrandet?", fragte Jason sie in der jenovianischen Standardsprache.

„Das Schiff, auf dem wir waren, hat uns hier zurückgelassen, als wir alle ausgestiegen sind, während es repariert wurde", sagte sie leise. „Wir sind zu sechst und müssen einfach nur nach Hause kommen."

„Woher kommst du?"

„Ähm ... Kellariss-2", sagte sie. Das Zögern blieb nicht unbemerkt.

„Wow, du bist ganz schön weit weg von zu Hause", sagte Jason. „Wo wolltest du hin?"

„Ich weiß es nicht", sagte sie klagend. „Meine Eltern haben einfach gesagt, dass wir gehen müssen. Kannst du uns helfen?"

„Vielleicht. Wo sind deine Eltern?"

„Hinten in einem der Servicekorridore, die zum Hilfsdockkomplex führen. Meiner Mutter geht es nicht gut und wir wollten sie nicht belasten, indem wir sie in die Hauptgalerie brachten", sagte das Mädchen, das bereits aufgestanden war und das Schild zusammengefaltet hatte.

„Lass uns mit ihnen reden, vielleicht können wir etwas aushandeln", sagte Jason und gab ihr ein Zeichen, ihnen den Weg zu zeigen.

„Captain", rief Twingo, „ich gehe zwei Stockwerke tiefer, wo die Schrotthändler rumhängen, mal sehen, was ich finden kann."

„Okay", nickte Jason. „Lucky, geh mit ihm." Der Kampfsynth brach ab und folgte Twingo durch die Menge, um zu sehen, welche Hardware zum Tausch oder Kauf angeboten wurde. Jason wusste, dass Twingo gerne in den Läden herumstöberte und mit den anderen Ingenieuren sprach. Bei den meisten Teilen handelte es sich um Bergungsgut und nicht um etwas, das Twingo jemals in „sein" Schiff einbauen würde. Als die beiden gingen, bemerkte Jason, wie sich der Mund des kleinen Mädchens zu einem breiten Grinsen verzog, als es sich umdrehte und in die andere Richtung ging. „Bleib locker", murmelte er Crusher über die Schulter zu, als sie ihm vom Hauptteil der Menschenmenge weg folgten.

„Immer."

Sie schlängelten sich von der Promenade weg und einen Seitengang hinunter, der wie ein Servicezugang zu den Geschäften aussah. Sie gingen an all dem vorbei und Jason beobachtete, wie seine Führerin schnell und selbstbewusst durch den mit Müll übersäten Gang ging. Nach ein paar hundert Metern bog sie in einen anderen, kleineren

Gang ab, der sich nach unten in die unteren Etagen schlängelte. Er spürte genau, wie die Wände näherkamen und wie das schwache, stotternde Licht die Düsternis kaum durchdrang.

Der Geruch von industriellen Schmiermitteln und heißer Elektronik umwehte ihn, als sie weiter in die engen Servicetunnel vordrangen. Sie hatten seit mindestens fünf Minuten kein anderes Wesen mehr gesehen und waren jetzt weit von den Hauptversammlungsorten auf der Station entfernt. Er schaltete sein Augenimplantat auf eine Mischung aus Mittelwellen-Infrarot und Restlichtverstärkung um, da die schwache Beleuchtung immer spärlicher zu werden schien, je weiter sie kamen. Hinter ihm schnaufte Crusher, während er die Gerüche um sich herum einsog, um seine Umgebung zu analysieren. Das kleine Mädchen, das nun schweigsam war, schaute öfters über ihre Schulter, um sich zu vergewissern, dass sie ihm immer noch folgten, bevor es das Tempo verlangsamte.

„Also ... wo wohnt deine Familie?", fragte Jason im Plauderton.

„Ich bin mir nicht sicher, wo sie hingegangen sind", sagte sie leise.

„Bist du bald fertig mit dieser Spielerei?", fragte Jason. „Für die Zukunft: Kinder wissen normalerweise nichts über Hilfsdocks, auch nichts über die Welt, zu der sie gerade reisen." Die kindlichen Züge verschwanden sofort, und die Außerirdische griff unter ihre Tunika. Jason zog blitzschnell seine eigene Pistole und richtete sie auf sie.

„Lass es. Also, wie viele Opfer hast du mit deinem kleinen Schwindel hierhergelockt?"

„Das würdest du wohl gerne wissen", lachte das Wesen und seine Stimme war nun tiefer und rau. Jason neigte seinen Kopf zur Seite, überrascht über die plötzliche Veränderung. „Jetzt!", rief der Außerirdische.

Bevor er reagieren konnte, schwang ein Metallrohr auf sein Handgelenk, ließ seinen Arm schmerzen und seinen Blaster auf den Boden krachen. Hinter den nächstgelegenen Stützpfeilern stürmten ein stämmiger Sqroro, eine schwerfällige Spezies und ein muskulöser Saurier von beiden Seiten auf ihn zu, wobei der Sqroro immer noch das Rohr hielt.

Er war sich des Knurrens von Crusher und der Geräusche eines Kampfes hinter ihm bewusst, als er dem Rohr auswich, das gegen seinen Kopf geschwungen wurde. Doch irgendetwas stimmte nicht. Sie schienen sich zu langsam zu bewegen und in seinen Ohren war das Geräusch von rauschender Luft zu hören. Als das Rohr über ihn hinweg sauste, schlug er fest auf den dicken Rumpf des Sqroro ein und war überrascht, als er einen Schmerzenslaut hörte und sah, wie der Außerirdische auf die Knie sank. Jason stellte sich auf den rechten Fußballen und stieß sich ab, während er mit der rechten Faust nach vorne schlug und auf den Kopf des Sqroros zielte, bevor dieser wieder aufstehen konnte.

Es knackte, als seine Faust den Kopf des anderen traf, und dann wurde der schwere Außerirdische den Korridor hinuntergeschleudert, wo er mit einer stark blutenden, wahrscheinlich tödlichen Wunde am Kopf liegen blieb. *Ich kann ihn auf keinen Fall so hart getroffen haben.* Bevor er sich umdrehen konnte, um seinen anderen Angreifer ausfindig zu machen, schlängelte sich ein unglaublich starker, schuppiger Arm um seinen Hals und zog seinen Kopf nach oben, während die andere Hand des Sauriers versuchte, seinen Kopf zu erreichen und nach hinten zu ziehen. Jason konnte seine Ellbogen nicht einsetzen, um seinen

Angreifer zu befreien, also lehnte er sich zurück und rannte buchstäblich die Wand des engen Ganges hinauf, wobei er den Saurier als Hebel benutzte.

Als sein Körper parallel zum Deck war und der Saurier sich noch verzweifelt festklammerte, stieß Jason sich mit aller Kraft, die er aufbringen konnte, nach hinten ab. Wieder war er nicht auf das Ergebnis vorbereitet. Er schleuderte sie mit solcher Wucht rückwärts durch die Luft, dass es beim Aufprall auf das hintere Schott ein unangenehmes Knirschen gab und die Arme um seinen Hals erschlafften. Er drehte sich um und kam auf die Beine, um zu sehen, wo Crusher war.

Der große Krieger hielt einen anderen zappelnden Saurier auf Armeslänge und starrte Jason mit einem schockierten Blick an.

„Äh, Crusher", sagte Jason. „Hast du vor, etwas mit dem da zu machen?"

„Hm?", fragte Crusher. „Oh ... ja." Er setzte den Außerirdischen auf dem Deck ab und stieß ihn hart gegen das hintere Schott. Als der benommene Saurier zu ihm zurückkam, traf Crusher ihn auf halbem Weg mit seinem Ellbogen und versetzte ihm einen vernichtenden Schlag gegen den Kopf, der den Außerirdischen auf der Stelle fallen ließ. Jason bückte sich, holte seinen Blaster hervor und sah sich um.

„Ich weiß, dass du noch hier bist. Ich kann dich sehen", rief Jason. Das konnte er nicht wirklich, aber bluffen schadet nie.

„Ich bin nicht bewaffnet", sagte die kratzige Stimme, als das „kleine Mädchen" hinter einer Säule hervortrat. „Wenn du wusstest, dass das eine Falle ist, warum bist du mir dann hierher gefolgt?"

„Das ist sozusagen mein Ding", sagte Jason. „Ich kann nicht

zulassen, dass du frei herumläufst und hilflose Reisende ausnutzt." Der Außerirdische lachte schallend darüber.

„Hast du eine Ahnung, wo du bist? Hier gibt es nur Raubtiere. Willst du uns alle einzeln auslöschen?"

„Nein, du warst nur leichte Beute", sagte Jason. „Also ... was die anderen Opfer angeht. Wie lange hast du diese Spinnenfalle schon in Betrieb?"

„Lange genug, um mein Aussehen so zu verändern", sagte der Außerirdische. „Es ist nicht so, dass wir jemand Wichtigem aufgelauert haben. Nur mittellose Siedler und Frachterbesatzungen, die zu dumm waren, um auf den Hauptebenen zu bleiben. Schau, ich habe eine Menge Beute versteckt. Vielleicht können wir etwas aushandeln."

„Diese Siedler und Raumfahrer", sagte Jason, „ich nehme an, sie durften nicht mehr weiterziehen, nachdem du ihnen ihr Eigentum abgenommen hattest."

„Was denkst du?"

Jason machte sich nicht die Mühe, zu antworten. Er hob den Blaster und feuerte direkt in die Brust des Außerirdischen, so dass er zweimal rückwärts rollte, bevor er in einem Haufen am Boden lag. Der beißende Geruch von verbranntem Fleisch drang ihm in die Nase, als er sich zu Crusher umdrehte.

„Die drei sind auch tot", sagte er und sah Jason immer noch seltsam an. „Wir sollten wahrscheinlich von hier verschwinden."

„Da gibt es nichts zu diskutieren", sagte Jason und steckte seine Pistole in ihr Holster auf dem Rücken. „Mal sehen, ob es in den oberen Etagen eine Kneipe gibt, die etwas serviert, das nicht in diesem

Drecksloch hergestellt wurde."

*****

„Warum starrst du mich ständig an?", sagte Jason eindringlicher, als er es beabsichtigt hatte. Crusher lehnte sich einfach in seinem Stuhl zurück und zeigte nicht, dass ihn der Tonfall seines Captains beleidigt hatte.

„Was genau hat Doc mit dir gemacht?"

„Hauptsächlich eine Fortsetzung dessen, was er schon gemacht hat", antwortete Jason abwehrend. „Nur ein kleines Training für die Muskeln und Reflexe."

„Nein."

„Was meinst du mit *nein*?", sagte Jason mit einem Stirnrunzeln.

„An was erinnerst du dich von der kleinen Schlägerei vorhin?", fragte Crusher und ignorierte seine Frage.

„Nichts Besonderes", sagte Jason, „sie schienen Amateure zu sein. Denkst du, wir hätten sie gehen lassen sollen?"

„Nein, es ist mir scheißegal, ob ich so eine Handvoll mieser Mörder umbringe", sagte Crusher mit einem abweisenden Winken. „Du hast diese beiden Idioten so schnell getötet, dass ich kaum Zeit hatte, mir den dritten zu schnappen und nachzusehen, wie es dir geht. Deshalb habe ich ihn noch festgehalten ... Ich hatte keine Zeit, etwas anderes zu tun. Diese Echsen waren auch nicht gerade Schwächlinge; ihre Rasse ist eng mit den Korkaranern verwandt. Aber es ist nicht nur die Tatsache, dass du einem Sqroro mit einem Schlag den Schädel gespalten oder durch die Luft gesprungen bist, um den anderen zu töten. Es ist die Geschwindigkeit, mit der du dich bewegst. Hat sich das für dich nicht unnatürlich angefühlt?"

„Ich hatte die ganze Zeit das Gefühl, dass ich nicht im Gleichgewicht war", gab Jason zu. „Ich dachte, es sei der Adrenalinschub. Alles, was Doc getan hat, war, das Potenzial meines Körpers auszuschöpfen. Es gab kein DNA-Splicing mit einem galvetischen Soldaten oder so etwas, falls du das wissen willst."

„Es muss etwas in deiner Evolution geben, einen Schalter, der es dir erlaubt, in einem Kampf alles so einzusetzen", überlegte Crusher. „Sonst würdest du in deinem Sitz vibrieren und hättest das Glas schon zertrümmert. Interessant. Du bist ein sehr gefährlicher Mann geworden, Captain."

„Ich war schon immer gefährlich", sagte Jason mit einem Augenzwinkern, um die Stimmung aufzulockern. Crusher lachte und hob sein eigenes Glas zu einem spöttischen Gruß. Crushers Worte brachten ihn dazu, über die ungewollten Konsequenzen nachzudenken, wenn man an seinem genetischen Code herumspielte. Er wollte seinem Freund nicht sagen, dass es wahrscheinlich seine „Kampf- oder Flucht"-Reaktion war, die eingesetzt hatte, und er wollte auch nicht erwähnen, dass sie ein bisschen unberechenbar war.

Sie saßen auf einem Balkon weit oberhalb der Hauptgalerie in einem der nobleren Lokale von Colton Hub. Jason wusste, dass es sich um einen offensichtlichen Scherz handelte, aber in Wirklichkeit war die Kneipe gar nicht so schlecht. Die Gläser waren sauber, die Luft war gefiltert und die Jahrgangsspirituosen stammten nicht von dieser Welt. Alles in allem war es kein schlechter Ort. Es war wie eine kleine Inseloase inmitten einer Abwasserwüste. Jasons Funkgerät piepte zweimal und riss ihn aus seiner Träumerei.

„Hier Burke", sagte er in das Gerät.

Luckys Stimme kam über den Lautsprecher. *„Captain, ich habe sichergestellt, dass Twingo sicher an Bord der Phönix ist und das Schiff verriegelt ist. Wo bist du und Crusher?"* Jason sagte ihm, wie er zur Bar kam und an welchem Tisch sie saßen. *„Ich werde gleich da sein. Lucky, out."*

„Wir sollten ihm wahrscheinlich nicht von unserem Abenteuer in den Tunneln erzählen", sagte Crusher, leerte sein Glas und signalisierte mit einer Krallenhand der Kellnerin. „Er wäre beleidigt, dass er ausgelassen wurde."

„Gute Idee", stimmte Jason zu. Lucky war so stoisch, dass man oft übersah, dass er eine ganze Palette von Emotionen hatte und ziemlich empfindlich auf Beleidigungen seiner Freunde reagierte. Fünfzehn Minuten später schritt der Kampfsynth zu ihrem Tisch, der zum Glück so hoch war, dass er danebenstehen konnte, ohne sie zu überragen, und begrüßte sie nacheinander.

„Ich nehme an, wir haben keine weiteren Passagiere?", fragte er.

„Nein", sagte Jason. „Das war ein Trick. Der Versuch, uns um Credits zu betrügen. Das übliche Geschäft an diesem Ort. Was hatte Twingo vor? Ich bin überrascht, dass er nicht mit dir zurückgekommen ist."

„Er war sehr begeistert von einigen der Dinge, die er in den unteren Ebenen beschaffen konnte", sagte Lucky. „Für mich sah das wie Müll aus, aber er hat gut dafür bezahlt." Jason zuckte zusammen.

„Ich wusste, dass seine Gewinne ein Loch in seine Tasche

brennen würden", sagte er und nahm einen Schluck, während die anderen beiden über die Bedeutung des Satzes rätselten. „Er konnte einfach nicht anders. Bei jedem Halt, den wir machen, kauft er mehr und mehr Schrott, bis wir nicht mal mehr in die Maschinenräume kommen."

„Die meisten Gegenstände waren klein, Captain", versicherte ihm Lucky, „aber ich stimme zu, dass er wahrscheinlich weiterhin Spontankäufe machen wird, bis er keine Credits mehr hat."

„Bah", grunzte Jason, „soll er doch Müll sammeln. Ich werde das einfach aus der Luftschleuse werfen, wenn er schläft, so wie beim letzten Mal." Er hielt mitten im Drink inne, als die Köpfe seiner beiden Freunde in seine Richtung schnellten. *Mist.*

„Ich *wusste,* dass du das warst", warf Crusher ein. „Monatelang hat er darüber gejammert und gestöhnt. All die anklagenden Blicke über den Küchentisch hinweg. Die Durchsuchung unseres Quartiers, wenn er dachte, wir seien nicht da. Ich hätte es wissen müssen."

„Ich habe das die ganze Zeit gewusst", sagte Lucky.

„Wie?", fragte Crusher.

„Wer ist die einzige Person, die die Befehlsgewalt hat, dem Computer zu befehlen, eine Schleife in die internen Sensoren zu legen, damit es so aussieht, als ob niemand den Maschinenraum betreten hätte?", sagte Lucky.

„Das ist doch alles Schnee von gestern", sagte Jason und versuchte, das Gespräch zu beschleunigen. „Ich würde ein gewisses Maß an Diskretion begrüßen, meine Herren."

„Diskretion kostet dich extra", sagte Crusher und nahm einen langen Zug von seinem Drink.

„Natürlich", sagte Jason säuerlich. Er winkte die Kellnerin heran und bestellte einen weiteren starken Drink. Jetzt, wo Lucky angekommen war, fühlte er sich ziemlich sicher, dass er sich zurücklehnen und etwas Dampf ablassen konnte, während er die Horden von Wesen unter ihnen beobachtete. Viele der Läden schlossen nie, denn der ständige Strom ankommender Schiffe machte es unklug, während der „Nachtstunden" der Station zu schließen und sich so das ganze potenzielle Geschäft entgehen zu lassen.

Je mehr er zusah, desto ruhiger und introspektiver wurde Jason. Das ganze Gewusel unter ihm ... wie viele Ameisen, die herumrannten, während laute und ungestüme Außerirdische sich gegenseitig anrempelten, um den besten Preis für diesen oder jenen bedeutungslosen Schnickschnack zu bekommen. *Vielleicht sind Ameisen der falsche Vergleich ... eigentlich sehen sie aus wie eine Gruppe von Menschen bei einem Sommerschlussverkauf. Traurig.* Er schnappte sich seinen Drink, den vierten seit Luckys Ankunft, und lehnte sich in seinem Stuhl zurück, um sich wieder mit seinen Freunden zu unterhalten. Da er mit dem Gesicht zum Eingang der Bar saß, hatte er einen besseren Blick auf die Neuankömmlinge als die anderen beiden. Drei Wesen standen jetzt im Eingangsbereich, scannten die Menge und schenkten den dreien besondere Aufmerksamkeit. Auch sie kamen ihm unheimlich bekannt vor. Er blinzelte und versuchte, seine verschwommene Sicht zu fokussieren, um das, was er sah, zu verdrängen.

„Das war's", verkündete er laut und schob sein Glas in die Mitte des Tisches. „Ich habe genug."

„Wirklich?", fragte Crusher überrascht. „Es sah so aus, als würdest du dich auf eine richtige Sauftour einstellen."

„Das war der Plan, aber es wird mir zu unheimlich", sagte Jason und lallte leicht zwischen den harten Konsonanten. „Ich sehe dich hier am Tisch, wo du eigentlich sein solltest ... aber da sind zwei andere Crusher drüben an der Tür. Und etwas, das aussieht wie ein halb menschliches Wesen, halb Mini-Crusher. Vielleicht ist das Zeug mit irgendetwas gestreckt?" Während er sein Glas ausgiebig untersuchte, drehten sich die beiden anderen um und musterten die Neuankömmlinge.

„Deine erste Einschätzung war teilweise richtig, Captain", sagte Lucky. „Zwei galvetische Krieger und eine weibliche Gelten kommen auf uns zu."

„Was ist ein Gelten?", fragte Jason.

„Das ist der eigentliche Name meiner Spezies", sagte Crusher mit fester Stimme und drehte sich zu dem herannahenden Trio um. „Galvetor ist der Name unserer Heimatwelt."

„Ah", sagte Jason. Die Tatsache, dass die meisten Spezies wie er einen Namen für sich selbst und einen anderen für ihre Heimatwelt und/oder ihr Sternensystem hatten, war etwas verwirrend. Die meisten identifizierten sich mit ihrer Heimatwelt, nachdem sie ein paar Generationen im Weltraum gelebt hatten, während andere den Namen ihrer Spezies bevorzugten. Kage nannte sich Veraner, weil er aus dem Ver-System stammte, aber Jason war sich sicher, dass seine Artgenossen einen anderen Namen für sich hatten. Jason bezeichnete sich selbst immer noch als Mensch, obwohl Erdling genauso gut passen würde. Die Tatsache, dass sich zwei Krieger wie Crusher ihrem Tisch näherten, drang schließlich in sein Bewusstsein und versetzte ihm einen kleinen Schock. „Oh Scheiße", sagte er und beobachtete, wie sie sich durch die

Menge bewegten.

„Lass uns keine voreiligen Schlüsse ziehen", polterte Crusher. „Sie sind vielleicht nicht auf einen Kampf aus." Sie warteten, bis die einsame weibliche Gelten an ihrem Tisch kam und die beiden Krieger einen Schritt hinter ihr standen und sie auf beiden Seiten flankierten. Jetzt, wo sie nah dran waren, konnte Jason sehen, dass sie zwar immer noch einschüchternd wirkten, aber beide mindestens zehn bis zwölf Zentimeter kleiner waren als Crusher und anscheinend fünfzig bis sechzig Pfund weniger wogen als sein Freund.

„Du wirst mir deinen Namen sagen", forderte die Frau gebieterisch. Ihre Stimme war wunderschön, stark und melodisch, aber der scharfe Tonfall ließ Jason zusammenzucken.

„Mein Name ist Crusher."

„Ich will deinen richtigen Namen wissen", forderte sie erneut und ignorierte Jason und Lucky.

„Du bekommst nur eine Verwarnung, alte Frau, und dann verschwindest du", knurrte Crusher in einem plötzlichen Anflug von Wildheit. „Ich habe keine Zeit mit Leuten wie dir zu verschwenden."

„So sprichst du nicht mit der Verwalterin, du elender Ausgestoßener", rief einer der Krieger und ging auf Crusher zu. Die Dinge gingen schnell den Bach runter. Crusher stand auf, um sich der Herausforderung zu stellen, und das Heulen von Lucky, der in den Kampfmodus wechselte, durchbrach das Chaos. Die weibliche Gelte, die *Verwalterin*, hob ruhig eine Hand. Schockierenderweise schienen alle auf ihr Signal zu hören und erstarrten auf der Stelle.

„Du wirst dich beruhigen", ermahnte sie ihre Krieger, „oder du wirst diesen Raum verlassen."

„Aber, Verwalterin!", stammelte er. „Wie kannst du zulassen, dass dieser Abtrünnige so mit dir spricht?"

Sie seufzte und wandte sich wieder dem Tisch zu. „Weil er Lord Felex Tezakar ist, der Wächter-Archon von Galvetor, und er kann sagen, was er will", antwortete sie leise und sah Crusher in die Augen. Beide Krieger sanken auf die Knie, legten die Stirn auf den Boden und warfen sich vor Crusher nieder.

„Sag ihnen, sie sollen aufstehen", knurrte Crusher. „Sie machen eine Szene."

„Du weißt, dass ich das nicht tun kann", sagte der Wächter. „Nur du kannst ihnen befehlen." Das Knurren, das von Crusher ausging, überzeugte Jason davon, dass er im Begriff war, die Frau zu schlagen. Stattdessen drehte er sich zu den beiden Kriegern hin.

„Steht auf", sagte er einfach. „Schnell! Runter vom Boden, ihr Narren." Beide Krieger rappelten sich auf, aber sie hielten ihre Augen gesenkt und weigerten sich, Crushers Blick zu erwidern.

„Bitte verzeih uns, Lord Archon", sagte derjenige, der ihn bedroht hatte. „Wir dachten, du wärst längst tot. Niemals würden wir die Waffen gegen dich erheben."

„Also", sagte Jason im Plauderton, „möchte jemand Lucky und mich darüber aufklären, was zum Teufel hier los ist?"

„Wir sollten zum Schiff gehen, Captain", sagte Crusher. „Und zwar so schnell wie möglich."

Kapitel 6

„Hey, Captain", rief Twingo über seine Schulter. Er und Kage beugten sich über etwas im Frachtraum, das, zumindest für Jason, wie ein verdrehtes Stück Weltraummüll aussah. „Was gibt's Neues?"

„Wir haben ein paar Gäste, wenn ihr aufhören wollt, im Müll zu spielen", sagte Jason. Die beiden drehten sich um und gingen hinüber zu Lucky und Crusher, die ebenfalls die Rampe hinaufkamen, dicht gefolgt von ihren Gästen aus Galvetor.

„Leute, das sind ..."

„Ach du Scheiße!", rief Kage plötzlich aus, als er die beiden zusätzlichen Krieger entdeckte. „Jetzt sind sie schon zu dritt." Er drehte sich um und sah aus, als wolle er zurück ins Schiff fliehen, aber Twingo griff ihm an den Kragen.

„Beruhige dich, verdammt noch mal!", sagte der Ingenieur mit zusammengebissenen Zähnen. „Du bringst uns in Verlegenheit."

„Was zum Teufel ist los mit dir?", rief Jason, bevor er sich wieder zu den anderen umdrehte, die stehen geblieben waren, um den Tumult zu beobachten. „Kümmere dich nicht um ihn", sagte er mit einem Lächeln. „Er ist nur ein bisschen aufgeregt. Wie ich gerade sagen wollte, das ist ... außer der *Verwalterin* habe ich keine Ahnung, wer ihr seid."

„Verwalterin ist einfach ein informeller Titel", sagte die Frau mit einem leichten Lächeln. „Ein Begriff der Vertrautheit und des Respekts, wenn du so willst. Mein Name ist Connimon Helick. Der Krieger zu meiner Rechten ist Morakar Reddix und sein jüngerer Bruder, Mazer Reddix, steht zu meiner Linken. Wir sind keine Spezies, die besonders viel Wert auf Förmlichkeit legt, Captain. Du und deine Crew könnt uns einfach mit unseren Vornamen ansprechen."

„Ganz einfach", sagte Jason. „Das ist mein Ingenieur Twingo und unser aufgeregter Code-Slicer, der mit den zwei zusätzlichen Armen, ist Kage."

„Seid alle gegrüßt", sagte Connimon mit einem Kopfnicken. „Captain Burke, ich freue mich darauf, euch zu erklären, warum wir euch gesucht haben, aber ich denke, es wäre ratsam, so schnell wie möglich zu starten. Ich bin mir nicht sicher, aber man könnte uns aufgespürt haben."

Jason seufzte schwer und hatte das ungute Gefühl, in etwas hineingezogen zu werden, was er lieber nicht tun würde. Schon wieder.

„Sehr gut", sagte er. „Kage, Twingo ... geht nach vorne und macht uns flugbereit und startklar. Ich komme gleich nach."

Twingo drehte sich um und blickte sehnsüchtig auf den Müllhaufen auf dem Boden der Bucht. „Captain, ich war sozusagen mitten in ..."

RÜCKKEHR DES ARCHONS

„Jetzt!"

„Jawohl."

„Connimon", sagte Jason vorsichtig, „wir sind zwar nicht unbedingt eine Gruppe, die Gefahr scheut, aber welche Sicherheiten hast du, dass ich mein Schiff und meine Mannschaft nicht in einen Krieg führe?"

„Ich habe keine, Captain", antwortete sie unverblümt. „Aber wenn dir Felex etwas bedeutet, dann ist es das Risiko wert."

„Wer ist Felex?", fragte Kage von hinten. Jason antwortete nicht, sondern drehte sich einfach um und starrte ihn an.

„Gut", schnaufte Kage, „ich gehe jetzt." Jason beobachtete ihn, bis er die Treppe zum Zwischengeschoss hinaufgestiegen war, das zur Einstiegsluke für die Crew führte. Als er sich umdrehte, um vorzuschlagen, dass auch sie das Schiff betreten sollten, sah er, dass Crusher (er konnte sich immer noch nicht vorstellen, dass er Felex Tezakar war) mit verschränkten Armen und einem offen feindseligen Gesichtsausdruck neben der Rampe stand.

„Crusher", sagte er. „Geh schon mal voraus, ich bringe unsere Gäste auf die Brücke, damit sie sich für den Abflug einrichten können." Ohne ein Wort zu sagen, drehte sich Crusher um und schlug so fest auf die Bedienelemente, um die Rampe und die Drucktüren zu schließen, dass Jason überrascht war, dass das Bedienfeld nicht vom Sockel gerissen wurde. In weiser Voraussicht ignorierte er die Beschimpfungen seines Freundes, drehte sich um und geleitete den Rest der Gelten die Treppe hinauf und durch das Schiff.

*****

53

„Es gibt eine Sache, die ich an Colton Hub liebe", sagte Kage, während er den umliegenden Verkehr überprüfte. „Sobald wir die Tore passiert haben, können wir frei navigieren und müssen uns nicht mit der Abflugkontrolle herumärgern. Übrigens, wir sind auf Kollisionskurs mit dem Leichtfrachter. Die Entfernung beträgt fünfzehntausend Kilometer."

„Ich sehe ihn", sagte Jason und schwenkte die Nase der *Phönix* so, dass sie mit dem Absprungvektor übereinstimmte. „Suche weiter nach Leuten, die ein ungesundes Interesse an uns haben. Übrigens, Connimon, wie seid ihr nach Colton Hub gekommen? Lasst ihr hier ein Schiff zurück?"

„Wir haben für die Überfahrt an Bord eines heruntergekommenen Frachters bezahlt", sagte sie schlicht. „Die Reise war ... unangenehm. Das ist ein beeindruckendes Schiff, Captain."

„Danke", sagte Jason abwesend. Ihre Geschichte, dass sie an Bord eines zufälligen Schmugglerkahns geflogen war, ließ in ihm mehr als nur ein paar Zweifel aufkommen. Jasons Entscheidung, nach Colton Hub zu reisen, war eine spontane Entscheidung gewesen, als sie von Aracoria abgeflogen waren. Connimon konnte unmöglich ihr Ziel kennen, geschweige denn die Ankunftszeit und den Ort, an dem sie sich auf der riesigen Raumstation befinden würden. Er vertagte diese Bedenken auf später, wenn er die Gelegenheit haben würde, herauszufinden, was genau vor sich ging.

Eine weitere Sorge bereiteten ihm die beiden galvetischen Krieger, die auf seiner Brücke standen. Sie waren zwar kleiner als Crusher, aber er hatte keinen Zweifel daran, dass sie ein tödliches Duo sein konnten, wenn die Dinge gewalttätig wurden. Zum Glück hatte er einen Trumpf in der Hand, der den Vorteil von zwei galvetischen Kriegern zunichtemachen konnte. Er drehte sich unauffällig zu Lucky um und kratzte sich mit drei Fingern am Ohr, eine scheinbar bedeutungslose Geste, die der Kampfsynth als Teil ihrer vereinbarten Signale erkennen würde: *Behalte die beiden Schwergewichte im Auge und sei auf alles gefasst.*

Als er sich wieder zur vorderen Kabinenhaube umdrehte, sah er, dass Connimon ihn direkt ansah. Ihr Mund verzog sich zu einem kleinen Lächeln und sie schüttelte belustigt den Kopf, bevor sie sich wieder dem Terminal zuwandte, an dem sie saß. *Verdammt, das hat sie mitbekommen und dabei hat sie uns gerade erst kennengelernt. Die Brüder sind vielleicht doch nicht die gefährlichsten Passagiere.* An allen Terminals, die nicht von Besatzungsmitgliedern besetzt waren, wurde ein allgemeiner Flugstatus angezeigt, damit die Gäste etwas davon hatten. Außer ein paar zufälligen, uninteressanten Lichtpunkten, die sich von der Schwärze abheben, gab es außerhalb des Kabinendachs im interstellaren Raum nichts zu sehen.

„Wir haben ein schnelles Raumschiff, das um die Station herumfliegt, Captain", berichtete Kage. „Ich kann weder Klasse noch Typ identifizieren, aber sie kommen aus dem entfernten Andockkomplex."

„Sehen sie aus, als würden sie beschatten?", fragte Jason und drehte den Gashebel weiter auf.

„Wir sind das einzige Schiff auf diesem Vektor und sie kommen sehr schnell, was wie ein Abfangmanöver aussieht."

Er hielt inne und runzelte die Stirn. „Sie sind weg."

„Was meinst du damit, *weg*?"

„Ich meine, sie sind aus dem Sichtfeld verschwunden", sagte Kage. „Ich lasse alle aktiven Scans laufen, aber sie haben nicht angehalten, sind nicht explodiert oder umgekehrt ... sie sind einfach weg."

„Sensor-Tarnmodus?", fragte Jason Doc ungläubig.

„Es scheint so", sagte Doc zweifelnd. „Aber ..."

„Aber wir haben noch nie etwas außerhalb der ConFed-Sondereinsatzkräfte gesehen, das über diese Art von Technologie verfügt", beendete Crusher für ihn.

„Ich erkenne Spuren entlang ihrer geplanten Flugroute", sagte Kage. „Sie sind uns auf jeden Fall auf den Fersen, aber es sieht nicht so aus, als würden sie versuchen, uns zu überholen."

„Twingo, haben wir volle Energie?", fragte Jason.

„Wir sind zu allem bereit", bekräftigte Twingo. „Was hast du vor?"

Jason zögerte nicht lange. „Voller Kampfmodus!", rief er, während er die *Phönix* in die Richtung schwenkte, aus der sie gerade gekommen waren, und den Schubregler bis zum Anschlag durchdrückte. „Kage, bereite eine Tachyonbombe vor." Das Kampfraumschiff schoss zurück zur Station und beschleunigte in die Verkehrsströme, die träge zu den Docks und wieder zurück flogen. Je näher sie kamen, desto lauter wurden die Warnungen und Anfragen, aber die Besatzung ignorierte sie. „Kommen sie heran?"

„Bestätigt, Captain", sagte Kage. „Ich habe entdeckt, dass ihr Antrieb auf volle Leistung hochfährt, während sie versuchen zu wenden und zu verfolgen. Es sieht so aus, als ob ihre Tarnkappentechnologie bestenfalls unvollkommen ist und sie mit einem untermotorisierten Antrieb fliegen."

„Das ist gut", sagte Jason und lenkte das Kampfraumschiff durch den Verkehr, während es weiter beschleunigte. Er wollte vor ihren Verfolgern auf die andere Seite der Station gelangen. Auch wenn es schwierig war, so war es doch möglich, ein Schiff durch den Slipspace zu verfolgen, je nach dem Stand der Technik und den Fähigkeiten der Besatzung. Er wollte lieber nicht auf die harte Tour herausfinden, dass sie beides hatten. „Programmiere eine Reihe von kurzen Pseudo-Sprüngen", befahl er. „Wir werden bei jedem Sprung Tachyonbomben abwerfen."

„Wie viele?", fragte Kage, während seine Hände über die Navigationstafel flogen.

„Fünf."

„Das wird teuer werden", murmelte Kage.

„Das wird es", stimmte Jason zu, als die *Phönix* über die „Krone" des Colton Hub und durch den Verkehr um die Andockarme schoss. Ein paar Plasmaschüsse wurden in ihre Richtung abgefeuert, von denen einer sogar gegen die Schilde prallte, als sie vorbeiflogen. Jason schmunzelte und schüttelte den Kopf. *Die universelle Konstante beim Gesindel der Galaxie: Wenn du es nicht verstehst, schieß darauf.*

„Die Luft ist rein", meldete Doc, „du kannst jederzeit den Slipdrive einschalten."

„Wir haben sie abgeschüttelt, aber nicht lange", sagte Kage. „Sie haben ihre Tarnung aufgegeben, während sie durch den Verkehr navigierten. Als wir vorbeikamen, hat das alle aufgeschreckt und die

Schiffe fliegen in alle Richtungen."

„Ich schalte jetzt ein", sagte Jason und drückte den Auslöser, um die erste Tachyonbombe freizusetzen, bevor er die Steuerung betätigte und sie aus dem System schickte. Als die koronale Entladung der sich verflüchtigenden Slipenergien abebbte, wurde die erste Tachyonenexplosion ausgelöst, die den Bereich mit Tachyonenpartikeln überflutete und alle Sensoren blendete, die versucht hatten, den Sprung des Kampfraumschiffs zu verfolgen.

*****

„Also", sagte Jason, während er seinen Becher mit Chroot zurück zum Tisch in der Kombüse trug, „glauben wir, dass es ein reiner Zufall war, dass uns ein von den Sensoren verborgenes Schiff von Colton Hub weg verfolgt hat?"

„Natürlich nicht", schnaubte Twingo. „Aber wem sind sie gefolgt? Denen oder uns?"

„Das ist die große Frage", stimmte Jason zu. „Also ... ist man euch zu Colton Hub gefolgt? Und wenn ja, woher wussten sie, mit welchem Schiff ihr abgeflogen seid?"

„Wir wurden nicht verfolgt", sagte Connimon. Als sie nichts weiter sagte, atmete Jason verärgert aus.

„Das wird viel schneller gehen, wenn du freiwillig Auskunft gibst und vielleicht sogar sagst, warum du dort warst, warum du Crusher suchst und warum du auf meinem Schiff bist."

„Ich bitte um Verzeihung, Captain", sagte sie und nickte ihm mit einer Art Halbverbeugung zu. „Ich will nicht vage sein, aber wenn ich dir erzähle, was wir erlebt haben, kannst du mir verzeihen, dass ich

Wesen, die ich gerade erst kennengelernt habe, nicht sofort Informationen gebe."

„Auf jeden Fall", sagte Jason sardonisch und nahm Platz. „Fahre fort." Connimons Verhalten war zwar ausgesprochen höflich und sogar ein wenig ehrerbietig, aber er traute ihr nicht, und Crushers unmittelbare Reaktion auf ihren Anblick war alles andere als erfreulich. Tatsächlich stand sein Freund immer noch etwas abseits der Gruppe und starrte die Passagiere wütend an. Wenn Connimon von Jasons Tonfall beleidigt war, ließ sie sich das nicht anmerken, als sie mit ihrer Geschichte begann.

„Ich kann mir vorstellen, dass wir nicht zu Colton Hub verfolgt wurden, weil wir schon seit über sieben Monaten dort waren", sagte sie und hielt inne, als sie die Blicke auf dem Tisch sah.

„Ihr habt *sieben Monate* an diesem beschissenen Ort verbracht", sagte Kage. „Warum?"

„Wir haben auf euch gewartet", sagte sie schlicht. „Wir haben versucht, eure Bewegungen zu verfolgen, aber das war nicht möglich, da ihr viel zu unberechenbar wart. Bei unseren Nachforschungen fanden wir heraus, dass Colton Hub einer der Orte ist, den ihr öfter als ein- oder zweimal im Jahr besucht. So unangenehm das auch war, trafen wir Vorkehrungen, um dort zu bleiben, bis ihr ankamt. In dieser ganzen Zeit wurden wir nie verfolgt oder wirklich beobachtet. Daraus muss ich schließen, dass das Schiff, von dem wir vor kurzem geflohen sind, euch aus eigenen Gründen aufspüren wollte."

„Aufspüren ist sicher der richtige Ausdruck", sagte Jason. „Es war reines Glück, dass wir sie überhaupt gesehen haben. Soweit wir wissen, könnten sie uns schon den ganzen Weg von Aracoria aus gefolgt sein.“ Kaum hatte er das gesagt, verkrampfte sich der Rest der Besatzung.“

„Willst du damit sagen, dass der ConFed-Geheimdienst wieder Interesse an uns hat?“, fragte Doc angespannt.

„Ich will gar nichts sagen“, antwortete Jason schnell. „Halten wir uns erst einmal an das, was wir wissen. Connimon, mach bitte weiter.“

„Wir wurden auf eure Ankunft aufmerksam, als du, Felex und Lucky durch den Korridor liefen. Mazer hat euch aus den Augen verloren, als ihr euch getrennt habt, und wir konnten euch erst wieder finden, als ihr drei das Lokal im oberen Stockwerk betreten habt.“

„Auch dann waren wir uns nicht sicher, ob der Gelten in eurer Mannschaft wirklich Felex war. Wir konnten uns nur auf Gerüchte und Augenzeugenberichte stützen. Selbst als wir ihn sahen, gab es Zweifel. Die Jahre, die er von uns getrennt war, haben ihn etwas verändert. Da haben wir uns eurem Tisch genähert.“

„Wer ist Felex?“, fragte Doc und hob dabei seine Hand.

„Ach, Mist. Ich habe vergessen, dir zu sagen ...“, begann Jason, bevor Morakar ihn unterbrechen konnte.

„Der Krieger, den du *Crusher* nennst, ist in Wahrheit Lord Felex Tezakar, der Wächter-Archon von Galvetor“, sagte er mit leiser, aber eindringlicher Stimme. Er starrte Crusher an, während er sprach. Docs Mund fiel auf und auch er drehte sich zu Crusher um.

„Ich nehme an, du kennst den Namen?“, fragte Jason.

„Ich erinnere mich an die Gerüchte, als Felex verschwand“, sagte Doc etwas ehrfürchtig. „Aber Galvetor ist so abgeschottet, dass nie etwas bestätigt worden ist. Ich kann nicht glauben, dass ich diese Tatsachen nie verbunden habe."

„Wie kommt es, dass du so viel über unsere interne Politik weißt?", fragte Connimon.

„Ich bin Genetiker", antwortete Doc und wandte seinen Blick von Crusher ab, der nachdenklich und schweigsam geblieben war, um sich ihr zuzuwenden. „Am Anfang meiner Karriere erhielt ich die Erlaubnis, Galvetor zu besuchen, um die Kriegerkaste eures Volkes zu studieren. Was ihr mit solch archaischen Methoden erreichen konntet, ist geradezu ein Wunder. Das ist nicht böse gemeint."

„Wir verstehen", sagte sie mit einem leicht nachsichtigen Lächeln. „Unser Weg ist nicht so schnell wie euer Gen-Splicing und eure DNA-Manipulation, aber unsere Ergebnisse sprechen für sich. Galvetische Krieger sind die gefürchtetsten Kämpfer in den bekannten Welten." Lucky, der eine Hand auf den Tisch gelegt hatte, begann mit seinem Zeigefinger laut gegen die Kunststoffoberfläche zu klopfen.

„Wir wissen von deiner Art, Kampfsynth, aber wir glauben nicht, dass ein Krieger hergestellt werden kann", sagte Connimon.

„Vielleicht veranstalten wir mal eine Demonstration", sagte Lucky höflich. „Wenn ihr mehr Krieger zur Verfügung habt, meine ich." Nach seiner letzten Bemerkung schaute er die Reddix-Brüder eindringlich an, woraufhin Jason ein Lächeln hinter seiner Hand verbarg und die beiden Krieger sich ängstlich ansahen. So offen herausgefordert zu werden, war etwas, was sie offenbar nicht gewohnt waren.

„Lass uns versuchen, uns zu konzentrieren", sagte Jason. „Du hast erklärt, wie ihr uns gefunden habt, aber nicht warum. Über ein halbes Jahr auf dieser Scheißstation zu bleiben ... das muss etwas

Wichtiges sein."

„Ja, Captain", sagte Connimon leise, „es ist sehr wichtig. Dein Volk braucht dich, Felex. Galvetor steht am Rande eines Bürgerkriegs und die Kriegerkaste ist nicht mehr bereit, neutral zu bleiben. Deine Rückkehr würde ...".

„Für mich gibt es kein Zurück mehr", knurrte Crusher und trat so schnell vor, dass Mazer und Morakar zusammenzuckten. „Ich wurde aus meiner Heimat verbannt! Ich wurde weggeschickt wie ein Bettler, nur um gefangen genommen, in die Sklaverei verkauft und fast getötet zu werden! Damals wurde mir gesagt, dass die einzige Möglichkeit, mein Volk zu retten, darin bestünde, die Schande zu akzeptieren und nie wieder zurückzukehren!" Seine Stimme war zu einem ohrenbetäubenden Gebrüll angestiegen und Jason machte sich ernsthafte Sorgen. Er wollte Lucky gerade ein Zeichen geben, dass er bereit sein sollte, aber Crusher war noch nicht fertig.

„Jetzt sagst du mir, um sie zu retten, muss ich zurückkehren? Ich habe kein Volk! Ich bin ein Abtrünniger, der dazu verdammt ist, ohne Heimat durch die Galaxie zu wandern. Du hast deine Zeit vergeudet, Verwalterin", donnerte Crusher. „Hier gibt es nichts für dich!" Als die letzten Worte seinen Mund verließen, schlug er mit seiner gewaltigen Faust wild mit auf den Tisch, genau zwischen Jason und Kage, die dort saßen. Der Tisch zersprang in Scherben aus hartem Kunststoff und die Trinkgläser flogen herum. Ohne auf das Blut zu achten, das aus der Wunde floss, die die scharfen Kanten des zerbrochenen Tisches verursacht hatten, stürmte Crusher aus der Kombüse in Richtung Waffenkammer. Dabei knurrte er den beiden anderen Kriegern eine Herausforderung zu.

Twingo und Doc sahen sich mit großen, erschrockenen Augen an. Kages Gesicht hingegen war zu einer Fratze des absoluten Schreckens erstarrt.

„Captain", sagte Twingo mit nervöser Stimme. „Solltest du nicht nach Kage sehen? Er sieht aus, als hätte er einen Anfall."

„In einem Moment", sagte Jason ruhig. „Ich versuche gerade, mir nicht in die Hose zu machen."

Kapitel 7

Nachdem Crusher den Küchentisch in zwei Hälften zerbrochen hatte, ließ Jason die anderen Gelten in der Steuerbordkoje einsperren, während er versuchte, die Situation wieder in den Griff zu bekommen, falls er sie überhaupt jemals in den Griff bekommen hatte. Es dauerte einen Moment, bis sie Kage unter Kontrolle bekamen, und dann beorderte Jason die anderen auf die Brücke, um sie zu beschäftigen, während Lucky auf dem Hauptdeck blieb, um mögliche Probleme mit den ungebetenen Gästen zu verhindern.

Er war gerade in einer hitzigen Diskussion mit Lucky. Hitzig seinerseits, versteht sich. Lucky blieb vorhersehbar stoisch.

„Warum sollte ich da reingehen? *Du* bist sein engster Freund."

„Und du bist sein Captain", erwiderte Lucky. „Er wird wissen wollen, dass du ihm immer noch den Rücken freihältst."

„Das versteht sich von selbst", sagte Jason mit einem abweisenden Winken.

„Aber das ist ihm vielleicht nicht klar", drängte Lucky. „Das war ein untypisch heftiger Gefühlsausbruch von Crusher. Er wird deine Zusicherungen wollen."

„Toll", brummte Jason. „Wenn du einen lauten, mädchenhaften Schrei hörst, der plötzlich abbricht, brauchst du gar nicht erst reinzurennen. Komm einfach und hol dir, was von mir übrig ist und wirf die Überreste aus einer Luftschleuse."

„Natürlich, Captain", sagte Lucky zustimmend und erntete dafür einen irritierten Blick von Jason.

Mit leichtem Schritt ging er vom Hauptdeck hinunter zum Backbordmaschinenraum, wo er die Tür der Waffenkammer sehen konnte. Sie war geschlossen, aber nicht verriegelt. Er atmete tief durch, ging hin und öffnete die Tür, ohne zu wissen, was ihn erwartete.

Es war eher enttäuschend. Crusher saß auf den Knien, seine Hände ruhten leicht auf den Oberschenkeln, die Augen waren geschlossen und seine Schultern hoben und senkten sich mit seinem langsamen, gleichmäßigen Atem. Jason erkannte, dass dies eine Art meditative Position war, in die sich der große Krieger begab, wenn er sich selbst beruhigen oder einfach seine Körperfunktionen nach einem Training verlangsamen wollte. Er hatte ihn aber auch schon vor einem Kampf in dieser Position gesehen, also war dies entweder ein Versuch, ruhig zu bleiben, oder es war einfach eine Vorstufe zu einer schrecklich gewalttätigen Konfrontation.

„Hallo, Captain", sagte Crusher mit sanfter und fester Stimme.

„Hey", sagte Jason und setzte sich auf eine der Bänke. „Das war ja eine tolle Szene da hinten."

„Ich entschuldige mich für den Tisch", sagte Crusher und öffnete immer noch nicht seine Augen. „Ich werde ihn aus meinem persönlichen Konto bezahlen."

„Ich mache mir keine Sorgen um den Tisch", sagte Jason. „Meine einzige Sorge ist, dass es dir gut geht. Normalerweise hast du dich besser unter Kontrolle."

„Bist du hierhergekommen, um meine Meinung zu erfahren?", fragte Crusher. „Ich nehme an, du hast schon mit der Verwalterin gesprochen."

„Das habe ich nicht. Ich habe sie in ihre Quartiere gesperrt, nachdem du die Kombüse verlassen hattest", sagte Jason und begann sich zu entspannen, da es schien, als hätte Crusher sich wieder völlig unter Kontrolle. „Ehrlich gesagt, interessiert mich ihre Perspektive nicht. Und ich bin auch nicht hier, um dich nach Informationen auszuquetschen. Natürlich bin ich interessiert, aber wenn du nichts sagen willst, ist das deine Sache. Ich habe dir mein Leben anvertraut, seit wir zusammen gekämpft haben, und das hat sich nicht geändert. Wenn du mir Bescheid gibst, setzen wir die drei auf dem nächsten bewohnbaren Felsen ab und sind fertig mit der ganzen Sache."

Crushers Augen öffneten sich langsam und er starrte Jason einen Moment lang an, bevor er sprach.

„Danke, Captain", sagte er schließlich. Mit einer fließenden Bewegung erhob er sich und setzte sich gegenüber von Jason auf eine Bank. „Ich fürchte, die Situation wird sich nicht so einfach lösen lassen. Ich muss natürlich die Details hören, aber Galvetor steht schon seit einiger Zeit am Rande eines Bürgerkriegs. Wenn es um den üblichen Streit geht, könnte ich mir vorstellen, dass die eine oder andere Seite

66

einen Vorteil erlangt hat, der sie glauben lässt, die Pattsituation durchbrechen zu können."

„Warum einen Bürgerkrieg?", fragte Jason. „Ist Galvetor nicht absichtlich isoliert?"

„Das bringt uns zum Ursprung des Konflikts", sagte Crusher. „Es gibt eine kleine, aber lautstarke Gruppe, die der Meinung ist, dass es an der Zeit sei, dass wir unseren Einfluss geltend machen. Ihre Bewegung wächst und sie hat mehr als nur ein paar Leute davon überzeugt, dass wir die Mittel haben, um eine große Macht auf der galaktischen Bühne zu werden."

„Deine Kriegerkaste", vermutete Jason.

„Ja. Dank jahrtausendelanger Tradition verfügt Galvetor über eine mächtige, willige Armee von Sturmtruppen, die ihre Nachbarn in Angst und Schrecken versetzen könnten."

„Sie würden nicht einfach militärisch zuschlagen, oder? Die ConFed wird nicht zulassen, dass ihr in benachbarte Sternensysteme eindringt", sagte Jason langsam.

„Nein", seufzte Crusher. „Es wäre die Androhung von Gewalt durch die Legionen, die unsere Handelspartner zwingen würden, uns günstige Bedingungen zu bieten. Da unsere nächsten Nachbarn nicht nur relativ friedlich sind, sondern auch Meister im Schiffsbau, würde es wohl nicht lange dauern, bis Galvetor neben seiner Armee auch eine mächtige Flotte aufstellte."

„Nimm mir nicht übel, was ich jetzt sage", sagte Jason vorsichtig, „aber ist das nicht alles ein bisschen ... zu simpel?"

„Ja und nein", sagte Crusher. „Ich gebe dir nur die groben

Umrisse, aber du hast recht ... wir sind kein politisch hochentwickeltes Volk. Das mag an unserer Isolation liegen oder es ist einfach eine Charakterschwäche."

„Ich schätze, wir sollten unsere Diskussion mit Connimon beenden und dann kannst du entscheiden, was du tun willst", sagte Jason nach einem langen Moment des Nachdenkens.

„Stimmt", sagte Crusher und stand auf. „Bis jetzt hat sie keinen besonderen Grund genannt, warum sie sich die Mühe gemacht haben, mich aufzuspüren."

Zwanzig Minuten später waren sie alle wieder in der Kombüse versammelt und saßen am zweiten, kleineren Tisch, an dem Twingo und Kage auffallend abwesend waren. Die Anwesenden blickten alle ausdruckslos und warfen gelegentlich einen Blick auf Crusher. Jason beobachtete das Ganze mit großem Interesse. Crusher war das einzige Mitglied seiner Spezies, das er je gesehen hatte, und die Art und Weise, wie sie ihn mit Respekt behandelten, während sie ihn gleichzeitig zu fürchten schienen, gab Jason einen weiteren Hinweis darauf, wer Crusher oder Felex wirklich war. Wie sie vereinbart hatten, als sie die Waffenkammer verließen, übernahm Crusher die Kontrolle über das Treffen.

„Jetzt, wo wir alle Zeit hatten, unsere Gemüter abzukühlen", begann er, „würde ich gerne wissen, warum du zu mir gekommen bist. Sei vorsichtig, Verwalterin, denn ich dulde keine Lügen." Jasons rechte Augenbraue hob sich, als Crusher zwischen seiner gewohnten, vertrauten Art zu sprechen und einer seltsamen, gestelzten Förmlichkeit zu wechseln schien.

„Wie wir bereits erwähnt haben, steht Galvetor am Abgrund",

sagte sie und hob eine Hand, um Crushers Protest zu unterbinden. „Ich weiß, Felex ... dieser Konflikt schwelt schon so lange, dass er fast schon normal ist. Vielleicht ist er sogar in den Hintergrund des täglichen Lebens gerutscht. Die große Mehrheit unserer Bürgerinnen und Bürger hält ihn für ein harmloses Gerangel von Politikern, das ihr Leben letztlich kaum beeinflusst. Mein erstes Anzeichen dafür, dass sich die Dinge geändert haben könnten, war der konzertierte Versuch, dich abzusetzen. Du warst viel zu einflussreich und ein Traditionalist. Die Legionen hätten nie nachgegeben, wenn du noch Archon gewesen wärst. Es war für alle eine Überraschung, als du kampflos ins Exil gingst."

„Ich hatte kaum eine Wahl", sagte Crusher. „Die Legionen hatten deutlich gemacht, dass sie sich jedem Versuch widersetzen würden, mich zu entfernen. Wäre ich nicht zurückgetreten, hätte das zweifellos zu einem gewaltsamen Konflikt zwischen uns und der Staatssicherheit von Galvetor geführt."

„Das war auch der Gedanke der obersten Führung", bestätigte Connimon. „Wir haben uns aber gründlich verkalkuliert, und in der Zeit deiner Abwesenheit wurde das Aufsichtskomitee mit Sympathisanten der Interventionisten besetzt."

„Das Aufsichtskomitee ist ein rein ziviler Rat, der die Kriegerkaste überwacht und als Bindeglied zwischen den Legionen und der Hauptstadt auf Galvetor fungiert", sagte Crusher zu Jason. „Während der Auseinandersetzungen zwischen den isolationistischen und den interventionistischen Fraktionen innerhalb der Zivilregierung versuchen beide Seiten, die Karten im Komitee zu ihren Gunsten zu mischen, für den Fall, dass das Schlimmste passieren sollte."

„Du meinst, wenn dieser kleine politische kalte Krieg heiß wird, hätte die Seite, die den größten Einfluss auf die Legionen hat, einen großen Vorteil", sagte Jason.

„Im Grunde ja", sagte Connimon. „Aber mit Felex als Archon hätte das alles keine Rolle gespielt. Nicht ein einziger Krieger wäre ohne seine Zustimmung marschiert. Das war der Hauptgrund, warum er vertrieben wurde; keiner Seite gefiel der Einfluss, den er auf eine so mächtige Streitmacht ausübte."

„Vor allem nicht, wenn sie ihn für sich selbst wollten", sagte Jason und nickte verständnisvoll. „Dieser Titel ... Archon ... du warst also der oberste militärische Offizier in deiner Armee?"

„Es ist nicht ganz das, was du in deiner eigenen Erfahrung als *General* bezeichnen würdest", erklärte Crusher. „Ich war und bin wohl immer noch der geistige, politische und militärische Anführer meines Volkes. Ich weiß, dass es sich wie eine Sekte anhört, aber ein galvetischer Krieger zu sein, ist nichts, wofür man sich freiwillig entscheidet. Du wirst hineingeboren und hast kaum die Wahl, etwas anderes zu sein. Unsere Gesellschaft unterscheidet sich daher ein wenig von der Freiwilligenarmee deiner Altersgenossen, zu der du dich gemeldet hast." Das war das erste Mal, seit sie die Gelten im Colton Hub getroffen hatten, dass Crusher voll und ganz zugab, dass das, was Connimon über ihn sagte, wahr war. Ihr langsames, zustimmendes Nicken schien zu verdeutlichen, dass sie dies als kleinen Sieg ansah.

„Was meinst du damit, dass du es immer noch bist?", fragte Jason verwirrt.

„Er kann nicht abgesetzt werden, solange er noch lebt", antwortete Connimon. „Felex' Tod muss erst bestätigt werden, bevor ein neuer Archon ernannt werden kann. Als Verbannter war er viel nützlicher, denn solange man glaubte, er sei am Leben, konnte kein anderer seinen Platz einnehmen und ihnen ähnliche Probleme bereiten."

„Ich könnte mir vorstellen, dass die Legionen, eine militärisch organisierte Gruppe, durch das plötzliche Verschwinden ihres Archons auch ein gewisses Machtvakuum erlitten", sagte Jason und dachte laut nach. „Das würde es dem Rat ermöglichen, die Führungsrolle zu übernehmen und den Einfluss der Opposition auf die Kriegerkaste noch weiter zu stärken."

„Sehr gut, junger Captain", sagte Connimon etwas überrascht. „Du scheinst ein gewisses Verständnis für die Psyche unserer Kriegerbrüder zu haben."

„Ich kenne mich mit dem Militär aus", korrigierte Jason. „Und ich habe festgestellt, dass es große Ähnlichkeiten gibt, sogar zwischen verschiedenen Spezies. Habe ich richtig gehört, dass es keine weiblichen Krieger gibt? Ich nehme an, dass ich etwas Offensichtliches übersehe ... aber wie haltet ihr die Rasse am Leben?"

„Trotz der körperlichen Unterschiede gibt es eigentlich nur sehr wenige genetische Unterschiede zwischen den Gelten und der Unterrasse der Krieger", sagte Doc, der zum ersten Mal seit ihrer Wiederzusammenkunft das Wort ergriff. „Ein Kriegerkind ist immer männlich, aber es kann auch von einem „normalen" Gelten geboren werden. Das Gen, das dafür verantwortlich ist, wird zwar von der Frau getragen, aber eine Paarung mit einem männlichen Krieger erhöht die Chancen erheblich."

„Ja", sagte Connimon. „Da Kriegernachwuchs selten ist, einer von ein paar hundert, ist es eine große Ehre für die Familie, wenn es passiert."

„Wir kommen hier ein bisschen vom Thema ab", sagte Crusher, um das abschweifende Gespräch unter Kontrolle zu bringen. „Was genau brauchst du von mir?"

„Wir haben euch nicht aufgesucht, um euch zu verärgern", sagte Connimon. „Wie ich schon mehrfach gesagt habe, steht Galvetor am Rande eines Krieges und die Legionen scheinen sich für eine Seite entscheiden zu wollen. Hinzu kommt, dass unsere Anführer zusammengetrieben und inhaftiert wurden."

„Mit welcher Begründung?", fragte Crusher.

„Alles, was sie an den Pranger stellen können. Aufwiegelung, Verschwörung zum Sturz der Regierung, Veruntreuung von Geldern." Connimon zuckte mit den Schultern. „Die Liste ist vielfältig und vorhersehbar lächerlich, aber dank des Justizsystems, nach dem die Legionen arbeiten, liegt die Verurteilungsquote bei fast einhundert Prozent."

„Wo werden sie festgehalten?"

„Sie wurden nach Galvetor selbst gebracht", sagte Connimon. „Sie wurden als zu gefährlich eingestuft, um sie auf Restaria zu lassen."

„Restaria?", fragte Jason.

„Es ist die zweite bewohnbare Welt in unserem Sternensystem", sagte Connimon. „Vor Generationen hatte die Kriegerkaste nach dem letzten Bürgerkrieg auf Galvetor beschlossen, dort zu leben. Da ist noch etwas anderes, Felex ... sie haben Fordix entführt. Seine Verhaftung und Inhaftierung hat uns veranlasst, dich aufzusuchen."

„Wir waren auch der Meinung, dass es nur eine Frage der Zeit sei, bis die Verwalterin ebenfalls fälschlicherweise beschuldigt und in einen Käfig gesperrt würde", sagte Morakar leise von seinem Ende des Tisches aus. Crushers Schultern waren hochgezogen und seine Fäuste waren geballt. Jason kannte seinen Freund gut genug, um zu wissen, dass er sein Temperament kaum unter Kontrolle halten konnte.

„Verwalterin", begann Crusher mit ruhiger Stimme. „Bitte gib mir etwas Zeit, um das alles mit meiner Crew zu besprechen."

„Natürlich", sagte sie mit einer Verbeugung und führte die beiden anderen Krieger aus der Kombüse zurück in die Backbordkoje, wo sie bereits einige Zeit verbracht hatten.

„Das ist ganz schön viel", bemerkte Jason trocken. „Und wer ist Fordix?"

„Die kurze Antwort ist, dass er mein Mentor war", sagte Crusher. „Aber es geht viel tiefer als das. Er war eher wie ein Vater für mich."

„Was willst du also tun?"

Es gab eine lange Pause, in der Crusher über Jasons Frage nachdachte.

„Ich habe keine andere Wahl", sagte Crusher leise. „Ich muss zumindest nach Restaria reisen, um herauszufinden, was wirklich vor sich geht. Auch wenn ich sie gut kenne, schließe ich die Möglichkeit nicht aus, dass Connimon ihre eigenen Pläne verfolgt."

„Okay", sagte Jason einfach. „Ich stelle dir die *Phönix* zur Verfügung, solange du sie brauchst. Du wirst auf dieser Reise sowohl taktisch als auch operativ tätig sein, also werden wir uns von dir leiten lassen."

„Ich will dich nicht beleidigen, indem ich versuche, dir das auszureden", sagte Crusher, „also sage ich einfach: Ich danke dir."

„Wenn du im Exil bist, wie sollen wir dann sicher zu deiner Heimatwelt reisen?", fragte Lucky und kam gleich zur Sache.

„Wir werden nicht nach Galvetor gehen", sagte Crusher. „Dort können wir die *Phönix* sowieso nicht landen. Stattdessen fliegen wir direkt nach Restaria und beginnen von dort aus mit den Operationen. Eigentlich dürfte ich mich auf keiner der beiden Welten aufhalten, aber in Wirklichkeit haben sie erwartet, dass ich mich einfach in die Wildnis unserer Welt verkrieche. Die Legionen brauchen nicht viel Platz und der Großteil von Restaria gehört der Natur."

„Und warum hast du es nicht getan?", fragte Jason. „Einfach irgendwo ein Lager aufschlagen, meine ich."

„Stolz", sagte Crusher. „Ich habe meine Strafe zwar bereitwillig akzeptiert, aber ich war nicht glücklich darüber. Ich bat darum, auf einer Grenzwelt abgesetzt zu werden, weil ich überzeugt war, dass ich unter den schwächeren Spezies florieren würde. Ich war nicht auf die Gerissenheit der kriminellen Elemente in der Galaxis vorbereitet. Nach etwa einem Jahr wurde ich unter Drogen gesetzt, in Ketten gelegt und Bondrass als Geschenk überreicht, um eine Schuld zu begleichen. Du weißt ja, wie das ausging."

„Gibt es einen Ort, an dem wir sicher landen können? Abgesehen von einem Raumhafen?", fragte Jason.

„Den gibt es", bestätigte Crusher. „Ich habe mir Folgendes ausgedacht ..."

Kapitel 8

Die *Phönix* hatte den Kurs geändert und die Geschwindigkeit erhöht. Sie raste durch den Äther des Slipspace auf das Galvetor-System zu. Jason saß im Pilotensitz und versuchte, in der kurzen Zeit, die ihm zur Verfügung stand, so viele Informationen wie möglich über Crushers Heimatwelten aufzunehmen. Über Galvetor gab es nur spärliche Informationen in allen öffentlichen Netzen, aber Connimon hatte einige Dateien auf den Hauptcomputer der *Phönix* hochgeladen, die viele Lücken füllten.

Die Kultur der Gelten war faszinierend. Jason hatte noch nie ein Volk mit einer so gespaltenen Persönlichkeit gesehen. Die Kriegerkaste hatte sich über Jahrhunderte hinweg durch sorgfältige, selektive Züchtung entwickelt, bis sich die einzigartigen Merkmale von Crushers Art herauskristallisierten. Die abgestumpfte Schnauze, der rudimentäre Stirnkamm, die übertriebenen Sinnesorgane um den Kopf herum und sogar die schiere Größe und Stärke waren alles Merkmale, die Connimon fehlten. Für Jason sah sie einfach wie jeder andere zweibeinige Außerirdische mit dunkler, fast schwarzer Haut aus.

Sie hatten versehentlich die mächtigsten Krieger in der bekannten Galaxie entwickelt, wenn man einmal davon absah, dass Luckys Schöpfer den Kampfsynths das Leben schenkten, und als diese Krieger den Zenit dessen erreichten, was als Spezies möglich war, brauchte und wollte ihre Welt sie nicht mehr. Sie waren eine Armee ohne Krieg. Der allgemeine Konsens war, dass die Kriegerklasse zu gefährlich war, um unter den normalen Bürgern zu leben, und so begann eine konzertierte Aktion, um sie aus Galvetor zu entfernen. Die Kriegerklasse, deren einziges Verbrechen es war, anders geboren worden zu sein, wehrte sich gegen sie. Hart. Blutige Konflikte zwangen die Regierung dazu, eine Lösung zu finden, und zwar schnell.

Seltsamerweise gab es in dem Sternensystem noch einen zweiten, gut bewohnbaren Planeten, auf dem keine primäre Spezies lebte. Aufgrund der isolationistischen, fast fremdenfeindlichen Natur der Gelten war der Planet nie kolonisiert worden. Nach einer kurzen Verhandlung einigten sich die Legionen darauf, dass sie die zweite Welt, Restaria, besiedeln würden. Außerdem wurde vereinbart, dass jedes Kriegerkind, das auf Galvetor geboren wird, nach seinem ersten Lebensjahr nach Restaria geschickt wurde, um dort seine Ausbildung zu beginnen.

Jason lehnte sich zurück und verinnerlichte die komprimierte Geschichtslektion, die er gerade gelesen hatte. Es gab einige Parallelen zwischen den galvetischen Kriegern und einigen der alten Kriegerkulturen der Erde, aber die Gelten hatten die Idee auf die Spitze getrieben. Die offensichtlichste Parallele war die spartanische Armee im fünften Jahrhundert v. Chr., deren Soldaten von Kindesbeinen an darauf trainiert wurden, ihren Zeitgenossen haushoch überlegen zu sein.

„Das ist interessant", murmelte Jason vor sich hin und blätterte in einer anderen Datei nach oben.

„Was ist interessant?", fragte Kage, als er die Brücke betrat und laut auf einem Erdnussbutter-Marmelade-Sandwich kaute. Jason hatte das Grundnahrungsmittel aus seiner Kindheit in den Nahrungsreplikator der *Phönix* einprogrammiert, und der Rest der Besatzung war schnell süchtig danach geworden.

„Was habe ich dir über das Essen auf dem Flugdeck gesagt?", fragte Jason spitz und ignorierte die Frage seines Freundes. Kage stopfte sich die gesamte verbleibende Hälfte des Sandwiches in den Mund und begann langsam zu kauen, wobei seine Backen aufplusterten und synthetische Traubenmarmelade aus einer Ecke tropfte. Er wischte alle vier Hände an seinem Hemd ab und hielt sie zur Begutachtung hoch. Jason schauderte, leicht angewidert. „Das ist eine Formsache", sagte er. „Setz dich einfach hin und wisch dir den Mund ab."

„Also, was war interessant?", sagte Kage, nachdem er es geschafft hatte, das klebrige Sandwich herunterzuwürgen. Da er aber nichts hatte, womit er es hätte herunterspülen können, hatte er Mühe, die Worte aus seinem Mund zu bekommen.

„Ich habe mich gefragt, wie die galvetischen Legionen so eine effektive Kampftruppe sein können, wenn sie so isoliert sind und fast keine Erfahrung in der realen Welt haben", sagte Jason und tat sein Bestes, um die Geräusche aus dem Copilotensitz zu ignorieren. „Du kannst nicht in einem Vakuum trainieren, egal wie fähig deine Soldaten sind. Es sieht so aus, als hätten sie das auch gewusst. Ich lese gerade eine ganze Abhandlung über taktische Experten und militärische Eliteeinheiten, die nach Restaria eingeladen wurden, manchmal unter dem Vorwand von Trainingsübungen, manchmal um an Wettbewerben teilzunehmen. Aber in all diesen Fällen waren die galvetischen Krieger in der Lage, das Gelernte anzuwenden und ihre Taktiken anzupassen. Das ist unglaublich ... ohne ein einziges großes Gefecht zu bestreiten, haben sie sich irgendwie zur herausragenden Infanterieeinheit in der Galaxie entwickelt."

„Aber wie nützlich ist das in der modernen Kriegsführung?", fragte Kage und rief dieselben Dokumente an seiner Station auf. „Ich meine, selbst tausend Crusher nützen nicht viel, wenn man aus dem Orbit von Raumschiffen bombardiert wird."

„Mit reiner Feuerkraft lassen sich nicht immer Kriege gewinnen", sagte Jason. „Aus eigener Erfahrung kann ich dir sagen, dass es keinen Ersatz für gut ausgebildete, disziplinierte und motivierte Soldaten gibt."

„Du sagst also, dass ein ConFed-Schlachtschiff in den Orbit kommt, die Oberfläche eines Planeten in geschmolzene Schlacke verwandelt und dass eine Gruppe von Bodenkämpfern irgendwie einen Unterschied machen wird?", fragte Kage verächtlich.

„Du redest von etwas anderem", argumentierte Jason. „In einem Krieg geht es darum, ein politisches Ziel zu erreichen oder ein Gebiet zu erobern. Du redest davon, einen ganzen Planeten auszulöschen."

„Für manche Arten ist das Krieg", sagte Kage.

„Nicht in diesem Bereich des Weltraums", erwiderte Jason. „Zumindest nicht, dass ich es gesehen hätte."

„Wie auch immer", sagte Kage und verlor das Interesse. „Einigen wir uns einfach darauf, dass wir uns nicht einig sind."

*****

„Hier sind die Passcodes für die erste Wachstation", sagte Connimon und reichte Kage ein Datenpad. Er nahm es entgegen und begann, einen der Com-Transponder der *Phönix* so zu konfigurieren, dass er die Codes übertrug.

Sie waren außerhalb der Heliopause von Galvetor Prime wieder in den realen Raum eingetreten. Da ihr eigentliches Ziel Restaria war, sagte Connimon, dass es am besten sei, sich in das System zu schleichen und sich nicht mit den Täuschungsversuchen zu beschäftigen, die nötig wären, um in den normalen Verkehr des Systems einzudringen. Zu diesem Zweck hatte sie versprochen, ihnen die Umgehungscodes zu geben, mit denen sie direkt an den Überwachungsstationen vorbeifliegen konnten, ohne einen Alarm auszulösen.

Jason richtete seinen Kurs und seine Geschwindigkeit nach Connimons Anweisungen aus, während Doc an der Backbord-Sensorstation die Tarnmaßnahmen des Schiffes steuerte. Mit etwas Glück würden sie es bis in die Atmosphäre von Restaria schaffen, ohne entdeckt zu werden. Danach würde es an Jason liegen, das Schiff in den Bodenechos der unentwickelten Welt vor allen zu verstecken, die ihr Eindringen beobachten könnten.

„Die Codes sind eingegeben", sagte Kage. „Bekomme ich eine Bestätigung von der Station?"

„Nein", sagte Connimon. „Aber du wirst wissen, wenn die Codes nicht richtig eingegeben oder empfangen wurden. Die Station sendet einen automatischen Ruf aus, der innerhalb von dreißig Sekunden richtig beantwortet werden muss, sonst wird ein allgemeiner Alarm an die Flotte ausgegeben."

„Über welche Art von Flottenpräsenz reden wir?", fragte Jason und fühlte sich ein wenig dumm, weil er nicht früher gefragt hatte.

„Zwei Korvetten und drei Jägerstaffeln", sagte Connimon mit einem halben Lächeln. „Sie als Flotte zu bezeichnen, ist vielleicht ein bisschen hochtrabend." Jason atmete erleichtert auf. Die kleine Streitmacht der Gelten würde keine große Bedrohung für die *Phönix* darstellen, denn sie konnte jedes Schiff nötigenfalls leicht abhängen. „Aber", fuhr Connimon fort, „wir haben oft ConFed-Kreuzer oder Expeditionsschiffe, die durch das System kommen und sogar in den Orbit über Galvetor selbst eintreten."

„Das ist bedauerlich", sagte Jason mit einem Stirnrunzeln. „Und ihr erlaubt das?"

„Das ist der Hauptgrund dafür, dass wir nur eine so kleine Weltraumstreitmacht haben", sagte sie. „Wir haben weder den Willen noch die Neigung, eine große kampfbereite Flotte aufzubauen. Die ConFed will uns als Mitgliedsplaneten, um einen gewissen Zugang zu den Legionen zu erhalten. Es ist ein Spiel, das wir beide spielen und das für beide Seiten von Vorteil ist."

„Was passiert, wenn der ConFed-Rat eines Tages beschließt, dass ihr es nicht mehr wert seid, beschützt zu werden?", fragte Kage.

„Dann werden wir tun, was wir tun müssen", sagte sie. „Wir werden Bündnisse eingehen und dafür sorgen, dass unser Volk geschützt wird. Es gibt andere, die solche Allianzen angeboten haben, darunter das mächtige eshquarianische Reich."

Bei der Erwähnung der Eshquarianer klickte etwas in Jasons Gehirn. Das kleine Detail, das ihn beschäftigte, war die Frage, woher die Verwalterin wusste, dass Crusher auf diesem Schiff und unter dieser

Besatzung gelandet war. Vor ein paar Jahren hatten sie dem eshquarianischen Imperium einen Dienst erwiesen – und wurden dafür mit einer wiederaufgebauten *Phönix* gut bezahlt. Die Mission hatte sie fast das Leben gekostet, und in der Zeit danach hatte der Premierminister seine Crew ziemlich gut kennengelernt. Er beschloss, einfach mal eine Frage zu stellen.

„Also, in euren Gesprächen mit den Eshquarianern ... Ich kann mir nicht vorstellen, dass wir da zur Sprache kamen, oder?", fragte er beiläufig. „Ich meine, wenn du versuchst, jemanden so Wichtiges wie deinen Archon zu überwachen, wäre es nur natürlich, eine Regierung mit einem umfangreichen Geheimdienstnetzwerk um einen Gefallen zu bitten. Es wäre auch ein einfacher Gefallen für sie, da sie genau wissen, auf welchem Schiff ein großer galvetischer Krieger dienen könnte." Doc und Jason beobachteten Connimon und bemerkten, wie sich ihre Augen verengten und sie die Nase zusammenkniff. Es war ihr hoch anzurechnen, dass sie Jasons Herausforderung annahm.

„Ja, Captain", sagte sie gleichmütig. „Wir wurden über eure Rolle bei der Vereitelung eines verheerenden Terroranschlags informiert. Und ja ... wir haben sie gebeten, sich umzuschauen, ob sie Hinweise auf Felex' Aufenthaltsort finden können. Du kannst dir vorstellen, wie überrascht ich war, als wir hochauflösende Bilder von euren Abenteuern dort bekamen, darunter auch eine zerstörte Gästesuite." Kage kicherte darüber, während Jason einfach nickte und sich wieder dem Fliegen des Schiffes widmete.

„Danke für deine Ehrlichkeit, Connimon", sagte Jason. „Woher du wusstest, welches Schiff du aufspüren musstest, um Crusher zu finden, war mir ein Rätsel, seit du an Bord kamst."

„Misstrauisch", antwortete sie, ohne beleidigt zu sein. „Das ist kein schlechter Charakterzug, wenn das Leben von Menschen von deinen Entscheidungen abhängt."

„Wie lange dauert es, bis wir die Umlaufbahn erreichen?", forderte Crusher lautstark, als er auf die Brücke stapfte. Morakar und Mazer waren direkt hinter ihm, beide bewegten sich langsam und der letztere von beiden hinkte merklich.

„Training?", fragte Jason.

„In gewisser Weise", bestätigte Crusher. „Die beiden wollten aus irgendeinem Grund nicht mit mir kämpfen. Sie waren aber sehr neugierig auf die Nahkampffähigkeiten der Kampfsynths."

„Und?", fragte Connimon eifrig.

„Sagen wir einfach, deine Krieger haben eine wertvolle Lektion in Demut und Selbstüberschätzung gelernt", lachte Crusher. „Lucky hat hauptsächlich mit ihnen gespielt, also gibt es keine ernsthaften Verletzungen."

„Sie haben beide gegen den mechanischen Soldaten gekämpft?", drängte Connimon und schaute ihre beiden Gefährten missbilligend an.

„Ja", antwortete Crusher. „Und zwar zur gleichen Zeit."

„Es war unglaublich, wie schnell es sich bewegte, Verwalterin", sagte Mazer leise. „Es war erstaunlich. Die Geschwindigkeit, die Kraft ... es hat mich über die gesamte Breite des Laderaums geschleudert und gleichzeitig Morakar angegriffen." Jason runzelte daraufhin die Stirn.

„Hat Lucky im Schiff in den Kampfmodus geschaltet?", fragte er Crusher.

„Nein", sagte der Krieger mit einem breiten Grinsen. „Er war mit normaler Geschwindigkeit und Stärke unterwegs. Wie ich schon sagte, er hat nur herumgespielt. Übrigens, Mazer, das heißt *er*. Auch wenn es für dich vielleicht keinen Sinn ergibt, aber Lucky identifiziert sich als männlich. Ich würde nicht den Fehler machen, ihn zu beleidigen, indem ich ihn *es* nenne. "

„Nein, Lord Felex", stimmte Mazer schnell zu. Jason hatte bemerkt, dass Crusher sich im Laufe des Fluges nach Restaria immer wohler mit seinem alten Namen und Titel fühlte. Er hatte sogar begonnen, die beiden anderen Krieger herumzukommandieren. Auch wenn sein Freund vielleicht nur in alte und bequeme Gewohnheiten verfiel, bekam Jason ein flaues Gefühl im Magen bei dem Gedanken, was diese Mission für die Zukunft der Omega Force bedeuten könnte.

„Es ist fast Zeit für die Party, Captain", berichtete Kage. „Wir haben gerade den letzten Horchposten hinter uns gelassen und haben freien Flug bis nach Restaria. Ich gebe dir Vektoren zu den Navigationshindernissen in der Umlaufbahn und dann kannst du deinen eigenen Anflug beginnen."

„Klingt gut", sagte Jason, setzte sich in den Pilotensitz und synchronisierte sein Navigationsdisplay mit dem von Kage. „Wenn ihr euch bitte alle einen freien Platz suchen und anschnallen würdet, beginnen wir mit der hoffentlich langweiligen Landung auf Restaria. Crusher, hast du Kage die Planetenkoordinaten für unseren ersten und zweiten Landeplatz gegeben?"

„Er sollte sie schon haben", bestätigte Crusher. Dann winkte er den beiden anderen Kriegern zu, die auf den Sitzen neben ihm lümmelten. „Ich würde mich tatsächlich anschnallen, wie er sagt. Unsere

Landungen sind manchmal ... heftig." Jason ignorierte die implizierte Beleidigung und begann, die *Phönix* für den Atmosphäreneintritt zu konfigurieren.

Restaria war eine üppige, grüne Welt, deren Umlaufbahn sich mit der von Galvetor überschnitt. Obwohl sich die beiden Planeten immer auf gegenüberliegenden Seiten von Galvetor Prime, dem Stern des Systems, befanden, hatten sie ein fast identisches Klima. Das war zwar nicht unvorstellbar, aber doch ungewöhnlich. Was das Paar jedoch wirklich einzigartig machte, war, dass sich das Leben auf beiden Welten gleichzeitig und fast parallel entwickelt hatte. Zwar waren die Pflanzen- und Tierarten nicht unbedingt die gleichen, aber die Bausteine, aus denen sie bestanden, schon. Das bedeutete, dass Gelten problemlos auf dem einen oder dem anderen Planeten leben konnte. Für eine sich entwickelnde Spezies war es ein unerhörter Luxus, zwei bewohnbare Welten zu haben, aber die Gelten hatten diesen Vorteil nie voll ausgeschöpft.

Die Tatsache, dass Restaria erst vor kurzem kolonisiert worden war, hatte einen Vorteil. Niemand hatte die oberen Orbits mit Satellitenschrott verschmutzt und es gab keine überfüllten Einflugschneisen. Jason schwenkte die *Phönix* sanft auf einen Vektor, der sie direkt über den Äquator brachte und es ihm ermöglichte, von dort aus nach Norden zu seinem primären Landeplatz zu schwenken, wobei er die Gebirgszüge als Deckung nutzen konnte, falls sein Eintritt entdeckt würde. Crusher hatte ihm gesagt, dass entlang des Äquatorialgürtels niemand lebte. Wie auf der Erde war es dort heiß und schwül und sein Volk bevorzugte höhere, kühlere Gegenden.

„Los geht's, Leute", sagte Jason. Seine Worte waren überflüssig, da sie den Planeten außerhalb der Kabine deutlich sehen konnten, aber er hatte das Bedürfnis, die Tradition aufrechtzuerhalten, seine Freunde mit offensichtlichen Aussagen zu ärgern. Das Schiff begann leicht zu schwanken, als es in die ersten dünnen Schichten der oberen Atmosphäre hinabstieß. Bald vibrierte das Deck und dünne, weiße Plasmastrahlen bildeten sich an den Vorderkanten der Schilde. Jason neigte die Nase ein paar Grad nach unten und ließ die Tragflächen in die vergleichsweise dichte Stratosphäre eindringen, als sie über den Äquator flogen und dabei eine feurige Spur hinterließen.

„Es gab einen vorbeiziehenden Satelliten, der uns hätte beobachten können, wenn er auf die Oberfläche geschaut hätte, aber er hat in der Zeit, die er brauchte, um den Horizont zu erreichen, keine Signale gesendet", berichtete Doc.

„Wir werden weder angefunkt noch angestrahlt", sagte Kage. „Es sieht so aus, als wären wir sauber reingekommen."

„Im Gegenteil", sagte Connimon. „Wir wurden in dem Moment entdeckt und geortet, als wir die obere Umlaufbahn erreichten. Das letzte Oktett im letzten Passcode, den ich dir gegeben habe, war ein Signal an Restaria, dass wir in Kürze in die Atmosphäre eintreten würden."

„Wenn du einen Freigabecode für den ganzen Weg zur Oberfläche hattest, warum sind wir dann nicht einfach zu unserem Landeplatz geflogen?", fragte Jason irritiert.

„Hier gehen Dinge vor sich, von denen Galvetor lieber nichts wissen sollte", sagte Connimon und warf Crusher einen unbehaglichen Blick zu. „So können wir uns vor ihren Langstreckenscannern verstecken und wirken glaubwürdig, wenn ihr entdeckt werdet. Warum würdet ihr denn herumschleichen, wenn wir euch erlauben, hier zu sein?"

„Verstehe", sagte Jason, während er seinen Kurs nach Norden änderte und das Gaspedal betätigte. Während die *Phönix* durch die Gebirgskette rauschte, reduzierte er weiter die Höhe, bis sich das große Kampfraumschiff an das Gelände anschmiegte. Er blickte lange genug nach oben, um zu sehen, dass seine Passagiere sich zunehmend unwohl fühlten und abwechselnd ängstlich aus der Kabinenhaube schauten oder besorgt zu ihm zurückblickten. *Offenbar ist die Abneigung gegen das Fliegen eine für diese Spezies typische Eigenschaft.* Er lächelte humorlos und erhöhte die Geschwindigkeit noch mehr, als sie über die Oberfläche rasten.

„Wir nähern uns der Landezone Alpha", meldete Kage nach ein paar weiteren Flugstunden.

„Verstanden", sagte Jason, drosselte die Leistung und hob die Nase ein wenig an, um etwas Geschwindigkeit abzubauen. Er fuhr das Fahrwerk aus und überprüfte den Landeplatz auf seinem Sensordisplay. Es sah alles gut aus, also fuhr er die Leistung ganz zurück und ließ die *Phönix* dreißig Meter über der Lichtung schweben. „Sinkflug, bereithalten für die Landung."

Er drosselte die Leistung des Gravitationsantriebs, bis er spürte, wie das Fahrwerk mit einem sanften Stoß auf dem Boden aufsetzte. Die *Phönix* ächzte und knirschte ein wenig, als sie ihr ganzes Gewicht auf die drei Fahrwerksstreben legte, bis Jasons Anzeigen grün aufleuchteten und ihm anzeigten, dass sie vollständig ausgefahren waren. Er richtete das Schiff aus und begann, die primären Flugsysteme zu sichern, während alle anderen ihre Gurte lösten und auf der Brücke umhergingen, um sich die Beine zu vertreten und den Rücken zu strecken, der während des Tiefflugs durch die Berge verspannt worden war.

Sie waren fünfzig Kilometer von der nächsten Legionssiedlung entfernt und waren in einem baumlosen Becken gelandet, das das Kampfraumschiff vor zufälligen Reisenden verbergen würde. Jason ließ den Reaktor hochgefahren und die Antriebe in Bereitschaft. So war die *Phönix* zwar leichter zu entdecken, aber sie war auch bereit, wenn sie schnell wegmüssten.

„Lass uns von hier verschwinden", sagte er. „Wie weit ist es bis zu unserer Abholung?"

„Wir haben zehn Kilometer Fußmarsch vor uns, bis wir den Treffpunkt erreichen", sagte Connimon. „Wir werden von Soldaten der 7. Legion abgeholt, der gleichen Einheit, in der auch Mazer und Morakar dienen."

„Sehr gut", sagte Jason. „Lass uns loslegen."

Wäre Jason nicht besorgt gewesen, auf einem potenziell feindlichen Planeten zu landen und sein Schiff auf einer unbeaufsichtigten Lichtung stehen zu lassen, wäre der Spaziergang durch die Wildnis von Restaria recht angenehm gewesen. Die Bäume ragten Dutzende von Metern über ihren Köpfen empor und blendeten die Mittagssonne aus. Die Pflanzen unter ihren Füßen krochen über den Waldboden, da sie nicht genug Licht abbekamen, um zu groß zu werden, und eine sanfte Brise rauschte durch die riesigen Stämme. Für einen Moment fühlte er sich auf die Erde zurückversetzt, wo er durch die Mammutbäume spazierte und das einfache Leben genoss.

„Gehen wir zurück zum Stützpunkt der 7. Legion?", fragte Crusher, während er neben Jason herlief.

„Nein", sagte Mazer zögernd. „Der Stützpunkt ist vielleicht nicht sicher. Galvetor hat überall Informanten und Spione. Wir werden zu einem sicheren Haus in Ker gehen."

„Was ist Ker?", fragte Jason leise.

„Die drittgrößte Siedlung auf Restaria", sagte Crusher. „Es ist ein Ort, an den sich nicht viele außerhalb der Kriegerklasse wagen."

„Warum ist das so?", fragte Kage von hinten.

„Es ist eine Stadt, die in der Überschneidung von vier verschiedenen Legionsgebieten liegt", sagte Crusher. „Die 7., 11., 21. und die 4. grenzen alle an die Stadt. Zwei dieser Legionen sind nicht gerade für ihre Toleranz gegenüber Außenstehenden bekannt, vor allem nicht gegenüber *normalen* Gelten."

„Also ... ich schätze, die nächste naheliegende Frage wäre, wenn sie keine Außenseiter ihrer eigenen Spezies mögen, was werden sie dann mit fünf Fremden machen?", fragte Twingo.

„Wir müssen Vorsichtsmaßnahmen treffen", gab Crusher zu.

„Das stimmt mich nicht gerade zuversichtlich", murmelte Jason, als sie hinter Connimon und ihrer Kriegerbegleitung durch den Wald stapften. Der Wald kam ihm plötzlich viel unangenehmer vor, als er es noch vor einem Moment war. Es gab eine berechtigte Sorge: Er hatte immer noch keine Ahnung, warum sie überhaupt dort waren, und jetzt marschierten sie direkt in eine möglicherweise gefährliche Situation, je nachdem, wie intolerant die Legionäre tatsächlich waren.

Sein nächster Gedanke war, dass die Beziehung zwischen der Kriegerklasse und Galvetor viel komplizierter war, als man ihm erzählt hatte. Mazers Gerede von Außenseitern und Spionen, beides in einem abwertenden Sinn verwendet, ließ Jason vermuten, dass die Kluft zwischen den Kulturen größer und die Ressentiments tiefer waren, als

Crusher oder Connimon zugeben wollten. Das brachte ihn auch dazu, darüber nachzudenken, was Crusher mit Legionsterritorien meinte. Er war von einer Art zentraler Führung ausgegangen, aber jetzt hatte er den Eindruck, dass die Legionen lose miteinander verbundene Einheiten waren, die miteinander konkurrierten und nicht unbedingt zusammenarbeiteten oder einer Meinung waren. Das sagte er zu Crusher, als sie durch den Wald liefen.

„Das meinte ich, als ich sagte, dass Archon nicht gerade ein zeremonielles Amt ist", antwortete Crusher mit einem Lächeln. „Ich war das Gesicht der Kriegerklasse auf Galvetor und gehörte keiner bestimmten Legion an, hatte aber Einfluss auf alle."

„Einfluss? Keine tatsächliche Befehlsgewalt?", fragte Jason.

„Nein. Aus Respekt und Tradition folgten sie meiner Führung, aber sie wurden nie durch die Androhung von Strafen dazu gezwungen", sagte Crusher. „Wir sind manchmal eine verwirrende Gruppe. Wir sind unseren Befehlshabern gegenüber sehr loyal, sogar bis zum Tod, aber wir nehmen jeden Druck von außen übel und rebellieren schon bei kleinen Provokationen."

„Ich beginne zu verstehen, was der Auslöser für die Entscheidung war, dich nach Restaria zu versetzen", sagte Jason vorsichtig.

„Das stimmt zwar, aber sei vorsichtig, wenn du diese Meinung hier in der Öffentlichkeit vertrittst", warnte Crusher. „Wir haben uns vorgemacht, dass es unsere Entscheidung war, hierher zu ziehen. Worte wie Umsiedlung, Verbannung oder Vertreibung sind hier nicht besonders beliebt."

„Danke für die Vorwarnung", sagte Jason. „Wenn wir schon

mal unterwegs sind, könntest du die anderen vielleicht über alle anderen gesellschaftlichen Fauxpas informieren."

„Hattest du jemand Bestimmten im Sinn?"

„Die üblichen Verdächtigen", sagte Jason müde.

„Genau", stimmte Crusher zu, bevor er seine Stimme erhob, „Twingo, Kage ... Ich muss kurz mit euch beiden reden."

„Wozu?" Die freche Antwort von Kage überraschte niemanden.

Kapitel 9

Als der Flug-LKW weiterfuhr und seine Repulsoren den Übergang von einem holprigen Feldweg zu einer asphaltierten Straße nahtlos machten, reckte Jason seinen Hals, um an den beiden riesigen Kriegern auf dem Vordersitz vorbeizuschauen und einen ersten Blick auf Ker zu erhaschen. Der LKW war ein offenes Fahrzeug mit zwei Sitzbänken auf der Ladefläche, nicht unähnlich dem M939-Fünftonner, den er während seiner Zeit bei der Air Force gesehen hatte. Wenn der M939 einen Meter über dem Boden geschwebt wäre und ein Kraftfeld hätte, das die Insassen vor Wind und Wetter schützte ...

Er wusste nicht, was er erwartet hatte. Eine raue Stadt im Stil des Wilden Westens, oder vielleicht sogar von Schlachten zerstörte Hütten. Aber Ker entsprach keiner vorgefassten Meinung, die er von einer Siedlung einer Kriegerkultur hatte. Es war atemberaubend in seiner künstlerischen Schönheit. Der einzige Vergleich, den er mit einer Stadt auf der Erde anstellen könnte, wäre vielleicht Prag, aber in Ker gab es keine Anzeichen einer gewalttätigen Vergangenheit, die die Straßen und

Gebäude gezeichnet hätte. Sogar die Größe überraschte ihn, denn er hatte eher einen Außenposten erwartet als eine richtige Stadt, wie er sie jetzt sah.

„Außenseiter sind nicht völlig unbekannt, aber versucht bitte, keine übermäßige Aufmerksamkeit auf euch zu ziehen, während wir durch die Stadt fahren. Es ist zwar unwahrscheinlich, dass ihr angehalten oder belästigt werdet, aber das wollen wir nicht riskieren", sagte Morakar, als der Fahrer das Tempo verlangsamte und auf eine der Straßen am Stadtrand abbog, um nicht durch das Stadtzentrum zu fahren. Die Luft in Restaria war frisch und kühl, selbst so kurz vor Ker, und das Wetter war schön. Obwohl sie sich in einer leicht gefährlichen Situation befanden, da die Gelten-Krieger eine Vorliebe für offene Feindseligkeit gegenüber Außenstehenden hatten, und er keine Ahnung hatte, was sie eigentlich auf Restaria machten, genoss Jason die Fahrt durch die offenen Straßen am Stadtrand.

Während er damit beschäftigt war, den monolithischen, gotischen Bau der Stadt zu bestaunen, begann er, die Gelten selbst wahrzunehmen. Wieder musste er beschämt zugeben, dass er die Kultur und das Volk seines Freundes zu schnell verurteilt hatte. Es gab keine Arenakämpfe auf Leben und Tod auf den Plätzen der Städte, keine Banden von prahlerischen Kriegern in voller Kampfmontur und kein brutales Verhalten, das er erkennen konnte. Die Menschen waren bunt gekleidet, wenn auch meist ärmellos, und saßen in kleinen Gruppen zusammen, lachten, aßen, sahen Straßenaufführungen an und genossen einfach den Tag. In der Stadt herrschte eine fröhliche Stimmung, so dass es schien, als würde sie vor Positivität summen.

„Nicht das, was du erwartet hast, oder?", sagte Crusher mit einem süffisanten Lächeln.

„Nun ... ich ...", stammelte Jason. Crusher ließ ihn einen Moment länger gewähren, bevor er seine Hand hochhielt und leise lachte.

„Das ist unser Zufluchtsort", erklärte er. „Wir können hierherkommen und uns daran erinnern, dass wir trotz unserer Unterschiede immer noch Gelten sind und die gleiche Wertschätzung für Kunst, Musik und Gemeinschaft haben wie unsere Cousins auf Galvetor." Er sah sich um und atmete tief ein. „Aber täusche dich nicht", fuhr er fort. „Jeder dieser Legionäre ist im Handumdrehen zu schrecklicher Gewalt fähig, wenn er provoziert wird. Außerdem gilt dies als neutraler Boden und Kämpfe zwischen Legionen sind nicht nur selten, sondern werden auch bestraft."

„Von welcher Legion kommst du?", fragte Twingo.

„Ich wurde schon als Kind ausgewählt, um als Archon aufgezogen zu werden, also identifiziere ich mich nicht wirklich mit einem von ihnen, sondern mit allen", sagte Crusher. „Aber als ich von Galvetor hierhergebracht wurde, wurde ich von der 7. ausgewählt, um ausgebildet zu werden, also habe ich immer eine Affinität zu dieser Einheit."

„Von welcher Legion bist du und Morakar?", fragte Kage Mazer.

„7. Legion", sagte er stolz. „Wir haben die Ehre, dass Lord Felex aus unserer Einheit kommt, und auch ..." Er brach ab und sah kurz zu Crusher und dann weg.

„Du kannst es sagen, Mazer", sagte Crusher. „Du trägst auch die Schande meiner Verbannung."

„Ich möchte dich nicht beleidigen, Lord Felex", sagte der andere Krieger und drehte sich zu ihm um. „Aber es sind harte Zeiten für die 7. und für ganz Restaria. Galvetor tobt und droht uns, und die Gefangennahme von Fordix war ein Affront für uns alle."

„Wir sind hier, um das zu klären", versicherte ihm Crusher. Jason war sich da nicht so sicher.

„Was würde passieren, wenn sie dich hier erwischen?", fragte Jason.

„Das wäre nicht gut", gab Crusher zu. „Galvetor würde eine Warnung aussprechen und dann wahrscheinlich hierherkommen, um seine Entscheidung durchzusetzen. Und dann ..." Er spreizte seine Hände, um zu zeigen, dass er sich nicht sicher war, wie das Ergebnis aussehen würde.

„Dann ziehen wir in den Krieg", sagte Morakar düster. „Wir werden den Bürokraten und Politikern keinen Boden mehr überlassen." Crusher schwieg, sah aber Jason bedeutungsvoll an. Es schien, als hätte Connimon zumindest in diesem Punkt recht gehabt: Die Beziehung zwischen den beiden Welten war gefährlich angespannt.

Der Flug-LKW bog von der kleinen Zufahrtsstraße ab und fuhr in eine Gasse zwischen zwei großen Gebäuden, die aus Steinblöcken von der Größe eines Lieferwagens zu bestehen schienen. Sie kamen in der Nähe eines Ladedocks zum Stehen und blieben schweigend sitzen, während der Fahrer ein Funkgerät herauszog und zu sprechen begann. Einige Minuten später wandte sich der Fahrer an Connimon. „Ihr könnt jetzt reingehen."

„Wenn ihr mir bitte alle folgt", sagte sie und kletterte aus dem hinteren Teil des LKWs. Sie kletterten alle hinter ihr her und gingen im

94

Gänsemarsch zu einer schmalen Treppe am Rand der Laderampe, die in die Untergeschosse hinunterführte. Es gab keine Schilder oder Markierungen in der Nähe der Treppe und sie würde von einem zufälligen Beobachter wahrscheinlich übersehen werden. Als er Connimon in die Tiefen unter Ker folgte, überkam Jason ein kurzer Anflug von Nervosität. Wenn sie sie in eine Falle führen würde, gäbe es keinen Spielraum, um zu manövrieren oder zu kämpfen. Aber er wischte diese Gedanken schnell weg. Wenn sie vorhatte, sie anzugreifen, hätte das jederzeit passieren können, bevor sie mit dem Flug-LKW abgesetzt wurden, und zwar an einem viel unauffälligeren Ort als in der drittgrößten Stadt des Planeten.

Als sie das untere Ende der Treppe erreichten, stand links vom Treppenabsatz bereits eine Tür weit offen und ein schwaches Licht strömte aus ihr heraus. Connimon ging ohne zu zögern durch die Tür, ebenso wie Mazer und Morakar und Crusher hinter ihnen. Jason schaute über die Schulter, um sich zu vergewissern, dass Lucky dicht hinter ihm war, bevor er selbst hineinging.

Hinter der Tür befand sich lediglich ein langer Korridor, der nach rechts abfiel und sie noch tiefer unter die Oberfläche Restarias führte, bis sie durch einen großen Torbogen in einen spärlich ausgestatteten Empfangsbereich gelangten ... und der war besetzt. Nicht weniger als zwanzig galvetische Krieger standen herum, als die Gruppe eintrat, und beendeten sofort alle Gespräche. Alle Augen waren auf Crusher gerichtet, als er selbstbewusst in die Mitte des Raumes schritt und sich umsah. Alle Krieger trugen eine breite, rote Schärpe, die von der rechten Schulter bis zur linken Hüfte reichte und von der Jason annahm, dass es sich um eine Art Erkennungszeichen handelte. Nicht gerade unauffällig.

„Hier entlang, Lord Felex", sagte eine dröhnende Stimme aus einer Tür im hinteren Teil des Raumes. Ohne ein Wort zu sagen, drehten sich alle um und gingen zur Tür. „Nur Mitglieder des Ordens haben Zutritt", dröhnte die Stimme erneut, als sich ein großer galvetischer Arm aus der Menge erhob und Jason an der Schulter packen wollte. Er wurde von einer blitzschnellen, gepanzerten Hand am Handgelenk ergriffen. Der Krieger, dem der Arm gehörte, ließ seinen Blick über den metallischen Arm gleiten, bis er in die blinzelnden Augen eines wütenden Kampfsynths blickte.

„Du wirst es unterlassen, den Captain anzufassen", sagte Lucky einfach. Der Krieger riss seinen Arm los und drehte sich zu Lucky um. Drei weitere Krieger kamen hinter ihm zu stehen und zogen ihre Waffen. Jason sah den Krieger, der nach ihm gegriffen hatte, immer noch an, als er ein Knacken und Zischen hinter sich hörte. Er konnte sehen, wie sich das rote Leuchten von Luckys Augen in den Augen der Krieger, die ihm gegenüberstanden, spiegelte, als der Kampfsynth in den vollen Kampfmodus schaltete. Auf so engem Raum würde das ein ziemliches Chaos werden.

„Es reicht!", donnerte Crusher. „Lucky, halt dich zurück." Was dann geschah, überraschte die ganze Omega Force, vor allem aber Jason.

„Ich nehme keine Befehle von dir an, Crusher", sagte Lucky barsch, sogar wütend, und der Geruch von Ozon durchdrang die Luft, als die Energie durch seine Waffensysteme floss. „Ich werde mich erst zurückziehen, wenn ich sicher bin, dass der Captain in Sicherheit ist, und nicht vorher."

„Oh, Scheiße", hörte Jason Twingo aus dem hinteren Teil des Raumes murmeln. „Das wird ein Blutbad." Jason riskierte einen Blick in den Raum und sah, dass Morakar und Mazer nirgends zu finden waren und Connimon das Spektakel desinteressiert beobachtete. All das geschah in einem Augenblick und Jason wusste, dass die Lage schnell eskalieren würde, wenn nicht jemand die Situation entschärfte. Bei so vielen Waffen auf so engem Raum machte er sich keine Illusionen, dass er den Kampf überleben würde. Crusher, der seinen Schock über Luckys Zurechtweisung überwunden hatte, schien die Gefahr ebenfalls zu begreifen.

„Legionäre", sagte Crusher, „Achtung!" Die Antwort kam sofort. Die vier, die Jason gegenüberstanden, steckten ihre Waffen blitzschnell in die Halfter und traten mit verschränkten Armen und starrer Haltung zur Seite. Alle Krieger im Raum stellten sich in Vierer- oder Fünferreihen auf. Lucky schaute sich im Raum um und sobald er sicher war, dass Crusher die Soldaten, die noch immer strammstanden, unter Kontrolle hatte, sicherte er seine eigenen Waffen und das wütende rote Glühen verblasste aus seinen Augen, als er sich aus dem vollen Kampfmodus zurückzog. Crusher nickte ihm zu, bevor er sich an den Krieger wandte, die an der Tür stand. „Was meintest du mit „nur Mitglieder des Ordens"?"

„Wie ich gesagt habe, Lord Felex", sagte der Krieger und blickte dabei geradeaus. „Deine Gefährten können hier draußen warten, aber sie dürfen nicht durch diese Tür gehen."

„Ist das dein letztes Wort in dieser Angelegenheit?"

„Das ist es."

„Lass uns gehen", sagte Crusher zu Jason und ging den Weg zurück, den sie gekommen waren. „Wir haben unsere Zeit hier verschwendet." Sie hatten es fast bis zum Torbogen zurückgeschafft, als

Connimons Stimme inmitten des scharfen Keuchens und Stöhnens der Verzweiflung ertönte.

„Lord Felex", sagte sie barsch. „Warum hast du zugestimmt, hierher zu kommen, wenn du uns bei der kleinsten Unannehmlichkeit einfach im Stich lässt?"

„Du brauchst mich nicht, Verwalterin", knurrte Crusher zurück. Er zeigte auf den Krieger, der immer noch an der Tür Wache stand. „Er scheint hier die Entscheidungen zu treffen. Er soll sich um deine Probleme kümmern." Sie waren schon fast an der Tür, die zum Treppenhaus führte, als sie sie einholte.

„Felex", sagte sie jetzt fast flehend, „bitte warte." Crusher starrte sie mit gefletschten Zähnen an. Sie drückte sich gegen die Wand und wollte sich wegdrehen, aber Crusher schlug mit der Handfläche auf die Oberfläche vor ihr und schnitt ihr den Weg ab.

„Ich habe gesehen, wie du zugelassen hast, dass die Situation außer Kontrolle gerät", knurrte er. „Ich weiß nicht, welches Spiel du hier spielst, aber ich will nicht, dass meine Mannschaft beleidigt oder gefährdet wird. Nicht für dich, für niemanden. Egal, wie lange ich schon unter Fremden in den Randwelten lebe, ich bin immer noch Felex Tezakar ... Ich werde dir ohne zu zögern die Kehle herausreißen und deine Leiche in dieser Gasse verrotten lassen, wenn du mir in die Quere kommst." Jasons rechte Augenbraue hob sich, als er das Gespräch verfolgte und nicht sicher war, ob er glauben konnte, was er da hörte.

Connimon glaubte es jedoch, als ihr Körper zu zittern begann und sie Crusher zum ersten Mal mit echter Angst in den Augen ansah. „Ich wollte nicht respektlos gegenüber dir oder deiner Crew sein, Lord", sagte sie. „Aber wie konnte ich, die Verwalterin, vor einen lebenden

Archon treten und den Anschein erwecken, ich hätte das Sagen? Sie hätten mich nicht nur ignoriert, sondern allein diese Aktion hätte ihren Zorn geschürt. Hast du vergessen, was es heißt, auf Restaria zu führen?"

„Das habe ich nicht vergessen", sagte Crusher und lehnte sich von ihr weg, um ihr etwas Raum zu geben. „Ich hatte allerdings gehofft, es vermeiden zu können. Die Brutalität und Grausamkeit des Ganzen ... die Zeit, in der ich weg war, hat es so sinnlos erscheinen lassen."

„Wir sind, wer wir sind, Felex", sagte sie. „Wenn du uns helfen willst, Fordix zu retten, musst du dich daran erinnern, wer und was du bist."

„Captain?", fragte Crusher und überließ Jason die endgültige Entscheidung.

„Lass uns nachsehen, was hier wirklich los ist", schlug Jason vor. „Wir können jederzeit abhauen. Aber ich denke, wir sollten nicht alle in Gefahr bringen, falls die Sache wieder aus dem Ruder läuft. Lucky, ich möchte, dass du hier bei Doc, Twingo und Kage bleibst. Ich halte einen Kanal auf meinem Funkgerät offen und du kannst uns von dort aus überwachen. Es versteht sich von selbst, aber wenn du Schreie und Schüsse hörst, lass dich nicht von der Tür aufhalten."

„Ich halte mich bereit, Captain", bestätigte Lucky. Jason hatte die Erfahrung gemacht, dass es einfacher war, Lucky Befehle zu erteilen, die ihm nicht gefielen, wenn er ihm eine Alternative wie den offenen Kommunikationskanal anbot. So konnte er tun, was er wollte, ohne dass der Kampfsynth ständig bei ihm blieb. Meistens jedenfalls.

„Folge mir", sagte Crusher zu Jason. „Tu nicht so, als wärst du schockiert über das, was gleich passieren wird." Bevor Jason fragen konnte, wovon zum Teufel er sprach, war der große Krieger schon den

JOSHUA DALZELLE

Korridor hinuntergeschritten. Als sie eintraten, waren die Krieger immer noch da und unterhielten sich angeregt miteinander. In dem Moment, als sie durch den Torbogen traten, verstummten alle Gespräche.

Crusher schritt zielstrebig auf die Tür und den Krieger zu, der Wache stand. Als er die Tür erreichte, holte er mit der Faust aus und versetzte dem Krieger einen vernichtenden Schlag ins Gesicht, der ihn nach hinten gegen die Steinmauer schleuderte, während Blut aus der tiefen Wunde floss, die entstanden war. Bevor er zu Boden sinken konnte, packte Crusher seinen Arm, um ihn aufrecht zu halten, und landete einen weiteren bösartigen Schlag auf die Seite des Kopfes. Er warf den Krieger, der nun zuckte, auf den Boden und drehte sich zum Rest des Raumes um, während das Blut von seiner immer noch geballten Faust tropfte.

„Ist hier noch jemand, der mir sagen will, wo ich hingehen kann und wo nicht?", brüllte er sie an. „Der nächste von euch, der mich ausfragt, wird sterben. *Er* ist glimpflich davongekommen, weil ich großzügig bin. Du! Mach die Tür auf, JETZT!" Der Krieger, auf den er zeigte, stürzte sich auf den Griff und riss ihn fast ab, als er versuchte, die Tür zu öffnen. Als die schwere Holztür in den Angeln aufschwang, schob Crusher den Krieger aus dem Weg. „Mein Freund und ich gehen rein", sagte er. „Möchte jemand von euch das verhindern?" Keiner von ihnen schaute ängstlich weg, aber es trat auch keiner vor sie. Crusher gab Jason ein Zeichen, ihm zu folgen und ging in den nächsten Raum.

Der Raum war groß und gewölbt, aber das Einzige, was sich darin befand, war ein Tisch mit drei galvetischen Kriegern, die an einer Seite saßen und sie anstarrten, als sie eintraten. Crusher ging in die Mitte des Raumes und trat in das Licht, wo sie ihn sehen konnten. Sie sprangen von ihren Sitzen auf und starrten starr geradeaus.

100

„Wer sollt ihr denn sein?", fragte Crusher.

„Wir sind ein Orden, der in deiner Abwesenheit entstanden ist, Lord Felex", sagte der mittlere Krieger. „Wir halten das Gleichgewicht zwischen den Legionen und Galvetor aufrecht."

„Interessant", sagte Crusher, wobei seine Stimme verriet, dass er es für alles andere hielt. „Schön zu sehen, dass ich so leicht zu ersetzen war. Und wie nennt ihr euch?"

„Wir sind die Faust des Archons."

*****

Die drei galvetischen Krieger in der Kammer gaben sich als Prätoren der Faust des Archons zu erkennen. Jason war sich nicht sicher, welchen Rang sie in ihren jeweiligen Einheiten hatten, aber als Prätoren beanspruchten sie den höchsten Rang in den galvetischen Legionen. Doch je mehr sich das Trio unterhielt, desto mehr bekam Jason den Eindruck, dass die Faust des Archons trotz ihrer anfänglich noblen Absichten eher eine Sekte als eine Militäreinheit war. Eine Sekte, die Crusher zu ihrer Ersatzgottheit machte. Er hoffte nur, dass die Anwesenheit von Crusher hier, leibhaftig und sterblich, etwas davon zerstreuen würde.

„Die Verhaftung und Inhaftierung von Fordix, noch dazu ohne Gerichtsverfahren, war ein Affront. Es war eine Beleidigung und eine Erinnerung daran, welchen Platz wir eigentlich einnehmen sollten", sagte Fostel, der älteste der drei und derjenige, dem sie zu gehorchen schienen.

„Hast du einen Grund, warum sie das tun sollten?", fragte Crusher und lehnte sich in seinem Sitz zurück. „Das ergibt für mich keinen Sinn. Selbst wenn sie keine Gerichtsverfahren hatten, was unter extremen Umständen in ihrer Macht steht, müssen sie einen Grund und Indizien vorlegen."

„Welchen Sinn soll das haben?", fragte Zetarix. Nach Jasons Eindruck war er der hitzköpfigere der Gruppe und mischte sich oft mit unüberlegten und meist wenig hilfreichen Kommentaren ein. „Galvetor hegt seit Jahrhunderten eine tiefe Abneigung gegen uns. Jetzt, wo Lord Felex weg ist, haben sie endlich den Mut, etwas dagegen zu unternehmen."

„In diesem Punkt sind wir uns nicht einig", fügte Mutabor, der dritte Prätor, hinzu. „Wie du, Lord Felex, kann ich keine Logik in Galvetors Handeln in letzter Zeit erkennen. Es stimmt zwar, dass unsere Stimme in der Hauptstadt ohne dich gedämpft ist und praktisch nicht mehr existiert, aber dass sie gegen uns vorgehen, hat für sie keinen offensichtlichen Vorteil."

„Warum musst du Logik auf ihre blinden Vorurteile anwenden?", fragte Zetarix. „Ist dir schon mal in den Sinn gekommen, dass ..." Er brach augenblicklich ab, als Crusher die Hand hob.

„Connimon hat mir vorhin von zwei Fraktionen in der Hauptstadt erzählt", sagte er. „Dass es Gründe dafür gibt, dass die eine oder die andere versucht, die Kontrolle über die Legionen zu erlangen."

„Die Verwalterin hat seltsame Ideen", spottete Zetarix. „Sie ist eine fähige Verwalterin, keine Kriegerin."

„Das könnte genau das sein, was wir brauchen", argumentierte Mutabor. „Sie ist auch die Einzige auf dem ganzen Planeten, die frei nach Galvetor reist und mit der dortigen Regierung auf einer persönlichen Ebene interagiert."

„Prätor Mutabor hat Recht", sagte Crusher müde, „und um ehrlich zu sein, bereitet ihr mir alle Kopfschmerzen. Ich weigere mich zu glauben, dass Galvetor plötzlich beschlossen hat, die Kriegerklasse eines Tages auszulöschen. Vor allem, wenn man bedenkt, dass wir einer der Hauptgründe dafür sind, dass sie ihren privaten Planeten frei von Invasionen und Einmischungen genießen können." Er holte tief Luft, bevor er fortfuhr. „Wer weiß eigentlich, was hier vor sich geht?" Die drei Prätoren sahen sich einen Moment lang an, bevor einer von ihnen das Wort ergriff.

„Fordix", sagte Fostel. „Er war derjenige, der Informanten und Verbindungen auf Galvetor und darüber hinaus hatte."

„Hältst du das nicht für eine relevante Information?", forderte Crusher lautstark. „Bitte sag mir, dass dieser alte Narr nicht zu deinem kleinen Club gehört." Obwohl Crusher es nicht zu bemerken schien, wurde Jason hellhörig, als Fostel davon sprach, dass Fordix Kontakte hat, die über Galvetor hinausgingen.

„Er ist derjenige, der an uns herangetreten ist, Mylord", sagte Mutabor. „Das war seine Idee. Er sagte, wenn du weg bist, müssen wir bereit sein, die Legionen zu vereinen."

„Und das ist auch der offensichtliche Grund, warum er gefangen genommen und ohne Gerichtsverfahren inhaftiert wurde", sagte Crusher und rollte mit den Augen. „Sein Informant war entweder Teil einer Falle oder wurde selbst gefangen genommen. Warum wurde ich darüber nicht sofort informiert, als ich hier hereinkam?"

„Wir wissen, was er für dich bedeutet", sagte Fostel. „Nimm es uns nicht übel, Lord Felex, aber wir wissen auch um deine impulsive Art. Wir könnten es uns nicht leisten, auch dich zu verlieren, falls du und

Omega Force in das Gefängnis eindringen und ihn befreien wolltet, ohne vorher mit uns zu sprechen." Jason, der nur teilweise zugehört hatte, riss den Kopf hoch.

„Ja, Captain Burke", sagte Mutabor. „Wir wissen von deiner Einheit und von Lord Felex' Platz in ihr. Auf deine und seine Heldentaten sind wir besonders stolz: Man kann den Archon verbannen, aber man kann ihm nicht seine Ehre oder sein Pflichtbewusstsein nehmen. Die Schlacht von Shorret-3 wird unseren jungen Rekruten als Beispiel dafür erzählt, was selbst in einer aussichtslosen Situation für ein paar entschlossene Krieger möglich ist."

„Erinnere mich nicht daran", sagte Jason mit einem Schaudern. „Aber wenn ihr schon seit der Eshquaria-Affäre über unsere Operationen Bescheid weißt, wozu dann die Geheimhaltung? Ich hätte gedacht, dass Crusher mit einer Parade willkommen geheißen wird oder zumindest die Erlaubnis erhält, das Schiff in einem echten Raumhafen zu landen." Beinahe hätte Jason den Geheimbefehl als Unsinn bezeichnet, als Theater des Absurden, aber auch wenn er es für einen Hang zum Melodramatischen hielt, waren dies immer noch mächtige und tödliche Kämpfer. Außerdem würde es ihm nicht gut tun, die Leute zu beleidigen, die er später bei dieser Operation brauchen würde, wo auch immer sie enden würde.

„Ich bin immer noch im Exil", antwortete Crusher und drehte sich zu ihm um. „Die *Phönix* hier zu landen, ein Schiff, von dem sie wahrscheinlich eine Beschreibung haben, würde nur Ärger verursachen. Viele sind zwar den Traditionen und dem Archon gegenüber loyal, aber ihre erste Loyalität gilt Galvetor. Sie würden es als ihre Pflicht ansehen, mich festzunehmen oder die Hauptstadt zu alarmieren ... und sie hätten recht."

„Und was machen wir jetzt, Mylord?", fragte Zetarix.

„Wir haben keine andere Wahl", antwortete Crusher. „Wir werden das tun, wovor ihr so viel Angst hattet ... wir werden Fordix aus dem Casguard-Gefängnis befreien."

Jason stöhnte.

Kapitel 10

„Also, was läuft?", fragte Twingo Jason, als sie allein waren. Connimon hatte eine Reihe von Zimmern in dem Gebäude arrangiert, in dem sich der geheime Treffpunkt der Faust des Archons befand. Offenbar handelte es sich dabei nicht nur um eine Art Verwaltungszentrum, sondern auch um Wohnräume.

„Das wird ein Riesenschlamassel", sagte Jason, lehnte sich in seinem Stuhl zurück und nahm ein Bier oder ein bierähnliches Getränk von seinem Freund entgegen.

„So gut, was?"

„Ich meine es ernst, Twingo", sagte Jason. „Ich würde Crusher nie im Stich lassen oder ihn bitten, etwas aufzugeben, das ihm so am Herzen liegt, aber wir haben absolut keine Ahnung, was hier los ist. Wir sind es gewohnt, uns blind in Situationen zu stürzen, aber das hier ist absurd."

„Was hast du in ihrem geheimen Clubhaus herausgefunden?",

fragte Twingo.

„Nur, dass sie weniger wissen als wir und Connimon mehr weiß, als sie zugibt. Ich habe das Gefühl, dass sie Informationen weitergibt, um die Situation zu ihren Gunsten zu manipulieren, aber die anderen nehmen sie sowieso nicht ernst, also ist das nicht so wichtig", sagte Jason. „Dieser Fordix weiß angeblich, was der Grund für die Unruhen auf Galvetor ist, aber er ist im Gefängnis. Also werden wir natürlich versuchen, ihn zu befreien."

„So etwas haben wir schon einmal gemacht", argumentierte Twingo.

„Zweimal. Wir haben es nur zweimal geschafft und beide Male mit Hilfe von Crisstofs Informationen und der logistischen Unterstützung der *Diligent*", sagte Jason.

„Apropos, hast du ihnen gesagt, wo wir hinwollen?"

„Scheiße. Nein", gab Jason zu. „Ich rufe sie an, wenn wir wieder auf der *Phönix* sind. Ich traue keinem der Kommunikationsknoten hier, zumindest nicht genug, um *die* Codes *der Defiant* einzugeben."

„Willst du Kellea hierher rufen, damit sie sich für uns einmischt?"

„Nein", sagte Jason und schluckte den Rest seines Biers. „Crisstof hat hier keinen Einfluss und die *Defiant* würde nur Aufmerksamkeit erregen, da sie keinen Grund hat, im System zu sein."

„Was hältst du also von den Gelten?", fragte Twingo und trank sein eigenes Glas aus.

„Ker war eine kleine Überraschung", gab Jason zu. „Ich hatte gedacht, ich hätte das anfangs völlig falsch eingeschätzt, auf der Basis dessen, was mir Crusher erzählt hat. Aber am Ende haben sie mich nicht enttäuscht. Crusher hat einem der Krieger dort die Fresse poliert, nur um seine Autorität wiederherzustellen, und das inmitten einer Gruppe, die sich zu dem bekennt, was er ist. Aber es gibt eine brutale Einfachheit in der Kriegerkultur, die ich zu schätzen weiß."

„Ja ... für dich und Lucky sollte es ein großes Abenteuer werden. Nicht so sehr für den Rest von uns", sagte Twingo säuerlich. „Mir ist gerade noch etwas eingefallen ... wer gibt denn jetzt die Befehle? Die kleine Szene im Vorzimmer zwischen Crusher und Lucky war ein bisschen angespannt. Crusher hat hier eine sehr hohe Position inne, aber du bist der Captain unserer fröhlichen kleinen Bande ... wer hat also hier auf Restaria das Sagen?"

„Ich würde lügen, wenn ich behaupten würde, dass ich nicht darüber nachgedacht oder mir Sorgen gemacht hätte", sagte Jason und stand von seinem Stuhl auf. „Geh schlafen, Kumpel. Ich habe das Gefühl, dass die nächsten Tage beschissen sein werden."

*****

„Jason ... wie in den sechs Höllen gerätst du nur in solche Situationen?", fragte Kellea Colleren mit gequälter Stimme.

„Ihr habt sechs Höllen? Wir haben eine. Oder neun, je nachdem, wen du fragst", sagte Jason. „Obwohl ..."

„Ich meine es ernst", sagte sie streng. „Die galvetische Politik ist gefährlich. Wenn sie dich dabei erwischen, wie du dich einmischst, töten sie deine gesamte Besatzung ohne Rücksicht auf Verluste oder ein ordentliches Verfahren. Wir wären machtlos, sie aufzuhalten, denn sie lehnen jegliche Einmischung von außen ab."

„Ich weiß, Kellea", sagte er und die nächste sarkastische Bemerkung erstarb auf seinen Lippen. „Wir werden vorsichtig sein. Wenn wir Fordix aus dem Gefängnis holen können, haben wir vielleicht eine Chance zu sehen, womit wir es wirklich zu tun haben. Wenn es zu wild wird, kann ich jederzeit den Stecker ziehen." Sie sah ihn einen Moment lang skeptisch an.

„Du hast diese Option schon oft erwähnt, aber ich habe noch nie gesehen, dass du weggegangen bist, obwohl du es schon so oft hättest tun sollen", sagte sie mit einem resignierten Seufzer. „Crisstof wird danach eine ausführliche Nachbesprechung haben wollen ... vorausgesetzt, du überlebst."

„Vorausgesetzt", stimmte Jason zu. „Ich will dich nur darüber informieren, was wir tun und wo wir uns befinden. Ich werde versuchen, dich nach und nach auf dem Laufenden zu halten, aber nur, wenn ich eine sichere Verbindung habe."

„Verstanden", sagte sie. „Wir sind eine Woche von deiner jetzigen Position entfernt, aber wir werden immer eine starke Verbindung haben."

„Klingt gut", sagte Jason. „Wir sprechen uns bald wieder."

„Sei vorsichtig, Jason", sagte sie schnell, bevor sie die Verbindung kappte. Er saß einen Moment lang im Kommunikationsraum *der Phönix* und starrte auf den nun leeren Bildschirm. Die anderen waren unten im Frachtraum und in der Waffenkammer und bereiteten sich auf ihre bevorstehende Mission vor. Er hatte sich die Zeit genommen, um Kellea zu erreichen und sicherzustellen, dass die *Phönix* nach ihrer Abreise ordnungsgemäß gesichert war. Der Plan, auf den sie sich vorläufig geeinigt hatten, sah vor, dass sie das Kampfraumschiff auf ihrer Reise nach Galvetor zurücklassen mussten. Sein Schiff würde wahrscheinlich keine Landeerlaubnis erhalten, denn wenn ein fremdes Kriegsschiff auftauchte, würden die Sicherheitskräfte nervös und hektisch reagieren.

„Computer, sperre den Hauptspeicherkern und bereite das Schiff auf Verteidigungsposition Alpha-Eins vor", sagte er.

„Bitte den Befehlscode bestätigen", sagte der Computer.

„Eins-acht-sechs-delta-vier-vier-eins-sieben".

„Bitte endgültige Befehlsberechtigung bestätigen."

„Denver Broncos, 1969 Yenko Camaro", sagte Jason. Die Konsole piepste und summte ein paar Mal, bevor er eine Bestätigung erhielt.

„Bestätigung akzeptiert", sagte der Computer. „Die Verteidigungsmodus Alpha-Eins wird nach dem endgültigen Abflug eingeleitet. Der Speicherkern des Computers ist jetzt gesichert und verriegelt; jede Manipulation wird zur Zerstörung des Kerns führen."

Jason sprang aus dem Sitz und ging auf den Hauptkorridor des Kommandodecks hinaus, wobei er mit Connimon zusammenstieß.

„Was machst du hier oben?", fragte er barsch.

„Ich bitte um Entschuldigung, Captain", sagte sie mit einem Nicken. „Ich wollte dich nicht erschrecken."

„Du hast mich nicht erschreckt", sagte Jason und versuchte, seinen Tonfall abzumildern. „Ich mag es nur nicht, wenn jemand ohne mein Wissen auf dem Kommandodeck meines Schiffes herumläuft."

„Natürlich", sagte sie. „Ich bin gekommen, um dir zu sagen,

dass wir mit der Missionsplanung und dem Briefing im Frachtraum beginnen können." Sie ging zurück auf das Hauptdeck, während Jason von der Tür des Kommunikationsraums aus zusah und immer noch die Stirn runzelte."

„Computer", sagte er, „wechsle die Befehlscodes zum Sekundärprotokoll."

„Bitte Befehlsautorisierung bestätigen", sagte der Computer. Jason wiederholte seine einmalige Erdling-Befehlsautorisierung und schaltete die Konsolen aus, bevor er selbst zum Frachtraum ging.

Kapitel 11

„Jetzt, wo wir alle hier sind, können wir loslegen", sagte Morakar, als Jason die Stufen von der Mannschaftsluke beim Zwischengeschoss zum Deck des Frachtraums hinunterstieg. Trotz der Geheimhaltung des Befehls machte Crusher deutlich, dass er nur das wichtigste Personal in den Plan einweihen wollte, Fordix aus Casguard zu befreien. Auch den lautstarken Widerspruch, der aufkam, als er ihnen mitteilte, dass Jason, Lucky und Kage dem Einsatzteam beitreten würden, unterdrückte er schnell. Die Anführer waren der Meinung, dass es sich um eine reine Gelten-Operation handeln sollte und dass Außenstehende nur im Weg wären. Crusher wusste aber, dass die einzigartigen Skills seiner Crew gebraucht werden würden, doch anstatt das zu erklären, befahl er ihnen einfach, zu schweigen und zu gehorchen.

Jason wusste, dass die Dinge auf Restaria, in den Legionen und vor allem, was den Archon betraf, anders liefen, aber die Veränderung in Crushers Verhalten machte ihm zunehmend Sorgen. Er freute sich, dass sein Freund wieder bei seinem Volk war, und er war schockiert und stolz zugleich, als er erfuhr, was er für diese Leute bedeutete. Dennoch spürte er, wie der enge Zusammenhalt seiner Einheit ins Wanken geriet. Die Beziehungen und die Disziplin, die über Jahre hinweg und in zahllosen Einsätzen gefestigt worden waren, gerieten ins Wanken, als Crushers Neigung zum Kommando sich wieder durchzusetzen begann. Es war nicht so, dass Jasons Ego so groß war, dass er sich bedroht fühlte, aber er wusste, was passierte, wenn die Befehlskette unklar war. Dies war der schlimmste Fall: Lucky und Kage würden Jason ohne zu fragen folgen, während das Gelten-Kontingent nur auf Crusher hören würde. Er hoffte, dass ihre sorgfältige Planung diesen grundlegenden Fehler in der Struktur ihres Teams ausgleichen würde.

„Warum treffen wir uns hier?", fragte Zetarix und sah sich mit unverhohlener Verachtung im Laderaum der *Phönix* um.

„Das ist der einzige wirklich sichere Ort auf ganz Restaria", sagte Crusher. „Wenn etwas davon durchsickert und die Mission gefährdet, wissen wir, dass es einer von euch war."

„Ich bin mir nicht sicher, ob mir diese Unterstellung gefällt, Lord Felex", sagte Fostel. „Wer sagt denn, dass es nicht einer von deinen Leuten ist?"

„Weil wir keine Motivation haben, euch zu verraten", sagte Jason und sah dem älteren Krieger in die Augen.

„Und weil die Integrität der Omega Force absolut ist", schloss Crusher mit Nachdruck. „Die Faust des Archons ist jedoch eine große Frage für uns. Auch wenn ich ihre Absicht verstehe, kannst du nicht garantieren, dass der Orden nicht infiltriert wurde. Die Tatsache, dass ich immer noch nicht weiß, was zum Teufel zwischen Galvetor und Restaria vor sich geht, verstärkt mein Misstrauen."

„Lass uns zur Mission zurückkehren", schlug Jason vor. „Morakar?"

„Danke, Captain Burke", sagte Morakar mit einem Nicken. „Um in die Nähe des Casguard-Gefängnisses zu kommen, müssen wir natürlich unbemerkt nach Galvetor gelangen. Das bedeutet, dass wir nicht so etwas Offensichtliches wie ein Shuttle der Legion oder dieses schöne Kriegsschiff nehmen können. Stattdessen haben wir ein normales Versorgungsshuttle beschafft und die notwendigen Modifikationen für eine diskrete Infiltration vorgenommen."

„Welche Art von Modifikationen?", fragte Twingo.

„Scannermasken, um zu verbergen, wie viele Lebensformen an Bord sind, sowie jegliche Bewaffnung", antwortete Mazer. „Die Triebwerke wurden aufgerüstet und die Innenseite des Rumpfes ist gepanzert."

„Darf ich mir das mal ansehen?", fragte der Ingenieur.

„Natürlich, aber die Zeit ist knapp", sagte Mazer mit einem Stirnrunzeln.

„Ich werde nicht lange brauchen", murmelte Twingo und machte sich bereits Notizen auf seinem Datenpad.

„Wir haben auch einen aktuellen Transpondercode, der es uns erlaubt, auf dem Cessell-Raumflughafen zu landen, der nur fünfzig Kilometer vom Gefängnis entfernt ist", fuhr Morakar fort. „Unsere notwendige und eher illegale Ausrüstung befindet sich bereits auf Galvetor, bei einem mit uns verbündeten Kontingent auf der Heimatwelt."

„Was zum Teufel?", unterbrach Jason. „Wir parken unseren

Fluchtwagen direkt neben dem Tatort?"

„Wir werden sicher abgeholt", meldete sich Kage zu Wort. „Schließlich werden sie den Raumhafen gleich als erstes abriegeln."

„Wenn ich fortfahren darf", sagte Morakar mit schmerzhafter Stimme, „wir werden das Shuttle nicht zum Exfiltrieren benutzen, und es ist dazu bestimmt, gefunden zu werden."

„Wir werden direkt von Cessell City zur ehemaligen Bergbausiedlung Kessmett fliegen, die in der Nähe der nördlichen Eisebenen liegt. Dort haben wir ein voll funktionsfähiges taktisches Raumschiff, das mit der besten Sensor-Tarnkappentechnik ausgestattet ist, die wir uns leisten können. Das wird uns und Fordix zurück nach Restaria bringen, wo die Faust des Archons bereitsteht, um uns zu verstecken, während wir die nächste Phase unserer Operation anhand der Informationen planen, die Fordix uns gibt."

„Warum hat Fordix nicht schon früher diese Informationen geliefert?", fragte Crusher.

„Dein Mentor sympathisiert zwar mit unserer Sache, hat sich aber nie ganz mit unserem Orden verbündet", sagte Morakar. „Er sagte, es sei zu unserem eigenen Schutz. Seine häufigen Reisen nach Galvetor und sein Umgang mit der Regierung machten ihn paranoid. Er war sich sicher, dass er beobachtet wurde und befürchtete, dass selbst ein zufälliger Kontakt mit uns die gesamte Bewegung gefährden könnte."

„Da hatte er wahrscheinlich recht", räumte Crusher ein. „Obwohl ich nicht glauben kann, dass die Beziehung zu Galvetor so umstritten ist, dass sie den Geheimdienst einen erfahrenen Staatsmann wie Fordix überwachen lassen."

„Wir haben nie geglaubt, dass sie dich ins Exil schicken würden", sagte Mutabor leise, das erste Mal, dass er sich während der ganzen Besprechung zu Wort meldete. Crusher nickte nur und deutete Morakar an, fortzufahren.

Die Besprechung dauerte eine weitere Stunde, in der alle Teammitglieder Fragen stellten und sich die Details einprägten. Jason war nicht glücklich über die fehlende Zeit zum Üben oder Vorbereiten, aber die Prätoren bestanden darauf, dass es keine Zeit zum Zögern gab. Sie befürchteten, dass Fordix' Leben in Gefahr sein könnte, selbst in einem Gefängnis, in dem hauptsächlich Nicht-Krieger gefangen waren. Dieselben Mächte, denen es gelungen war, das galvetische Justizsystem zu umgehen und ihn zu inhaftieren, könnten ihn zweifellos im Schlaf in seiner Zelle hinrichten lassen.

*****

„Sieht so aus, als wärst du startklar, Captain", sagte Twingo, während er sich einen Satz schwerer Arbeitshandschuhe auszog. „Ich konnte die Probleme mit den Stromgeneratoren und den Flugstabilitätssystemen beheben. Man hatte so viel zusätzliche Panzerung in der Nähe des Cockpits angebracht, dass das Shuttle ein bisschen kopflastig war."

„Stromgeneratoren?", fragte Jason und beäugte das Shuttle skeptisch. „Du meinst also ..."

„Ja", bestätigte der Ingenieur. „Dieser alte Kahn nutzte immer noch die Triebwerke, um den Rest des Schiffes mit Energie zu versorgen. Kein eigenständiger Reaktor. Das ist aber kein Grund zur Sorge bei einem so kurzen Flug durch so gut bekannte Raumwege."

„Das stimmt zwar aus technischer Sicht, aber ich bin mir nicht sicher, ob es hilfreich ist, von einem galvetischen Patrouillenschiff aufgegriffen zu werden, wenn drei fremde Wesen und ein Verbannter an Bord sind", meinte Jason.

„Stimmt", räumte Twingo ein. „Warum sitzen Doc und ich dann hier fest?"

„Warum sollte ich euch dabeihaben wollen?"

„Wenn dieser Fordix verletzt ist, könnte Doc sehr nützlich sein", sagte Twingo.

„Ich habe nicht nur nach Doc gefragt", sagte Jason, als er seinen Spaziergang um das kleine Shuttle innerhalb des Systems fortsetzte.

„Ich bin ein Glücksbringer", sagte Twingo. „Wenn ich dabei bin, läuft alles viel besser."

„Wirklich? Das ist mir noch nie aufgefallen", sagte Jason. „Ich würde sogar sagen, dass die letzten beiden großen Fehler direkt auf dich zurückzuführen sind."

„Ja", gab Twingo zu, „aber wir konnten die Mission trotzdem erfolgreich abschließen. Da kommt das Glück ins Spiel."

„Du gehst nicht", sagte Jason. „Ich brauche dich hier."

„Was soll ich tun?"

„Nicht im Shuttle sein", sagte Jason. „Was hast du für mich, Lucky?"

„Ich habe die Inspektion der Ausrüstung abgeschlossen, wie du es verlangt hast, Captain", sagte Lucky, als er auf die beiden zuging. „Meine eigenen Sensoren konnten nichts entdecken, was nicht da sein sollte."

„Was soll das?", fragte Twingo. „Bist du misstrauisch gegenüber unseren neuen Freunden?"

„Misstrauen ist ein starkes Wort", sagte Jason, „aber nein, ich vertraue niemandem, der nicht zur Omega Force gehört."

„Dann ist es gut, dass ich drei verschiedene passive Tracker an diesem Vogel installiert habe, die die *Phönix* aus der Ferne aktivieren und verfolgen kann", sagte Twingo.

„Clever", sagte Jason anerkennend.

„Habe ich etwas verpasst?", fragte Lucky, als der Ingenieur wegging.

„Ja, aber nichts, was wichtig genug wäre, um es zu wiederholen", sagte Jason. „Lasst uns die anderen holen und die Show beginnen."

*****

Das kleine Transit-Shuttle war erstaunlich wendig, als es durch die Atmosphäre Restarias flog, selbst mit dem zusätzlichen Gewicht, das die Tech-Crews in Form von Bewaffnung und Panzerung hinzugefügt hatten. Jason flog nach oben und durch die Thermosphäre zu ihrem Schnittpunkt für einen der Standard-Transferorbits von Restaria. Er beschleunigte entlang des vorgesehenen Vektors, bevor der Computer das Signal des Navigationssystems des Planeten empfing und die Steuerung übernahm. Bei diesem Shuttle konnte er nicht wie bei der *Phönix die* manuelle Steuerung übernehmen, also lehnte er sich zurück und genoss den Flug.

Es hatte eine hitzige Debatte darüber gegeben, wer das Shuttle fliegen sollte. Crusher meinte, Jason sei die offensichtliche Wahl und der fähigste Pilot in der Gruppe, aber Mazer war der Meinung, dass Morakar es tun sollte, da er bis zu dem Moment, als Crusher zurück in die Gruppe kam, der Missionsplaner und Teamleiter gewesen war. Am Ende präsentierte Jason es der Gruppe so, dass es so aussah, als würde er den Pilotenjob als Gefallen für Morakar annehmen, damit dieser sich nicht mit so unwichtigen Details wie der Kontrolle des Flugcomputers eines Frachters beschäftigen musste. Morakar bedankte sich demonstrativ bei Jason für sein großzügiges Angebot und wahrte so sein Gesicht vor der Gruppe, die ihnen zuhörte.

„Wir wurden gerade vom Navigationssystem akzeptiert, also sind unsere Referenzen immer noch gut", verkündete Jason und trat mit dem Fuß gegen die Sitzentriegelung, damit er den Sitz von der Konsole wegdrehen und sich umdrehen konnte, um alle zu sehen. „Jetzt steht uns ein langer und hoffentlich langweiliger Flug bevor, bis das Verkehrssystem von Galvetor uns anfunkt."

„Besteht die Möglichkeit, dass unsere Daten dort nicht anerkannt werden?", fragte Mazer.

„Praktisch keine", sagte Jason. „Als ich unser Ziel Cessell-Raumhafen eingegeben habe, gab es einen Handshake zwischen den beiden Systemen, bevor es akzeptiert wurde. Wenn es dort ein Problem gegeben hätte, wären wir aus dem Muster herausgefallen und hätten eure Flotte alarmiert." Da Restaria und Galvetor so ähnliche Umlaufbahnen hatten, wobei das Apogäum von Restaria mehrere hunderttausend Kilometer weiter entfernt war als das von Galvetor, bestand das übliche Verfahren darin, dass man von einem der beiden Systeme abflog und sofort mit der Verlangsamung begann, während das andere System um Galvetor Prime herumkam und aufholte. Es war etwas komplizierter, aber das Ergebnis war, dass ein Flug, für den die *Phönix* weniger als zehn Minuten gebraucht hätte, nun fast fünfzehn Stunden dauern würde.

„Ich kann nicht glauben, dass wir immer noch dieses lächerliche System benutzen, um zwischen den Planeten zu reisen", brummte Crusher.

„Wären wir ein Regierungs- oder Militärflug, würden wir das nicht tun", korrigierte Morakar. „Dann hätten wir Zugang zu einem der neuen Shuttles mit Gravitationsantrieb und könnten einen Direktflug machen. Aber angesichts des begrenzten Verkehrsaufkommens, das nicht mit den Linienfähren abgewickelt werden kann, gab es keine große Nachfrage danach, dass die Regierung das System aufrüsten oder die Beschränkungen für privat betriebene Gravitationsantriebe lockern sollte."

„Das war mir nicht bewusst", sagte Jason besorgt. „Werden wir durchsucht, wenn wir in Cessell landen? Wenn Flüge wie dieser so selten sind, schickt vielleicht ein gelangweilter Beamter ein Zollteam aus, wenn wir landen."

„Dies ist ein Linienflug", sagte Mazer. „Wir haben einfach die Transponder mit dem Shuttle ausgetauscht, das normalerweise diese Strecke fliegt, und das Shuttle kosmetisch verändert, damit es passt."

„Was transportiert das andere Shuttle?", fragte Jason.

„Diplomatische Post", antwortete Morakar. „Es gibt immer noch Sendungen, die eine beglaubigte Unterschrift brauchen oder zu geheim sind, um sie über den Nexus zu übermitteln, also werden kontrollierte Kopien zwischen den beiden Planeten geflogen. Es ist eine veraltete Methode, aber die Bürokraten auf beiden Seiten scheinen den Vorteil eines privaten Dienstes zu genießen."

„Alles in allem würde ich sagen, dass es ein Glück ist, dass sie es tun", sagte Lucky aus dem hinteren Teil des Frachtraums. Obwohl das Shuttle gegen Scans von Lebensformen abgeschirmt war, hatte Luckys einzigartige Physiologie Jason Sorgen bereitet. Twingo montierte einen Crash-Sitz am hinteren Schott, in der Nähe der Triebwerke, und versicherte ihm, dass die Interferenz des Antriebssystems jede Chance auf eine Entdeckung des Kampfsynths verhindern würde.

Das Gespräch verstummte, als jeder seine eigene Rolle bei der bevorstehenden Mission überdachte und sich die Details des Briefings noch einmal durch den Kopf gehen ließ. In dem geräumigen Shuttle befanden sich nur sechs Personen: Crusher, Morakar, Mazer, Lucky, Kage und Jason. Von diesen sechs hatten nur die Mitglieder der Omega Force jemals einen echten Kampf erlebt. Auch wenn es sich hier nicht um einen Kampfeinsatz handelte, war es doch die erste echte Einsatzerfahrung, die die beiden machen würden. Jason war auch besorgt darüber, dass keiner von ihnen jemals auch nur einen Probelauf mit den beiden Kriegerbrüdern gemacht hatte und keine Ahnung hatte, wie sie auf Stress oder den unvermeidlichen Moment reagierten, in dem der Plan auseinanderfiel und man improvisieren musste. *Ich schätze, wir kümmern uns darum, wenn es so weit ist.*

„Das ist Galvetor", sagte Mazer nach einer längeren Stille. Das Dröhnen der Triebwerke in der Kabine hatte alle außer Lucky in einen schläfrigen Halbschlaf versetzt, während das Shuttle fröhlich auf der Bahnebene glitt.

„Wo?", fragte Jason und rieb sich die Augen.

„Da", sagte Mazer und deutete auf einen hellen Lichtpunkt, der sich viel schneller bewegte als die anderen Sterne, die durch das Kabinendach sichtbar waren. „Es wird nicht lange dauern, bis wir von ihrem Orbitalverkehrskontrollsystem erfasst werden."

„Ist es wahrscheinlich, dass wir für eine mündliche Bestätigung der Fracht oder des Ziels kontaktiert werden?", fragte Jason.

„Nein", sagte Mazer. „Das System ist vollständig automatisiert. Es gibt nur eine minimale Besatzung in der Betriebszentrale für den Fall eines katastrophalen Ausfalls, aber das System erfordert keine Interaktion mit dem Controller."

„Der Traum eines Schmugglers", murmelte Kage

„Wohl kaum", lachte Morakar. „Die Strafen überwiegen bei weitem die Risiken. Wir sind eine ziemlich isolierte Gesellschaft und handeln nur mit einigen wenigen zugelassenen Maklern für unsere importierten Waren und Dienstleistungen. Es gibt keine illegalen Transporte oder Verkäufe nach Galvetor." Jason und Kage sahen sich einen Moment lang an, bevor beide in ein herzhaftes Lachen ausbrachen.

„Was immer du sagst", sagte Kage und lachte immer noch.

„Was meinst du?", sagte Morakar düster.

„Er meint einfach, dass Kriminelle die unternehmungslustigsten Typen sind, die du je getroffen hast, besonders wenn es um einen geschlossenen Markt wie einen Planeten geht, der die Reisefreiheit einschränkt", sagte Jason. „Wir haben uns selbst nach Restaria geschmuggelt, jetzt schmuggeln wir dich nach Galvetor und dann werden wir Fordix von diesem Planeten schmuggeln. Ich kann mit Sicherheit sagen, dass es auf Galvetor eine Unterwelt gibt, die von jemandem bedient wird, der bereit ist, für den Lohn das Risiko einzugehen."

„Du sprichst von Rauschmitteln", sagte Morakar. „Du gehst davon aus, dass Gelten für solche Laster anfällig sind."

„Durch deine strenge Kontrolle ist es vielleicht nicht so weit verbreitet, aber es ist da. Das ist immer so", sagte Jason.

„Wir sind ein Volk, das nicht zu solchen Schwächen neigt", erklärte Crusher und erntete ungläubige Blicke von seinen drei Mitstreitern.

„Wirklich?", fragte Kage. „Wie kommt es dann, dass ich nicht weniger als dreimal einen Schwebewagen stehlen musste, um deinen betrunkenen Kadaver zurück zum Schiff zu bringen?"

Crusher starrte den Veraner an, machte aber auch keine Anstalten, ihm zu antworten.

„Lasst uns das Geschwätz beenden", sagte Jason. „Wir beginnen unser Bremsmanöver. Es sollte nicht mehr lange dauern, bis wir die obere Atmosphäre von Galvetor erreichen."

Er bekam seinen ersten guten Blick auf Crushers Heimatwelt, als sich das Shuttle schnell dem Planeten näherte, sich von seiner Schwerkraft einfangen ließ und in einen hohen Halteorbit geschleudert wurde. Das Verkehrskontrollsystem zündete automatisch die Schubdüsen, um die Geschwindigkeit zu verlangsamen und auf eine niedrigere Transferbahn abzusinken, bevor es den Eintritt in die Atmosphäre abwartete.

Es dauerte noch eine ganze Stunde, bis die Bremsraketen erneut zündeten und das Shuttle aus der Umlaufbahn brachten. Als das Schiff in der immer dichter werdenden Atmosphäre zu schwanken begann, heizte sich der Innenraum merklich auf. Jason war überrascht und hoffte, dass es sich nur um einen Konstruktionsfehler handelte und dass die Techniker nicht zu viel von der ursprünglichen Abschirmung des Shuttles entfernt hatten, um Platz für die verbesserte Panzerung zu schaffen. Sie flogen ziemlich nah an Galvetor Prime durch den Weltraum. Wenn der Hitzeschild beeinträchtigt war oder fehlte, musste er annehmen, dass der Strahlungsschutz nicht viel besser war. Er schob den Gedanken beiseite und beobachtete, wie die Flughöhe weiter abnahm und das Orbitalsteuerungssystem sie über den größten Kontinent des Planeten brachte.

Das Navigationsdisplay meldete ihm mit einem Piepton, dass das automatische System die Kontrolle über das Schiff abgeben würde. Nachdem er sich umgedreht und seinen Sitz in Position gebracht hatte, bestätigte er, dass er bereit war, und wartete darauf, dass die Anzeigen grün wurden. Es dauerte noch eine Viertelstunde, bis das letzte Signal ertönte und die manuelle Steuerung des Schiffes aktiviert wurde. Er hielt es auf dem vorgesehenen Flugweg in Richtung Cessell City und sorgte dafür, dass die atmosphärische Reibung die überschüssige Geschwindigkeit abbaute, als sie über Galvetor hinwegflogen.

Der Planet war atemberaubend schön, ähnlich wie seine Schwesterwelt Restaria. Die großen Bevölkerungszentren schienen gut geplant und so verteilt zu sein, dass sie sich harmonisch in die natürliche Landschaft einfügten und nicht im Widerspruch zu ihr standen – etwas, das man oft auf entwickelten Planeten sah, wo die primäre Spezies versuchte, die Natur ihrem Willen zu unterwerfen. Die Gelten schienen ihre Heimat zu umarmen und lebten so unauffällig wie möglich auf ihr. Er erwähnte dies gegenüber Crusher.

„Das liegt zum Teil in unserer Natur, zum Teil einfach in der

Praxis", antwortete Crusher. „Unsere Vorfahren haben den Planeten verehrt und geglaubt, dass er eine Seele und ein Bewusstsein hat. Manche glauben das sogar heute noch. Unsere Zivilisation wurde um diesen Glauben herum aufgebaut und dank einer kleinen Bevölkerung hatten wir keine Notwendigkeit, dies zu ändern. Als wir begannen, uns zu industrialisieren, waren wir uns bereits bewusst, welche Auswirkungen wir auf unsere Umwelt haben und welche Folgen es haben würde, wenn wir das nicht respektieren."

„Warum die kleine Bevölkerung?", fragte Jason. „Das scheint ungewöhnlich für eine so fortschrittliche Spezies zu sein."

„Das natürliche Gleichgewicht ist ein Überbleibsel aus der Zeit, als wir noch als wilde Nomaden durch die Welt zogen", sagt Crusher. „Schon ein einziger unserer evolutionären Vorfahren benötigte einen großen Aktionsradius, und diese Aktionsradien überschnitten sich nicht zwischen den Männern. Deshalb sind Gelten-Schwangerschaften zwar mehr als ausreichend, um unsere Art fortzupflanzen, aber viel seltener als bei anderen."

„Das muss schön sein", sagte Kage. „Ich war eines von achtundzwanzig Geschwistern. In meiner Welt war es fast immer so, dass ich Hunger hatte."

„Achtundzwanzig?", fragte Mazer ungläubig.

„Unsere Evolutionsgeschichte ist ganz anders als eure", sagte Kage mit einem Lächeln. „Meine Vorfahren wurden als Nahrung gejagt. Wir hatten nicht den Luxus von Einzelgeburten, wenn wir überleben wollten. Jetzt gibt es so viele, dass Ver mehr oder weniger ein Slum ist und wir verzweifelt versuchen, den umliegenden Raumsektor zu besiedeln." Jason merkte sich diesen kleinen Einblick in Kages früheres

Leben und seine Beweggründe, so zu sein, wie er war. Hunger war ein starker Motivator, wenn es darum ging, sich zu entscheiden, ob man auf einer überbevölkerten Welt für wenig Geld schuften oder ob man die Chance auf ein Leben als Krimineller ergreifen wollte.

Jason ließ sie weiterreden. Er war nicht immun gegen die Nervosität vor der Operation und die sinnlose Unterhaltung lenkte ihn leicht ab. Außerdem war er die einzige Person, die etwas tat, als er den vorgesehenen Gleitpfad flog, der ihn auf eine Höhe von fünfzig Metern außerhalb des Raumhafens bringen würde, wo er auf die endgültige Landeerlaubnis durch einen Fluglotsen im Hafen warten musste.

Fünfundvierzig Minuten später ließ er Mazer mit dem Fluglotsen über die Landung verhandeln, während die anderen sich im Hintergrund über das nächste unsinnige Thema stritten, über das sie sich seit dem Erreichen der Umlaufbahn fast ständig zankten. Er schaute verärgert zurück, hielt aber den Mund, als der Landeplatz und der Freigabecode auf seinem Navigationsdisplay erschienen. Er brachte das Shuttle auf eine Höhe von zehn Metern und begann, langsam über die Landebahn zu schweben. Das Schiff war träge und reagierte kaum, da die Manövriertriebwerke fast ununterbrochen feuerten, um es in Bewegung zu halten. Als er endlich über dem vorgesehenen Landeplatz war, setzte er die Landekufen ein und ließ das Shuttle mit einem leichten Aufprall und dem Knirschen von Metall auf dem Asphalt landen.

„Glatte Landung, Captain", rief Kage von seinem Sitz aus. „Wann hast du das letzte Mal so etwas Kleines geflogen?"

„Es ist schon eine Weile her", gab Jason zu. „Es ist auch das erste Mal seit langer Zeit, dass ich etwas ohne Stützen und Räder lande; bei den festen Kufen spürt man jede Unebenheit. Also, wo ist unser

Mann?" Seine letzte Frage richtete er an Morakar.

„Er wird schon durch das Eingangstor fahren", sagte Morakar zuversichtlich. „Er wird darauf gewartet haben, dass das Shuttle Cessell überfliegt." Jason zuckte mit den Schultern und ging zurück, um die Flugsysteme abzuschalten.

„Hier muss es wirklich wenig Verkehr geben, wenn er ein einziges Shuttle über der Stadt ausmachen kann." Nachdem er die Triebwerke abgeschaltet und den Zubehörbus auf Batteriebetrieb umgeschaltet hatte, damit Licht und Belüftung weiter funktionierten, verließ er das Cockpit und ließ sich lässig auf den Sitz auf der anderen Seite von Crusher fallen. Bevor er das tat, drehte er die Gebläse der Belüftungsanlage auf volle Kraft und erzeugte damit eine Wand aus weißem Lärm, die alle dazu zwang, ihre Stimmen zu erheben, um weiterreden zu können. „Wir sind hier wirklich ungeschützt", flüsterte er seinem Freund ans Ohr. Crusher nickte nur zustimmend und schaute ebenfalls mit angespannter Miene aus dem Kabinendach. Seine Strafe dafür, dass er überhaupt wieder auf Galvetor war, würde hart und wahrscheinlich tödlich ausfallen.

„Hier ist unsere Kontaktperson", rief Mazer und zeigte auf einen verschlossenen Lastwagen, der über das Rollfeld auf sie zufuhr. Er trug die gleichen Markierungen wie ihr getarntes Raumschiff.

„Nicht einen Moment zu früh", sagte Jason. „Mazer, schalte die Begrenzungslichter und den Rest der Systeme aus. Kage, hol dir den Flugdatenschreiber und bearbeite die Boxen mit dem Impulsgenerator."

„Bin schon dabei", sagte Kage. Mazer drehte sich um und begann, den Strom zum Rest des Schiffes abzuschalten. Sie zogen die Datenschreiber ab, um sicherzustellen, dass es schwieriger sein würde, das Schiff zurückzuverfolgen, wenn es entdeckt würde. Als zusätzliche Versicherung wollte Kage alle Avionikmodule mit einem Gerät beschießen, das Twingo für ihn hergestellt hatte: eine gerichtete EM-Kanone, die einen starken elektromagnetischen Energiestoß in das Gerät schoss, auf das sie gerichtet war. Dadurch würden alle redundanten Sicherungsspeicher des Geräts und alle anderen Hinweise, die in der Box gespeichert sind, zerstört. Ein fähiger Ermittler wäre wahrscheinlich immer noch in der Lage, die Herkunft des Shuttles zu ermitteln, aber bis er das getan hätte, wäre das Team schon lange weg. *Na ja ... hoffentlich.*

Es gab einen Ruck, als der Lastwagen rückwärts an die Seite des Shuttles fuhr und seine offene Hecktür direkt mit der Ladeluke in Berührung kam. Mazer und Lucky deckten die Tür ab, während die anderen sich anspannten. Ein Klopfen an der Tür schien zunächst zufällig zu sein, aber in Wirklichkeit war es ein bestimmtes Muster, das viermal wiederholt wurde. Nach der vierten Wiederholung trat Lucky zurück und Mazer betätigte die Entriegelung der Luke und schob sie aus dem Weg.

„Lord Felex Tezakar, Wächter-Archon von Galvetor, ich grüße dich", sagte der Gelten, der in der Luke stand, förmlich und sank auf die Knie.

„Steh auf", sagte Crusher ungeduldig, „wir können keine Zeit für solche Dinge verschwenden. Ich grüße dich ebenfalls, Soldat von Galvetor." Damit schien er zufrieden zu sein, denn er gehörte zwar nicht zu den Kriegern, war aber immer noch größer als jeder Mensch, den Jason je gesehen hatte.

„Ich bin Meluuk", sagte er. „Wenn du und dein Team in das

Fahrzeug einsteigen, sind wir schnell wieder weg." Damit kletterte Meluuk zurück in die Kabine des Flug-LKWs und wartete, während das Team in die Ladefläche kletterte und die Luke des Shuttles hinter sich verschloss. Als alle untergebracht waren, fuhr der LKW sanft los und schaffte es ohne Zwischenfälle durch das Tor.

Kapitel 12

Die Fahrt durch Cessell City war langweilig. Das lag zum einen daran, dass sie auf einer umschlossenen Ladefläche festsaßen und nichts sehen konnten, und zum anderen daran, dass die Repulsoren, auf denen der Flug-LKW fuhr, für eine Fahrt ohne wirkliches Bewegungsgefühl sorgten. Das bedeutete, dass Jason kein Gespür dafür bekommen konnte, wie weit sie sich vom Raumhafen entfernt hatten. Er kannte die genaue Entfernung aus dem Briefing vor der Mission, aber er zog es immer vor, sie unabhängig zu überprüfen. Während sein eigenes neuronales Implantat Schwierigkeiten hatte, die zurückgelegte Entfernung zu berechnen, wusste er, dass Luckys interne Systeme damit kein Problem haben würden. Er wusste sogar, dass er sie sofort alarmieren würde, wenn der Kampfsynth eine Abweichung vom vereinbarten Kurs feststellen würde. Also hörte er auf, sich über Dinge aufzuregen, die er nicht kontrollieren konnte, und lehnte sich für den Rest der Fahrt zurück.

Als der LKW schließlich anhielt und sich die Tür öffnete, befand sich Jason in einer großen Industriehalle, einer der allgegenwärtigen Strukturen, die am Rande jeder größeren Stadt zu finden sind. Aber das Innere des Gebäudes bestand nicht aus nackten Stahlträgern und Außenwänden aus Wellblech. Stattdessen ragten gemeißelte Steinsäulen auf, die das Dach stützten, und die Wände sahen aus, als wären sie aus riesigen, quadratischen Blöcken aus massivem Stein gehauen worden. Sogar der Boden aus glattem Permabeton, war mit wirbelnden Mustern aus farbigen Steinen ausgelegt. Jason schüttelte den Kopf und wunderte sich, dass sich jemand die Zeit nahm, ein Lagerhaus auf diese Art und Weise zu entwerfen und zu bauen.

„Das wird die Einsatzzentrale sein, wie Connimon dir sicher schon gesagt hat", sagte Meluuk. Jason bemerkte, dass die Arme des Gelten massiv überentwickelt waren, viel muskulöser als bei jedem Nicht-Krieger, den er bisher getroffen hatte. Nachdem er gesehen hatte, wie Crusher, Mazer und Morakar staunend durch die Gegend liefen, glaubte er zu verstehen, warum. „Es ist mir eine Ehre, euch alle hier zu haben. Wenn ihr etwas braucht, zögert nicht zu fragen."

„Wir haben einen langen Flug hinter uns", sagte Morakar. „Es ist jetzt früher Morgen, Ortszeit, und wir sollten uns alle etwas ausruhen."

„Natürlich", sagte Meluuk und verbeugte sich fast. „Wenn ihr mir folgt, zeige ich euch, wo wir provisorische Lager vorbereitet haben." Sie folgten dem hochgewachsenen Gelten tiefer in das Lagerhaus, bis sie zu einer freistehenden Fertigbaukonstruktion in der südwestlichen Ecke des Gebäudes kamen. Die Einheit war komplett mit Schlafräumen und Duschen ausgestattet, und ihre Ausrüstung lag vor ihren Kojen. „Ich werde Wache halten, während ihr schlaft."

„Du wirst nicht der Einzige sein", sagte Jason und schaute über seine Schulter zu den Gelten. „Lucky.“

„Natürlich, Captain“, sagte Lucky und machte sich auf den Weg aus der provisorischen Kaserne. Als er gegangen war, wandte sich Meluuk an Jason.

„Ich hatte noch nie die Ehre, einen echten Kampfsynth zu treffen“, sagte er. „Oder überhaupt einen Synth. Gibt es etwas, was ich wissen sollte?“

„Mach ihn nicht wütend“, sagte Kage, als er sich auf seine Koje fallen ließ. „Er würde dir die Arme ausreißen.“

„Ignoriere ihn“, sagte Jason. „Lucky ist ein Soldat. Behandle ihn mit dem entsprechenden Respekt. Er ist auch mein Besatzungsmitglied, ein persönlicher Freund von Lord Felex und ein frei denkendes Wesen. Er ist keine Maschine oder ein Werkzeug, das man herumkommandieren kann.“

„Ich würde nicht im Traum daran denken, ihn zu beleidigen, Captain Burke“, sagte Meluuk, der Kage immer noch unsicher ansah.

„Gut“, sagte Jason und klopfte dem anderen auf die Schulter.

„Du kannst ihn gerne in ein Gespräch verwickeln“, rief Crusher. „Er lernt gerne neue Leute kennen, aber er ist etwas schüchtern. Du musst hartnäckig sein, um ihn aus seinem Schneckenhaus zu locken.“ Dieses Mal verbeugte sich Meluuk tatsächlich, bevor er die Kaserne verließ und die Tür hinter sich zuzog. Jason wartete ein paar Takte, bevor er sprach.

„Du weißt, dass Lucky dir dafür den Arsch aufreißen wird, oder? Meluuk wird ihm die ganze Zeit folgen und ihn in den Wahnsinn treiben, während wir schlafen.“

„Das ist meine Absicht", sagte Crusher mit einem Lächeln. „Das hat er davon, dass er mich wegen des Rennens verraten hat, als wir dich auf Aracoria abgeholt haben." Jason öffnete den Mund, um zu widersprechen, besann sich dann aber und legte sich in seine Koje. Mazer schnarchte bereits, als er seine Stiefel auszog und sich ausstreckte. Morgen Abend würde die Mission in die operative Phase eintreten und es würde keinen einfachen Weg geben, sie abzubrechen. Aber selbst wenn er sie jetzt abbrechen wollte, wäre das problematisch. Sie waren auf die Sympathisanten hier angewiesen, um sie vom Planeten zu bringen, und die *Phönix* befand sich auf der anderen Seite von Galvetor Prime, ohne dass er sie hätte rufen können, falls er in Schwierigkeiten geriet. Als er einschlief, war sein letzter Gedanke, dass er das mächtige Kampfraumschiff vielleicht als Krücke benutzte und sich immer auf ihre Geschwindigkeit und Feuerkraft verließ, um sich aus Situationen zu retten, die er schlecht geplant hatte. Vielleicht war das der Grund, warum er jetzt so nervös war.

*****

Jasons neuronales Implantat sagte ihm, dass er sieben Stunden geschlafen hatte. Aus Sicherheitsgründen hatte er ihm nicht erlaubt, sich mit dem lokalen Nexus zu verbinden, also wusste er auch nicht, wie spät es war. Er wälzte sich aus seiner Koje, unruhig nach so viel Schlaf. Wenn sie an Bord der *Phönix* waren und es keinen richtigen Tag oder Nacht gab, neigte er dazu, im Laufe des Tages eine Reihe von zwei- oder dreistündigen Nickerchen zu machen. Das lockerte die Monotonie ein wenig auf und ermöglichte es ihm, einen Großteil der beiden Wachschichten aktiv zu bleiben.

Alle Krieger schnarchten laut und Kage gab ein seltsames, brummendes Geräusch aus seinem Hals von sich. Das Lagerhaus war immer noch schwach beleuchtet und da es keine Fenster gab, konnte er nicht erkennen, ob es Tag oder Nacht war, aber er nahm an, dass es Vormittag sein musste, da sie gerade erst angekommen waren. Er sah Meluuk auf dem Gelände und ging auf ihn zu. Lucky war nirgends zu sehen.

„Guten Morgen, denke ich", rief Jason, als er sich näherte.

„Das ist er in der Tat und auch dir einen guten Morgen, Captain Burke", sagte Meluuk.

„Wo ist Lucky?"

„Er ist vor ein paar Stunden losgezogen, um die Nachbargebäude zu inspizieren und sich zu vergewissern, dass sie leer sind, wie es sich gehört", sagte Meluuk. „Er sollte bald zurück sein."

„Ist es klug, dass er da draußen ist?", fragte Jason mit einem Stirnrunzeln. Es war nicht das, was er sich vorgestellt hatte, als er sich für diese Mission gemeldet hatte.

„Das Risiko ist gering", sagte Meluuk. „Diese Gegend wird praktisch nicht überwacht und seine Sensoren könnten jemanden oder etwas, das sich in einer der angrenzenden Wohnungen versteckt, besser aufspüren, als unsere eigene visuelle Suche es könnte." Jason konnte an seiner Logik nichts aussetzen und ließ das Thema fallen.

„Darf ich dir eine vielleicht persönliche Frage stellen?", fragte er.

„Sicherlich", sagte Meluuk etwas zögerlich.

„Ich bin zum ersten Mal in der Nähe von anderen Gelten als Crusher ... Felex ... und mir fällt auf, dass du viel größer bist als alle anderen, die ich gesehen habe und die nicht zur Kriegerklasse gehören", sagte Jason. „Ist das etwas Natürliches oder eine Folge der Konditionierung?"

„Ich bin etwas größer als der Durchschnitt hier auf Galvetor, aber meine Größe kommt auch vom ständigen Training", sagte Meluuk mit einem Hauch von Stolz in der Stimme. „Der Tag wird kommen, an dem die Klassen nicht mehr getrennt leben werden, als wären wir verschiedene Gattungen. Wenn dieser Tag kommt, möchte ich bereit sein."

„Wofür?", fragte Jason. „Die Aufhebung der Klassenteilung würde doch sicher nicht zu einem Krieg führen. Oder?"

„Du missverstehst mich, Captain", sagte Meluuk mit einem geduldigen Lächeln. „Wenn es mir erlaubt wird, wäre es mir eine große Ehre, mich um die Aufnahme in die Legionen zu bewerben. Ich bin nicht von Geburt an mit der Kraft und den Fähigkeiten der Krieger gesegnet, aber ich hoffe, dass ich das durch harte Arbeit überwinden kann." In Jasons Kopf machten ein paar Dinge *Klick* und bestätigten seinen Verdacht, als er die Ehrfurcht sah, mit der Meluuk die anderen Krieger zu betrachten schien. „Erlaube mir eine Frage, Captain. Du hast mit Lord Felex seit seiner Verbannung gedient?"

„Nicht ganz", sagte Jason. „Wir waren beide einmal gefangen und mussten uns aufeinander verlassen, um unsere Freiheit zu erlangen. Keiner von uns hatte Grund, dem anderen zu vertrauen, aber wir hatten Erfolg und kamen gut miteinander aus, sodass wir beschlossen, die Vereinbarung dauerhaft zu machen."

„Ist es wahr, was ich über deine Omega Force gehört habe? Dass du und Lord Felex für die Unterdrückten kämpfen?" Es lag eine Verzweiflung in Meluuks Stimme, die Jason auffiel. Die

Heldenverehrung von Crusher hatte in manchen Kreisen schon fast Kultstatus erreicht und seine wahren Taten während seiner Abwesenheit von Galvetor waren zur Legende geworden. Je mehr er sich in ihrer Nähe aufhielt, desto mehr Einblicke erhielt er in die Psyche der Gelten, und vieles von dem, was er lernte, erklärte Crushers unberechenbares Verhalten.

„Das ist unsere Hauptaufgabe", bekräftigte Jason. „Es gibt viele Menschen da draußen, die sich nicht wehren können. Da kommen wir ins Spiel." Er konnte sehen, wie Meluuk vor Stolz anschwoll. Seine nächste Frage wurde unterbrochen, als Morakar aus der Kaserne kam.

„Gibt es in dieser Bruchbude etwas zu essen?", brüllte er praktisch.

„Sofort, Sir", rief Meluuk zurück und eilte in Richtung der Stapel von Ausrüstungskoffern und Werkbänken davon. Morakar nickte Jason zu und machte sich dann selbst auf den Weg zum Rand des Gebäudes.

„Captain", sagte eine Stimme hinter ihm und ließ ihn aufspringen.

„Verdammt, Lucky!"

„Ich bitte um Entschuldigung, Captain", sagte Lucky. „Ich wollte dich nicht erschrecken."

„Du hast mich nicht erschreckt."

„Du bist gesprungen, als ob du Angst hättest", sagte Lucky in seiner trockenen Art.

„Was willst du?", sagte Jason gereizt.

„Nichts Besonderes", antwortete Lucky. „Ich habe die Umgebung abgesucht und nichts Besorgniserregendes gefunden. Meine Scans haben ergeben, dass abgesehen von Meluuks Fahrzeug in letzter Zeit fast kein Verkehr in diesem Gebiet stattgefunden hat."

„Das ist gut", sagte Jason. „Ich versuche darauf zu vertrauen, dass sie wissen, was sie tun, aber ich muss mir immer wieder vor Augen halten, dass sie noch nie an einer echten Operation teilgenommen haben und verdeckte Operationen nicht gerade ihre Stärke sind."

„Das stimmt."

„Was hältst du also von den Gelten, Lucky?", fragte Jason nach einem Moment. „Jetzt, wo wir einige Zeit mit einer Gruppe von ihnen verbracht haben."

Lucky dachte über die Frage nach, bevor er antwortete. „Sie leben in einer Welt der Extreme", sagte er. „Sie sind zu unglaublichen architektonischen und künstlerischen Leistungen fähig, aber auch zu entsetzlicher Gewalt und Grausamkeit. Trotz ihres Rufs als harte Krieger sind sie eine übermäßig emotionale Spezies, was meine früheren Beobachtungen erklären könnte. Das macht sie auch anfällig für Melodrama und Übertreibungen in ihrem Umgang miteinander."

„Genau das habe ich auch gedacht", sagte Jason mit einem Nicken. „Du hast es natürlich noch etwas prägnanter ausgedrückt."

„Natürlich", stimmte Lucky zu und erntete einen weiteren genervten Blick von Jason. Die beiden standen herum, bis Mazer und Crusher auftauchten und nur noch Kage in der Kaserne schlief. Das überraschte nicht im Geringsten.

„Crusher", rief Jason. „Weck Kage auf, wir müssen mit den

Vorbereitungen für die Aufklärungsmission heute Abend beginnen." Crusher lächelte nur und drehte sich um, um zurück in das provisorische Gebäude zu gehen. Wie Jason erwartet hatte, gab es bald etwas, das man nur als Krawall bezeichnen kann.

„Was zur Hölle!", hörte er Kage schreien, aber vorher gab es ein lautes Kratzen von Metall auf Beton. Danach ertönte das irrsinnige Lachen eines galvetischen Kriegers. Als Jason und Lucky sich der Gruppe näherten, kam Crusher mit einem seligen Lächeln auf dem Gesicht aus der Baracke.

„Ich nehme an, du hast ihn nicht nur wachgerüttelt?" Bevor Crusher antworten konnte, stürmte ein wütender Veraner aus der Kaserne, obwohl ein Wesen, das weniger als einhundertdreißig Pfund wiegt, nirgendwo mit viel Autorität „herausstürmt". Mit einer Hand zeigte er anklagend auf Crusher, während er mit den anderen drei Händen versuchte, seine Hose hochzuziehen und zu schließen.

„Captain, dieses Arschloch hat mein Bett über den Boden gekickt, während ich noch darin lag. Ich will, dass er bestraft wird", erklärte Kage dramatisch.

„Was soll ich deiner Meinung nach tun?", fragte Jason und versuchte, nicht über seinen Freund zu lachen.

„Was?", fragte Kage ungläubig. „Ich weiß es nicht. Du bist der Captain ... lass dir was einfallen."

„Ich werde ernsthaft darüber nachdenken", versicherte Jason und versuchte, ihm seinen ernsthaftesten „Captain"-Ausdruck zu geben. Kage starrte ihn nur einen Moment an, bevor er murmelnd wegging.

„Crusher, warum bestehst du darauf, ihn zu quälen, kurz bevor wir ihn für eine lebenswichtige Mission brauchen, um uns am Leben zu erhalten oder aus einem Gefängnis zu befreien?", fragte Jason.

„Weißt du ... ich bin mir nicht sicher", gab Crusher zu, bevor er Jason auf die Schulter klopfte. „Lass uns etwas essen gehen und die letzte Besprechung hinter uns bringen."

Kapitel 13

„Ich weiß, dass dieses Gefängnis schon ein paar hundert Jahre alt ist",
überlegte Jason, während er durch sein Fernglas schaute, „aber warum
sieht es immer noch so aus? Ich sehe nicht viel, was sich verbessert hat."

„Casguard wurde für die Kriegerklasse entwickelt, als wir alle
noch auf Galvetor lebten", erklärte Mazer und schaute durch ein ähnlich
optimiertes Fernglas. Beide Ferngläser waren so ausgestattet, dass sie
mehrere Spektren anzeigen und abweichende Messwerte analysieren
konnten.

„Das beantwortet meine Frage nicht wirklich", sagte Jason. Die
beiden saßen in einem gewöhnlichen Flugwagen auf einer wenig
befahrenen Nebenstraße, die einen Blick auf das zweieinhalb Kilometer
entfernte Gefängnis bot. Sie hatten einige Klappen abgenommen, damit
es für mögliche Passanten wie eine Panne aussah. Jasons Anwesenheit
wäre zwar schwer zu erklären, würde aber keinen großen Verdacht
erregen, denn Galvetor hat auch außerirdische Gäste. Sollte Crusher
jedoch gesehen und erkannt werden, wäre das nicht nur für ihn, sondern

für die gesamte Mission eine Katastrophe.

„Wenn ein Krieger an diesem Ort verurteilt wird, gebietet es seine Ehre, dass er seine Strafe mit Würde absitzt. Niemand würde auf die Idee kommen, zu fliehen. In der heutigen Zeit werden in der Einrichtung hauptsächlich normale Gelten untergebracht. Die Mauern und Zellen sind mehr als ausreichend, um sie zu halten", erklärte Mazer. Jason war froh, dass er in dieser Nacht mit dem jüngeren Bruder zusammen war. Morakar war etwas rauer und grüblerischer als Mazer, was nicht unbedingt etwas Schlechtes war, aber nicht gerade eine angenehme Gesellschaft für eine Nacht langweiliger Aufklärung eines festen Ziels.

„Das ergibt Sinn", sagte Jason. „Aber selbst dann sehe ich außer ein paar Wachtürmen nicht viel, was die Überwachung von außen angeht."

„Ist das nicht besser für uns?"

„Ja, aber ich habe schon vor langer Zeit gelernt, Dingen zu misstrauen, die zu einfach aussehen", sagte Jason und fuhr fort, den Komplex zu durchsuchen und sich die Details einzuprägen. Er wusste, dass das Innere viel sicherer war, als es von außen aussah. Die Zellen waren in Reihen angeordnet und mit schweren Stahlstäben versehen, die selbst Lucky nicht einfach aus dem Weg biegen konnte. Die Fußböden entlang der Gänge waren außerdem druckempfindlich und einzelne Schritte wurden verfolgt, auch wenn die Zellen alle geschlossen und verriegelt waren. Es gab auch autonome, luftgestützte Bots, die den gesamten Zellenblock in zufälligen Mustern patrouillierten und in die besetzten Zellen hineinschauten, um die Anwesenheit von Lebewesen zu bestätigen und den Raum mit Lasern zu scannen, um sicherzustellen, dass die physischen Dimensionen nach dem Einschluss gleichgeblieben waren.

„Wir bleiben noch eine Stunde und gehen dann zu unserer nächsten Position", sagte Mazer, während er nach herannahenden Fahrzeugen Ausschau hielt und Jason sich auf das Gefängnis konzentrieren ließ. Die nächsten dreißig Minuten vergingen in angenehmer Stille, bevor Mazer wieder das Wort ergriff. „Ich will dich nicht beleidigen", begann er, „aber ist Kage so ... flatterhaft ... wie er aussieht?"

„Er ist einfach reizbar", sagte Jason ein wenig abwehrend. „Aber er ist solide. Wir waren schon in einigen Schwierigkeiten, von denen wir dachten, dass wir sie nicht überstehen würden, und er hat es jedes Mal geschafft."

„Das reicht mir", sagte Mazer achselzuckend. „Ich gebe zu, Jason, dass ich extrem neidisch auf dich bin."

„Auf mich?", sagte Jason überrascht „Ich kann mir nicht vorstellen, weshalb."

„Wir trainieren von Kindesbeinen an bis zu unserem Tod, um der beste Einzelkämpfer zu sein", sagt Mazer. „Während wir uns in Legionen organisieren, konkurrieren wir miteinander und wollen nichts anderes, als das, was wir gelernt haben, im echten Kampf anzuwenden, aber seit Generationen haben wir nichts anderes getan als zu trainieren. Es gibt eine bestimmte Ideologie, die uns ebenfalls vermittelt wird und die sich in der Mission widerspiegelt, die du und deine Crew unaufgefordert übernommen habt."

„Der Gedanke, zwischen den Sternen zu reisen, individuelle Ungerechtigkeiten zu finden, die es zu beseitigen gilt, und dabei an der

Seite von Lord Felex als Gleichberechtigter zu kämpfen." Er stieß einen großen Seufzer aus, bevor er Jason mit einem leicht verlegenen Grinsen ansah. „Ich weiß, dass ich es wahrscheinlich romantisiere und dass das Leben, das du führst, auch seine Herausforderungen hat, aber es ist ein schöner Tagtraum, mit dem ich mich ablenke."

„Manchmal braucht man eine neue Perspektive, um zu erkennen, wie viel Glück man hat", sagte Jason nach einem Moment. „Manchmal vergisst man leicht, wie einzigartig unsere Position wirklich ist, wenn man den alltäglichen Trott lebt. Das Gezänk, monatelanges Essen auf dem Schiff, keine Privatsphäre, nervige Freunde, keine Dankbarkeit von denen, denen wir helfen ... du verstehst schon."

Mazer lachte nur. „Das ist ein kleiner Preis, mein Freund", sagte er. „Vertrau mir."

„Ich glaube, wir haben alle Möglichkeiten an diesem Ort ausgeschöpft", sagte Jason. „Ich denke, wir können die Information bestätigen, dass es nachts keine externe Präsenz gibt. Dieser Ort stinkt nach Nachlässigkeit."

„Wir werden ihnen einen Dienst erweisen", sagte Mazer, als er das Fahrzeug startete. „Die Aufregung morgen Abend wird der Höhepunkt ihrer Karriere sein."

„So kann man es auch sehen", lachte Jason, als er ausstieg, um die Karosserieteile zu ersetzen, die sie zuvor entfernt hatten. Sie fuhren den Hügel hinunter zum ersten Fahrzeugwechselpunkt einer Reihe von Stationen, die sie schließlich zu dem Lagerhaus zurückbringen würden, in dem sie untergebracht waren. Unterwegs hatte Jason nichts anderes zu tun, als darüber nachzudenken, was am nächsten Abend alles schiefgehen könnte.

*****

Am nächsten Abend waren alle versammelt und bereiteten sich beim Flug-LKW vor. Die provisorischen Unterkünfte und die restliche Ausrüstung waren schon früher am Tag zusammengepackt und entfernt worden und Meluuk hatte das Gelände von allen Spuren befreit, die darauf hinwiesen, dass sie jemals dort gewesen waren.

„Sind wir bereit dafür?", fragte Jason einfach und schaute sich bei den Hauptakteuren um. Er erhielt von allen eine positive Antwort. „Gut. Dann lasst uns aufladen und loslegen."

Sie stiegen alle in den Flug-LKW und warteten, während Meluuk auf den Fahrersitz kletterte und in die frühe Abendluft hinausfuhr.

Sie brachten schweigend die einstündige Reise zu ihrem ersten Zwischenziel hinter sich: ein Essensdienst, der den Auftrag für das Casguard-Gefängnis hatte. Meluuk glitt rückwärts in eine unbeleuchtete Ecke des Geländes und schaltete die Repulsoren ihres Flug-LKWs aus. Es dauerte weitere zwanzig Minuten, bis ein weiterer großer Flugtransporter mit dem Firmenlogo das eingezäunte Gelände verließ und vor ihnen zum Stehen kam, so dass kein neugieriger Mitarbeiter sie sehen konnte. Der Fahrer des LKWs stieg aus, nickte Meluuk zu und inspizierte demonstrativ das vordere, rechte Repulsor-Modul inspizierte.

„Wir sind dran", sagte Crusher und zog sich die Kapuze seines Spezialanzugs über den Kopf. Jason folgte ihm und die beiden kletterten aus dem Fahrzeug. Sie schlichen über die kurze Strecke und schlüpften in den hinteren Teil des Laderaums. Crusher drehte sich um und beobachtete, wie Jason die Klappe öffnete, die in das Innere des LKWs führte. Normalerweise befand sich in diesem Bereich das redundante

Triebwerk, das nach galvetischem Recht für den Fall eines Ausfalls des Hauptantriebs vorgeschrieben war. In diesem Fall war er ausgehöhlt worden, damit Crusher und Jason nebeneinander liegen konnten.

Jason klopfte Crusher auf die Schulter und deutete auf die Öffnung. Der große Krieger krümmte seinen Körper und rutschte mit dem Fuß voran in die Öffnung und drückte sich an die gegenüberliegende Seite. Jason stieg danach auf die gleiche Weise ein und zog die Klappe hinter sich zu.

„Das ist gemütlich", sagte Crusher, als sie spürten, wie sich der Flug-LKW abhob und aus dem Hof des Lebensmittelunternehmens glitt.

„Ja", sagte Jason. „Wenn das hier schief geht, haben wir nicht viel Spielraum, um etwas anderes zu tun, als uns erschießen zu lassen."

„Du machst dir zu viele Sorgen", sagte Crusher. „Sie werden dich herausziehen und festhalten. Sie werden mich erschießen."

„Glaubst du, dass diese Anzüge wirklich funktionieren?", fragte Jason nach ein paar Minuten.

„Sicher", sagte Crusher ohne große Überzeugung. „Die Scanner in Casguard sind über achtzig Jahre alt und die Kontrollen am Tor dienen nur der Einhaltung der Vorschriften." Jeder von ihnen trug einen Spezialanzug, der seine Biosignatur vor dem Scanner im Asphalt des Gefängnistores verbergen sollte. In dem Abteil, in dem sie sich befanden, war außerdem ein spezielles Isoliermaterial installiert, die dies unterstützen sollte. Der Trick bestand darin, die Sensoren nicht komplett auszublenden und einen toten Raum zu schaffen, der ebenso verdächtig wäre. Dies war einer der Teile der Operation, die Jason den Gelten anvertrauen musste, und darüber war er nicht glücklich. Ihm wäre es viel lieber gewesen, wenn Twingo den LKW modifiziert und ihre Anzüge getestet hätte.

Wie sich herausstellte, war die Kontrolle an der Pforte die geringste ihrer Sorgen. Das Fahrzeug kam nicht einmal vollständig zum Stehen. Es wurde langsamer, wurde offenbar erkannt und durchgewunken und fuhr dann viel zu schnell durch das Tor, als dass man es mit solch veralteten Geräten genau hätte überprüfen können. Es gab noch ein paar weitere Stopps und Starts, bevor der LKW schließlich zum Stehen kam und sie spüren konnten, wie sich die Repulsoren abschalteten und das Fahrzeug auf dem Boden aufsetzte. Eine Minute später gab es einen Knall, dann zwei weitere scharfe Schläge auf das Blech.

„Dreißig Sekunden", flüsterte Jason und zählte in seinem Kopf die Zeit herunter. Als er bei dreißig angekommen war, griff er nach dem Hebel und öffnete die Verkleidung, durch die sie eingestiegen waren. Er zog die Kapuze ab, damit er jetzt, wo die Sonne vollständig untergegangen und die Dunkelheit eingebrochen war, etwas sehen konnte. Das Fahrzeug stand auf einem schwach beleuchteten Parkplatz, genau wie sie es geplant hatten, rückwärts an eine Mauer gelehnt. Sie konnten hören, wie sich der Fahrer angeregt mit zwei der Wachleute unterhielt, während sie den Schichtwechsel durchführten und sich auf das abendliche Verschließen der Zellen vorbereiteten.

Jason schlüpfte lautlos aus seinem Versteck und half Crusher, dasselbe zu tun. Er stützte die Masse seines Freundes, während er seine Beine aus dem Loch und unter ihn schob. Langsam schloss er die Klappe und folgte Crusher von dem Fahrzeug weg, während sie in schnellem, aber gleichmäßigem Tempo an der Mauer entlang schlichen. Sie steuerten auf einen Gully in der Mitte des ummauerten Parkplatzes zu, der direkt an der Stützmauer lag. Zum Glück erwiesen sich ihre

Informationen als zuverlässig, denn die Löcher, in denen die Schrauben zur Verankerung des Gitters steckten, waren leer und das schon seit einiger Zeit. Jason sah sich um, während Crusher in die Hocke ging und das Gitter, das mindestens zweihundert Pfund gewogen haben musste, mühelos anhob und zur Seite legte.

„Geh", flüsterte Jason. Wortlos zwängte sich Crusher durch die Öffnung, die Schultern zusammengezogen und immer noch kaum passend. Als er unten war, schnalzte er zweimal mit der Zunge. Als er das Signal hörte und immer noch über den Parkplatz blickte, trat Jason von der Kante ab und fiel in den klaffenden schwarzen Schlund, im Vertrauen darauf, dass sein Freund seinen Abstieg aufhalten würde.

Crusher packte ihn an der Taille und verlangsamte seinen Fall zu einer leisen, sanften Landung im zylindrischen Abwasserkanal. „Bereit?", fragte er. Jason nickte einmal und hockte sich vor seinen Freund. „Los!" flüsterte Crusher barsch. Jason sprang auf. Sein optimierter Körper kam mühelos über Crushers Schultern und katapultierte ihn hoch genug, um nach dem Rand des Abflusses zu greifen. Er spürte, wie Crusher seine Füße packte und sich unter ihn manövrierte, sodass er auf den Schultern des großen Kriegers stand. Als er den doppelten Druck auf seinen rechten Fuß spürte, griff er hinüber und hob das Gitter auf. Genauso geräuschlos, wie Crusher es getan hatte, manövrierte er es vorsichtig wieder an seinen Platz und setzte es in seine Aussparung im Asphalt. Er hielt einen Moment inne und hörte zu, wie der Fahrer die Wachen mit seinen lauten und schlüpftigen Witzen ablenkte, bevor er das Abflussgitter losließ und nach vorne hüpfte, so dass Crusher ihn wieder auffangen und absetzen konnte, ohne dass er mit einem lauten Platschen im flachen Wasser landete.

„Es kann losgehen", flüsterte er. Crusher nickte einmal und

bewegte sich tiefer in die Kanalisation in Richtung des Hauptkomplexes des Casguard-Gefängnisses. Jason schaute sich kurz um, bevor er sich umdrehte und ihm im Abstand von zehn Metern folgte.

Nachdem sie weitere einhundertfünfzig Meter geschlichen waren, kamen sie an einen weiteren Abfluss. Dieser sollte zu einem Nebengebäude führen, in dem sich eines der sechs Notstromaggregate des Komplexes befand. Nach ihren Informationen war es seit über einem Jahrzehnt nur für oberflächliche jährliche Inspektionen geöffnet worden, und auch dann nur, um sicherzustellen, dass keine Geräte gestohlen worden waren.

„Sieht ruhig aus", hauchte Crusher fast lautlos. Er forderte Jason auf, die Prozedur zu wiederholen, mit der sie das andere Gitter ersetzt hatten. Nachdem er auf die Schultern des großen Kriegers gesprungen war, bemerkte Jason sofort ein Problem.

„Scheiße!", flüsterte er zu Crusher hinunter. „Die verdammten Bolzen sind noch da."

„Das ist das richtige Generatorgebäude, oder?"

„Das muss es sein, es ist das einzige auf dieser Seite des Komplexes", flüsterte Jason zurück. „Pass auf, ich komme runter."

„Also, was jetzt?", fragte Crusher, nachdem Jason wieder auf dem Boden des Abwasserkanals stand.

„Wir brauchen die Ausrüstung", sagte Jason einfach.

„Kannst du es mit deinen neuen Muskeln schaffen?", fragte Crusher, nur teilweise scherzhaft.

„Auf keinen Fall", sagte Jason. „Lucky könnte es vielleicht, wenn er sich gegen etwas stemmt. Diese Bolzen haben einen

Durchmesser von mindestens einem Zoll und es sind vier Stück."

„Ich dachte mir schon, dass so etwas passieren könnte", sagte Crusher. „Warte mal." Dann begann er, Komponenten aus dem Gürtel seines Sensor-Tarnanzugs zu ziehen und sie zusammenzubauen. „Ich habe Morakars Netzwerk hier auf Galvetor nie ganz getraut, also habe ich nur eine kleine Versicherung mitgebracht." Er reichte Jason einen kompakten Laserschneidbrenner. Das Gerät sah recht leistungsfähig aus, hatte aber eine völlig unzureichende Energieversorgung. Er würde vielleicht neunzig Sekunden Zeit zum Schneiden haben.

„Das hättest du früher sagen können, bevor ich mir die Wirbelsäule verrenke", sagte Jason mit zusammengebissenen Zähnen. „Und wir durften nichts mit einer Stromquelle durch das Haupttor bringen."

„Soll das heißen, dass der versteckte Blaster in deinem Hosenbund keine Energie hat?", fragte Crusher unwirsch.

„Wir reden nicht über mich", sagte Jason hochmütig. „Jetzt mach dich bereit, mich wieder da oben festzuhalten. Ich muss herausfinden, wie gut dieser kleine Brenner durch das Gitter schneiden wird."

Als er wieder auf Crushers Schultern saß, untersuchte er das Problem sorgfältig. Die Kraft reichte nicht aus, um die einzelnen Sprossen des Gitters zu durchtrennen, und er wollte es den Ermittlern nicht zu leicht machen, herauszufinden, wie sie in das Gefängnis gelangt waren. Er strich über die Kante des schweren Eisenflansches, mit dem das Gitter verschraubt war.

„Lass dir Zeit", murmelte Crusher. „Es ist ja nicht so, als hättest du in letzter Zeit nicht eine Menge Gewicht zugelegt oder so."

„Sei still", sagte Jason. „Ich denke nach."

„Ich glaube nicht, dass wir so viel Zeit haben, Captain", sagte Crusher. Jason ignorierte ihn und drückte die Spitze des Brenners genau an die Stelle, wo das Gitter auf den Flansch traf, und aktivierte ihn. Der beißende Geruch von brennendem Metall erfüllte den engen Raum und das Geräusch des zischenden Strahls war schockierend laut. Er feuerte den Strahl insgesamt viermal ab, bevor er ihn in seinen Hosenbund steckte. Er war dankbar, dass das Laserschneidewerkzeug an der Spitze nicht so heiß wurde wie ein Plasmabrenner. Er drückte gegen das Gitter und stellte fest, dass es immer noch festsaß.

„Ich habe die Schrauben zwischen dem Gitter und dem Flansch durchgeschnitten", flüsterte er, „aber es klemmt immer noch. Ich glaube, es ist zusammengerostet."

„Und was machen wir jetzt? Darauf warten, dass es ganz durchrostet?"

„Nein, du Arschloch, wir müssen genug Druck ausüben, um ihn zu lösen", sagte Jason. „Das heißt, deine Beine und meine Arme. Ich presse meine Knie zusammen und du drückst mit deinen Beinen nach oben, während ich es mit meinen Armen tue. Hoffentlich haben wir genug Kraft, um es wegzuschieben."

„Klingt so, als würde ich die meiste Arbeit machen", brummte Crusher, aber er winkelte seine Beine an, damit Jason seine Knie schließen konnte. „Und ... schieben!" Auf sein Kommando hin begann Jason, sich gegen das Gitter zu stemmen, wobei er seine Schultern und seinen Trizeps gegen den immensen Druck stemmte, den Crusher mit seinen kräftigen Beinen auf ihn ausübte. Das Gitter hielt stand, also gruben sich die beiden tief ein und drückten noch fester. Der Druck auf seine Füße und Knie war unerträglich, aber Jason biss die Zähne zusammen und setzte alles daran, seine Arme gegen das Gitter zu drücken.

POP!

Das Abflussgitter löste sich und flog dank der enormen Kraft, die die beiden darauf ausübten, mit so viel Geschwindigkeit nach oben, dass Jason seinen Halt verlor und es mit einem ohrenbetäubenden Klirren durch den Generatorschuppen flog. „Scheiße!", rief er aus und griff nach dem Rand des Lochs, um sich durch die Öffnung hochzuziehen und das verlorene Stück Eisen zu greifen.

„Captain! Komm wieder runter!", sagte Crusher, der immer noch versuchte, einigermaßen ruhig zu bleiben. Jason ignorierte ihn und griff nach dem Gitter, wobei er bei den verschlossenen Türen stehen blieb, um zu lauschen. Wenn er jemanden kommen hörte, war er bereit, wieder in das Loch hinabzutauchen und das Gitter einzusetzen, was hoffentlich zu einem neugierigen Herumstochern nach dem Geräusch und nicht zu einem allgemeinen Alarm führte. Wenn sie reinkamen und das Abflussgitter quer im Raum lag, würde die Mission abgeblasen werden und sie würden ihre einzige Chance verlieren, Fordix zu befreien. Ihm war zwar immer noch nicht ganz klar, warum sie das überhaupt tun mussten, aber ein Job war ein Job und er war es wert, richtig gemacht zu werden.

Nach fünf Minuten angespannten Wartens entspannte sich Jason und machte sich auf den Weg zurück zum offenen Abfluss. „Immer noch da unten?", rief er.

„Wo sollte ich sonst sein?"

„Komm einfach hier hoch", schoss Jason zurück. „Alles frei und wir verlieren außerdem Zeit." Er trat zurück, damit Crusher hochspringen und sich an der Kante festhalten konnte, um sich hindurchzuziehen. Dieser Abfluss war breiter als der vorherige, sodass er seine Masse problemlos in den Raum ziehen konnte. Als er drin war, gingen sie hinter einen staubigen Geräteträger und fanden, was sie suchten: zwei große Seesäcke.

Sie zogen schnell und effizient ihre Ausrüstung aus und machten eine Bestandsaufnahme, bevor sie den hautengen Sensorentarnanzug auszogen und ihre taktische Ausrüstung anzogen. Diese bestanden aus Westen mit Gurtzeug und persönlichen Waffen, obwohl letztere im Vergleich zu dem, was sie normalerweise trugen, eher leicht waren. Die größten Waffen, die sie bei sich trugen, waren Elektroschocker mit hoher Kapazität, die vor allem für die Bekämpfung von Aufständen gedacht waren. Die Gefängniswärter waren weder ihre Feinde noch waren sie technisch gesehen Kämpfer. Sie würden sich also nicht den Weg freischießen, wenn sie erwischt würden.

Als sie fertig waren, ging Crusher hinüber, um sich den Abflussflansch anzusehen, während Jason das Gitter wieder an den Rand manövrierte. „Gute Arbeit, die Schrauben ganz durchzuschneiden, Captain", sagte Crusher sarkastisch. Jason warf einen Blick über seine Schulter, um zu sehen, was er meinte. Tatsächlich waren zwei der Bolzen an gegenüberliegenden Ecken nicht ganz durchgeschnitten worden. Sie waren jeweils etwa einen halben Zentimeter lang und hatten das Gitter unten gehalten. Obwohl die Hitze den Stahl geschwächt hatte, war immer noch genug übrig, um das Gitter zu halten.

„Hmm", sagte Jason. „Das tut mir leid."

„Entschuldige dich bei meinen Knien", sagte Crusher. „Hier,

gib mir die Taschen." Jason reichte ihm die ausrangierten Sachen und Crusher warf sie in den Abfluss, bevor er selbst wieder in die Kanalisation sprang. Jason schaute sich noch einmal um, bevor er ebenfalls hinuntersprang. Er hatte damit gerechnet, dass Crusher ihn wieder packen würde und war deshalb nicht darauf vorbereitet, als er weiter fiel und mit einem knochenbrechenden Aufprall auf den Boden des Abwasserkanals aufprallte, so dass seine Zähne aufeinanderschlugen.

„Hmm", sagte Crusher, „das tut mir leid."

„Ich glaube ernsthaft, dass ich dich erschießen werde, bevor das hier vorbei ist. Jetzt bring mich wieder nach oben, damit ich das verdammte Gitter austauschen kann, du Riesenbaby", sagte Jason.

Als die kleinen Racheakte und Dummheiten vorbei waren, machten sich die beiden wieder an die Arbeit und gingen schnell das Rohr hinauf zu ihrem nächsten Ziel. Das Gefängnis war in erster Linie für die Kriegerklasse gebaut worden, wurde aber auch mit normalen Gelten besetzt. Deshalb gab es einige Vorkehrungen, die es ermöglichten, die viel stärkeren Soldaten zu kontrollieren und zu bändigen, ohne das Leben eines Gefängniswärters zu riskieren. Eine dieser Vorkehrungen war ein Tunnelsystem, das sich über die gesamte erste Etage eines jeden Zellenblocks erstreckte und als sicherer Haftraum diente, der mit Betäubungsgas geflutet werden konnte. Das Besondere daran war, dass die Böden der jeweiligen Zellen in die Wand eingezogen werden konnten und der Gefangene keine andere Wahl hatte, als einfach in den Tunnel zu fallen.

Als Jason das System zum ersten Mal beschrieben wurde, schien es ihm eine unglaublich komplizierte Lösung für ein Problem zu sein, das man lösen könnte, indem man einen Elektroschocker durch die Gitterstäbe stößt. Connimon hatte ihm erzählt, dass sie diese Methode bereits ausprobiert hatten, aber die Stärke der Kriegerklasse und ihre Resistenz gegen nicht-tödliche Waffen machten es zu einem gefährlichen Unterfangen. Und nicht nur das: Wenn einer von ihnen gewalttätig wurde, setzte er ein Pheromon frei, das die anderen in Aufruhr versetzte. Bald hatte man eine ganze Etage voller Krieger, die das Gefängnis auseinandernehmen wollten. Also entwickelten sie eine Lösung, die es ihnen ermöglichte, die Zelle zu evakuieren, sobald einer von ihnen unruhig wurde.

Der Plan sah vor, dass sie sich Zugang zu diesem nicht mehr genutzten Tunnelsystem verschaffen und Fordix dort herausholen, falls sie erfuhren, dass er im ersten Stock festgehalten wurde. Nach den Erfahrungen mit dem Gully im Generatorschuppen war Jason jedoch nicht ganz sicher, ob ein Mechanismus, der seit über einem Jahrhundert nicht mehr benutzt wurde, noch funktionieren würde. Aber in diesem Fall hatten sie keinen Ausweichplan. Fordix musste auf eine Weise herausgeholt werden, die nicht verriet, dass Crusher wieder auf Galvetor war. Das war der Hauptgrund, warum Jason darauf bestanden hatte, dass nur er und Crusher das Gefängnis betreten durften. Sie hatten so etwas schon unzählige Male gemacht und er traute den anderen Mitgliedern des sektenähnlichen Ordens, dem sie jetzt halfen, nicht ganz.

Sie brauchten fast eine Stunde, um den Abschnitt des Rohrs zu finden, den sie suchten. Mit Hilfe eines tragbaren Sonargeräts, das Kage und Twingo zur Verfügung gestellt hatten, fanden sie eine Stelle der Wand, die nur einen Meter von einem anderen, kleineren Hilfsabfluss entfernt war, der in die Tunnel hinaufführen würde.

„Lass uns das Tempo erhöhen", sagte Crusher besorgt und

schaute auf den Missionscomputer an seinem Handgelenk, der sowohl die Ortszeit als auch die abgelaufene Missionszeit anzeigte.

„Uns geht es gut", sagte Jason geduldig. „Wenn wir überstürzt handeln, machen wir Fehler. Wenn wir erwischt werden, ist alles umsonst. Im schlimmsten Fall verbringen wir eine weitere Nacht hier unten. Dafür haben wir schon vorgesorgt." Er schaltete das Sonar in den hochauflösenden Modus und skizzierte, wo man am besten ein Zugangsloch mit möglichst geringem Materialabtrag schneiden konnte. Die Tunnel waren Jahrhunderte alt und obwohl sie stabil genug aussahen, wollte er keinen Einsturz riskieren.

Nachdem er den Bereich mit Leuchtfarbe markiert hatte, griff er in seinen Rucksack und holte einen viel leistungsfähigeren Laserschneider heraus, im Grunde eine abgespeckte Version des Geräts, das er zum Durchbohren von Raumschiffrümpfen verwendet. Er setzte das Gerät fest an die glatte Wand des Rohrs und ließ es die benötigte Leistung anhand der Tiefe des Materials ermitteln. Als das Gerät zweimal piepte, dass es bereit war, aktivierte er den Strahl und bewegte ihn langsam entlang der von ihm gezeichneten Linie. Der Rauch und der Lärm waren beträchtlich, aber sie befanden sich jetzt weit weg von allen externen Abflüssen und tief unter der Struktur des Gefängnisses selbst.

Nachdem er die Begrenzung durchgeschnitten hatte, machte er zwei weitere Schnitte, um das zu entfernende Stück in Viertel zu unterteilen, und schaltete dann den Strahl aus. Er schaute nach und nickte zufrieden, dass er noch zu siebzig Prozent geladen war.

„Ich habe den Schnitt so gut wie möglich nach außen abgeschrägt", sagte Jason. „Wir sollten in der Lage sein, die Abschnitte in das nächste Rohr zu schieben."

„Das habe ich schon mal gehört", sagte Crusher und richtete sich auf, um einen der Quadranten zu treten. Er legte sein ganzes Gewicht in den Tritt und war daher nicht darauf vorbereitet, dass das Teil fast ohne Widerstand aus dem Loch flog. Der Tritt war so schnell, dass auch sein Bein dem Teil folgte und er aus dem Gleichgewicht geriet und mit einem Bein in der Wand steckte. „Was zum Teufel hast du getan?"

„Der Boden hier muss einen hohen Siliziumdioxidgehalt haben", bemerkte Jason und fuhr mit der Hand über die glatte, polierte Oberfläche der Innenseite des Lochs. „Der Laser hat die Innenseite des Schnitts fast zu Glas geschmolzen."

„Wie faszinierend", grunzte Crusher, bevor er die verbleibenden drei Teile wegkickte. „Nach dir", sagte er mit einer einladenden Geste. Jason schnappte sich das Schneidewerkzeug und das Sonargerät und kroch auf dem Bauch durch das Loch, um in einem anderen, kleineren Kanalisationsrohr zu landen. Hier war es knochentrocken und die Luft roch sehr abgestanden. Er betrachtete den Boden mit seinen Augenimplantaten, die das Restlicht verstärken, und sah keine Fußabdrücke in der schweren Staub- und Sedimentschicht. Alles gute Zeichen.

Nachdem Crusher hindurchgeklettert war, setzten sie ihre Reise in Richtung des Hauptzellenblocks fort, wobei das kleinere Rohr nach rechts vom Hauptabwasserkanal abbog, in dem sie unterwegs gewesen waren. Etwas mehr als hundert Meter später kamen sie an ein weiteres Abflussgitter, das viel massiver war als die anderen und senkrecht in das Rohr eingelassen war.

„Das muss es sein", sagte Jason mit einem leisen Pfiff. „Lucky bräuchte zwei Tage, um das zu schaffen."

„Es wurde gebaut, um die Allerschlimmsten einzusperren", sagte Crusher und fuhr mit der Hand über die Gitterstäbe. „Zwanzig wütende Krieger können viel Schaden anrichten." Jason erschauderte innerlich bei dem Gedanken. Er wusste ganz genau, was ein einziger wütender Krieger anrichten konnte. „Dieser Abfluss sieht groß genug aus, um die Gitterstäbe durchzuschneiden und nicht zu riskieren, sich an den Stümpfen zu verbrennen. Der hier sieht aus, als würde er von mehr als nur vier winzigen Bolzen gehalten, also glaube ich nicht, dass dein Trick mit dem Winkelschnitt funktioniert."

„Das geht sowieso nicht", sagte Jason. „Ich kann den Schneider nicht bündig an die Ecke bekommen, der Flansch ist zu breit. Das sind also die Tunnel dort drüben?"

„Das sollten sie sein", sagte Crusher. „Dieses Gitter ist so groß, weil die Pumpen, mit denen das Betäubungsgas abgepumpt wurde, am anderen Ende dieses Rohrs standen. So viel Wasser fließt hier unten eigentlich nicht ab."

„Nun", sagte Jason und hob das Schneidewerkzeug, „dann mal los." Die Legierung, aus der das Gitter bestand, war unglaublich dicht und er kam nur langsam voran. Für jeden Stab brauchte er mindestens neunzig Sekunden, und er musste oft eine Pause machen, um den Laser abkühlen zu lassen.

„Kannst du den Strahl nicht mehr fokussieren?", fragte Crusher, während Jason seine zweite Pause machte.

„Das könnte ich, aber wir können das Gitter nicht einfach aus dem Weg biegen, und wenn ich den Balken zu sehr einenge, schweißt sich das Metall wieder zusammen, bevor ich das letzte Stück abschneiden kann. Ich brauche mindestens fünf Millimeter Spielraum, damit wir es herausnehmen können", sagte Jason.

Wie sich herausstellte, ging dem Schneidewerkzeug der Strom aus, als er die Hälfte des vorletzten Balkens geschafft hatte. Verblüfft zog Jason den Mikroschneider heraus, den Crusher ihm gegeben hatte, und verbrauchte den Rest seiner Energie, um den Rest der Arbeit zu erledigen. Als der letzte Schnitt gemacht war, packte Crusher das Gitter und schob es mit einem überraschten Grunzen aus dem Weg. „Schwerer als es aussah", sagte er. Sie spähten in die Dunkelheit des Tunnels. Er hatte eindeutig etwas von einem Kerker, stellte Jason fest, als er durch den Abfluss trat und darauf achtete, keinen der noch glühenden Stäbe zu berühren, die aus dem Tunnel ragten.

Sie bewegten sich schnell durch den Tunnel und ignorierten dabei die Ansammlung von galvetischen Knochen und mumifizierten Überresten. Sie hatten eine Karte des Systems und waren auf dem Weg zu der Zelle, in der sich Fordix zuletzt aufgehalten haben soll. Jason wusste, dass es auf der Erde ähnliche Orte gab, aber er war immer noch empört über das, was er sah, und konnte sich nicht vorstellen, dass man zu einem solchen Ort verurteilt wurde, wo man in völliger Dunkelheit herumkroch und nicht wusste, ob die nächste Person, der man begegnete, versuchen würde, einem zu helfen oder einen zu töten.

„Das *müsste* es sein", sagte Crusher zweifelnd und blickte die gebogene Rutsche hinauf auf das, was der Boden von Fordix' Zelle sein sollte. Jason schaltete an seinen Augenimplantaten von Restlichtverstärkung auf Mittelwellen-Infrarot um und untersuchte die Luke.

„Das sollten die Abflüsse für den Verschlussmechanismus an der Vorderseite sein", sagte Jason und zeigte auf drei kleine Löcher, die gleichmäßig an der Kante der Ecke verteilt waren.

„Willst du sie nur teilweise durchschneiden und uns dann mit roher Gewalt ein weiteres Stück Metall abtrennen lassen?", fragte Crusher.

„Das könnten wir tun", sagte Jason, der den Köder nicht schlucken wollte. „Oder ich könnte einfach die Nanobots, die Twingo für mich vorbereitet hat, durch den Abfluss injizieren und sie das Metall wegfressen lassen." Er griff in eine der Taschen seiner taktischen Weste und zog ein langes Metallrohr heraus. Das Licht an der Röhre leuchtete immer noch grün und zeigte damit an, dass mindestens achtzig Prozent der kleinen Spezialmaschinen noch am Leben waren.

Im Gegensatz zu den medizinischen Nanobots, die Doc regelmäßig bei ihnen einsetzte, oder sogar zu denen, die sie immer in ihrem Blut hatten, war die Entwicklung und Herstellung einer speziellen Sorte schwierig und teuer. Twingo hatte vier Chargen durchlaufen, bevor er die Sorte bekam, die jetzt in der Röhre in Stasis lag. Jason drehte ein Ende des Röhrchens und ein kurzes, dickes, nadelähnliches Gerät schoss aus dem anderen Ende heraus und die Anzeige begann grün und gelb zu blinken. Als sie nur noch stakkatoartig grün blinkte, bedeutete das, dass die Nanobots initialisiert und einsatzbereit waren.

Er kletterte an den glatten Wänden der Rutsche hoch, wobei er auf Crushers Schultern stand, und wartete, bis das Licht nur noch grün zu blinken begann. Dann schob er das Nadelende des Geräts so weit wie möglich in den Abfluss und drückte zweimal mit dem Daumen auf den Knopf an der Basis des Rohrs, um die Nanobots zu aktivieren. Als das Licht rot aufleuchtete, entfernte er den Schlauch und nickte Crusher zu, um ihn wieder auf den Boden zu setzen.

„Es dürfte nicht mehr lange dauern", flüsterte er.

„Wie werden wir wissen, ob es funktioniert?", fragte Crusher. Bevor Jason antworten konnte, begann ein feiner Strom aus silbernem Stahlstaub aus den Abflusslöchern zu tropfen. Zuerst war es nur ein Rinnsal, aber schon bald strömten die Späne ungehindert aus den Löchern, während die Nanobots sich durch die schweren Verschlüsse fraßen. „Das war's dann wohl", murmelte Crusher.

Sie mussten ganze fünf Minuten warten, bevor der Strom abflaute und sich auflöste. Jason musste Twingo zugestehen, dass die Lösung leise und effektiv war. Solange sich der Boden bewegen ließ, würden sie beim Einbruch in Fordix' Zelle wahrscheinlich nicht entdeckt werden.

„Für einen Gefängnisausbruch war das verdammt einfach", bemerkte Jason und machte sich bereit, den Boden zu betreten.

„Ich kann nicht glauben, dass du so etwas sagst, während wir noch im Gefängnis sind", antwortete Crusher mit frustrierter Stimme. Er streckte einen Arm aus, um Jason aufzuhalten. „Ich gehe zuerst hoch. Wir müssen ihn davon abhalten, alarmiert aufzuschreien. Ein fremdes Wesen, das seinen Kopf aus dem Boden streckt, könnte ihn erschrecken. Er ist kein junger Krieger mehr."

„Ich ..." Jason brach ab, weil ihm kein Grund einfiel, Crushers Logik zu widerlegen. Die einfache Wahrheit war, dass er nicht der Ankermann sein und den 150 Kilo schweren Krieger die Rutsche hinaufschieben wollte. „Na gut", sagte er schließlich. „Lass mich in Position gehen und dann klettere auf meinen Schultern hoch. Er legte sich in der Rutsche auf den Rücken und winkelte dann seine Beine an, bis er praktisch auf dem Boden hockte. Crusher kletterte ein Stück nach oben und legte sich ebenfalls auf den Rücken, während er auf Jasons Schultern stand.

„Jetzt", flüsterte Crusher. Jason begann, seine Beine anzuspannen, um nicht nur Crushers Masse die Steigung hinaufzuschieben, sondern auch den zusätzlichen Widerstand des feinen Stahlstaubs zu überwinden, mit dem die Nanobots die Oberfläche der Rutsche bestreut hatten. „Verdammt, halt dich fest. Bleib, wie du bist", sagte Crusher und ließ sich wieder hinunter, bis er auf Jasons Schultern hockte. „Du hast den Biozeichen-Täuschsender." Jason kramte in seiner Weste herum, bis er das kleine Gerät fand und reichte es hoch. „Ich kann es nicht erreichen", sagte Crusher.

„Mit deinen riesigen Füßen auf meinen Schultern bekomme ich meine Arme nicht höher", sagte Jason, der unter der Anstrengung zu schwitzen begann. Er spürte, wie Crusher versuchte, sich weiter abzusenken, bis ihn etwas dazu zwang, seinen Hals nach vorne zu beugen. Er versuchte, nicht daran zu denken, was auf seinem Hinterkopf ruhte, der nur durch ein paar Schichten Kleidung getrennt war.

„Ich hab's!", flüsterte Crusher triumphierend.

„Gut", stöhnte Jason. „Jetzt nimm deinen Arsch von meinem Kopf und mach die Luke auf."

Crusher richtete sich wieder auf und stemmte seine Hände gegen die Luke. Mit wenig Kraftaufwand glitt die Luke sanft und überraschend geräuschlos in ihre Aussparung zurück.

„Fordix?", flüsterte Crusher.

„Wer ist da?" Jason hörte eine weitere gutturale, galvetische Stimme.

„Ich bin's, Felex", sagte Crusher. „Nein ... hier unten auf dem Boden."

„Ah!", sagte Fordix. „Was machst du denn hier? Bist du wahnsinnig? Du kommst zurück nach Galvetor und läufst dann selbst in das Casguard?"

„Lange Geschichte", sagte Crusher. „Erinnerst du dich an die Verwalterin?"

Jason ballte seine rechte Faust und schlug Crusher dreimal so fest ins Bein, wie es ihm in dem Winkel, aus dem er schwang, möglich war. „Oh, richtig", sagte Crusher. „Wir sollten dich hier rausbringen und später darüber reden. Richte deine Koje so her, dass es aussieht, als wärst du unter der Decke und leg das hier unter das Kopfkissen." Auf dem Boden über ihm wurde ein wenig herumgeschlurft und schließlich gab Crusher ihm ein Zeichen, dass er herunterkommen würde.

Jason richtete sich schmerzhaft auf, als ein Paar Beine an der offenen Luke auftauchte und Fordix die Rutsche hinunterglitt, um leicht auf seinen Füßen zu landen. Er war sich nicht sicher, wie er einen alternden Krieger erwartet hatte, aber Fordix entsprach nicht der üblichen Vorstellung. Er hätte als Crushers etwas älterer Onkel durchgehen können, aber er sah genauso beeindruckend aus wie jeder andere, den er auf den Straßen von Restaria gesehen hatte. Vielleicht sogar noch mehr. Ihm war aufgefallen, dass Crusher ein ganzes Stück größer war als der durchschnittliche Krieger und Fordix sah aus, als wäre er nur ein paar Zentimeter kleiner und weniger als dreißig Pfund leichter.

„Ich bin Fordix", sagte der Krieger, kam auf ihn zu und legte seine rechte Hand auf Jasons linke Schulter, um ihn zu begrüßen. Jason erwiderte den Gruß.

„Jason Burke", sagte er. „Ich bin ein Freund von Felex."

„Ich weiß von dir, Captain Burke", sagte Fordix mit einem Lächeln. „Ich danke dir für das Risiko, das du eingehst. Das Einzige, was ich dir jetzt schon sagen kann, ist, dass es das Risiko wert ist."

„Das wird es nicht sein, wenn wir erwischt werden", sagte Crusher. „Captain, springe hier hoch und schließe den Boden wieder." Jason und Crusher tauschten die Rollen und er schob die Bodenklappe so leise wie möglich zu. Als die Luke gegen die Anschläge stieß, griff er wieder in seine Weste und zog eine weitere Tube Nanobots heraus. Diese Ladung würde das Gegenteil der ersten bewirken. Wenn sie fertig waren, wurde die Luke zugeschweißt und der Mechanismus verschmolzen. Es war nur ein zusätzlicher kleiner Schritt, um ihnen etwas Zeit zu verschaffen, um zu entkommen. Wenn der Boden locker und rutschig wäre und eine Wache vor dem Zeitplan hereinkäme, gäbe es keinen Zweifel daran, wie ihr Gefangener entkommen war.

„Wir sind startklar", sagte Jason. „Lasst uns den Rückweg antreten." Crusher holte ein Paar Schuhe für Fordix heraus, die seine Plastiksandalen aus dem Gefängnis ersetzen sollten, und sie machten sich auf den Weg.

Der Rückweg entlang des Abwassersystems dauerte nur halb so lange wie der Hinweg. Sie hielten einmal an, um den Rest ihrer weggeworfenen Ausrüstung in der Nähe des Generatorschuppens einzusammeln und in eine Tasche zu packen, die sie Fordix reichten, bevor sie den Weg durch die Kanalisation fortsetzten.

„Da vorne sollte ein weiterer Abfluss sein, der auf dem Parkplatz hinter der Fahrzeugwartung herauskommt", sagte Jason. „Von dort aus geht es direkt zur Ostwand."

JOSHUA DALZELLE

„Ich nehme an, wir haben einen Plan, wie wir es auf die andere Seite der Mauer schaffen?", fragte Fordix.

„Sicher", sagte Jason, „aber das ist der riskanteste Teil der Operation."

*****

„Wir haben bald Showtime", sagte Kage in sein taktisches Funkgerät. „Ist alles bereit?"

„Alles ist bereit", antwortete Lucky. *„Ich gehe zum zweiten Standort."*

„Verstanden", sagte Kage. „Wir sehen uns bald wieder."

„Das ist der Teil der Operation, bei dem ich mir nicht ganz sicher bin", sagte Morakar vom Rücksitz des unscheinbaren Flug-LKWs, in dem sie saßen. „Du sagst, du hast das schon mal gemacht?"

„Mehr als ein paar Mal", bestätigt Kage. „Entspann dich, Morakar. Du arbeitest im Moment mit den Besten zusammen. Meluuk, wenn du so freundlich wärst, mich mit dem lokalen Netzwerk zu verbinden." Meluuk kletterte aus dem Fahrersitz und verlegte die Leitung, die sie in den Verteilerkasten gelegt hatten, neben dem sie geparkt waren, in den Flug-LKW. Kage schnappte sich das Kabel und steckte es in seine Ausrüstung.

„Ein Kabel?", fragte Mazer.

„Das mag zwar kontraintuitiv sein, aber eine Kabelverbindung ist für sie schwieriger zu verfolgen, als wenn ich auf einen der öffentlichen Knotenpunkte zugreife", sagte Kage beiläufig. Er schloss für einen Moment die Augen, während seine neuralen Implantate die Verbindung zu seiner Ausrüstung herstellten. „Sag Lucky, dass ich

164

bereit bin, wenn er es ist." Mazer griff nach seinem Funkgerät und teilte dem Kampfsynth mit, dass sie jetzt auf sein Signal warteten.

*****

„Schick Lucky das Signal", sagte Jason. „Wir sind so bereit, wie wir es nur sein können."

„Jetzt kommt der spannende Teil", sagte Crusher und richtete einen ultravioletten Laser auf die Ostwand. Er schickte zwei Strahlen, hielt eine Sekunde inne und dann drei weitere. Durch einen glücklichen Zufall hatte der Abfluss, in dem sie sich befanden, eine Leiter, so dass Crusher hinaufklettern und den Laser durch die Lücken im Gitter zielen konnte, ohne sich zu entblößen oder auf einem seiner Gefährten zu stehen.

„Woher wissen wir, dass sie das Signal erhalten haben?", fragte Fordix. Einen Moment später erschütterte eine furchtbare Explosion den Komplex. Alarme wurden ausgelöst und Flutlichter machten die Nacht zum Tag.

„Da ist das Signal", sagte Jason.

„Meinst du?", sagte Crusher. „Wie lange dauert es, bis wir weiterziehen?"

„Noch dreißig Sekunden, dann gehen wir los", sagte Jason und beobachtete den Timer auf seinem Gefechtscomputer. „Und ... jetzt!" Crusher schob das Gitter nach oben und war in weniger als einer Sekunde an der Oberfläche und deckte die anderen mit seinem Betäubungsgewehr. Fordix war der Nächste, dicht gefolgt von Jason. Sobald Jason seine Waffe hochgehoben hatte, setzte Crusher das Abflussgitter wieder ein.

„Es sieht so aus, als würden sich die Wachen an der Westmauer versammeln", sagte Crusher. „Wenn Kage seine Aufgabe erfüllt hat, sollten wir in Sicherheit sein."

„Dann lasst uns loslegen", sagte Jason und führte die beiden Krieger in einem flotten Sprint über den großen Kiesplatz, der den Hauptkomplex von den Außenmauern trennte. Gerade als sie von den Pflastersteinen des alten Gefängnisses auf den Kies traten, gingen die Lichter im Ostteil aus, das erste Anzeichen dafür, dass Kage seinen Teil der Mission erfüllt hatte. Die erweiterte Absperrung sollte den Sicherheitskräften eine letzte Chance geben, einen Flüchtenden aufzuhalten, bevor er die Mauer erreichte, obwohl es unwahrscheinlich war, dass selbst ein so starker Krieger wie Crusher die riesige Steinbarriere überwinden konnte, vor allem, wenn man bedachte, wie geschwächt er durch Bewegungsmangel und eine reduzierte Ernährung sein würde.

„Sollten wir die Mauer nicht sprengen, bevor wir sie erreichen?", fragte Fordix besorgt.

„Wir sprengen sie nicht, wir fliegen drüber", sagte Jason und holte sein Funkgerät heraus. „Lucky, wir sind fast da."

„Wie können wir nur ..." Fordix wurde unterbrochen, als ein Kampfsynth über die Mauer flog und mit seinen Fuß-Repulsoren direkt vor ihnen landete.

„Captain", grüßte er Jason knapp, bevor er ihm und Crusher ein Gerät zuwarf, das wie ein Träger in Form eines „X" aussah und an dem Gurte herunterhingen. Ohne ein weiteres Wort packte Lucky Fordix, der daraufhin sprachlos wurde, und feuerte seine Repulsoren erneut ab, so dass die beiden über die Mauer flogen.

„Meinst du, die funktionieren?", fragte Crusher.

„Äh ... fifty-fifty", sagte Jason und schob seine Arme durch die Gurte, die an den Traversen hingen. „Twingo hatte es eilig, als er sie gebaut hat."

„Dann mal los", sagte Crusher. Er hielt das „X"-Gerät über seinen Kopf und drückte auf die Griffe. Vier Ionendüsen an den Enden der vier Arme wurden gezündet und das Gerät schoss nach oben, wobei es das Spiel der Gurte aufnahm und Crusher mit einem erschrockenen Aufschrei in die Höhe riss. Jason sah zu, wie er über die Mauer flog und hoffentlich sicher auf der anderen Seite landete.

„Ich hoffe, das war nicht das einzige Gerät, das wirklich funktioniert", murmelte Jason und hob sein eigenes Fluchtgerät über den Kopf. Ein letzter Blick in die Runde bestätigte, dass sie noch keine Aufmerksamkeit erregt hatten. Insgesamt hatten sie weniger als zwei Minuten gebraucht, um die Mauer zu erreichen und zu überwinden. Er drückte auf den Aktivierungsknopf und erschrak, als ihm das Ding aus den Händen gerissen wurde. Die Düsen beschleunigten, bis die Gurte unter seinen Achseln ihn mit so viel Kraft vom Boden rissen, dass seine Hände taub wurden. Die Düsen schleuderten ihn über die Wand, bevor sie sich automatisch umdrehten und ihn schließlich zweihundert Meter weiter auf der anderen Seite absetzten.

Die Düsen wurden gedrosselt und er begann, langsam auf eine freie Landezone zuzusteuern. Gerade als er dachte, dass die Landung problemlos verlaufen würde, fiel eine der Düsen aus. Die anderen drei bemühten sich redlich, den Ausfall zu kompensieren und seinen Flug stabil und waagerecht zu halten, aber sie waren auf verlorenem Posten. Jason begann, wild in den Gurten zu schwingen, während seine

Vorwärtsgeschwindigkeit zunahm und gleichzeitig seine Höhe schnell abnahm.

Jason sah aus wie ein Pendel, als die verbleibenden drei funktionierenden Düsen schnell ihren Treibstoff verbrauchten, um den Ausfall der vierten zu kompensieren. Als die zweite Düse ausfiel, flackerten die beiden anderen kurz auf, bevor sie ebenfalls ausfielen. Die gute Nachricht war, dass er nur zehn Meter vom Boden entfernt war, aber der Winkel, in dem sich sein Körper im Verhältnis zum Boden befand, bedeutete, dass er nicht genug Zeit hatte, sich vor dem Aufprall wieder aufzurichten.

Er prallte mit der Brust auf die Grasnarbe, winkelte seinen Kopf zurück, um sich nicht den Kiefer zu brechen, und rollte über die Grasnarbe. Die Gurte, mit denen er an der Fluchtvorrichtung befestigt war, versagten glücklicherweise und er hörte, wie das Gerät neben ihm über den Boden hüpfte, während er seine Gliedmaßen an den Körper presste und den Rest der Geschwindigkeit, die er bei seiner Bruchlandung gehabt hatte, abbaute. Als er zum Stehen kam, nahm er seinen Körper in Augenschein und stellte schockiert fest, dass er bis auf die erwarteten Prellungen und Schürfwunden unverletzt war.

Er rollte sich auf die Seite und setzte sich auf, suchte nach dem zerknitterten Düsengerät und kam langsam auf die Beine. „Dieser inkompetente, kleine, großohrige, blauhäutige Bastard", murmelte er, während er die Gurte von seinen Armen zog und das zischende Gerät ergriff. Er überprüfte seine Position und machte sich dann auf den Weg in Richtung Südosten zum Treffpunkt.

Kapitel 14

„Bist du sicher, dass wir nicht verdächtigt werden?", fragte Jason Kage zum dritten Mal an diesem Nachmittag.

„Ja", sagte der Veraner geduldig. „Der Mauerdurchbruch wird jetzt als Unfall angesehen und Fordix' Verschwinden wird mit Blick auf die anderen Insassen untersucht."

„Ich verstehe nicht, wie der Mauerdurchbruch ein Unfall sein kann", sagte Fordix. Es war ihr dritter Tag in dem engen Unterschlupf und die Nerven lagen blank.

„In den Mauern von Casguard ist Sprengstoff eingelassen", erklärte Crusher. „Das wurden dort angebracht, damit sich niemand durchschneiden oder einen präzisen Durchbruch versuchen kann, ohne einen ganzen Abschnitt in die Luft zu jagen und wahrscheinlich alle an der Flucht oder dem Angriff Beteiligten zu töten. Das wurde aus offensichtlichen Gründen nicht publik gemacht."

„Interessant. Dein Kampfsynth hat also eine Ladung an der

Mauer angebracht, um den Sprengstoff zur Ablenkung zu zünden?",
fragte Fordix. Er schien nicht zu begreifen, dass Lucky einen Namen
und eine eigene Identität hat. Nachdem sie ihn in dieser Hinsicht
mehrmals korrigiert hatten, gaben sowohl Jason als auch Lucky den
Versuch auf. Crusher, versuchte daher, die Wogen zu glätten, aber seine
beiden Freunde waren seit der Flucht ausgesprochen kalt gegenüber
seinem Mentor.

„Und Kage hat dafür gesorgt, dass die Sensorprotokolle des
Gefängnisses einen sauberen Hof im Osten zeigen", sagte Crusher. „Es
ist so, als wären wir nie da gewesen."

„Clever", sagte Fordix, scheinbar uninteressiert an den Details
und unbeeindruckt von ihrem Erfolg. „Wie lange werden wir noch
bleiben?"

„Wir werden Galvetor morgen Abend verlassen, Meister
Fordix", sagte Morakar. „Durch den Erfolg des Extraktionsteams bleibt
unser Zeitplan unverändert." Fordix sagte nichts, nickte nur und ging
zurück in den Küchenbereich.

„Captain", sagte Mazer leise neben Jason, „ich gehe jetzt raus,
um unser Fahrzeug noch einmal zu inspizieren. Willst du mich
begleiten?" Jason wusste, dass der sanftmütige Krieger kein Interesse an
dem Lufttransporter hatte, der in dem Unterstand hinter dem Haus
geparkt war, da Meluuk für all die banalen Details zuständig war. Er
muss also etwas auf dem Herzen haben.

„Klar", zuckte Jason mit den Schultern. „Wir können auch
etwas Nützliches tun, während wir warten." Die beiden gingen zum
Hinterausgang und überquerten nach einem kurzen Blick über den
Rasen schnell zum Nebengebäude. „Was hast du auf dem Herzen?",

fragte er, als sie drinnen waren.

„Ist es so offensichtlich?" Mazer lächelte.

„Nicht besonders", sagte Jason. „Aber ich bezweifle, dass du wirklich hierherkommen wolltest, um das Fahrzeug zu inspizieren."

„Nein", sagte Mazer und sah aus, als wolle er seine Worte sorgfältig wählen. „Die Atmosphäre im Haus ist erdrückend. Ich will nicht respektlos sein, aber hast du den Eindruck, dass Fordix nicht sehr dankbar dafür ist, dass er aus dem Casguard-Gefängnis befreit wurde?"

„Ich nehme es dir nicht übel", sagte Jason. „Wenn wir ganz ehrlich sind, bin ich von Fordix' Verhalten und Auftreten nicht besonders beeindruckt."

„Lucky?", vermutete Mazer. Jason nickte nur.

„Er wird zwar oft diskriminiert, aber noch nie von jemandem, dem er gerade den Arsch gerettet hat", sagte Jason. „Aber ich stimme dir zu ... er scheint sehr arrogant zu sein für jemanden, der nichts als Dankbarkeit zeigen sollte. Ist er in einer Führungsposition auf Restaria?"

„Das ist es ja gerade", sagte Mazer, dem es jetzt viel leichter fiel, frei mit Jason zu sprechen. „Er ist nur einer von etwa einem Dutzend Beratern, die einen Archon bei seiner Ausbildung begleiten und beraten. Er hat keinen offiziellen Rang innerhalb der Legionen und ist eher so etwas wie ein Verwalter."

„Ich kenne ihn zwar überhaupt nicht und weiß noch weniger über eure Kultur, aber ich kann euch sagen, dass Crusher zu spüren scheint, dass mit ihm etwas nicht stimmt", sagte Jason.

„Lord Felex hat dir etwas darüber erzählt?" Mazer schaute skeptisch. „Fordix war einer seiner engsten Berater und Freunde, als er aufgewachsen ist."

„Er hat nichts zu mir gesagt, aber ich merke, dass er sich unwohl fühlt und versucht, die Spannungen zwischen Fordix und uns zu überbrücken", sagte Jason. „Das ist an sich schon ein *sehr* ungewöhnliches Verhalten für ihn. Aus irgendeinem kranken Grund hat er normalerweise Spaß an zwischenmenschlichen Konflikten."

„Ich würde mir nicht anmaßen, den Lord Archon so gut zu kennen wie du", gab Mazer zu. „Ich habe ihn nur aus der Ferne gesehen, als ich noch sehr jung war. Aber ich werde deinem Urteil vertrauen."

„Also", sagte Jason, „die Preisfrage ist: Ignorieren wir es einfach als schlechtes Benehmen, oder bemühen wir uns besonders, wachsam zu bleiben, bis wir alle sicher wieder auf Restaria sind?"

„Ich würde sagen, die Vorsicht gebietet, dass wir auch nach unserer Rückkehr nach Restaria besonders wachsam bleiben", sagte Mazer ernst. „*Besonders* danach."

„Mir gefällt deine Denkweise", sagte Jason mit einem Lächeln.

*****

Sie waren alle in den Lufttransporter gepackt, dessen Repulsoren bei einer so schweren Ladung laut brummten, und machten sich auf den Weg zu einem abgelegenen Flugplatz, vier Nächte nachdem sie Fordix aus dem Casguard-Gefängnis befreit hatten. Als sie zur Abreise bereit waren, waren die einzige Personen, die noch mit Fordix sprachen, aus offensichtlichen Gründen Crusher, Morakar, wegen seiner tadellosen Manieren und seines Sinns für Anstand, und Meluuk, der allen aus der Kriegerkaste gegenüber unterwürfig war.

Jason, Mazer, Lucky und Kage vermieden ihn tunlichst; die

beiden Letztgenannten würden ihn nicht einmal anerkennen, wenn man sie ansprach. Es wäre eine Erleichterung, ihn zurück nach Restaria zu bringen und mit allem fertig zu sein. Jason hoffte auch, dass es danach zu einer diplomatischen Lösung zwischen Restaria und Galvetor kommen würde und dass die Rolle der Omega Force in diesem internen Konflikt beendet wäre. Im besten Fall wurde die *Phönix* innerhalb der nächsten drei oder vier Tage wieder starten. Er seufzte innerlich ... wie sehr wünschte er sich, dass er das wirklich glauben könnte.

„Auf diesem Flugplatz werden regelmäßig Shuttle-Starts durchgeführt, um den Raumhafen von Cessell zu entlasten", sagte Meluuk, während er weiterfuhr. „Hier parken die wohlhabenderen Galvetorianer ihre Privatmaschinen."

„Das weiß ich noch aus der Vorbesprechung", sagte Jason sanft, um seinen Enthusiasmus nicht zu bremsen. „Du und Kage, wir sind uns also sicher, dass sie nicht nach Fordix suchen?"

„Ganz sicher, Captain Burke", sagte Meluuk. „Die Mauer wurde schnell als Missgeschick mit veraltetem Sprengstoff eingestuft. Es gibt sogar Überlegungen, den Rest der Mauer abzureißen und sie durch etwas zu ersetzen, das weniger anfällig für solche Dinge ist. Die Explosion scheint die große Story zu sein und über das Verschwinden von Meister Fordix wird spekuliert, dass das Kartell im Casguard-Gefängnis aktiv ist. Offiziell heißt es, dass sie die Verwirrung bei der Explosion ausgenutzt haben, um ihn loszuwerden, und dass es ihnen gelungen ist, die Leiche irgendwie zu entsorgen."

„Das ergibt keinen Sinn", sagte Kage. „Ich hatte gedacht, dass es sich um reine Propaganda handelt, die an die Öffentlichkeit gelangt ist, aber jedes interne Memo und jede Kommunikation, die ich finden konnte, hat die offizielle Geschichte bestätigt."

„Warum entscheiden sie sich für eine Erklärung, die so viele offensichtliche Löcher hat?", fragte Jason. „Zum Beispiel, wie die Verbrecher überhaupt aus ihrer Zelle in die von Fordix gekommen sind oder wie sie die Leiche rausgeschafft haben. Es gibt Dutzende von Gründen, warum diese Theorie nicht stichhaltig ist."

„Es ist der Gelten-Charakter, Captain", sagte Fordix von einem der hinteren Sitze aus. „Sie *wollen* nicht wissen, was wirklich passiert ist. Sie wollen kein unlösbares Rätsel und sie wollen ihren Vorgesetzten gegenüber nicht zugeben, dass sie einen so wertvollen Gefangenen verloren haben, ohne auch nur eine Ahnung zu haben, wohin er gegangen ist."

„Das ist nur ein weiterer Indikator dafür, wie diese Welt verrottet. Millionen von Gelten, die alle mit ihren eigenen Interessen beschäftigt sind und nicht bereit sind, etwas für das Wohl der Allgemeinheit zu opfern. Wie kommt es, dass Restaria es geschafft hat, eine so präzise und zielgerichtete Gesellschaft mit über einer Million Kriegern aufzubauen, während Galvetor immer weiter verfällt, obwohl dieser Ort das Potenzial hat, eine Mustergesellschaft zu sein?"

Nach Fordix' etwas bizarrem Vortrag waren alle still. Die einzige Reaktion war, dass Mazer Jason mit dem Ellbogen leicht in die Seite stieß. Mit einem langsamen, kurzen Nicken signalisierte er, dass auch er die ganze Sache sehr merkwürdig fand. Auch Crusher fühlte sich auf seinem Platz neben seinem alten Mentor äußerst unwohl.

„Was auch immer der Grund ist, wirkt das zu unseren Gunsten", sagte Jason und durchbrach damit das peinliche Schweigen. „Wie lange noch?"

„Nur noch ein paar Minuten, Captain", sagte Meluuk. „Du kannst dort ein abfliegendes Shuttle direkt über der Baumgrenze sehen."

„Ah", sagte Jason, als der Ionenantrieb eines kleinen Transfer-Shuttles aufflammte und in den Nachthimmel aufstieg. Es dauerte weitere zwanzig Minuten, bis sie den kleinen Flugplatz erreichten und dann um das Gelände herumfuhren, um durch das private, automatische Eingangstor zu gelangen, anstatt das Risiko einzugehen, durch das größere, mit Wachen besetzte Tor zu gehen.

Die Wachen würden wohl nach einer Weile eine Patrouille aussenden, wenn sie feststellten, dass das hintere Tor aktiviert worden war. Aber das Fahrzeug würde lange vor ihrem Eintreffen versteckt sein, und es war unwahrscheinlich, dass sie sich die Mühe machen würden, abfliegende Shuttles aus reiner Neugierde zu stoppen. Das hatten alle angenommen, als sie die Details der Mission geplant hatten. Jason wusste, dass die unausgesprochene Wahrheit war, dass sich ihnen in den letzten Momenten der Operation kein hochgejubelter Wachmann in den Weg stellen würde. Bislang gab es zum Glück keine Verluste an Leben ... aber das könnte sich jederzeit ändern.

„Da ist unser Hangar", sagte Meluuk leise. „Wir fahren direkt hinein und sind außer Sichtweite von allzu neugierigen Patrouillen."

„Sobald wir drinnen sind, werden Lucky und ich das Innere absuchen. Du bleibst hier und lässt die Repulsoren laufen", sagte Jason. „Unter keinen Umständen dürfen Crusher oder Fordix hier auf Galvetor erwischt werden." Jason sah, wie Fordix sich in seinem Blickfeld versteifte, und wusste, dass er es nicht guthieß, dass er Felex Tezakar mit einem so unwürdigen Pseudonym ansprach. Er hatte den Eindruck, dass der ältere Krieger nicht gerade erfreut darüber war, dass Crusher seit seiner Verbannung mit einer Spezies verkehrte, die er für minderwertig hielt.

„Natürlich, Captain", sagte Meluuk respektvoll. Er und Morakar schätzten den Menschen sehr, nachdem der Gefängnisausbruch reibungsloser verlaufen war, als man zu hoffen gewagt hatte. Crushers Erzählungen von den Abenteuern der Omega Force hatten vielleicht auch etwas dazu beigetragen. Während die beiden in der Lage waren, ihn zu akzeptieren und seinen Wert anzuerkennen, nahm Mazer Jason mit Begeisterung als Freund auf. Jason seinerseits musste zugeben, dass er die Gesellschaft des jüngeren Kriegers genoss, auch wenn er ein wenig überdreht war. Fordix hingegen schien Lucky, Kage und ihn nur als nützliche Werkzeuge zu betrachten. Trotzdem ... es könnte schlimmer sein.

Der Flug-LKW fuhr problemlos in den Hangar und die hohe Frachttür schloss sich lautlos hinter ihm. Als die Lichter im Gebäude aufgingen, war Jason überrascht, ihr Gefährt zu sehen. Es war keiner der klobigen, untermotorisierten Bergbaufrachter, die er seit seiner Ankunft im galvetischen System herumfliegen gesehen hatte. Es war ein großes, leistungsstarkes Kampfshuttle mit Schilden, einem beeindruckenden Arsenal und einem Slipdrive.

„Raffiniert", sagte er.

„Wir hielten es für das Beste, in dieser Phase der Operation auf alles vorbereitet zu sein, Captain", sagte Morakar.

„Ich widerspreche dir nicht", sagte Jason. „Aber du bist vielleicht zu weit in die andere Richtung gegangen. Das ist ein Kampfshuttle der Eshquarianer und ein ziemlich neues Modell, das von ihrem Geheimdienst benutzt wird, wenn ich mich nicht irre. Wenn dieses

Ungetüm hier abhebt, wird es da keinen Verdacht erregen?"

„Das haben wir berücksichtigt", sagte Morakar. „Es wird nicht mehr Aufmerksamkeit auf sich ziehen als jedes andere Leichtraumschiff, das interstellar fliegen kann."

„Wenn du meinst", zuckte Jason mit den Schultern. „Lucky, lass uns loslegen." Die beiden stiegen schnell aus dem Flugzeug aus und begannen, das Innere des Hangars in entgegengesetzte Richtungen abzusuchen, Lucky mit seinen Sensoren auf maximaler Schärfe und Jason mit einem leistungsstarken Plasmagewehr.

Es dauerte weniger als fünf Minuten, um zu überprüfen, ob der Hangar leer war, und weitere fünf, um über das Shuttle zu klettern und sicherzustellen, dass es nicht manipuliert worden war. Jason stieg an Bord des wild aussehenden Raumschiffs und begann mit der Vorflugsequenz, während Lucky zurückging, um ihre Passagiere zu holen. Auf sein Signal hin eilten Meluuk, Kage und die vier galvetischen Krieger vom Flug-LKW zum Shuttle und fanden schnell ihre Plätze.

Jason revidierte seine Meinung über das Raumschiff, während er seine Checkliste abarbeitete. Es war nicht nur ein beeindruckend leistungsfähiges Stück Militärtechnik, das verdammte Ding war praktisch brandneu. Die bisherige Nutzungszeit des Reaktors und der Triebwerke war minimal, und der Slip-Drive hatte erst sechs Sprünge absolviert. Er wusste, dass mindestens zwei davon vom Hersteller durchgeführt worden waren. Das Schiff musste unglaublich teuer sein und passte nicht in das Bild, das der Orden bei Jasons Ankunft zu vermitteln versucht hatte.

„Der Flug-LKW wird von jemand anderem abgeholt", sagte Meluuk ihm. „Die Person weiß nicht, wer wir sind oder was wir tun, und es gibt nichts, was uns mit dem Vorfall in Casguard in Verbindung bringt."

„Sehr gut", sagte Jason. „Gut gemacht, Meluuk. Könntest du Mazer auf das Flugdeck schicken, wenn du zurückkommst?"

„Sofort, Captain", sagte der Gelten, bevor er die kurze Treppe vom Flugdeck hinunter in den Hauptladeraum ging. Es dauerte einige Augenblicke, bis sich der Kopf des jungen Kriegers über das mittlere Podest zwischen den beiden Sitzen der Flugbesatzung beugte.

„Ihr habt mich gerufen, mein Captain?", sagte Mazer mit einem Grinsen.

„Komisch", sagte Jason. „Ich will dich mal was fragen ... ist das eine Ausrüstung, die sich deine Jungs leisten können? Und wenn ihr ein nagelneues Kampfshuttle hattet, warum sind du, dein Bruder und Connimon dann um Colton Hub herumgeschlichen und ihr habt euch von Piraten mitnehmen lassen? Ihr hättet uns mit diesem Ding leicht aufspüren können, wenn ihr gewusst hättet, wo ihr suchen müsst."

Mazers Gesichtsausdruck wurde ernst und er schaute über seine Schulter zurück in den Frachtraum. „Das sind Fragen, die ich mir auch stelle, Jason", sagte er leise. „Die Dinge ergeben immer weniger Sinn, je weiter wir kommen."

„Könntest du Morakar fragen?" Jason konnte sehen, wie der Krieger leicht zusammenzuckte, bevor er antwortete.

„Es ist unwahrscheinlich, dass er etwas weiß, aber darum geht es nicht", sagte Mazer. „Er ist ein wahrer Gläubiger. Er würde nie die Motive oder Methoden der Prätoren anzweifeln, und wenn er Wind davon bekommt, dass die Dinge nicht so sind, wie sie zu sein scheinen, könnte er diese Dinge aggressiv in Frage stellen. Ich glaube nicht, dass eine von Morakars normalen Reaktionen uns hier weiterhelfen wird."

„Ich vertraue da auf dein Urteil", sagte Jason. „Lasst uns einfach alle die Augen offenhalten."

„Wen willst du über deinen Verdacht informieren?", fragte Mazer.

„Du, ich und Kage, das war's fürs Erste. Verdacht ist vielleicht ein zu starkes Wort, aber wir haben schon genug erlebt, um zu wissen, wann etwas faul ist", sagte Jason.

„Danke, dass du mich eingeschlossen hast, Captain", sagte Kage vom Kopilotensitz aus.

„Ich hatte keine große Wahl. Du sitzt genau hier."

„Manchmal bist du echt gemein", sagte Kage.

Mazer lachte und richtete sich auf, um zu gehen. „Ich sage allen Bescheid, dass wir uns auf den Abflug vorbereiten", rief er, bevor er das Flugdeck verließ.

„Ganz im Ernst, Kage", sagte Jason, als er weg war, „lass uns wachsam bleiben. Außerdem sollten wir Crusher gegenüber noch nichts davon erwähnen."

„Oh, ich liebe solche Intrigen", sagte Kage und rieb seine beiden kleineren Hände aneinander, während die anderen beiden damit fortfuhren, die Systeme des Shuttles vorzubereiten. „Jetzt sind wir ein geheimer Kreis innerhalb eines geheimen Kreises."

„Informiere mich einfach, wenn du etwas aufschnappst", sagte Jason müde. „Aber halte deine Killerinstinkte im Zaum. Wir wollen keinen Ärger heraufbeschwören, indem wir dich in private Netzwerke eindringen lassen, bis wir sicher sind, dass es dort etwas zu finden gibt."

Es dauerte nur eine weitere Viertelstunde, bis das Shuttle zum Ausrollen bereit war. Beeindruckend, denn es war völlig kalt, als sie das erste Mal an Bord gegangen waren, und ein Beweis dafür, wie neu und modern das Schiff war. Kage griff per Fernsteuerung auf die Hangartürverriegelung zu und befahl den massiven Schiebetüren, sich zu öffnen, während die Lichter auf dem Landefeld abgedunkelt blieben. Jason schaltete die Repulsoren ein und hob das Shuttle von den Landekufen auf eine Höhe von einem Meter, dann stieß er es mit dem Hauptantrieb aus dem Gebäude. Regentropfen prasselten auf das steil abfallende Kabinendach, als das Schiff in die düstere Nacht und den aufkommenden Sturm glitt.

„Wir dürfen nach eigenem Ermessen abheben", meldete Kage, als der Hauptantrieb auf volle Leistung hochgefahren wurde. „Sie schienen an unserem Flugplan wenig interessiert zu sein. Das Einzige, was sie sagten, war, dass wir südlich von Cessell City wegfliegen sollen, bevor wir die Umlaufbahn erreichen."

„Was ist, wenn wir in der Umlaufbahn sind? Interessiert es sie, wo wir hinfliegen?", fragte Jason etwas überrascht.

„Im Flugplan stand, dass wir einen Kurierflug nach Restaria machen", sagt Kage achselzuckend. „Aber ... ich glaube nicht, dass es sie interessiert. Die Dinge auf diesem Planeten sind so langweilig und routinemäßig, dass ich mir nicht sicher bin, ob sie Verdacht schöpfen, selbst wenn die Dinge etwas ungewöhnlich sind."

„Ich bin nur überrascht, dass ein Schiff wie dieses nicht ein paar Fragen aufwirft", sagte Jason. „Los geht's." Er gab sanft Schub, so dass der gravimetrische Antrieb das Gewicht des Schiffes auffangen konnte, und schwenkte in einem leichten, spiralförmigen Anstieg nach Süden. Sobald der Hauptantrieb voll eingeschaltet war, schaltete das Repulsorsystem auf Standby. „Bereite den Rumpf für den Flug in der Exoatmosphäre vor", befahl er.

„Das Schiff hat es schon von selbst gemacht", sagte Kage. „Das ist offenbar kein normales Shuttle. Viele der Systeme ähneln denen, die wir auf der *Phönix* haben."

„Nun, wenn wir das alte Mädchen nicht für eine Flucht haben können, ist das wohl das Nächstbeste", sagte Jason. „Lass uns hier verschwinden."

Kapitel 15

„Fünfzehn Minuten bis zum Landeplatz", sagte Kage, als das Kampfshuttle durch die obere Atmosphäre von Restaria raste. „Es gibt keine Probleme zu berichten, aber etwas ist merkwürdig."

„Und das wäre?", fragte Jason.

„Ich bekomme keine Antwort vom Statussignal der *Phönix*", sagt Kage und runzelt die Stirn. „Wir sollten nah genug dran sein, aber auf diesem Planeten gibt es kein gut ausgebautes öffentliches Netz. Das könnte der Grund dafür sein."

„Wir haben sie ziemlich weit draußen vor Ker versteckt", sagte Jason. „Ich bin mir sicher, dass alles in Ordnung ist."

„Wahrscheinlich nicht", stimmte Kage zu. „Deine Landezone wird der ungenutzte Teil eines Fahrzeugwartungsgeländes im Südwesten und am Rande von Ker sein. Es wird eine enge Landung werden. Du musst ganz zum Stehen kommen und uns fast vierzig Meter zwischen den Gebäuden auf beiden Seiten absetzen."

„Kein Problem", sagte Jason. „Hoffen wir, dass wir pünktlich abgeholt werden."

Er flog ein langsames Standardmuster in die Stadt, um nicht die unerwünschte Aufmerksamkeit auf sich zu ziehen und zu riskieren, dass jemand einen zu genauen Blick auf das Schiff warf. Der spärliche Verkehr über Ker war ein Segen, als es an der Zeit war, sie in der Luft zum Stehen zu bringen und das Shuttle schnell auf den engen Parkplatz zu setzen.

Jason sagte zu Kage: „Ich habe eine besondere Aufgabe, die du erledigen musst."

„Was ist das?"

„Ich will Folgendes ..." Jason begann, Kage zu erklären, was er wollte, bevor sie von Bord gingen.

*****

„Meister Fordix", begrüßte Fostel sie, als sie die Rampe herunterkamen, „willkommen zu Hause".

„Danke, Prätor", sagte Fordix mit einer Verbeugung des Kopfes. „Ich werde dir ewig dankbar sein, dass der Orden mich aus diesem Loch befreit hat, aber ich bin enttäuscht, dass du das Leben von Lord Felex bei einer solchen Mission riskiert hast."

„Er hat darauf bestanden, mitzukommen", meldete sich Zetarix zu Wort. „Er sagte, sein Team sei für diese Art von Missionen besser geeignet."

„Und du hast zugestimmt?"

„Ich sage dem Wächter-Archon nicht, was er tun darf und was

nicht", sagte Zetarix steif.

„Die Entscheidung habe ich getroffen", sagte Crusher und beendete den Streit. „Das war eine taktische Entscheidung, mein Freund. Du hast Informationen, die wir brauchen, und wir waren am besten geeignet, dich zu befreien."

„Wir sollten diese Diskussion an einem diskreteren Ort fortsetzen", sagte Mutabor, der dritte Prätor. „Die Flucht war zwar erfolgreich, aber es wäre eine Schande, wenn wir jetzt erwischt werden, während wir in der Nähe der Rampe des Fluchtfahrzeugs herumlungern."

„In der Tat", sagte Crusher. „Kage, sperre das Schiff und wir machen uns auf den Weg." Kage salutierte spöttisch und ging zur externen Zugangskontrolle, um die Verriegelungsprotokolle des Shuttles einzustellen, bevor er in ein weiteres Bodenfahrzeug ohne Fenster stieg, das sie an einen unbekannten Ort bringen würde."

„Konntest du das Schiff schon kontaktieren?", flüsterte Jason Kage zu, als sie durch das Zentrum von Ker fuhren.

„Nein", sagte Kage, „und Twingo antwortet auch nicht über das Funkgerät."

„Sobald wir dort sind, wo wir hinwollen, sollten wir die Sache klären und Vorbereitungen treffen, um von hier zu verschwinden", flüsterte Jason zurück. „Jetzt, wo Fordix frei ist, werden wir wohl nicht mehr gebraucht."

„Wird er mit uns kommen?", fragte Kage und nickte in Richtung Crusher.

„Das hoffe ich", sagte Jason und runzelte die Stirn, „aber die

Entscheidung liegt bei ihm, so wie bei uns allen." Er hatte nicht wirklich in Betracht gezogen, dass Crusher auf Restaria zurückbleiben und versuchen könnte, etwas von seinem alten Leben zurückzugewinnen. Aber als er beobachtete, wie sein Freund sich immer mehr in den Orden integrierte, musste er zugeben, dass er seine Zweifel hatte. Er wollte nicht daran denken, was mit der Omega Force passieren könnte, wenn Crusher nicht mehr da wäre.

Als sie schließlich am nächsten versteckten Ort des Ordens ankamen und aus dem Flug-LKW stiegen, ging Jason dorthin, wo sich die Prätoren versammelt hatten.

„Entschuldigt mich", sagte er. „Ich möchte nicht stören, aber wenn es für uns nichts mehr zu tun gibt, würde ich gerne den Rest meiner Mannschaft einsammeln und mich um mein Schiff kümmern."

„Deine Besatzungsmitglieder sind kurz nach deiner Abreise zu deinem Schiff zurückgekehrt", sagte Mutabor ihm. „Sie sagten, dass sie sich dort wohler fühlen und weniger Gefahr laufen würden, auf Restaria entdeckt zu werden. Sie wurden vor einigen Tagen von einem unserer Mitglieder dorthin gebracht."

„Wir konnten weder das Schiff noch sie erreichen", sagte Jason. „Ein Grund mehr, nach ihnen zu sehen, wenn ihr ein Fahrzeug entbehren könnt."

„Es wäre unklug, wenn ihr allein durch Ker fahren würdet", sagte Fostel mit einem Stirnrunzeln.

„Ich fahre sie", bot Mazer an. Er hatte sich in Jasons Nähe aufgehalten und schien sich für das, was gesagt wurde, zu interessieren. „Es gibt nichts, was ich beitragen kann, das Morakar nicht auch weiß."

„Na gut", sagte Fostel nach einem Moment. „Aber beeile dich bitte damit. Wenn ihr Schiff entdeckt wird, wird das einige unangenehme Fragen aufwerfen."

„Ich werde vorsichtig sein, Prätor", sagte Mazer mit einer Verbeugung. „Captain?"

„Ich sage Crusher, was los ist, und dann machen wir uns auf den Weg", sagte Jason. Er wurde langsam unruhig wegen der Situation. Es gab keinen logischen Grund, warum Kage nicht in der Lage sein sollte, ein Signal an die *Phönix* zu senden und auf diese Entfernung einen Statusbericht zu erhalten.

*****

„Ich könnte schwören, dass ich hier geparkt habe", sagte Jason mit einem Humor, den er nicht spürte. Die vier standen auf einem großen, leeren Feld, in dessen Mitte ein vorher schweres Kampfraumschiff vom Typ DL7 geparkt gewesen war.

„Das ist doch der richtige Ort, oder?", fragte Kage.

„Das ist es", bestätigt Jason, „ich kann immer noch die Abdrücke des Fahrwerks sehen."

„Nach der Art und Weise zu urteilen, wie das Gras sich in den Vertiefungen wieder aufgerichtet hat, würde ich schätzen, dass das Schiff schon einige Tage weg ist", sagte Mazer und kniete dort, wo das Bugfahrwerk gewesen war.

„Captain", rief Lucky von der Stelle aus, an der die rechte Tragfläche gewesen wäre. Er hielt Jason einen speziell angefertigten Scanner mit gesprungenem Display vor die Nase.

„Das ist der von Twingo", bestätigt Jason.

„Das würde darauf hindeuten, dass es eine Art Kampf gab", sagte Mazer und ging neben Jason her.

„Der Bildschirm war schon immer gesprungen", sagte Jason, „aber er würde seine Ausrüstung nie einfach draußen herumliegen lassen."

„Vielleicht wurden sie entdeckt und mussten schnell abheben", schlug Kage vor.

„Das bezweifle ich", sagte Jason. „Der Gravitationsantrieb war auf Standby. Um in einem Notfall abzuheben, hätten sie die unteren Repulsoren abfeuern müssen, und das hätte den Boden ziemlich stark aufgewühlt. Die einzige Störung, die ich sehe, ist dort, wo die Räder und das Ende der Rampe saßen."

„Da drüben am Rand der Lichtung ist etwas mit einer Stromversorgung", sagte Lucky und zeigte auf die Bäume im Norden. Sie gingen alle hinüber und fanden die Überreste eines ehemaligen Blastergewehrs. Es war unmöglich, die Herkunft oder den Hersteller zu bestimmen, da es verdreht und brandgeschwärzt war.

„Wow! Sieh dir das an", sagte Kage und deutete zurück in den Wald. Als Jason genau hinsah, konnte er drei explodierte Baumstämme und einige starke Brandspuren auf dem Boden erkennen, die von ihrem ursprünglichen Aussichtspunkt aus durch das Laub verdeckt worden waren. Jason schaute über seine Schulter zurück und versuchte zu erahnen, wie die *Phönix* sich orientiert haben musste.

„Das kommt von den Heckkanonen", sagte er schließlich. „Irgendetwas hat die Verteidigungsprotokolle ausgelöst." Ein harter, kalter Knoten bildete sich in seinem Bauch. Die *Phönix* war spurlos verschwunden, und seine Freunde auch.

Kapitel 16

Die vier untersuchten den Landeplatz noch zwei Stunden lang und weiteten ihre Suche aus, bevor sie schließlich zu ihrem Fahrzeug zurückkehrten, um nach Ker zu fahren. Jason wollte einen eindeutigen Beweis dafür finden, dass Doc dort gewesen war, so wie er es mit dem Scanner von Twingo getan hatte. Er bemühte sich, sich auf die Aufgabe zu konzentrieren, aber seine Angst, was aus seinen Freunden geworden war, machte es ihm schwer. Also verließ er sich darauf, dass Lucky und Mazer das Problem mit einem unvoreingenommenen Blick angehen würden, aber sie fanden nichts weiter als ein fehlendes Schiff und ein kaputtes Werkzeug.

„Kage", begann Jason.

„Ich habe bereits einen Plan, Captain", sagte Kage und blickte vor sich hin, während sein Gehirn parallele Wahrscheinlichkeitsberechnungen durchführte. „Ich brauche Zugang zu einem Slipspace-Kommunikationsknoten, aber wenn die *Phönix* noch da draußen ist und in einem Stück, sollte ich sie aufspüren können. Ich kann allerdings nicht garantieren, wie schnell."

„Ich werde mein Bestes tun, dich in Ruhe zu lassen, während du arbeitest", sagte Jason, denn er wusste, dass er dazu neigte, bei ihm zu stehen, wenn er nicht in der Lage war, etwas Sinnvolles zu tun. „Ich weiß, dass du es schneller knacken wirst, als jeder andere es könnte."

„Captain", sagte Lucky, „ich glaube nicht, dass es klug wäre, den Mitgliedern des Ordens unsere Probleme mitzuteilen, wenn wir zurückkehren."

„Das wollte ich auch gerade sagen", sagte Jason.

„Warum nicht?" Kage war da anderer Meinung. „Wir könnten ihre Ressourcen nutzen."

„Ich stimme Luckys Instinkten zu", erklärte Jason. „Irgendetwas stimmt da nicht. Erstens: Woher haben sie das Shuttle, mit dem wir zurückgeflogen sind? Das ist ein Schiff, das locker hundert Millionen Credits wert ist. Außerdem habe ich ein komisches Gefühl bei Fordix. Nein ... das behalten wir erst einmal für uns." Die drei Mitglieder der Omega Force drehten sich gleichzeitig um und sahen Mazer an.

„Hey", sagte er und hob die Hände, „ich stimme euch zu. Ich stimme euch zu, dass etwas an den jüngsten Ereignissen komisch wirkt. Ich hatte auch keine Ahnung, dass der Orden Zugang zu solchen Waffen hat."

„Kannst du uns einen Slipspace-Knoten und einen sicheren Ort besorgen, an dem Kage arbeiten kann?", fragte Jason.

Mazer dachte einen langen Moment darüber nach, bevor er mit dem Kopf nickte. „Ich habe den perfekten Ort dafür", sagte er. „Dort bist du sicher und es gibt dort alle Geräte, die du für deine Suche brauchst.

Was sollen wir den anderen sagen, wenn wir zurückkommen?"

„Warum fragst du?", sagte Jason.

„Ich bin sicher, du hast schon daran gedacht, dass es nur wenige Leute gab, die wussten, wo sich eure *Phönix* befindet", sagte Mazer ernst. „Ich zögere, es laut auszusprechen, aber es ist durchaus denkbar, dass jemand aus dem Orden die Entführung eures Schiffs inszeniert hat."

„Der Gedanke ist mir durch den Kopf gegangen", gab Jason zu. „Aber ich will mich nicht auf das Worst-Case-Szenario konzentrieren, bis wir mehr Beweise haben."

„Das kann ich verstehen", sagte Lucky.

Kage schaute einen Moment lang hin und her, bis er es nicht mehr aushielt, weiter zu schweigen. „Okay", sagte er, „warum ist das der schlimmste Fall?"

„Wenn der Orden die *Phönix* gestohlen hat, bedeutet das, dass wir wahrscheinlich aus anderen Gründen hierher gelockt wurden, als uns gesagt wurde", sagte Lucky.

„Und das bedeutet, dass Twingo und Doc wahrscheinlich schon tot sind", beendete Jason und der Eisklumpen in seinem Bauch wurde schwerer.

*****

Die Fahrt zurück nach Ker war still und angespannt. Trotz seiner Hilfsbereitschaft wirkte Mazer wie jemand, der sich für etwas schuldig fühlt, das er gar nicht getan hat. Jason wirbelten Gedanken durch den Kopf, während er versuchte, sich vorzustellen, wer auf Restaria ein Motiv haben könnte, das Schiff zu entführen. Nicht nur das, sondern auch wie? Es war offensichtlich, dass die *Phönix* sich zumindest einmal verteidigt hatte, aber es gab nicht annähernd so viel Blutvergießen, wie er erwartet hätte, wenn jemand das Kampfraumschiff gewaltsam geentert hätte. Hinzu kam, dass ein gewaltsames Entern ohne die entsprechenden Codefreigaben zu immer größeren Schäden an den Hauptsystemen führen würde. Je härter sie versuchten, das Schiff zum Laufen zu bringen, desto mehr Schaden würde es sich selbst zufügen, bis knapp vor der völligen Zerstörung.

Er musste auch die Möglichkeit in Betracht ziehen, dass Twingo gefangen genommen worden war, um sich Zugang zum Schiff zu verschaffen, aber der Ingenieur hatte nicht die Befehlsberechtigung, um die primären Flugsysteme zu entriegeln. Außerdem wäre Doc für sie nutzlos, wenn ihre Mission nur darin bestand, das Schiff zu stehlen, also hätte seine Leiche im Gras liegen müssen, als sie ankamen.

Alle seine Schlussfolgerungen wurden jedoch zunichte gemacht, als er sich an das glänzende neue Kampfshuttle erinnerte, das in einem unscheinbaren Flugfeld in der Stadt geparkt war, das jetzt am Horizont zu sehen war. Warum sollte sich jemand mit dieser Feuerkraft die Mühe machen und die Gefahr eingehen, ein einziges Kampfraumschiff zu stehlen? Er zwang sich, seine Atmung und seinen Herzschlag zu verlangsamen. All diese verwirrten Gedanken würden ihm nicht helfen, seine Freunde zu finden, wenn sie noch am Leben waren. Da er nichts von ihnen gehört hatte, musste er davon ausgehen, dass sie darauf zählten, dass er sie holen würde.

„Das ist es", sagte Mazer. „Es war eine unserer ersten konspirativen Wohnungen. Sie ist schon lange verlassen, weil sie ziemlich klein ist, aber es sollte eure Bedürfnisse erfüllen. Es gibt einen Bereich für die Essenszubereitung, Schlafräume und eine komplette Slipspace-Kommunikationsausrüstung."

„Lucky, ich möchte, dass du hier bei Kage bleibst", sagte Jason. „Ich gehe mit Mazer zurück und sage ihnen, dass ihr auf der *Phönix* bleiben wollt. Entweder wird das eure Abwesenheit erklären oder ich werde eine Reaktion von ihnen bekommen."

„Ich komme hier schon allein zurecht, Captain", sagte Kage. „Ich musste schon an viel gefährlicheren Orten herumschleichen als hier und ich werde meine Kommunikationseinheit in der Nähe behalten. Meine Abwesenheit ist leicht zu erklären, aber wenn Lucky nicht zurückkommt, könnte das Verdacht erregen." Jason starrte seinen kleinen Freund einen Moment lang an und dachte über seine Bitte nach.

„Na gut", sagte er schließlich. Er zog einen kleinen Blaster aus dem Holster an seinem Rücken und reichte ihn Kage. „Sei vorsichtig und halte mich auf dem Laufenden, was du herausfindest. Achte darauf, dass du das Signal verschlüsselst."

„Wird gemacht, Captain", sagte Kage und nahm von Mazer eine Codekarte entgegen, die ihm Zugang zur Wohnung verschaffte. „Mach dir keine Sorgen ... das ist mein Job. Wenn sie gefunden werden können, werde ich sie finden."

Jason nickte ihm einmal zu. „Geh", sagte er. „Finde sie und erstatte mir Bericht."

„Ist er wirklich so gut?", fragte Mazer, als Kage schnell im Treppenhaus verschwand, das zum oberen Stockwerk des dreistöckigen Gebäudes führte.

„Du hast keine Ahnung", schnaubte Jason. „Er gibt nicht an, wenn er sagt, er sei der Beste. Er ist so gut, dass er, als ich ihn fand, in einer Stasiszelle eingesperrt war, um an den Höchstbietenden verkauft zu werden."

„Wurdet ihr alle gefangen genommen, um verkauft zu werden? Ist das der Grund für die Gründung eurer Gruppe?", fragte Mazer und lenkte das Fahrzeug zurück in den spärlichen Verkehr.

„Nicht alle von uns", sagte Jason abwesend. „Twingo, Doc und ich waren nie in Stasiskapseln."

„Lord Felex wurde also gefangen genommen und in eines dieser Dinger gesteckt?", fragte Mazer ungläubig.

„Du solltest nicht zu viel hineininterpretieren", sagte Jason. „Crushers ... Felex' Fehler war, dass er annahm, jeder in der Galaxie würde nach demselben Ehrenkodex handeln, den er seit seiner Kindheit besaß. Das war eine harte Lektion, aber eine, die er gut gelernt hat. Es spielt keine Rolle, wie stark du als Krieger bist, wenn dir ein mit einem starken Beruhigungsmittel versetztes Getränk serviert wird."

Der jüngere Krieger blieb eine Weile still, während sie durch das Zentrum der Stadt fuhren. „Ich habe nie an die versteckten Gefahren jenseits unserer Welt gedacht", sagte er schließlich. „Wir sind hier in unserer Abgeschiedenheit und mit den Legionen um uns herum so sicher. Ich frage mich, wie gut ich da draußen allein zurechtkommen würde."

„Du bist klug genug, um zu erkennen, dass du nicht alles weißt", sagte Jason. „Du würdest es schon schaffen."

*****

Jason war nicht ganz auf die Veränderungen vorbereitet, die in den wenigen Stunden ihrer Abwesenheit stattgefunden hatten. Als er und Lucky in den Raum geführt wurden, in dem sich alle versammelt hatten, sah Crusher aus, als hätte er sich komplett verwandelt. Er trug eine Art zeremonielle Rüstung, die aus einem dekorierten Kürass, schwarz emaillierten Schulterstücken und schweren Unterarmschützern bestand. Auf dem Tisch vor ihm lagen außerdem ein Paar gepanzerte Stulpen und Crusher stand am Kopfende des Tisches und wirkte dabei wie ein Befehlshaber.

„Wo ist Kage?", fragte er, als sie hereinkamen.

„Er ist auf dem Schiff geblieben", sagte Jason beiläufig und verließ sich auf Luckys unvergleichliches Situationsbewusstsein, um alle Reaktionen der Prätoren oder von Fordix aufzuzeichnen und zu analysieren. „Er sagte, das sei nicht wirklich seine Sache hier. Also, was ist los?"

„Captain Burke", begann Fordix, „wir wissen deinen Dienst zwar zu schätzen, aber ich glaube nicht, dass du gebraucht wirst, um ..."

„Ich glaube nicht, dass ich gefragt habe, Meister Fordix", sagte Jason freundlich. Auch wenn der Wortwechsel von den Anwesenden als unglaublich unhöflich empfunden werden könnte, war die Beleidigung durchaus beabsichtigt. Er wollte, dass alle im Raum möglichst aus dem Gleichgewicht kamen, damit Lucky jeden versehentlichen Ausrutscher oder jede seltsame Reaktion aufzeichnen kann.

„Fordix hat uns gerade über die Situation auf Galvetor informiert", sagte Crusher in der Stille und warf Fordix einen warnenden Blick zu. „Es ist problematischer, als wir dachten. Ich fürchte, es ist nicht der beste Zeitpunkt für unsere Abreise, Captain."

„Ich verstehe", sagte Jason neutral, warf einen Blick auf die Karten und Dokumente, die auf dem Tisch verstreut lagen, und ließ sein Neuralimplantat alles für später aufzeichnen. „Von welchem Problem reden wir?"

„Wahrscheinlich ein ausgewachsener Bürgerkrieg", seufzte Crusher. „Galvetor hat im Geheimen eine Angriffstruppe zusammengestellt, um zu versuchen, die Legionsführung gefangen zu nehmen. Danach werden sie hier auf Restaria über das Aufsichtskomitee das Kommando übernehmen."

„Zu welchem Zweck?", fragte Jason skeptisch. „Es muss ein größeres politisches Ziel geben, einen Grund, um überhaupt gegen die Führung der Legion vorzugehen."

„Wir sind uns nicht ganz sicher", gab Morakar zu. „Wir hatten Glück, dass wir so viel erfahren haben."

„Was machen wir als Nächstes?", fragte Jason und manövrierte sich so in den Raum, dass er Fordix den Rücken zuwenden konnte.

„Wir versammeln die Führungsriege hier in Ker", sagte Crusher.

„Ich hatte den Eindruck, dass so etwas schon lange nicht mehr passiert ist", meldete sich Lucky zu Wort.

„Du hast recht", sagte Fostel. „Es ist höchst ungewöhnlich, aber jetzt, da Lord Felex zurückgekehrt ist, können wir die Führung der Legion unter einem einzigen Banner vereinen und eine koordinierte Verteidigung planen. Ohne ihn wären wir dazu nicht in der Lage."

„Captain, vielleicht könnte ich dich an einer Mahlzeit interessieren", meldete sich Mazer von der Tür her. „Es war ein langer Tag."

„Danke, Mazer", sagte Jason mit einem Nicken. „Ich glaube, ich werde dein Angebot annehmen."

Jason und Lucky folgten ihm aus dem Besprechungsraum und durch den Gebäudekomplex zum Speisesaal. Auf dem ganzen Weg dorthin runzelte Mazer die Stirn und hatte einen strengen Gesichtsausdruck.

Kapitel 17

Es war schon spät am Abend, als es wie erwartet an Jasons Zimmertür klopfte. „Komm rein, Crusher", rief er und stand vom Bett auf.

„Ich wünschte, du würdest ihn nicht absichtlich verärgern, Captain", sagte Crusher ohne Vorrede. „Er ist dann so aufgeregt, dass es schwierig ist, weitere Informationen aus ihm herauszubekommen."

„Dein Freund ist ein Arschloch", sagte Jason einfach. „Ich erwidere nur den Gefallen."

„Nein", sagte Crusher und schüttelte den Kopf. „Hier geht noch etwas anderes vor sich. Du provozierst ihn absichtlich. Sag mir, warum."

„Du gibst mir jetzt also Befehle?", fragte Jason sanft, in der Hoffnung, das Thema zu wechseln.

„Warum bist du so störrisch?", knurrte Crusher. „Bin ich bei der Verteidigung deiner Heimatwelt nicht fast gestorben? Jetzt, wo *mein* Volk in Gefahr ist, scheinst du ..."

„Die *Phönix* ist verschwunden, Crusher", sagte Jason und

unterbrach ihn.

Der große Krieger stand einen Moment lang wie erstarrt da, mit offenem Mund und Vorwürfen, die ihm auf der Zunge lagen.

„Was?", konnte er schließlich sagen.

„Die *Phönix* ist weg", sagte Jason leise. „Wir haben nachgesehen und es gibt nichts außer zwölf Einkerbungen, wo die Räder waren, und ein paar Explosionsspuren, wo die Heckkanonen jemanden beschossen haben."

„Was verschweigst du mir noch?"

„Twingo und Doc sind auch verschwunden", sagte Jason.

„Warum erfahre ich erst jetzt davon?", forderte Crusher mit geballten Fäusten. „Wo ist Kage?"

„Kage ist an einem sicheren Ort und versucht, Spuren zu finden", sagte Jason. „Ich konnte es dir nicht sagen, bis ich dich allein erwischt habe."

„Du hast mir nicht vertraut", sagte Crusher und seine Stimme brach.

„Du weißt, dass das *nicht* wahr ist", sagte Jason scharf. „Aber ich weiß nicht, wie sehr ich den Mitgliedern des Ordens vertrauen kann. Es gab nur ein paar Leute, die wussten, wo die *Phönix* geparkt war."

„Aber sie haben Ressourcen, die wir nutzen könnten", begann Crusher. Jason hob eine Hand, um ihn aufzuhalten.

„Kage ist jetzt im Netz und auf der Spur", sagte er. „Wenn das Schiff noch in einem Stück ist, wird er es finden. Wenn wir die *Phönix* finden, finden wir auch unsere Freunde. Es gab keine Hinweise darauf, dass sie getötet wurden, also muss ich annehmen, dass sie aus irgendeinem Grund gefangen genommen wurden."

„Was soll ich also tun?"

„Im Moment tust du genau das, was du tust", sagte Jason, der dankbar war, dass das Gespräch so gut lief, wie es zu sein schien. „Im Augenblick kannst du nicht viel tun, ehrlich gesagt, und wir wären Kage nur im Weg. Sobald wir eine konkrete Spur haben, werden wir handeln."

„Wer weiß noch, dass das Schiff verschwunden ist?"

„Alle übrigen Mitglieder der Besatzung und Mazer", sagte Jason.

„Vertraust du ihm?", fragte Crusher. Jason beschloss, es wie eine ernsthafte Frage und nicht wie eine kleinliche Anschuldigung zu behandeln.

„Das tue ich", sagte er. „Er ist zuverlässig. Er erinnert mich sogar sehr an dich." Jason ließ absichtlich die Tatsache aus, dass Mazer auch einen Verdacht über die wahren Beweggründe der Faust des Archons hegte. *Das ist ein wirklich dummer Name für einen Geheimbund.*

„Versuch, mich auf dem Laufenden zu halten", sagte Crusher und ging zur Tür.

„Das ist doch klar, Crusher", sagte Jason. „Ich habe dich nicht als Beleidigung ausgeschlossen. Es war nur eine Frage der Logistik. Ich musste mit dir reden, ohne dass jemand mithört."

Crusher nickte nur. „Gute Nacht, Captain."

*****

Jason stand früh auf, da er nicht wirklich schlafen konnte, und machte sich auf die Suche nach Mazer. Es war keine Überraschung, dass Lucky die ganze Nacht vor seiner Tür Wache gehalten hatte. Die beiden gingen durch das Gelände, wo Mazer ein Zimmer mit seinem Bruder teilte.

Der junge Krieger war bereits wach und hatte auf sie gewartet. Jason war bis auf einen Meter an die Tür herangekommen, als diese aufschwang und Mazer, der bereits vollständig angezogen war, herauskam und die Tür leise hinter sich schloss.

„Ich habe dich schon erwartet", sagte er leise. „Lass uns an die Arbeit gehen. Was brauchst du?"

„Wir sollten Kage besuchen", sagte Jason. „Ich brauche ein Update und muss selbst einen sicheren Slipspace-Notruf absetzen."

„Ich habe schon ein Fahrzeug besorgt", sagte Mazer mit einem Nicken. „Hier entlang." Er führte sie zurück durch das Gelände und eine Wendeltreppe hinunter, die zur Tiefgarage führte. Jason fiel auf, wie voll die Gänge waren, und er fragte sich, wie sie das alles noch geheim halten konnten. Es schien, als ob der Orden seit der Rückkehr von Fordix und der Wiederaufnahme von Crushers Rolle als Archon viel mutiger in der Öffentlichkeit agierte, zumindest im Vergleich zu dem unterirdischen Versteck, in das sie bei ihrer Ankunft geführt worden waren.

„Woher wusstest du, dass wir es sind, als du die Tür geöffnet hast?", fragte Jason, leicht neugierig.

„Luckys Füße machen ein unverwechselbares Geräusch auf dem Steinboden", erklärt Mazer. „Ich wusste, dass du vorne bist, weil deine Schritte kürzer sind als die der anderen Krieger, die hier im Lager untergebracht sind. Ich wollte Morakar nicht wecken. Je weniger er erfährt, desto besser, bis wir genau wissen, was mit deiner Mannschaft passiert ist." Bei diesem letzten Satz schaute er Jason mit einem leicht schuldbewussten Ausdruck an.

„Ich kann dir nicht genug für deine Hilfe danken, Mazer", sagte Jason mit aufrichtiger Dankbarkeit. „Ich glaube, wir hätten echte Probleme bekommen, wenn du nicht aufgetaucht wärst." Mazer schien einen Moment über seinen Ausdruck nachzudenken, bevor er antwortete.

„Es ist mir eine Ehre, zu helfen, wo ich kann", sagte er ernst. Jason war sich nicht sicher, was er darauf antworten sollte, also sagte er nichts.

„Ich nehme an, du willst Zugang zum Kommunikationsknoten, um Captain Colleren von unserer misslichen Lage zu berichten", sagte Lucky.

„Richtig", sagte Jason. „Sie und Crisstof müssen über die Situation Bescheid wissen. Ich will nicht unbedingt Hilfe, denn wenn die *Defiant* im Orbit von Restaria auftauchen würde, könnte das mehr Probleme verursachen, als dass es helfen würde. Aber ich schulde ihnen zumindest eine Nachricht."

„Ich habe diese Namen schon gehört", gab Mazer zu, „aber das Schiff kommt mir nicht bekannt vor."

„Du verbindest ihre Namen wahrscheinlich mit einem Schiff namens *Diligent*", sagte Jason. „Die *Defiant* ist ein brandneuer Schlachtkreuzer, der die ältere Fregatte ersetzt hat."

„Was ist mit der *Diligent* passiert?", fragte Mazer.

„Captain Burke rammte sie zur Ablenkung in ein anderes Schiff und zerstörte dabei beide Schiffe", erklärte Lucky sachlich. Mazer drehte sich um und starrte Jason mit einem Gesichtsausdruck an, der halb Ehrfurcht, halb Entsetzen war.

„Da war niemand an Bord", sagte Jason abwehrend.

*****

„Was soll der Scheiß, Kage?", rief Jason aus, als er hereinkam und den Veraner sah. „Ich habe dich davor gewarnt ... wie lange bist du jetzt schon im Netz?"

„Ich bin mir nicht sicher, Captain", sagte Kage abweisend. Der kleine Veraner saß in einem gepolsterten Stuhl und ließ nicht weniger als sechs Computer gleichzeitig Suchalgorithmen laufen, während er die Ergebnisse mit seinem neuronalen Implantat und seinem Gehirn kontrollierte und filterte. Überall lagen Beutel von einem Tee herum, der ein starkes Aufputschmittel war, und irgendwann hatte er sich ein nasses Handtuch um seinen haarlosen Kopf gewickelt.

Jason war dabei gewesen, als die Ärzte auf Aracoria Kage gewarnt hatten, dass sich das neue Implantat aufheizen würde, wenn er es zu stark beanspruchte, und dass er Vorsichtsmaßnahmen ergreifen müsse, damit es seinen Schädel nicht zu sehr erwärmte. Offenbar dachte er, dass ein nasses Handtuch genug Hitze ableiten würde, um die Nacht durchzustehen. Jason wusste, dass der kleine Code-Slicer auf der Jagd unermüdlich sein konnte, und angesichts der Gefahr, in der sich seine Freunde befanden, dachte er natürlich nicht daran, in nächster Zeit eine Pause einzulegen.

„Funktioniert das Handtuch eigentlich?", fragte Lucky.

„Es wäre besser, wenn ich etwas Luft darüber laufen ließe",

sagte Kage. „Keine Sorge, ich überwache die Wärmeleistung des Geräts. Ich bin noch innerhalb der zulässigen Grenzen." Die Art, wie er sprach, hatte etwas Merkwürdiges an sich, das Jason zu seiner nächsten Frage führte.

„Wie viele Partitionen hast du gerade?"

„Ähm ..."

„Wie viele?", drängte Jason.

„Fünf kontinuierlich, aber ich kann auch sechs schaffen", gab Kage zu.

„Das war's", sagte Jason. „Schalte es ab. Jetzt. Du ziehst dich für mindestens vier Stunden zurück, um etwas zu essen und dich auszuruhen. Die automatische Suche kann von alleine weiterlaufen."

„Aber ..."

„Jetzt, Kage", wiederholte Jason. „Ich brauche sowieso noch eine Weile die Slipverbindung." Er kniete sich neben Kages Stuhl und legte ihm eine Hand auf die Schulter. „Ich weiß, dass du sie genauso sehr finden willst wie ich", sagte er sanft. „Aber sie zu finden, ist vielleicht nur die halbe Miete. Du musst hundertprozentig bei der Sache sein ... du darfst dich nicht so erschöpfen, dass du nicht mehr kämpfen kannst, wenn es an der Zeit ist, sie zu holen."

Kage nickte nur und seine Augen wurden für einen Moment leer, als sein einzigartiges Gehirn begann, sich wieder zu integrieren. Ohne ein Wort zu sagen, kletterte er aus dem Stuhl und ging zurück in einen der Schlafräume.

„Was hast du mit Partitionen gemeint?", fragte Mazer. „Das klang ernst."

„Was weißt du über Veraner?"

„Außer, dass sie vier Arme und eine dunkelgrüne Farbe haben? Nichts", sagte Mazer.

„Ihre Gehirne haben die Fähigkeit, sich in so etwas wie parallele Verarbeitungseinheiten aufzuteilen", versuchte Jason zu erklären. „Das geht weit über Multitasking hinaus. Kage kann buchstäblich an sechs Dinge gleichzeitig denken, die nichts miteinander zu tun haben, und das mit der gleichen Genauigkeit wie bei einem einzigen."

„Klingt kompliziert", sagte Mazer, offensichtlich nicht sehr interessiert.

„Ja", stimmte Jason zu. „Ich nehme ihn einfach beim Wort ... das ist mir ein bisschen zu hoch."

Er räumte ein paar Sachen vom Schreibtisch weg und begann, den Kommunikationsknoten für eine Langstrecken-Videoverbindung zu konfigurieren. Er gab den Code für den entfernten Kommunikationsknoten aus dem Gedächtnis ein und wartete auf die nächste Eingabeaufforderung. Dann gab er den langen Verschlüsselungsstring ein, der die Rückverfolgung des Signals erheblich erschweren würde. Es dauerte noch ein paar Minuten, bis die Knoten hin und her verhandelt hatten und ein stabiles Signal durch den Äther des Slip-Space aufgebaut wurde. Jason war immer davon beeindruckt davon, dass er in der Lage war, einen Echtzeit-Videoanruf aus Tausenden von Lichtjahren Entfernung zu tätigen.

Die Verbindung wechselte von einem gelben Statussymbol zu einem blinkenden Grün, was bedeutete, dass das Signal angenommen worden war und er auf eine Antwort wartete. Er hatte Kelleas persönliches Gerät kontaktiert und wusste, dass sie je nach Uhrzeit eine

Weile brauchen würde, um sich zu lösen und zu antworten. Er wollte auf keinen Fall die Brücke benachrichtigen, damit sie sie aufspüren oder, schlimmer noch, erklären mussten, worum es in dem Anruf ging. Er kannte die meisten Mitglieder der Brückenbesatzung der *Defiant* und war nicht bereit, der halben Galaxie mitzuteilen, dass er sein Schiff und ein Drittel seiner Besatzung verloren hatte.

„Hallo!" Kellea brach ab, als das Videobild von Jason erschien. „Was ist passiert?"

„Ich habe die *Phönix* verloren", sagte Jason ohne Vorwarnung und teilte die Nachricht so schnell und brutal wie möglich mit.

„Wo ist sie abgestürzt? Hier steht, dass du noch auf Restaria bist."

„Nein ... Ich meine, ich habe sie verloren. Ich bin am Rande einer der größeren Städte gelandet, um sie sicher zu parken. Als wir zurückkamen, um nach dem Rechten zu sehen, war das Schiff spurlos verschwunden", erklärte er ihr und beobachtete, wie ihr Gesichtsausdruck von Besorgnis zu Unglauben wechselte.

„Ist das einer deiner Streiche?", fragte sie. „Ich habe wirklich keine Zeit für so etwas, Jason."

„Es gibt noch mehr", fuhr er fort und ignorierte sie. „Twingo und Doc sind auch verschwunden. Wir wissen, dass zumindest Twingo in der Nähe des Schiffes war, als es entführt wurde."

„Du meinst es ernst, nicht wahr?", sagte sie. „Da ich davon ausgehe, dass der Rest von euch mit Vollgas versucht, sie zu finden, erzählt mir einfach, was ihr bisher gefunden habt. Was treibt ihr da draußen?"

„Mehr als wir erwartet haben", sagte Jason. „Es gab einige ... Dinge ..., die von den Behörden missbilligt werden würden. Aber soweit wir wissen, ist das Schiff verschwunden, bevor uns jemand damit in Verbindung bringen konnte, zumindest ohne ein internes Leck bei Crushers Freunden."

„Hast du das Gefühl, dass du ihnen nicht trauen kannst?", fragte Kellea.

„Einem kann ich ganz sicher vertrauen", sagte Jason, „die anderen sind alle verdächtig, bis das Gegenteil bewiesen ist."

„Und Crusher? Wie kommt er damit klar, wieder zu Hause zu sein?"

Jason nahm einen tiefen Atemzug, bevor er antwortete. „Crusher ist eigentlich Lord Felex Tezakar, der Wächter-Archon von Galvetor", sagte er. Kellea starrte ihn einen Moment lang nur ausdruckslos an.

„Unglaublich", hauchte sie. „Crisstof hatte ausgiebig nach ihm gesucht, als bekannt wurde, dass er verbannt worden war, aber niemand wusste genau, wie er aussah. Rückblickend hätte ich ahnen müssen, dass er etwas Einzigartiges an sich hatte."

„Ja, nun ... was es im Moment bedeutet, ist, dass ich einen Mann zu wenig habe, während ich Twingo und Doc aufspüren muss", brummte Jason.

„Wer ist die einzige Person, der du vertrauen konntest?", fragte sie.

„Sein Name ist Mazer Reddix", sagte Jason. „Er ist ein Krieger aus der gleichen Legion wie Crusher. Er hat dafür gesorgt, dass wir die

Ausrüstung bekommen, die wir brauchen, und er hat uns unbemerkt auf dem Planeten herumtransportiert."

„Wenigstens hast du eine Art Unterstützungssystem", seufzte sie. „Ich befinde mich zurzeit im Ta'amidil-System, ziemlich weit weg von deinem Standort."

„Nie davon gehört."

„Das wundert mich nicht", sagte sie. „Ein kleines System, keine Probleme, die eure Aufmerksamkeit erregt hätten. Wir sind auf einer Hilfsmission hier."

„Ist Crisstof bei dir?", fragte Jason.

„Nein. Wir sollen ihn abholen, wenn wir hier wegfliegen", sagte sie. „Jason, ich weiß nicht, wann ich zu dir kommen kann."

„Das verlange ich nicht von dir", sagte Jason und hielt seine Hand hoch. „Du kannst die *Defiant* nicht jedes Mal neu positionieren, wenn wir in Bedrängnis geraten. Das kriegen wir schon hin. Ich will dich nur vorwarnen, falls das Schlimmste passiert. Wie auch immer ... ich muss jetzt los. Es ist viel los."

„Sei vorsichtig, Jason", sagte sie ernst. „Geh und hol deine Leute."

Sobald er die Verbindung getrennt hatte, begann er, die Übersichtsdatei durchzusehen, die Kage während seiner Arbeit zusammengestellt hatte. Sie war gut organisiert und Jason konnte nicht nur die Gesamtstrategie feststellen, sondern auch ein gutes Gefühl für die Ergebnisse bekommen.

Kage war gründlich gewesen. Er hatte sich in die wenigen globalen Überwachungssatelliten gehackt, die es um Restaria gab, und konnte die *Phönix* anhand der alten Daten ausfindig machen. Auf den niedrig auflösenden, weiträumigen Scans war sie kaum zu sehen, aber sobald sie nicht mehr da war, gab sie ihm einen Zeitstempel, mit dem er seine Suche ausweiten konnte. Danach überprüfte er die Logs der Flugverkehrskontrolle und der Abflugkontrolle, um nach Schiffen zu suchen, die keinen Flugplan eingereicht hatten. Danach untersuchte er die einzelnen Sensorprotokolle der Schiffe, von denen bekannt war, dass sie sich in der Gegend aufhielten, um zu sehen, ob sie die *Phönix* im Flug erfasst hatten. Keine Ergebnisse.

Soweit Jason das beurteilen konnte, schien Kage davon überzeugt zu sein, dass das Kampfraumschiff noch irgendwo auf Restaria war. Er hinterließ eine Notiz in seiner Übersichtsdatei, in der er die verstrichene Zeit zwischen dem Zeitpunkt, an dem der Satellit das Schiff am Boden entdeckt hatte, und dem Zeitpunkt, an dem es sich in Sensorreichweite der Schiffe befunden hätte, die das Gebiet passierten, angab. Jason verstand, worauf er hinauswollte: Die *Phönix* wäre in dieser Zeit nicht in der Lage gewesen, von einem kalten Zustand in einen slipspace-fähigen Zustand zu wechseln.

„Scheiße", murmelte Jason vor sich hin.

„So schlimm?", fragte Mazer und betrat mit Lucky im Schlepptau den Raum. Sie hatten ihn in Ruhe gelassen, als er mit der *Defiant* Kontakt aufgenommen hatte. Lucky hatte sogar eine nicht ganz so subtile Geste gemacht, dass sie gehen sollten, weil Jasons Gespräch so persönlich war. *Ich weiß nicht, warum er sich jetzt darüber Sorgen macht ... er belauscht routinemäßig jedes Gespräch, das ich im Umkreis von hundert Metern von ihm führe.*

„Es sieht nicht gut aus", sagte Jason und fuhr sich mit der

rechten Hand über die Kopfhaut. „Kage hat mit den begrenzten Mitteln, die uns zur Verfügung stehen, Erstaunliches vollbracht, aber wir sind dem Schiff nicht nähergekommen, seit wir auf der Lichtung standen. Nun, das ist nicht fair ... wir haben eine ungefähre Zeitangabe, wann es entwendet wurde."

„Was ist unser nächster Schritt?", fragte Mazer. Jason schaute auf und konnte die aufrichtige Besorgnis in seinem Gesicht sehen. Aus irgendeinem Grund tröstete ihn das sehr.

„Wir lassen Kage weitermachen", sagte er. „Er hat mich noch nie im Stich gelassen und ich denke, er wird es schaffen ..." Ein schriller Ton an der Konsole unterbrach Jason, als die Anzeigen Zeilen von etwas einblendeten, das wie ein Computercode aussah und das er nicht verstehen konnte.

„Aus dem Weg!", rief Kage und sprintete aus dem Schlafzimmer. Jason warf sich praktisch aus dem Stuhl, um Kage Platz zu machen, denn der war schon aufgesprungen und wollte zur Konsole gelangen, egal ob Jason noch da war oder nicht. Alle vier Hände flogen über die berührungsempfindlichen Displays, während er sein Neuralimplantat wieder in die Verbindung einfügte. Jason wartete geduldig. Er wusste, dass Kage sich sofort melden würde, sobald er dazu in der Lage war.

„So haben sie sie erwischt", sagte er nach ein paar weiteren Minuten leise. Der Bildschirm zu Jasons Rechten flackerte und das körnige Bild eines klobigen Schiffes kam ins Blickfeld.

„Was sehe ich da?", fragte Jason. Anstatt zu antworten, begann Kage, das Bild zu säubern und zu vergrößern, bis er klar erkennen konnte, was das seltsam geformte Schiff wirklich war: Es waren zwei miteinander verbundene Schiffe. Das größere war eine Art Versorgungsschiff mit je drei Auslegern an den Flanken. Darunter befand sich, mit ausgefahrenem Fahrwerk, ein schweres Kampfraumschiff vom Typ DL7.

„Da brat mir einer einen Storch", sagte Jason.

„Hm?", fragte Mazer, völlig verwirrt über diesen Ausdruck.

„Nachdem die Verteidigungssysteme es ihnen unmöglich gemacht hatten, das Schiff zu entern, brachten sie das Rettungsschiff und hoben es aus der Lichtung. Das ist etwas, wofür die Verteidigungssysteme gar nicht ausgelegt sind."

Mazer schaute sich das Bild genauer an und murmelte einen Fluch vor sich hin.

„Das ist eines unserer Schiffe", sagte er schließlich.

„Bist du sicher?", fragte Jason und Hoffnung keimte in seiner Stimme auf. Dass das Schiff von einer Bande knallharter Krieger gekapert wurde, war zwar nicht ideal, aber immer noch besser als gar keine Ahnung zu haben.

„Ziemlich sicher", bestätigt Mazer. „Es gibt noch drei von ihnen. Wir durften sie behalten, nachdem Galvetor uns hierher umgesiedelt hatte. Sie sollten auf Asteroiden Erze schürfen und bei großen Bauvorhaben helfen."

„Was sind sie?", fragte Kage.

„Genau das, was Captain Burke gesagt hat", antwortete Mazer. „Rettungsschiffe. Sie wurden entwickelt, um nach einem Angriff beschädigte Kampfschiffe zu bergen. Das Schiff ist über zweihundert Jahre alt."

„Ist es slipspace-fähig?", fragte Jason mit Schrecken.

„Ja", sagte Mazer einfach. Jasons Schultern sackten in sich zusammen. Die *Phönix* könnte jetzt schon auf der anderen Seite des Sektors sein. „Aber sie sind nicht sehr schnell", fuhr Mazer fort. „Und noch langsamer, wenn sie ein Schiff schleppen."

„Das ergibt Sinn", sagte Jason. „Der Antrieb müsste das Slipspacefeld erweitern, um das mitgeführte Fahrzeug aufzunehmen. Also können sie vielleicht doch nicht so weit gekommen sein."

„Ich bin schon dabei", sagte Kage. „Ich greife auf alle Daten des Trägerschiffs zu. Ich sollte in der Lage sein, die maximale theoretische Entfernung zu bestimmen, indem ich die Masse und Größe der *Phönix* in die Berechnung einbeziehe."

„Jetzt kommen wir voran", sagte Jason, packte Kage an den Schultern und schüttelte ihn. „Gut gemacht."

„Es ist noch keine sichere Sache", warnte Kage, „aber es ist ein verdammt guter Anfang." Der Slicer setzte sich auf seinen Platz und begann, das Problem mit neuem Elan anzugehen.

„Auf ein Wort, Captain", sagte Mazer und deutete auf einen der unbenutzten Schlafräume. Jason folgte ihm dorthin und nickte Lucky zu, dass alles in Ordnung sei. *Er wird sowieso mithören.* Jason wurde aus Luckys Benehmen manchmal nicht schlau. Er konnte der absolute Inbegriff von Höflichkeit und Manieren sein und dann ohne ein bisschen Scham deine intimsten Momente ausspionieren.

„Was ist los?", fragte er, als sie im Zimmer waren.

„Das Schiff bedeutet, dass meine Leute irgendwie in die Sache verwickelt sind", sagte Mazer. „Das bedeutet, dass deine Vermutung richtig war, dass jemand im Orden wusste, wo dein Schiff ist."

„Nicht unbedingt", sagte Jason. „Jemand hätte nur wissen müssen, dass wir überhaupt nach Restaria gekommen sind. Unser Schiff war nicht so gut versteckt; man hätte es mit Hilfe der Satellitenübertragung finden können, so wie Kage es getan hat. Es hätte auch eines eurer Rettungsschiffe gestohlen werden können. Es gibt einfach zu viele Unbekannte, also halten wir uns im Moment noch bedeckt."

„Wozu soll das gut sein?"

„Wenn die Leute, die das getan haben, zum inneren Kreis des Ordens gehören und wir nicht verraten, dass wir auch nur den geringsten Hinweis darauf haben, was passiert ist, werden sie ihre Wachsamkeit eher lockern", sagte Jason.

„Ah", sagte Mazer. „Methoden der Spionageabwehr."

„Im Wesentlichen, ja. Wir werden nur ..." Jason wurde von Mazers piepsendem Funkgerät unterbrochen.

„Es ist eine Textnachricht", sagte der Krieger, als er auf das Display schaute. „Er ist von der Verwalterin, sie sagt, sie muss sofort mit uns sprechen. Persönlich."

Kapitel 18

„Hier rein", sagte Connimon ruhig und führte sie vom Eingang des Parkplatzes weg. Mazer, Jason und Lucky sagten nichts, als sie ihr in einen Bereich des Geländes folgten, in dem sie noch nie gewesen waren.

Sie führte sie durch das Hauptgebäude und dann eine schmale Treppe hinunter in das Untergeschoss. Sie ging noch weiter in das Innere des Gebäudes und sprach erst wieder, als sie an einer unmarkierten Tür in der Wand ankam. „Ich hoffe, ich kann auf deine Diskretion vertrauen", sagte sie und öffnete die Tür, ohne eine Antwort abzuwarten.

Im Inneren befand sich ein Raum mit nackten Steinwänden, der rundherum mit Werkbänken gesäumt war. Diese Bänke waren mit Computerkonsolen und Kommunikationsgeräten bestückt, sogar mit einem kompakten taktischen Slipspace-Kommunikationsgerät. An einer der Bänke saß Morakar.

„Bruder, Captain, Lucky", nickte er zur Begrüßung. „Willkommen."

„Was ist das für ein Ort, Bruder?", fragte Mazer und schaute sich auf den Bildschirmen um, die verschiedene Ansichten von versteckten Überwachungskameras zeigten, die auf dem Gelände verteilt waren.

„Das ist mein Geheimnis", sagte Connimon. „Ich habe Morakar erst jetzt hierhergebracht. Ich musste wissen, wem ich vertrauen kann."

„Vielleicht solltest du noch einmal ganz von vorne anfangen", schlug Jason vor.

Connimon ging zu einem leeren Stuhl hinüber und setzte sich langsam hin, wobei sie plötzlich sehr müde aussah.

„Als Lord Felex erfuhr, dass er ins Exil geschickt werden sollte, kam er mit einem besonderen Auftrag zu mir", begann sie. „Er sagte, es sei kein Befehl, aber es sei wichtig, dass ich das tat. Er wusste, dass die Umstände, unter denen er in Ungnade gefallen war, verdächtig waren, aber darüber hinaus hatte er keine stichhaltigen Beweise. Ich begann mit einfacher Beobachtung, indem ich die Anführer der verschiedenen Legionen in meiner Rolle als Verwalterin im Auge behielt. Nichts schien ungewöhnlich zu sein, und eine Zeit lang glaubte ich, dass Lord Felex sich irrte und es hier auf Restaria keine tiefere Verschwörung gab, sondern nur das normale politische Treiben auf der Heimatwelt. Ich begann, meinen Verdacht zu verlieren und wieder ein normales Leben zu führen."

„Bis?", fragte Jason.

„Bis ich von den drei Prätoren angesprochen wurde, die du vorhin getroffen hast", fuhr sie fort. „Zu diesem Zeitpunkt war der Orden bereits gegründet und sie rekrutierten langsam diejenigen, die dem Lord Archon treu ergeben waren, für die Mitgliedschaft. Sie wussten von

214

meinem Dienst für ihn und baten mich, obwohl ich nicht zur Kriegerklasse gehöre, meine Arbeit mit ihnen fortzusetzen. Zuerst schien es nur ein geselliger Verein zu sein ... dann eher eine Sekte. Schon damals dachte ich, es handele sich um eine harmlose Schwärmerei von Kriegern mittleren Alters, die nichts Besseres zu tun hatten. Aber dann begannen sie, jüngere Kommandeure zu rekrutieren, Schlüsselpersonen in logistischen Positionen, politische Kontakte in der Heimatwelt ... alles deutete auf eine Art Plan hin."

„Lass mich raten", unterbrach Jason. „Das Gerede von Aufstand und Emanzipation wurde kurz darauf ernst."

„Richtig, Captain." Connimon hielt einen Moment inne, bevor sie fortfuhr. „Die Feindseligkeit begann auf beiden Seiten zu eskalieren, ohne dass man wirklich verstand, warum. Die Propaganda auf der Heimatwelt schürte die Angst vor einem Aufstand der Krieger und rief das Gespenst der letzten Konfrontation wach, die zur Kolonialisierung Restarias führte. Das war auch hier nicht anders, denn die Gerüchte über eine Invasion der Heimatwelt schürten ein allgemeines Misstrauen unter den Legionen. Fordix wurde beschuldigt, zur Rebellion angestiftet zu haben, und wurde prompt von der galvetischen Inneren Sicherheit verhaftet. Sie kamen mitten in der Nacht und entführten ihn, bevor jemand wusste, was los war. Das erzürnte die führenden Mitglieder des Ordens und sie beauftragten mich, Lord Felex aufzuspüren. Ich bin mit zwei Kriegern, denen ich am meisten vertraute, losgezogen und habe mich auf die Suche nach dir gemacht."

„Das erklärt immer noch nicht, was der aktuelle Notfall ist", so Lucky.

„Ihr wisst, dass sie die Anführer der abgelegenen Legionen

einberufen haben, oder?" Als alle nickten, fuhr sie fort. „Ich habe erfahren, dass die Anführer nicht nur zu einem Treffen mit Lord Felex gekommen sind. Die Krieger mobilisieren sich alle."

„Und mit mobilisieren meinst du ...", sagte Jason.

„Genau das, wonach es klingt. Sie bereiten sich auf einen Krieg vor. Es handelt sich nicht um eine Übung oder eine Demonstration ... die Waffenlager werden geöffnet und die mit echten Waffen und Rüstungen ausgestatteten Kämpfer sammeln sich jetzt und werden in die Aufmarschgebiete rund um Ker verlegt", sagte Connimon.

„Und das hat damit zu tun, dass Crusher wieder im Spiel ist?", fragte Jason.

„Er ist der Einzige, der das Recht hat, alle Legionen zu befehligen", sagte Morakar.

„Das könnte erklären, warum du gebeten wurdest, ihn aufzuspüren", überlegte Jason. „Ist es möglich, dass das alles ein komplizierter Trick war, um ihn zurück nach Restaria zu bringen, damit er die Legionen vereinen kann?"

„Das dachte ich auch", bestätigt Connimon. „Aber wir haben immer noch kein festes Motiv oder sogar einen Hauptverdächtigen. Mit anderen Worten: Das könnten alles Spekulationen sein, die weit von der Wahrheit entfernt sind."

„Mein Bauchgefühl sagt mir, dass es nicht so ist", sagte Jason, „aber wir sollten von hier an vorsichtig sein. Lasst uns das nur unter den Leuten in diesem Raum besprechen, bis wir besser wissen, was los ist."

„Ist Crusher eingeschlossen, Captain?", fragte Lucky.

„Nein", sagte Jason, „aber nur weil ich im Moment keinen

Zugang zu ihm habe. Ich werde ihn über alles informieren, wenn ich die Gelegenheit dazu habe."

„Gehen wir davon aus, dass der Lord Archon über jeden Verdacht erhaben ist?", fragte Morakar.

„Ja", sagte Mazer eindringlich, bevor Jason oder Lucky antworten konnten. „Vergiss nicht, Bruder, er wollte nicht einmal mit uns sprechen, geschweige denn mit uns zurückkommen. Und nicht nur das, er hat es uns auch nicht leicht gemacht, ihn zu finden."

„Ich stimme zu", sagte Jason. „Auch wenn die Politik dieses Sternensystems für mich ein wenig undurchsichtig ist, kenne ich meinen Freund. Er wäre kein Teil von ... na ja, was auch immer das sein mag."

„Ich stimme auch zu", sagte Lucky. „Crusher hat sein Leben riskiert, um diese Art von Korruption zu bekämpfen. Er würde da nicht mitmachen."

„Ich habe das nicht behauptet", sagte Morakar abwehrend. „Ich wollte nur sicherstellen, dass wir uns alle einig sind, bevor wir weitermachen."

„Ja, wir sind uns einig", sagte Jason säuerlich. „Wir sind uns einig, dass wir keinen blassen Schimmer haben, was hier vor sich geht."

*****

„*Captain!*" Die Stimme von Kage schnitt durch Jasons Kopf wie ein Messer durch sein Neuralimplantat. Er hatte den Code-Slicer gebeten, das nicht zu tun, also nahm er an, dass es sich um einen ganz speziellen Notfall handeln musste. Angesichts dessen, was um sie herum geschah, unterdrückte er seine barsche Reaktion und öffnete den Kanal.

„Was ist los, Kage?", sagte er laut, denn er wusste, dass es aufgefangen und zurückgesendet werden würde. Er war noch nie in der Lage gewesen, eine gesprochene Nachricht zu übermitteln, ohne dabei laut zu sprechen.

„Das Rettungsschiff ist gerade wieder im System aufgetaucht", sagte Kage und sprach sehr schnell. *„Es folgt einem normalen Anflugkurs und ist auf dem Weg zurück nach Restaria."*

„Kannst du es weiter verfolgen?", fragte Jason aufgeregt.

„Ja!" Kage hätte fast geschrien. *„Sie fliegen einfach einen normalen Anflug und wurden bereits vom orbitalen Kontrollsystem erfasst."*

„Wie lange?"

„Sie werden die Umlaufbahn in etwas mehr als drei Stunden erreichen", sagte Kage. *„Ich melde mich wieder, wenn sich Kurs und Geschwindigkeit ändern."* Bevor Jason antworten konnte, spürte er, wie sich der Kanal schloss. Während Lucky zu wissen schien, mit wem er gesprochen hatte, starrte Mazer ihn an, als ob er den Verstand verloren hätte.

„Das war Kage", sagte er. „Das Rettungsschiff ist auf dem Weg zurück nach Restaria. Wir haben drei Stunden, um einen Abfangkurs vorzubereiten."

„Wir haben keinen Zugang zu einem Schiff, es sei denn, wir sprechen mit den Prätoren", sagte Mazer. „Ich glaube nicht, dass selbst Lord Felex uns die Benutzung eines Schiffes genehmigen könnte, ohne dass zu viele Leute davon wissen."

„Oh, wir haben ein Schiff", sagte Jason und zwinkerte Mazer zu. „Wir lassen uns immer Optionen offen. Aber wir brauchen einen

Flugwagen."

Das Trio bewegte sich so schnell wie möglich durch die Anlage, ohne auf dem Rückweg zum Parkplatz aufzufallen. Ein geeignetes Luftfahrzeug wurde ausgewählt und nach einer kurzen Verhandlung mit dem Krieger, der die Fahrzeuge bewachte, rasten sie über die Straßen von Ker. Zum Glück war der Fahrzeugwachdienst bei den Legionen so wie bei jedem anderen Militär auch: eine Strafe. Der gelangweilt aussehende Krieger hätte sich nicht weniger dafür interessieren können, welches Fahrzeug sie nahmen und warum.

Jason begann, die Veränderung in Ker zu sehen, von der Morakar und Connimon gesprochen hatten. Als er das erste Mal durch die Stadt gekommen war, hatte es in jeder Straße Gelächter, Musik und lebhafte Gespräche gegeben. Jetzt stapften grimmig dreinblickende Krieger in voller taktischer Rüstung durch die Straßen, viele davon voll bewaffnet. Es kam sogar zu vereinzelten körperlichen Auseinandersetzungen zwischen Kriegern verschiedener Einheiten, als sie das Stadtgebiet verließen und in die dünn besiedelten Außenbezirke vordrangen.

Sobald sie ihr Ziel erreichten, schaute Mazer skeptisch zu Jason hinüber. „Wie sollen wir uns Zugang zu diesem Schiff verschaffen? Es ist fest verschlossen."

„Habe ich nicht gesagt, dass wir uns immer Optionen offen lassen?", sagte Jason mit einem breiten Lächeln. „Kage war so freundlich, uns vollen Zugang zu gewähren, bevor wir abgereist sind." Er kletterte aus dem Luftkissenfahrzeug und ging zu dem schnittigen eshquarischen Kampfshuttle, das sie von Galvetor nach Restaria gebracht hatte. Das Schiff, ein unglaublich teures Stück Militärtechnik, stand an der gleichen Stelle, an der sie es zurückgelassen hatten, nur war es jetzt mit Staub und Laub bedeckt. Die Tatsache, dass der Orden es einfach so stehen ließ, bedeutete, dass sie wahrscheinlich von jemandem sehr gut finanziert wurden; er wünschte nur, er wüsste, zu welchem Zweck.

Als er näher kam, konnte er jedoch sehen, dass sie es nicht vergessen hatten. Überall in dem Bereich, in dem sich die Zugangskontrolltafel befand, waren Fußabdrücke zu sehen und sogar einige Werkzeugspuren an der Luke selbst, als ob jemand ungeduldig geworden war und tatsächlich versucht hatte, sie aufzuhebeln. Es gab auch einige Dellen in der Beschichtung des Schiffsrumpfs, die darauf hindeuten, dass derjenige, der mit roher Gewalt nicht weiterkam, mit seinem Stemmeisen auf das Schiff einschlug. Krieger waren eben sehr berechenbar. Er legte seinen Daumen auf das schwarz glänzende Zugangskontrollfeld und wartete, während das Schiff begann, biometrische Daten zu erfassen.

Es gab eine Reihe von Pieptönen und Quietschgeräuschen, bis die Heckklappe mit einem Zischen aufsprang und sich sanft auf den Boden senkte und die Einstiegsrampe bildete.

„Meine Herren", sagte Jason, „nach Ihnen."

„Willkommen, Captain Burke", sagte das Schiff, als die Innenbeleuchtung des Laderaums anging und die Umweltsysteme begannen, die abgestandene Luft umzuwälzen. „Die Primärsysteme werden jetzt aufgewärmt. Zeit bis zur Flugbereitschaft: sieben Minuten."

„Gut gemacht", sagte Jason, als er Mazer und Lucky durch den Frachtraum und die kleine Treppe zum Flugdeck hinauf folgte. „Die *Phönix* könnte bessere Manieren gebrauchen."

„Du hast Kage also veranlasst, die Befehlsberechtigung zu ändern, bevor wir das letzte Mal von Bord gegangen sind?", sagte Mazer. „Wie konntest du wissen, dass wir sie wieder brauchen würden?"

„Ich hatte nicht die geringste Ahnung", gab Jason zu. „Ich weiß nur, dass unsere Operationen normalerweise in einer Katastrophe enden, egal wie gut geplant, und das war einer der schlechtesten Pläne, die wir seit Jahren hatten."

„Und was wäre, wenn wir es nicht gebraucht hätten?", fragte Mazer.

„Kage könnte das Schiff jederzeit aus der Ferne freigeben", versicherte ihm Jason, „und wenn nicht, würden die ursprünglichen Befehlsrechte nach zwei Wochen ohne Kontakt mit uns wiederhergestellt werden."

„Beeindruckend", räumte Mazer ein. „Wird dieses Ding das Rettungsschiff abfangen können? Auch wenn es langsam ist, ist es schwer gepanzert."

„Kein Problem", sagte Jason, als er in den Pilotensitz schlüpfte. „Die Bezeichnung 'Shuttle' ist vielleicht etwas irreführend. Das ist eigentlich nur ein hochmodernes schweres Kampfflugzeug mit einem angebauten Frachtraum, in dem Truppen untergebracht werden können. Die Eshquarianer benutzen es für ihre Sondereinsatzkommandos. Keine Sorge, wir haben genug Triebwerke und Feuerkraft."

„Wie lautet unser Plan, Captain?", fragte Lucky, als er seinen Körper vorsichtig auf den Kopilotensitz sinken ließ.

„Ich habe eigentlich keinen Plan", gab Jason zu. „Ich bin mir sicher, dass mir etwas einfällt, bevor wir in Reichweite des

Rettungsschiffs sind." Seine beiden Gefährten warfen ihm Blicke zu, die von ungläubig bis hin zu regelrecht feindselig reichten. Er ignorierte sie beide, denn die Triebwerke des neuen Shuttles waren bereits warmgelaufen und bereit, Energie zu liefern. Nicht, dass er es jemals laut zugeben würde, aber er musste zugeben, dass das nagelneue Schiff, das in weniger als zehn Minuten flugbereit war, einen gewissen Reiz hatte, wenn man es mit einem mürrischen Kampfraumschiff vergleicht, das mehr als dreißig Minuten für einen Kaltstart brauchte und selbst dann noch die meiste Zeit der ersten Stunde des Fluges meckerte. Aber in einem Punkt konnte das clevere, elegante Shuttle der Eshquarianer nicht mit dem älteren Jepsen-Modell mithalten: bei der Geschwindigkeit, der Feuerkraft oder der Fähigkeit, enorm viel Schaden zu absorbieren und dennoch weiterzumachen.

„Alle Flugsysteme aktiv", sagte das Schiff über die Sprechanlage.

„Lucky, geh an die Kommunikation und koordiniere dich mit Kage", sagte Jason. „Wir fliegen im Tiefflug los und versuchen, das Rettungsschiff zu erwischen, wenn es über einem unbewohnten Teil des Planeten eintrifft."

Das Shuttle hob sanft von seinem verborgenen Landeplatz ab und schwenkte nach Norden, weg von den Ballungszentren von Ker. Als sie über die Außenbezirke flogen, konnte Jason sehen, dass immer noch Truppentransporte in die Stadt rollten. Einige Krieger blickten auf, als das Kampfshuttle vorbeiflog, und manche schüttelten sogar eine Faust zum Gruß in die Luft. Einige der Konvois zogen sich noch kilometerweit in die Ferne. Allein die logistische Aufgabe, so viele Krieger zu versorgen und unterzubringen, war gewaltig, und Jason musste sich fragen, warum sie überhaupt verlegt wurden.

„Deine ersten Kurskorrekturen sind auf deinem Navigationsdisplay zu sehen", sagte Lucky. „Kage möchte, dass wir dort bleiben, bis er sicher ist, dass das Rettungsschiff auf diesem Einflugvektor landen wird."

„Verstanden", sagte Jason, als die Flugrichtungsanzeiger aufleuchteten, um ihn anzuweisen. „Jetzt beginnt der Spaß."

Kage ließ sie mitten im Nirgendwo über einem äquatorialen Regenwald zum Stillstand kommen. Jason senkte sie ab, bis sich die Landekufen nur noch wenige Meter über den Baumkronen befanden, und wartete, bis das Schiff automatisch den Schwebezustand erreicht hatte. Er ließ die Steuerung los und streckte sich im Sitz aus.

„Sag ihm, dass wir hier sind", sagte er zu Lucky.

„Wir haben eine Telemetrieverbindung zu ihm", sagte Lucky. „Er hat unseren Flug die ganze Zeit überwacht."

„Wie lange noch?"

„Es wird noch eine Stunde dauern, bis das Schiff mit dem atmosphärischen Eintritt beginnt", berichtete Lucky.

Das größere Schiff hatte bereits einen Plan gesendet, der vorsah, dass sie in der Nähe des Äquators in die Atmosphäre eintreten und auf einem Feld in der nördlichen Hemisphäre auf der anderen Seite des Planeten landen sollten. Die grobe Idee des Plans begann sich in Jasons Kopf zu formen, als er sich die im Schiffscomputer gespeicherten Topographiedaten ansah. In dem Moment, in dem das Schiff auf 12.000 Meter sinken würde, würden sie sich über etwas befinden, das wie Restarias Version der Präriegebiete im Westen der USA aussah. Der Computer zeigte einige interessante Punkte an, aber nach dem, was

Jason erkennen konnte, handelte es sich größtenteils um ungezähmte Wildnis und einige riesige Farmen, die Unternehmen auf Galvetor gehörten. Diese Farmen waren fast vollständig automatisiert, so dass die gesamte Region weniger als sechstausend Menschen beherbergte. Wenn er das Schiff zur Landung zwingen wollte, bevor es seine Basis erreichte, wäre dies das richtige Gebiet dafür. Er gab dem Computer den Befehl, die Waffensysteme zu aktivieren. Zu seinem Entsetzen musste er feststellen, dass die Munitionslager leer waren. Wer auch immer das Schiff bestellt hatte, hatte es ohne Raketen geliefert. Zum Glück waren die Energiewaffen installiert und sollten mehr als genug sein, um einen antiken Raumschiffschlepper aus der Luft zu holen.

„Wir haben die Bestätigung", sagte Lucky nach zweiundfünfzig Minuten. „Das Schiff folgt dem vorhergesagten Kurs und wird in vier Minuten über uns hinwegfliegen. Ich sende Geschwindigkeits- und Kursdaten auf dein Display, die es uns ermöglichen, das Schiff abzufangen, sobald es die von dir angegebene Ebene überfliegt."

„Ich hab's", bestätigte Jason, als eine neue Reihe von Wegpunkten mit den entsprechenden Geschwindigkeitsänderungen auf seinem Display auftauchte. Er erhöhte den Schub und ließ das Shuttle über die Baumkronen gleiten, wobei es nur wenig an Höhe gewann, während es die vorgesehene Flugbahn des Ziels entlangflog.

Das ankommende Schiff war mit fast zwölffacher Schallgeschwindigkeit unterwegs, als es durch die dünne obere Atmosphäre schoss, und würde bald über dem viel langsamer fliegenden Shuttle vorbeifliegen. Jason konnte die sich kreuzenden Bahnen auf seinem taktischen Display verfolgen, während er langsam die Leistung des Shuttleantriebs erhöhte.

RÜCKKEHR DES ARCHONS

„Das Schiff hat uns überholt", berichtete Lucky. „Du kannst es abfangen."

„Wir fahren die Energie hoch", antwortete Jason und brachte den Antrieb auf volle atmosphärische Leistung, so dass sie hinter dem ankommenden Schiff über den Boden rasten. Mazer hatte bestätigt, dass die Sensoren des Zielschiffs genauso veraltet waren wie alles andere auf dem Schiff, so dass die Gefahr einer Entdeckung gering war. Sie mussten nur in die Triebwerksströmung geraten, während das Schiff noch vom Eintritt in die Atmosphäre geblendet war.

Jason zog die Nase hoch und ließ das Schiff steil in Richtung ihres Abfangpunkts steigen. Er beobachtete, wie die spinnwebenartigen Schockwellen an den Vorderkanten der Nase erschienen, als sie vom schallnahen Flug in den Überschallflug übergingen. Sobald sie die Schallgeschwindigkeit in der Atmosphäre Restarias überschritten hatten, nahm das Triebwerksgeräusch drastisch ab, da sie nun das Geräusch der brüllenden Düsen überholten und der Wind an der großen, schrägen Kabinenhaube zu hören war.

Bald waren sie über 9.000 Meter hoch und verringerten den Abstand zu dem abbremsenden Schiff. Jason überprüfte noch einmal seine Position, bevor er sich auf die Sicht außerhalb der Kabinenhaube konzentrierte und versuchte, sein Ziel zu erkennen. Sein neuronales Implantat erkannte den Fleck am Himmel, noch bevor sein Gehirn registrieren konnte, was er sah, und zeichnete ihn in ein rot blinkendes Fadenkreuz ein. Da sie mit passiven Sensoren arbeiteten, um nicht entdeckt zu werden, war das nächste Manöver von entscheidender Bedeutung, denn sie befanden sich im Endanflug auf den Ort, an dem sie dem größeren Schiff bis zum nächsten Teil ihres Plans folgen würden.

Seine Implantate errechneten, dass das Schiff vier Grad vom Kurs abwich und 1200 Meter tiefer lag, als es hätte sein sollen, also nahm er seine eigenen Korrekturen vor und setzte seinen Anflug fort. Auf seiner taktischen Anzeige liefen zwei Timer rückwärts, ein roter, der anzeigte, wann das Ziel nach dem Eintauchen voraussichtlich wieder seine Sensoren nutzen konnte, und ein grüner, der ihm sagte, wie lange es dauerte, bis sie bei ihrer aktuellen Geschwindigkeit und ihrem Kurs sicher unter der Antriebssektion waren. Da die grüne Zahl niedriger war als die rote, hielt er seine Steuereingaben konstant und konzentrierte sich darauf, sein Ziel nicht zu überfliegen.

„Mazer", sagte er, als das Schiff vor ihnen auftauchte, „was glaubst du, wie viele Besatzungsmitglieder auf dem Ding sind?"

„Das ist schwer zu sagen, weil die jüngsten Aktionen so ungewöhnlich waren", sagte Mazer. „Ich erinnere mich, dass man mindestens acht Besatzungsmitglieder braucht, um es zu fliegen, also mindestens acht."

„Danke", sagte Jason trocken. „Wenn du möchtest, kannst du einen Blick in den Waffenkasten an der Steuerbordseite des vorderen Schotts im Laderaum werfen und nachsehen, was für Spielzeug wir haben." Ohne ein weiteres Wort schnallte sich der Krieger ab und ging die Treppe hinunter. Jason konnte hören, wie er den Waffenkasten durchsuchte, nachdem er kurz mit dem Schloss hantiert hatte.

„Wenn es nur acht sind und wir den Überraschungseffekt aufrechterhalten, sollte ich die Besatzung leicht ausschalten können, Captain", sagte Lucky.

„Damit rechne ich, denn mit dem versteckten Blaster, den ich bei mir trage, kann ich einen wütenden galvetischen Krieger nicht überwältigen", sagte Jason. „Aber wir wissen nicht sicher, dass es nur acht sind und wir haben keine Ahnung, ob sie bewaffnet oder gepanzert sind ... oder beides. Ich möchte im Moment nichts dem Zufall überlassen."

„Wir haben noch die Shuttle-Waffen", sagte Lucky.

„Stimmt", sagte Jason, „aber wenn wir die Besatzung verdampfen, wird es viel schwieriger sein, Antworten von ihnen zu bekommen." Lucky drehte sich einfach um und warf ihm wegen der sarkastischen Bemerkung einen harten Blick zu, blieb aber still.

„Vier Blaster-Karabiner und sechs Pistolen", sagte Mazer und lehnte sich in seinem Sitz hinter dem Kopilotenplatz zurück. „Keine schweren Waffen, leider."

„Lucky sorgt für die schweren Waffen", sagte Jason mit einem Lächeln. „Wir müssen ihm nur Deckung geben und verhindern, dass sie sich auf die Verteidigung konzentrieren, die sie gegen ihn aufbringen können."

„Klingt so, als hätten wir alles geplant", sagte Mazer mürrisch und starrte auf die flackernden Triebwerke des Trägerschiffs, das nun deutlich zu sehen war, da sie sich bis auf weniger als einen Kilometer genähert hatten.

„Versuch, nicht zu glücklich darüber zu klingen", sagte Jason und schaute über seine Schulter.

„Tut mir leid, Captain", sagte Mazer. „Aber mir ist gerade eingefallen, dass das auf dem Schiff galvetische Krieger sind."

„Ist es so unattraktiv, gegen deine Brüder zu kämpfen?", fragte Lucky neugierig.

227

„Ganz und gar nicht, mein Freund", sagte Mazer. „Aber die Tatsache, dass wir sie bekämpfen müssen, weil sie das getan haben, ist beunruhigend. Legionäre befolgen nicht einfach blindlings Befehle wie gewöhnliche Fußsoldaten. Wenn sie dein Schiff beschlagnahmen und deine Besatzungsmitglieder entführt haben, bedeutet das, dass ihnen die Situation erklärt wurde und sie zugestimmt haben."

„Das kann ich verstehen", sagte Jason, ohne zu erwähnen, dass seine Crew vielleicht nicht entführt, sondern entsorgt worden war. „Aber die Gründe, die ihnen genannt wurden, waren vielleicht nicht die Wahrheit. Wir sehen den Rand dessen, was hier auf Restaria ein bedeutender Machtkampf zu sein scheint, es sei denn, ich liege weit daneben, und das glaube ich nicht."

„Vielleicht", sagte Mazer und klang dabei nicht überzeugt. Danach verstummten alle, lauschten dem Dröhnen der Motoren und dachten über ihre Rolle bei der bevorstehenden Aktion nach.

„Wir sind fast an der Demarkationszone", sagte Lucky und meinte damit die Zone, die Kage auf der Karte markiert hatte, wo die Ausläufer der Berge in die scheinbar endlosen Grasländer der Ebenen übergingen. „Wir können gleich angreifen."

„Sag mir einfach Bescheid, wann", sagte Jason, richtete sich im Sitz auf und nahm die letzten Einstellungen am Zielskript vor, das er für die Waffen eingerichtet hatte. Er begann mit dem endgültigen Anflug auf das Ziel und näherte sich bis auf hundert Meter, wodurch das Shuttle im Sog des viel größeren Schiffes hin- und hergeschaukelt wurde. Jetzt, wo er so nah dran war, konnte er sehen, was für eine Antiquität es wirklich war. Die riesigen Ausleger schienen Flugstabilisatoren zu sein, die mit etwas ausgestattet waren, das wie Düsen für eine flüssigkeitsbetriebene Hilfsrakete aussah. Die anderen Antriebskomponenten schienen irgendwann in der Geschichte des Schiffes aufgerüstet worden zu sein, denn die Repulsoren und die Haupttriebwerke stammten aus unterschiedlichen Zeiten.

„Die Waffen sind ausgerichtet und wir sind in Reichweite", sagte er zu Lucky. Der Kampfsynth antwortete nicht, sondern überwachte noch eine Weile die Instrumente des Schiffes, während das Shuttle mit dem größeren Schiff sank und die Graslandschaften unter ihnen vorbeizogen. Es dauerte weitere zehn Minuten, bis sie die 9.000-Meter-Marke unterschritten hatten.

„Ich störe die Übertragungen des Ziels", sagte Lucky. „Waffen frei."

„Ich feuere", antwortete Jason und aktivierte sein Waffenskript. Auf dem Flugdeck war ein Heulen zu hören, als die Energie in die vorderen Plasmakanonen strömte. Einen Sekundenbruchteil später schossen drei leuchtend rote Explosionen heraus und trafen das Steuerbordtriebwerk des Rettungsschiffs. Während das beschädigte Triebwerk Rauch und Feuer ausstieß, tauchte das Shuttle ab, richtete sich auf der Steuerbordseite auf und beschoss die Repulsoren auf dieser Seite, sodass nur noch drei der zehn Triebwerke funktionierten.

Der Effekt war vorhersehbar und trat sofort ein, als das Rettungsschiff fast den gesamten Schub auf der Steuerbordseite verlor. Es begann nach rechts zu gieren, als das Backbordtriebwerk auf volle Leistung aufflammte, und rollte, als die drei verbliebenen Repulsoren auf dieser Seite die Flughöhe nicht mehr halten konnten. Es begann, langsam auf die hügeligen Ebenen unter ihm zuzusteuern.

Jason schaute auf sein taktisches Display und sah, dass die

Besatzung des Schiffes verzweifelt versuchte, einen Notfall zu signalisieren, aber das leistungsfähige Störsystem des Shuttles unterdrückte jede Übertragung.

„Sie verlieren nicht schnell genug an Höhe", sagte Jason und schaltete wieder auf manuelle Steuerung von Ruder und Waffen um. Er verlangsamte sein Tempo, damit sich die Schiffe noch etwas weiter voneinander entfernen konnten, bevor er unter das angeschlagene Schiff tauchte und vier weitere Repulsoren an der Backbordseite zerstörte, diesmal in der vorderen Hälfte des Schiffes. Die Zerstörung muss das System überlastet haben, denn ein weiterer Repulsor explodierte außen, als das Shuttle unter dem Schiff hervorschnellte und eine harte, ansteigende Kurve nach links vollführte, um wieder über und hinter das nun todgeweihte Rettungsschiff zu gelangen.

„Sie fallen zu schnell", sagte Mazer alarmiert. „Ein Rumpf voller Leichen nützt uns nichts."

„Sie können ihren Abstieg immer noch aufhalten", sagte Jason ruhig. „Aber jetzt sind sie gezwungen, es zu tun, anstatt zu versuchen, in Reichweite ihrer Basis zu humpeln." Und tatsächlich: Gerade als es so aussah, als würde das Schiff seinen Vorwärtsdrang verlieren und vom Himmel stürzen, begannen die Raketendüsen an den Enden der Ausleger Treibstoffdampf auszustoßen, bevor sie sich entzündeten und orangefarbene Flammen erschienen.

Als die Flüssigraketentriebwerke auf Temperatur kamen und das Treibstoffgemisch optimiert wurde, färbte sich der Auspuff von einem dunstigen Orange zu einem leuchtenden Blau und wurde dann zu einem weißglühenden Strom überhitzten Gases, während sich die Ausleger selbst innerhalb ihres begrenzten Schwenkbereichs bewegten, um den Schub dorthin zu bringen, wo er am besten wirken würde. Obwohl die Besatzung wusste, dass ein Absturz unvermeidlich war, schien sie entschlossen, ihn zu überleben.

„Sieht so aus, als würden sie nur die nächste Anhöhe überwinden und dann in das Feld dahinter knallen", bemerkte Jason, während er in einer sicheren Höhe von 4.500 Metern einen trägen Kreis um das abstürzende Schiff flog. Er war einigermaßen zuversichtlich, dass das Schiff in einem Stück herunterkommen würde, aber wenn es zu hart aufprallte, wollte er nicht von der Explosion mitgerissen werden. Zumal es anscheinend eine volle Treibstoffladung für die Flüssigraketentriebwerke an Bord hatte.

„Einverstanden", sagte Lucky. „Geschätzte zwanzig Sekunden bis zum Aufprall. Die Geschwindigkeit und das Tempo des Aufpralls liegen innerhalb der akzeptablen Grenzen."

„Es wird trotzdem verdammt weh tun", sagte Jason. Selbst von ihrem hochgelegenen Aussichtspunkt aus war es nicht schwer, den Moment des Aufpralls zu bestimmen. Das Gras begann zu rauchen und zu brennen, als die Raketenmotoren alles in ihrem Weg verbrannten, aber selbst die drei zusätzlichen Schubdüsen reichten nicht aus, um das Schiff in der Horizontalen zu halten, und die Steuerbordausleger bohrten sich zuerst in den weichen Boden, so dass das Schiff ins Trudeln geriet. Als es seine Vorwärtsstabilität verlor, fiel es den Rest des Weges zu Boden und schlug mit dem Unterbauch auf den Boden auf, bevor es aufsprang und die Nase in die Erde grub. Da das Schiff immer noch sehr schnell war, kippte es um und landete hart auf dem Rücken, wodurch es sich buchstäblich das Kreuz brach. Der hintere Teil des antiken Schiffes scherte ab und der vordere Teil rutschte auf der Oberseite weiter über das Feld.

„Verdammte Scheiße", murmelte Jason und ein Schuldgefühl durchfuhr ihn. Trotz des galvetischen Ehrenkodex bezweifelte er, dass es sich bei der Besatzung des Schiffes um etwas anderes handelte als um eine Gruppe von Soldaten, die einen scheinbar banalen Befehl befolgten: ein Schiff mitsamt seiner Besatzung aufzugreifen, das krimineller Aktivitäten verdächtigt wurde. Trotz der Tatsache, dass sie sich in Kürze eine Schießerei mit ihnen liefern würden, hoffte er, dass sie alle den Sturz aus Restarias Himmel überlebt hatten.

Er lenkte das Shuttle in einen scharfen Sinkflug in Richtung der Stelle, an der der vordere Teil zum Stillstand gekommen war. Die Repulsor-Emitter waren alle dunkel, die Raketenmotoren erloschen, und aus den Düsen quollen nur noch dicke Dampfschwaden hervor.

„Sag Kage, dass der erste Teil ohne Probleme verlaufen ist", sagte Jason zu Lucky. „Für den nächsten Teil werden wir nicht mehr im Shuttle sein, also muss er ein Auge darauf haben, wenn sie herausfinden, dass das Schiff nicht zur Basis zurückkommt."

„Wenn sie den Sturzflug nicht bemerkt haben, bleiben uns dennoch nur ein paar Minuten", warnte Mazer. „Aber die Reaktionszeit, nachdem sie es als vermisst gemeldet haben, kann zwischen zwanzig Minuten und ein paar Stunden liegen. Diese Schiffe gehören zum Logistikkommando, und bei dem, was in Ker passiert, könnte es einige Zeit dauern, bis jemand zur Überprüfung geschickt wird."

„Ich glaube nicht, dass wir so viel Glück haben werden", sagte Jason, während Lucky über die Com mit Kage sprach. „Auch wenn sie noch so einfach sind, werden eure Satelliten den Rauch und die Trümmer aus dem Orbit sehen können."

„Ich habe mich gerade danach erkundigt", sagte Lucky. „Kage

sagte, dass innerhalb der nächsten Stunde kein Satellit, der die Oberfläche abbilden kann, über uns auftauchen wird, plus/minus ein paar Minuten."

„Ich ziehe meine Aussage von vorhin zurück", sagte Jason, als er das Shuttle auf die Wiese absetzte. „Wenn ein Satellit in weniger als sechzig Minuten über uns vorbeizieht, ist es unwahrscheinlich, dass sie ein Flugzeug schicken, um nach einem Schiff zu sehen, das zu spät kommt. Die offensichtliche Antwort wäre, dass es eine Notlandung oder eine Panne gab." Als er spürte, wie das Schiff auf die Landekufen aufsetzte, schaltete Jason den Hauptantrieb auf „Standby" und sperrte die Steuerelemente. Für den Fall, dass sie von der Besatzung des Rettungsschiffs überwältigt würden, wollte er es ihnen nicht leicht machen, einfach mit dem Shuttle wegzufliegen.

„Schnappt euch eure Ausrüstung", sagte er und kletterte aus dem Pilotensitz. „Lasst uns versuchen, die Sache mit so wenig Verlusten wie möglich zu beenden ... vor allem bei uns."

Jason und Mazer nahmen sich jeweils ein Gewehr und eine Pistole. Lucky schaltete einfach in den Kampfmodus um. Das rote Leuchten seiner Augen und das Heulen der aufladenden Waffen erfüllten den Frachtraum des Shuttles. Jason überprüfte seine Mannschaft noch einmal, klappte die Heckklappe auf und wartete, bis sie sich die Rampe auf den Boden senkte.

Sie verließen das Shuttle im Gänsemarsch, Lucky voran, da Jason und Mazer keine Körperpanzerung oder persönlichen Schutzschilde hatten. Sie bewegten sich rechtzeitig um das Shuttle herum, um zu sehen, wie etwas, das wie eine Notausstiegsluke aussah, von der Seite des Rumpfes wegflog, wahrscheinlich durch

Sprengbolzen, und mit einem dumpfen Geräusch auf dem weichen Boden aufschlug. Das rußverschmierte Gesicht eines galvetischen Kriegers kam zum Vorschein und blickte sie mit einem verwirrten Blick an. Dann sah er zu dem geparkten Kampfshuttle hinüber; seine Augen weiteten sich verständnisvoll und er verschwand wieder durch die Luke. Sie konnten ihn von dort aus, wo sie standen, rufen hören.

„Verdammt!", knurrte Jason. „Ich hätte hinter der beschädigten Sektion landen sollen. Sie wussten nicht einmal, dass sie abgeschossen worden waren."

„Vielleicht können wir das noch retten", sagte Mazer. Er ging zu einem der verbliebenen Ausleger, der in den Boden eingegraben war, und sprang auf ihn. Er rannte schnell an dem Anhängsel hoch und machte sich auf den Weg zu einer anderen Luke auf dem freiliegenden Bauch des Schiffes und begann, die manuellen Auslöser zu bedienen. Jason und Lucky rannten ebenfalls den Ausleger hinauf, um ihn zu unterstützen. „Wenn ich die Luke öffne, sollte Lucky der Erste sein, der hineinspringt."

„Soll ich versuchen, sie zuerst zu fassen?", fragte Lucky.

„Ich vertraue auf dein Urteilsvermögen", sagte Jason. „Aber riskiere nichts Unnötiges, sie werden nicht versuchen, dich nur zu betäuben, und du weißt aus erster Hand, wie schwer es ist, diese Typen auszuschalten."

„Lord Felex ist ein besonderer Fall, selbst unter uns", sagte Mazer. „Aber ja ... greife sie nicht an, um sie kampfunfähig zu machen, wenn mehr als zwei in der Nähe sind. Selbst Schiffsjockeys wie diese Jungs werden schnell eine Strategie gegen dich entwickeln können."

„Verstanden", sagte Lucky.

„Bist du bereit?", fragte Mazer. Als Lucky nickte, griff er in die Aussparung, über der er kauerte, und drehte an der Kurbel, bis es dreimal laut knallte und die Luke nach innen schwang, wobei sie gegen etwas im Inneren des Schiffes schlug, bevor sie wild aus den Angeln kippte. Lucky verschränkte seine Arme und sprang durch die Luke hinein. Einen Augenblick später gab es einen ohrenbetäubenden *POPP* und einen blendenden Lichtblitz aus dem Inneren des Schiffes.

„Lucky!", rief Jason, der seine Waffe noch nicht auf die Öffnung richtete, da er nicht wusste, wer sich in der Nähe befand: die Crew oder sein Freund.

„Mir geht es gut, Captain", rief Lucky. „Drei der Besatzung sind außer Gefecht gesetzt. Zwei weitere wurden betäubt, konnten aber in die vorderen Sektionen entkommen. Du und Mazer, ihr könnt runterkommen." Jason hüpfte als Erster durch und machte Mazer Platz, um ihm zu folgen. Er wechselte die Modi seiner Augenimplantate, bis er eine gute Kombination gefunden hatte, die mit dem Rauch und der Dunkelheit zurechtkam.

„Was zum Teufel war das?", fragte er.

„Ich habe meine Plasmakanonen auf einen weiten Winkel eingestellt und aus nächster Nähe auf die Schotten gefeuert", sagte Lucky. „Das erzeugt eine Schallschockwelle, die von einem Blitz begleitet wird, den die meisten biologischen Wesen als verwirrend empfinden."

Mit einem etwas überraschten Gesichtsausdruck schaute Mazer zu den drei Kriegern, die dort gefallen waren, wo sie einen Hinterhalt gelegt hatten.

„Ach du Scheiße ... die hast du echt verwirrt", sagte Jason.

„Nur einer von ihnen hat ...“

„Das ist nur ein Ausdruck, Lucky“, sagte Jason. „In welche Richtung sind die anderen beiden gegangen?“

„Sie haben sich in den vorderen Teil des Schiffes zurückgezogen“, sagte Lucky.

„Sie werden sich in der Nähe der Brücke neu formieren“, sagte Mazer. „Das ist der einzige Platz vor uns, der stark genug abgeschottet ist, um sich zu verteidigen.“

„So viel dazu, dass es einfach ist“, brummte Jason. „Los geht's, im Gänsemarsch, Lucky an der Spitze.“

Das Gehen auf der Decke des Ganges war ein wenig beunruhigend und auch ein wenig gefährlich. Jason musste ständig darauf achten, wohin er ging, denn die dunklen Beleuchtungskörper, Leitungen und Schilder drohten, ihn zu stören, während sie weitergingen. Sie waren erst sieben oder acht Meter gegangen, als sie merkten, dass Lucky keine Ahnung hatte, wohin er in dem großen Schiff gehen sollte.

„Ich eigentlich auch nicht“, gab Mazer zu. „Ich war nur ein paar Mal auf so einem Schiff und bin nicht wirklich viel herumgekommen.“

„Das ist absurd“, sagte Jason und wurde ärgerlich. „Wir haben hier nicht unendlich viel Zeit, lass uns einfach weitermachen. So groß ist das Ding doch gar nicht.“ Sie gingen weiter, bis sie an eine Neunzig-Grad-Kurve nach links kamen.

„Ich weiß, wo wir jetzt sind“, flüsterte Mazer. „Auf der anderen Seite gibt es einen identischen Gang wie diesen. Dieser seitliche Korridor verbindet sie und wenn wir in der Mitte angekommen sind, gibt es einen breiten, kurzen Torbogen, der zum Kommandodeck hinaufführt."

„Jetzt kommen wir voran", flüsterte Jason zurück. „Lass uns vorsichtig durch den Gang gehen und wir entscheiden über den endgültigen Angriff, sobald wir einen Blick auf die Brücke werfen können."

Als sie weiterschlichen, konnte Jason anhand des Lichts, das wahrscheinlich durch die Brückenfenster einfiel, erkennen, wo der Durchgang zum Kommandodeck war, oder zumindest dort, wo er sich früher befand Details ausfüllen, die du brauchst . Da das Schiff auf dem Kopf stand und der Bug die Hauptlast des Aufpralls abbekommen hatte, war das Licht, das hereinkam, ziemlich schwach. Sie waren nur noch wenige Meter von der Öffnung entfernt, als sie Bewegungen im Gang dahinter hörten.

Jason ging auf die gegenüberliegende Seite des Ganges, um einen besseren Blickwinkel auf den Eingang zu haben, und richtete sein Gewehr auf die Öffnung. Er wählte die Betäubungseinstellung an der Waffe, da er sich fast sicher war, dass sie nicht in Massen um die Ecke stürmen konnten, bevor Lucky und Mazer sie aufspüren würden. Außerdem war er sich nicht sicher, wie viele Überlebende noch auf der Brücke waren, und er brauchte mindestens einen, der noch lebte und bei klarem Verstand war, um ihn zu befragen. Außerdem war es unhöflich, sich auf einen Planeten einladen zu lassen und die Bewohner umzubringen.

Er bemerkte eine leichte Bewegung vor sich, eigentlich nur eine Veränderung des Lichts. Da im vorderen Gang nicht viel Rauch zu sehen war, schaltete er seine Sicht auf Infrarot um und sah die Schulter und den Kopf eines Kriegers, der sich langsam um die Ecke bewegte, die zu dem Gang führte, in dem sie standen. Er zielte schnell und feuerte einen Betäubungsbolzen direkt in die Seite seines Kopfes, so dass er auf das Deck stürzte. Da es sich bei dem Deck um die schräge Decke handelte und nicht um die Treppe, die normalerweise zur Brücke führte, ließen die Bewegungen des Kriegers seinen Körper in die Richtung zurückgleiten, aus der er gekommen war, und er war außer Sichtweite. *Mist.*

„Heute muss niemand mehr sterben", rief Jason laut. „Wir wollen nur ein paar Fragen stellen."

„Warum habt ihr uns angegriffen?", rief eine starke, tiefe Stimme. „Wer bist du und wen vertrittst du?"

„Ich habe gesagt, dass *wir* die Fragen stellen werden", schnauzte Jason zurück. „Ihr seid gerade erst zurückgekommen, nachdem ihr ein Schiff aus Restaria geholt habt. Ich will wissen, wo es hingefahren ist, wo die Besatzung ist und wer euch beauftragt hat, es zu übernehmen."

„Wir antworten euch nicht", rief eine dünner klingende Stimme. „Ihr werdet nichts von uns bekommen." Während Jason gesprochen hatte, war Lucky noch näher an den Rand des Brückeneingangs gerückt und Mazer hatte sich zwischen den beiden positioniert und deckte den Weg, den sie gekommen waren, sowie den Durchgang dahinter.

„Das ist die falsche Antwort", sagte Jason. „Du hast zehn Sekunden Zeit und dann machen wir es auf die einfache Art."

„Wisst ihr Narren eigentlich, was ihr getan habt?", brüllte Mazer plötzlich. „Wusstet ihr, dass der Lord Archon nach Restaria zurückgekehrt ist?"

„Wir haben es gehört", sagte die tiefe Stimme mit weniger Gewissheit. „Es ist also wahr?"

„Das ist es", sagte Mazer. „Was wird er wohl dazu sagen, dass du sein Schiff gestohlen und es vom Planeten gebracht hast?"

Das löste einen Ausbruch von leisem, hektischem Geplapper auf der Brücke aus. Jason erblickte Mazer und nickte ihm zustimmend zu. Dank seiner schnellen Auffassungsgabe könnte die Sache vorbei sein, ohne dass jemand durch einen Plasmabolzen in der Brust starb.

„Wir hatten keine Ahnung, dass das Schiff dem Lord Archon gehörte", rief die tiefe Stimme. „Die Befehle kamen über die normalen Kanäle herein."

„Was habe ich dir gesagt?", sagte die dünne Stimme barsch. „Die Stimme wurde plötzlich unterbrochen und ein seltsames Glucksen kam von der Brücke."

„Wir würden gerne über unsere Kapitulation verhandeln", sagte eine tiefe Stimme. „Wie sollen wir vorgehen?"

„Kannst du von deinem jetzigen Standort aus nach draußen gehen?", fragte Jason.

„Jawohl."

„Geht alle raus und stellt euch zwanzig Meter vor dem Bug auf und wartet auf uns", fuhr er fort. „Nehmt keine Waffen mit und macht keine plötzlichen Bewegungen, wenn ihr uns seht."

„Verstanden", sagte eine tiefe Stimme. „Wir gehen jetzt los."

„Mazer, weißt du, wo die Flugdatenschreiber auf der Brücke sind?", fragte Jason.

„Ich glaube, ich weiß, was du meinst", sagte Mazer, „und ja, ich weiß, wo sie sind."

„Schnapp dir die, und Lucky und ich gehen raus und passen auf die Gefangenen auf", sagte Jason.

Während die beiden von Omega Force sich auf den Weg zur vorderen Notluke machten, an der sie auf dem Weg zur Brücke vorbeigekommen waren, bewegte sich Mazer vorsichtig auf die Brücke und hielt Ausschau nach Fallen oder Kriegern, die zurückgelassen worden sein könnten. Sie brauchten einen Moment, um herauszufinden, wie sie die Luke sprengen konnten, aber innerhalb von zwei Minuten, nachdem sie die Brücke verlassen hatten, sprangen sie auf den Boden und liefen um den zerbrochenen Bug herum, wo sie sechs Krieger und einen normalen Gelten in verschiedenen, nicht bedrohlichen Posen stehen sahen, mit einer Ausnahme: Einer der Krieger hielt eine Klauenhand fest um die Kehle des normalen Gelten und hatte ihn fast vom Boden hochgehoben.

„Mein Name ist Jason Burke", sagte Jason und richtete seine Waffe lässig auf die lose Ansammlung. „Ich bin ein Kollege von Felex Tezakar und wurde damit beauftragt, sein Schiff zu finden. Wir haben die Bestätigung, dass euer Schiff das Schiff vor ein paar Tagen vor Restaria entführt hat. Also ... wer will zuerst reden?"

„Ich bin Kade Trask von der 108. Legion", sagte eine tiefe Stimme. „Ich werde euch alles sagen, was ich weiß. Wie ich bereits erwähnte, haben wir lediglich den Befehl befolgt, ein verdächtiges fremdes Schiff zu entfernen."

„Kade", nickte Jason. „Ich bin überglücklich, dass wir beschlossen haben, die Sache vernünftig zu lösen. Also, was ist mit ihm los?" Er deutete auf den Gelten, der von einem der anderen Krieger mit einem schraubstockartigen Griff festgehalten wurde.

„Er war der Verbindungsmann vom Oberkommando, der unsere Missionsbefehle überbrachte", erklärte Kade. „Nachdem ihr uns abgeschossen und uns mitgeteilt habt, wessen Schiff wir gekapert hatten, wurde er etwas unruhig. Er versuchte, das Schiff mit uns allen an Bord zu zerstören und befahl uns dann, uns selbstmörderisch auf dich und den Kampfsynth zu stürzen, sobald du die Brücke betreten würdest."

„Ich spreche mich nicht von meiner Schuld frei und werde mich vor dem Lord Archon verantworten, aber es ist fast sicher, dass dies die Person ist, die du eigentlich befragen willst."

„Vielleicht", sagte Jason. „Beantworte mir eine Frage, dann können wir entscheiden, wie wir weiter vorgehen. Gab es Besatzungsmitglieder auf dem Schiff oder in der Nähe?"

„Ja", bestätigte Kade. „Das Schiff hatte eine Art Verteidigungssystem aktiviert und tötete eines unserer Crewmitglieder. Dann nahmen wir die beiden Wesen fest, die sich in der Nähe aufhielten, und hoben das Schiff von oben an, um das Bodenverteidigungssystem auszuschalten. Waren die beiden auch Gefährten von Lord Felex?"

„Ja", sagte Jason mit fester Stimme.

„Sie sind noch am Leben", sagte Kade.

Diese einfache Aussage brach fast den Damm, den Jason errichtet hatte, um jegliche Emotionen zurückzuhalten, die die Effektivität seiner Mission gefährden könnten. Er spürte, wie sich ein Kloß in seinem Hals bildete, als ihm klar wurde, dass seine Freunde noch am Leben waren.

„Einer wurde in der Anfangsphase der Operation verletzt, aber beide wurden lebend übergeben, obwohl der streitlustigere der beiden sich die Sache selbst schwer machte."

Twingo. Das bedeutet, dass Doc derjenige war, der verletzt wurde.

„Das wirft die offensichtliche Frage auf", sagte Jason, schob seine Gefühle beiseite und kam wieder zur Sache. „Wem hast du sie und das Schiff übergeben?"

Kade nickte dem Krieger zu, der den normalen Gelten hielt, der seinerseits Schwung nahm und das viel kleinere Wesen über die zehn Meter Entfernung schleuderte, sodass es auf einem Haufen vor Jasons Füßen landete.

„Er wird das Wer und Warum beantworten", sagte Kade. „Wir werden dann alle technischen Details ausfüllen, die du brauchst."

Der Gelte rollte sich um und sah zu Jason und Lucky auf.

„Muss ich wirklich einen Haufen melodramatischer Drohungen ausstoßen, um dich dazu zu bringen ..." Jason wurde davon unterbrochen, dass der Gelte seine Hand in eine Tasche steckte und blitzschnell etwas in den Mund stopfte und darauf herumkaute. „Scheiße! Nein!" Jason stürzte sich auf ihn und versuchte, ihm den Mund aufzureißen, aber es war bereits zu spät. Die Augen des Gelten rollten in seinem Kopf zurück und sein Körper wurde von so heftigen Krämpfen geschüttelt, dass seine Wirbelsäule zu brechen drohte und er sich die Hälfte seiner Zunge abbiss. Im Nu war es vorbei, und danach starrte Jason auf einen toten und sich schnell verfärbenden Körper.

„Verdammter Mistkerl!!", wütete Jason gegenüber niemandem

besonders. Mit seinem Temperament stieg auch sein Adrenalinspiegel. Er ignorierte das Rauschen in seinen Ohren, bäumte sich auf und kickte den Körper so fest, dass er zurück zu den verblüfften Kriegern flog. Selbst sie, die in einer Kultur der Gewalt aufgewachsen waren, schauten den kleinen, rosafarbenen Fremden mit leeren Augen an. Jason legte die Hände auf seine Knie und zwang sich, sich zu beruhigen. *Was zum Teufel ist mit mir los?* Er war immer jähzornig gewesen, was durch seine Zeit beim Militär noch verstärkt wurde, aber seit Doc seine DNA verändert hatte, schienen seine Reaktionen noch extremer zu sein. Als er aufblickte, starrte ihn Lucky, der jetzt nicht mehr im Kampfmodus war, mit offensichtlicher Sorge an.

„Die Missionsprotokolle wurden gelöscht", sagte Mazer und trat zu der Gruppe. Als er die Leiche des Gelten zu Kades Füßen zusammengesackt sah, schaute er Lucky verwirrt an. „Was habe ich denn verpasst?"

„Natürlich wurden sie gelöscht", sagte Jason, ignorierte Mazers Frage und ging ein paar Schritte auf die Gruppe von Kriegern zu. Als er sich ihnen näherte, machten sie alle zwei Schritte zurück und beäugten ihn immer noch misstrauisch.

„Immer mit der Ruhe", sagte Jason, „ich werde euch nicht erschießen oder so. Ich habe nur keine Lust, über das Feld zu schreien, um zu reden. Im Moment seid ihr meine einzige Chance, meine Besatzungsmitglieder zurückzubekommen und mein Schiff zu finden. Bitte sagt mir, dass ihr wisst, wo ihr das Kampfraumschiff abgesetzt habt."

Sie sahen sich alle einen Moment lang an, bevor sie antworteten.

„Das weiß ich", bestätigte Kade. Er gestikulierte auf den toten

Gelten, bevor er fortfuhr. „Er hat versucht, den Ort geheim zu halten, aber ich habe dafür gesorgt, dass ich wusste, wohin ich mein Schiff brachte."

„Und du kannst mir sagen, wie ich dorthin komme?", drängte Jason.

„Ich kann etwas Besseres tun, als dir das zu sagen", sagte Kade. „Ich werde dich selbst dorthin bringen."

„Warum solltest du das tun?", fragte Mazer.

„Ich hoffe, dass meine Taten berücksichtigt werden, wenn ich vor dem Lord Archon stehe", gab Kade zu.

„Gut", sagte Jason. „Ich mag es, dass du ehrlich bist, was deine Absichten angeht. Ich sag dir was, Kade ... wenn ich meine Besatzungsmitglieder lebend zurückbekomme, garantiere ich dir, dass du nicht nur nicht bestraft wirst, sondern dass Lord Felex sehr dankbar sein wird."

„Wie kannst du solche Zusicherungen machen?", fragte Kade.

„Captain Burke und der Lord Archon haben eine ... einzigartige Beziehung", sagte Mazer schnell und warf Jason einen warnenden Blick zu. Jason erkannte seinen Fehler sofort, als er es sagte. Für die meisten auf Restaria war Crusher kein einfacher Krieger, sondern eine Legende, fast ein Mythos, der an eine Gottheit grenzte. Die Tatsache, dass ein fremdes, unbekanntes Wesen behauptete, für den Lord Archon zu sprechen, kam bei Kade wahrscheinlich nicht gut an, vor allem, weil die Gelten eine relativ starke Fremdenfeindlichkeit hegten.

„Vielleicht habe ich etwas übertrieben", sagte Jason. „Ich wollte damit nur sagen, dass Lord Felex in solchen Angelegenheiten auf mein

Urteil vertraut. Er wird natürlich seine eigene Entscheidung treffen." Das schien Kade etwas zu besänftigen, als er darüber nachdachte.

„Das ist das Beste, was ich mir erhoffen kann", sagte er nach einem Moment des Nachdenkens. Dann wandte er sich an seine Mannschaft. „Eine Stunde, nachdem wir weg sind, könnt ihr das Notsignal aktivieren und eine Abholung anfordern."

„Holen wir Kage zuerst ab?", fragte Lucky.

„Keine Zeit", sagte Jason. „Wir gehen. Jetzt."

Kapitel 19

Crusher schritt im oberen Stockwerk des Legionszentrums in Ker umher. Jede größere Stadt in Restaria hatte ein solches Gebäude, das sowohl als Verwaltungszentrum als auch als Kontaktstelle für Galvetor diente, und jedes war auf seine eigene Weise prunkvoll. Er trug eine vollständige zeremonielle Rüstung und einen karmesinroten Umhang, der über seinen Rücken floss. Die meiste Zeit seiner achtundzwanzig Jahre hatte er genau diese Rüstung getragen, bevor er aus seiner Heimat weggeschickt wurde. Damals war sie ihm völlig normal, ja sogar natürlich erschienen. Jetzt kam er sich ziemlich dumm und kindisch vor.

Die sechs Jahre, die er weg war, fünf davon bei Omega Force, hatten ihn pragmatischer werden lassen. Wenn er an seine Mannschaft dachte, bekam er einen Anflug von Selbstmitleid. Er war nicht mehr auf dem Laufenden. Jason hatte ihm von dem Verschwinden seiner Freunde und dem Diebstahl der *Phönix* erzählt, aber er hatte keine Neuigkeiten oder Bitten um Hilfe erhalten. Er wusste, dass der jüngere Krieger, Mazer, mit Jason und Lucky gesehen worden war, aber ansonsten wusste niemand, wo sie waren oder was los war. Connimon ging ihm aus dem Weg und er hatte keine Ahnung, wohin Kage verschwunden war.

Crushers Stimmung schwankte zwischen dem bereits erwähnten Selbstmitleid und der Wut darüber, dass er ausgegrenzt worden war. Er war immer noch Teil des Teams; warum behandelten sie ihn so anders? Während er auf und ab ging, sah er sich im Spiegel und musste seinen Gedankengang ändern. Er wusste genau, warum sie ihn so anders behandelten.

„Mylord scheint beunruhigt zu sein", sagte Fordix, als er den Raum betrat und die drei Prätoren des Ordens ihm folgten. Morakar war ebenfalls anwesend und nahm eine unauffällige Position in der Nähe des Eingangs ein.

„Was weißt du über den Aufenthaltsort deines Bruders?", forderte Crusher und zeigte mit dem Finger auf Morakar, während er Fordix völlig ignorierte.

„Ich habe weder meinen Bruder noch deine Gefährten seit gestern Morgen gesehen, Lord Felex", sagte Morakar mit fester, klarer Stimme. „Ich weiß nicht, wo sie sein könnten, und ich möchte auch keine Vermutungen anstellen." Crusher schätzte diese direkte Antwort. Seitdem mehr und mehr Menschen erfahren hatten, dass er zurückgekehrt war, wurde die fast schon unterwürfige Ehrerbietung ihm gegenüber immer ärgerlicher.

„Würdest du gehen und sehen, ob du herausfinden kannst, was los ist?", fragte Crusher in einem sanfteren Ton. „Wenn du das tust, berichte mir und nur mir."

„Sofort, mein Herr", salutierte Morakar und schlich aus dem Raum.

„Wir haben Leute, die sie schneller ausfindig machen können", sagte Fordix und ging zu den großen, verzierten Doppeltüren, die auf die Terrasse hinausführten.

„Und ich habe Morakar", sagte Crusher. „Ich vertraue ihm und möchte lieber nicht bekannt geben, dass ich meine Freunde nicht im Auge behalten kann. Wann sollen wir uns mit der Legionsführung treffen?"

„Morgen gegen Mittag, Mylord", sagte Fostel. „Sie sind alle mit ihrer eigenen Ehrengarde in der Stadt, aber sie misstrauen sich noch immer gegenseitig. Sie haben zugestimmt, sich auf deinen Befehl hin hier zu treffen." Crusher starrte Fostel einen langen Moment lang an, weil er sich nicht sicher war, warum die Prätoren des Ordens sich immer noch in der Stadt aufhielten, nachdem das Geheimnis diskret gelüftet worden war.

„Es ist gut zu sehen, dass sich nichts geändert hat", sagte er sarkastisch und verschränkte die Hände hinter dem Rücken. „Wir müssen nicht nur die Intoleranz unseres eigenen Volkes und unserer Heimatwelt bekämpfen, sondern auch untereinander streiten, wie ein Rudel wilder *Kolvkiks*."

„Vielleicht würdest du uns die Ehre erweisen, dich an die Faust des Archons zu wenden?", sagte Zetarix. „Ich bin sicher, sie wären überglücklich, deine Worte noch einmal zu hören, bevor sich die Nachricht von deiner Rückkehr weithin verbreitet."

„Du kannst selbst mit ihnen reden", sagte Crusher und ließ die gestelzte, förmliche Art zu sprechen fallen. „Ich werde einen Spaziergang machen und dann ins Bett gehen."

„Wie Mylord wünscht", sagte Zetarix und seine Stimme klang,

als hätte er die Zähne zusammengebissen. Crusher sah auch den Blick des anderen Kriegers, als er vorbeiging. Er blieb einen Moment stehen und überlegte, ob er Zetarix' Herausforderung annehmen sollte, ging dann aber aus dem Raum. Vor nicht einmal einem halben Jahrzehnt hätte er den anderen Krieger für eine solche Respektlosigkeit zu Brei geschlagen, und wenn er gestorben wäre, wäre es seine eigene Schuld gewesen. Aber genau wie seine Rüstung und sein Umhang erschienen ihm die alltäglichen Dinge seiner Vergangenheit jetzt absurd, wenn er sie aus der Perspektive seiner jetzigen Position betrachtete. Wo *waren* die anderen?

*****

Kage war über alle Maßen verärgert. Er hatte endlich von Lucky gehört und erfahren, dass Jason mit dem gefangenen Captain des Schiffes, das *er* für sie gefunden hatte, abgehauen war, ohne ihn vorher abzuholen. Und nicht nur das: Sie hatten sich nicht einmal die Mühe gemacht, ihm eine nützliche Aufgabe zu geben ... sie hatten ihn einfach wie ein unbenutztes Stück Ausrüstung im Unterschlupf gelagert.

Die ersten zwölf Stunden hatte er damit verbracht, die Verbindungen zu den Geräten, die der Orden in der Wohnung zurückgelassen hatte, zu verbessern, damit er seine Suche ausweiten konnte. Nachdem er auf das Dach geklettert war und drei weitere optische Kabel angeschlossen hatte, konnte er sich in das automatische Datenverkehrszentrum einklinken und dadurch alle seine Verbindungen parallel laufen lassen.

Mit der neuen Bandbreite des lokalen Nexus drang er in alle Überwachungssysteme rund um Ker ein, um einen echten Überblick über das Geschehen zu bekommen. Wie Jason ihm gesagt hatte, waren die Straßen jetzt voll mit großen, bewaffneten und mürrisch aussehenden Kriegern. Sie alle beäugten einander misstrauisch, während Gruppen aus allen Legionen durch die Gegend zogen. Er war schnell gelangweilt, als ihm eine auffällige, wenn auch etwas absurde Gestalt ins Auge fiel.

Crusher ging allein durch die Gärten zwischen den beiden Türmen, die das Legionszentrum bildeten. Er sah so traurig und missmutig aus, wie Kage noch nie ein anderes Wesen gesehen hatte.

„Was haben wir denn da?", flüsterte er, übernahm die Kontrolle über einige der Kameras und zoomte auf seinen Freund. Er beobachtete, wie Crusher sich umsah, bevor er sich auf eine Bank setzte und auf den Boden starrte.

„Ahhh", sagte Kage. „Jemand ist traurig. Ich nehme das besser auf." Als er begann, die Aufnahme aus verschiedenen Blickwinkeln aufzunehmen, schaute sich Crusher noch einmal um, bevor er nach vorne sank und schließlich sein Gesicht in die Hände legte.

„Heiliger Strohsack!", rief Kage vergnügt aus. „Weint er etwa?" Er sprang vor und zoomte mit zwei Kameras so nah wie möglich an Crushers Gesicht heran. „Komm schon", beschwichtigte er, „nur ein paar Tränen. Lass sie einfach fallen, großer Junge."

Der Alarmton des Slipspace-Kommunikationsgeräts unterbrach ihn. Er hatte vor, es zu ignorieren, bis er sah, von wem die eingehende Kanalanfrage kam. Mit etwas Bedauern zog er sich zurück und antwortete.

„Hallo, Kage", sagte Kellea Colleren. „Wie läuft's?"

„Ich sehe Crusher in einem Park weinen. Er trägt einen Umhang."

„Ist Jason da?", fragte Kellea, nachdem sie Kage einen langen Moment lang angestarrt hatte.

„Nein. Er und Lucky sind mit Mazer gegangen, um die *Phönix* zurückzuholen", sagte Kage und versuchte immer noch, auf den anderen Bildschirm zu schauen. „Ach ja, ich sollte dir eigentlich eine Nachricht schicken und dir sagen, dass ich herausgefunden habe, was mit ihr passiert ist. Jedenfalls glauben sie, dass sie den Ort gefunden haben, also sind sie losgezogen, um Twingo und Doc zu retten und das Schiff zurückzubringen."

„Kann bei euch je etwas normal sein?", fragte sie fast verzweifelt. „Wenn ich dir eine Nachricht gebe, kannst du sie ihm dann überliefern? Kage!"

„Ich höre zu!", beharrte Kage und riss seinen Blick von dem anderen Monitor los, um ihr in die Augen zu sehen. „Richte dem Captain eine Nachricht aus. Verstanden."

„Willst du wissen, wie die Nachricht lautet?", sagte Kellea und rieb sich die Schläfen.

„Klar."

„Sag ihm, dass es mir gelungen ist, mich zu befreien. Ich werde die *Defiant* nach Galvetor verlegen. Ich werde in vier Tagen dort sein", sagte sie mit langsamer, übertriebener Sprache. „Hast du das alles verstanden?"

„Ja, ich werde es ihm sagen", sagte er. Sie griff hinüber und stach mit aller Kraft auf das Bedienfeld ein, um den Kanal zu beenden, ohne sich zu verabschieden. „Warum hat sie sich denn so aufgeregt?"

*****

„Das ist die letzte Ration, die wir von deinem Schiff geholt haben, Kade", sagte Mazer, als er drei Fertiggerichte auf das Flugdeck brachte.

„Wir sind fast da", sagte Kade. Er war während des gesamten Fluges still gewesen. Wie sich herausstellte, verfügte das Rettungsschiff über keinen funktionierenden Slipspace-Antrieb. Nachdem sie die *Phönix* von der Oberfläche Restarias gezogen hatten, dockten sie an einen großen Frachter an, der sie aus dem System brachte. Die Besatzung durfte das Schiff nicht verlassen, aber Kade war klug genug, die Sternenposition festzustellen, als sie das Schiff verließen, um die *Phönix* auf der Oberfläche abzusetzen. Der Planet war für das moderne Kampfshuttle nur einen zweitägigen Slipspace-Flug entfernt.

Lucky vertrieb sich die Zeit, indem er den begeisterten Zuhörern Kade und Mazer von den Einsätzen der Omega Force erzählte und dabei Crushers Rolle ein wenig ausschmückte. Jason fiel auf, dass sein Freund sich in der Gesellschaft von anderen Soldaten sehr wohl fühlte, selbst wenn er sie gerade erst kennengelernt hatte. Er glaubte auch, dass es eine gewisse Verwandtschaft mit den Gelten-Kriegern gab, die von ihren eigenen Leuten verstoßen und auf einen unerwünschten Planeten fernab der „normalen" Gesellschaft geschickt worden waren. Der Nachteil von Luckys neuem Zeitvertreib war, dass Kade sich dadurch noch mehr zurückzog, weil er sich schämte, den Wächter-Archon so beleidigt zu haben.

Jason hatte volles Verständnis dafür, dass er Befehle befolgte, ohne zu wissen, welche Folgen das haben könnte. Soweit er es beurteilen konnte, hatte Kade keine Möglichkeit zu erkennen, dass etwas an den Befehlen, die er erhielt, abnormal war, und schon gar nichts Unmoralisches. Er nahm sich vor, mit ihm unter vier Augen zu sprechen.

Auch wenn Kade sich erst dann wirklich erlöst fühlen würde, wenn Crusher mit ihm sprach, gab es keinen Grund, in dem engen Shuttle wie ein unerwünschter Außenseiter um sie herumzuschleichen.

„Das Schiff sagt, dass wir noch dreizehn Stunden fliegen werden", sagte Jason und bestätigte damit, was Kade ihnen mitgeteilt hatte. „Wenn wir die Umlaufbahn erreicht haben, müssen wir den Ort bestätigen, an dem wir das Schiff absetzen, und dann warten wir, bis es dunkel wird, um einzudringen."

„Kannst du vom Orbit aus Kontakt mit der *Phönix* aufnehmen?", fragte Lucky.

„Nicht von diesem Schiff aus", sagte Jason. „Wenn die *Phönix* in den Verteidigungsmodus geht, schaltet sie auch die Kommunikation ab. Aber wenn sie nicht zu stark abgeschirmt ist und noch Energie an Bord ist, sollte ich sie mit meinem Neuralimplantat anpingen können, sogar aus dem Orbit."

„Was machen wir mit dem Shuttle, wenn wir dein Schiff wieder haben?", fragte Kade.

„Darüber habe ich noch gar nicht nachgedacht", sagte Jason. „Das ist ein schönes kleines Schiff *und* ganz neu. Es wäre eine Schande, es einfach an der Oberfläche zu lassen."

„Ich wäre bereit, es nach Restaria zu bringen", sagte Kade, „natürlich nur, wenn das erlaubt ist."

„Ich wüsste nicht, warum nicht", zuckte Jason mit den Schultern. „Du kannst es gerne haben, wenn die *Phönix* noch fliegen kann und wir es schaffen zu entkommen. Was willst du mit ihm machen?"

„Ich werde es meinem Kommandeur übergeben", antwortete der Krieger leise. „Er wird nicht glücklich darüber sein, dass mein Schiff zerstört wurde." Beinahe hätte Jason ihm gesagt, er solle sich keine Sorgen um den Verlust des Rettungsschiffes machen und dass er Crusher einschreiten lassen würde. Aber das wäre nicht nur nicht hilfreich gewesen, sondern auch eine Beleidigung für einen stolzen Krieger, der ein Schiff unter seinem Kommando verloren hatte, egal wie die Umstände waren.

„Klingt gut", antwortete er stattdessen. „Ich bin mir sicher, dass dein Kommandeur froh wäre, so ein leistungsstarkes Schiff zu haben." Sie aßen noch eine Weile schweigend, bis ein Zwitschern an der Konsole Luckys Aufmerksamkeit erregte."

„Eingehende Nachricht von Kage", sagte er. „Vieles davon ergibt keinen Sinn, aber ich denke, der einzig relevante Teil ist, dass Captain Colleren mit der *Defiant* auf dem Weg nach Galvetor ist. Er ist auch ziemlich wütend darüber, dass er zurückgelassen wurde und macht einige unglaubwürdige Drohungen, bei denen ich mir nicht sicher bin, ob er sie wahr machen kann." Jason verdrehte nur die Augen.

„Verstärkung ist also auf dem Weg? Ausgezeichnet. Melde dich und sag ihm, dass ich erwarte, dass er sich aus Schwierigkeiten heraushält", sagte er. „Ich wünschte, wir hätten eine Möglichkeit, mit Crusher in Kontakt zu treten, aber das ist zu riskant, da wir nicht wissen, was in dem inneren Kreis um ihn herum wirklich passiert."

„Ich werde die Nachricht weitergeben", sagte Lucky und wandte sich wieder der Konsole zu. Jason schloss seine Augen und lehnte sich im Sitz zurück.

Haltet durch, Jungs ... wir sind fast da.

Kapitel 20

„Ist dieser Planet überhaupt bewohnbar?", fragte Jason und betrachtete die Daten, die das Shuttle über den graubraunen Felsbrocken sammelte, den sie umkreisten.

„Nur im technischsten Sinne des Wortes", sagte Kade. „Aufgrund der Nähe zum Hauptstern in diesem System ist die Oberfläche auf der Tagseite so heiß, dass man nicht überleben könnte, und die Tage sind dank einer schnellen Rotation ziemlich kurz."

„Das sehe ich", sagte Jason und starrte immer noch auf sein Display. „Dreihundertzweiundvierzig Grad Kelvin zur Mittagszeit ... Da kann ich ohne meine Rüstung nicht überleben und ich bin mir ziemlich sicher, dass du und Mazer das auch nicht können. Lucky wäre der einzige von uns, der noch einsatzfähig wäre."

„Die Hitze ist nur eine unserer Sorgen", sagte Mazer und schaute ebenfalls auf die Datenanzeige. „Die Strahlungswerte sind für längere Aufenthalte auf der Oberfläche gefährlich."

„Das bedeutet einen Nachtangriff", sagte Jason. „Obwohl das normalerweise meine bevorzugte Methode ist, muss ich davon ausgehen, dass derjenige, der dort unten ist, damit rechnet, denn er weiß genauso gut wie wir, dass ein Angriff bei Tageslicht zu gefährlich ist."

„Nach dem, was ich in Erfahrung bringen konnte, glaube ich nicht, dass sie mit einem Angriff rechnen", sagte Kade. „Sie nehmen an, dass wir nicht wussten, wo wir waren, da sie uns auf dem Frachter isoliert haben. Zudem scheinen sie sich keine Sorgen um deine Besatzung zu machen, die vielleicht noch auf Restaria ist."

„Das ist gut und schlecht", sagte Jason mit einem Stirnrunzeln.

„Wieso ist das schlecht?", fragte Mazer.

„Wenn sie keine Angst hatten, vier gut ausgebildete Söldner zurückzulassen, bedeutet das, dass wir wahrscheinlich kurz nach der Entführung des Schiffes ausgeschaltet werden sollten", erklärte Jason. „Das ist nicht gut. Kage und Crusher könnten jetzt in großer Gefahr sein."

„Lord Felex steht unter ständiger Bewachung", protestierte Mazer.

„Ja, und wie viele von diesen Wächtern wurden persönlich überprüft?", schoss Jason zurück. Mazer verstummte daraufhin. „Um Crusher mache ich mir sowieso keine Sorgen ... Gott helfe dem armen Kerl, der ihn zuerst erwischt. Es wird nicht mehr genug übrig sein, um es seiner Familie zu schicken. Nein, es ist Kage, um den ich mir Sorgen mache."

„Er wird sicher sein, wenn er versteckt bleibt", sagte Lucky. Jason starrte ihn nur mit leerem Blick an. „Ah", sagte Lucky schließlich und verstand, „wir müssen uns beeilen."

„Kapiere ich etwas nicht?", sagte Mazer.

„Die Chance, dass Kage die ganze Zeit stillsitzt, während wir von Restaria weg sind, ist geringer, als deine Chance, einen Spaziergang auf diesem Planeten bei Tageslicht zu überleben", erklärte Lucky.

Sie alle tummelten sich auf dem Flugdeck des überfüllten Shuttles, bis der Terminator am Horizont zu sehen war und sich die Nacht über ihre Ziel-Landezone senkte. Kade hatte die genaue Stelle ausfindig gemacht, an der sie die *Phönix* deponiert hatten, und die Spuren mehrerer Radfahrzeuge entdeckt, die von der Stelle wegführten und in den Eingang einer riesigen künstlichen Höhle führten, die in die Seite eines Berges gehauen war.

Kade konnte zwar nicht in die Höhle hineinsehen, aber es lag nahe, dass sie das Schiff nicht an einen Ort brachten, an dem es über weite Strecken transportiert werden musste, und eine Höhle war ein Ort, der mit einfachen, billigen Technologien vor Hitze und Strahlung geschützt werden konnte.

„Ich werde uns langsam und gerade nach unten bringen", sagte Jason. „Wir werden viel Treibstoff verbrauchen, weil der Gravitationsantrieb viel härter arbeiten wird, aber wir werden von keinem visuellen Scanner entdeckt, wenn wir zu schnell landen."

„Wir sind bereit", sagte Mazer.

„Also gut", sagte Jason und sah sich um. „An die Arbeit."

*****

„Wer seid ihr eigentlich?", fragte Kage, der immer noch laut mit sich selbst sprach, in dem vergeblichen Versuch, den Wahnsinn zu vertreiben, während er allein in der kleinen konspirativen Wohnung saß. Er beobachtete, wie sich eine Gruppe von sechs Wesen, die offensichtlich keine Gelten waren, dem Gebäude näherte, in dem er sich befand. Alle sechs waren in tarnende Kleidung gehüllt, darunter weite, wogende Obergewänder und vollständige Gesichtsmasken.

Sie hielten vor dem Haupteingang inne und begannen, unauffällig zu sein, und packten einige schwere Waffen aus. Das war alles, was Kage sehen musste, und er begann, den Fluchtplan durchzugehen, den er entwickelt hatte, während er nichts Besseres zu tun hatte. Die Monitore aller Stationen begannen zu blinken und wurden zu einem Rauschen, als er einen EMP-Emitter über alle Verarbeitungseinheiten schickte, den er selbst gebastelt hatte. Als Nächstes riss er die Massenspeicherlaufwerke heraus, warf sie in das Becken im Küchenbereich und übergoss sie mit einem starken ätzenden Mittel. Die Reaktion erfolgte sofort: Die Laufwerke lösten sich auf und giftige Gase strömten aus dem Becken auf den Boden.

Im zweiten Schritt öffnete er ein Gitter eines Luftschachts und schlüpfte hinein. Er durchquerte die drei Meter dünnwandiger Rohre, die er bereits gesäubert hatte, und betrat die leere Wohnung nebenan durch ein weiteres Gitter, das er zuvor entfernt hatte. Sobald er in der nächsten Wohnung war, aktivierte er mit seinen neuronalen Implantaten alle Vorrichtungen, die er zum Schutz vor Eindringlingen angebracht hatte, darunter auch einige ziemlich starke Sprengsätze.

Er schnappte sich eine Tasche in der Nähe der Tür, die nicht nur Kleidung zum Wechseln, sondern auch eine echte Verkleidung enthielt, und ging lässig durch den unverschlossenen Haupteingang hinaus. Er war schon fast im Erdgeschoss, als der dumpfe Knall einer Explosion das Gebäude erschütterte und die Lichter im Gang verdunkelte.

Achselzuckend, mit einem leichten Lächeln auf dem breiten Mund, duckte er sich in die hintere Seitenstraße und zog sich die große Kapuze seines Umhangs über den Kopf.

Kage hatte vielleicht nicht die rohe Kraft und die Kampffähigkeiten der anderen Hälfte seiner Crew, aber er war das, was Jason als „schlüpfrig" bezeichnete, und er meinte das nicht abwertend. Wegen seiner kleinen Statur wurde er oft übersehen, und dank seines scharfen Verstandes und seiner kybernetischen Implantate entging ihm nur wenig und er konnte drei oder vier Wahrscheinlichkeitsketten gleichzeitig im Kopf durchspielen, wenn er sich entschied, was er tun wollte. Vor Omega Force war er Berufsverbrecher und Dieb gewesen, worauf er angesichts seiner neuen Karriere und seiner Zielstrebigkeit nicht stolz war, aber sie hatten ihm einzigartige Fähigkeiten verliehen. Vor allem aber war Kage ein Überlebenskünstler.

Wäre dies sein altes Leben gewesen und eine Operation wäre schiefgelaufen, wäre er so wie soeben entkommen und dann verschwunden. Aber es gab Leute, die sich auf ihn verließen, und jetzt, da ein Einsatzteam gerade versucht hatte, ihn auszuschalten, hatte er die Bestätigung, dass das Verschwinden der *Phönix* kein bizarres Ereignis war, das nichts damit zu tun hatte. Jemand hatte es auf sie abgesehen, und es gab ein Mitglied des Teams, das sich dessen vielleicht noch nicht ganz bewusst war. Während Kage die Straße hinunterlief und versuchte, für die bewaffneten und aufgeregten Krieger fast unsichtbar zu bleiben, blickte er zu den Türmen des Legionszentrums hinauf und begann, einen Plan zu entwerfen, wie er dort hineingelangen konnte. Er musste zu Crusher gehen und ihn warnen, dass er nicht in Sicherheit war.

*****

„Ihr wolltet mich sehen, Mylord?", fragte Morakar respektvoll am Eingang zu Crushers Arbeitszimmer.

„Ja", sagte Crusher. „Komm rein und schließ die Tür hinter dir."

„Ich fürchte, ich habe immer noch keine Ahnung, wohin mein Bruder verschwunden sein könnte", sagte Morakar und versuchte, seine Verärgerung zu verbergen. „Aber es gab einige interessante Ereignisse auf Restaria, bei denen ich mir fast sicher bin, dass er daran beteiligt war."

„Oh?"

„Einer unserer drei verbliebenen Bergungsträger wurde vor drei Tagen über dem östlichen Grasland abgeschossen", berichtete Morakar. „Die gerettete Mannschaft sagte, dass ein modernes Kampfschiff mit einer seltsam gemischten Besatzung, darunter ein Kampfsynth, die Täter waren. Danach habe ich mich vergewissert, dass das Shuttle, mit dem wir von Galvetor geflogen sind, noch da ist, wo es sein sollte. Das war es nicht."

„Also", sagte Crusher nachdenklich, „der Captain hat eines unserer Schiffe abgeschossen und ist dann mit Lucky und Mazer verschwunden."

„Und dem Captain des Bergungsschiffes", fügte Morakar hinzu.

„Sag mir, da ich mich mit diesen Antiquitäten nie besonders gut auskannte: Wäre einer von ihnen in der Lage, ein schweres DL7-Kampfraumschiff zu transportieren?", fragte Crusher. Morakar blinzelte zweimal, ohne zu antworten, als ihm die Tragweite von Crushers Frage klar wurde.

„Das könnte sein", bestätigte er. „Aber das würde bedeuten,

dass derjenige, der dein Schiff gestohlen hat, jemand aus den Legionen ist."

„Oder Hilfe aus den Reihen der Legionen hatte", korrigierte Crusher. „Das ist nicht unbedingt dasselbe. Ich weiß nur, dass Jason trotz seines manchmal überstürzten Verhaltens nicht zu sinnloser Gewalt und Zerstörung neigt, wenn er nicht sicher ist, dass er auf festem moralischen Boden steht. Er ist jedoch etwas unsicher, wenn es darum geht, auf festem *juristischen* Boden zu stehen, aber wenn er Informationen darüber hat, dass das Schiff benutzt wurde, um die *Phönix* und möglicherweise unsere vermissten Freunde zu entführen, hätte er nicht gezögert zu handeln. Was für einen Einblick kannst du in die Handlungen deines Bruders geben?"

„Mazer ist ziemlich jung und beeinflussbar, mein Herr", sagte Morakar unbehaglich. „Er schien eine ungesunde Besessenheit bezüglich jeder Nachricht zu haben, die wir über dich und deine Besatzung bekommen konnten, besonders von dem, was ihr jenseits von Galvetor gemacht habt. Captain Burke hätte wenig Mühe gehabt, ihn zu fast allem zu überreden."

„Wie dem auch sei, ich vertraue dem Captain vollkommen", sagte Crusher nach einem Moment. „Ich habe auch keinen Zweifel daran, dass er uns so schnell wie möglich mitteilen wird, was vor sich geht."

„Wie du meinst", sagte Morakar und neigte respektvoll den Kopf.

„Gab es etwas, das dich sonst noch beunruhigt?"

„Ich war in letzter Zeit in der Stadt unterwegs, Lord Felex", sagte Morakar und schien seine Worte sorgfältig zu wählen. „Ich mache mir langsam Sorgen über die Anzahl der Truppen in Ker. Für eine Ehrengarde laufen viel zu viele Krieger durch die Straßen, und sie sind alle mit taktischer und nicht mit zeremonieller Ausrüstung bewaffnet."

„Glaubst du, dass hier mehr im Spiel ist, als man uns glauben machen will?", fragte Crusher.

„Ich wusste ohnehin sehr wenig", gab Morakar zu. „Ich hatte darauf vertraut, dass der Orden ehrlich ist. Es war sinnvoll, dich nach Hause zu holen, um zu verhindern, dass sich die Legionen spalten und als unabhängige Einheiten agieren, falls die Unruhen in Galvetor noch schlimmer werden, aber ich bin mir nicht mehr sicher, dass wir das erleben."

„Erkläre das", sagte Crusher mit einem Stirnrunzeln.

„Was wäre, wenn das Ziel, dich zurückzubringen, einfach darin bestünde, die Legionen zu konsolidieren, um ihre gemeinsame Stärke zu nutzen?", sagte Morakar. Er sprach vorsichtig, um das Vertrauen der Verwalterin nicht zu missbrauchen, denn sie hatte ihn gebeten, ihren Verdacht mit niemandem zu teilen. Aber seine erste Loyalität galt seinem Volk, dem Archon und so weiter, bis er schließlich Connimon erreichte. Er würde ihre Wünsche nur so lange respektieren, wie es nicht zu einem Konflikt mit seiner Pflicht kam. „Nur du hast die Autorität, das zu tun, ohne dass es zu massiven Kämpfen in der Führung kommt. Ein geeintes Restaria wäre eine furchterregende Macht, wenn jemand es als politisches Werkzeug einsetzen würde."

Crusher starrte Morakar lange Zeit nur nachdenklich an. Sein Schweigen wurde als Verwarnung fehlinterpretiert.

„Verzeiht meine Unwissenheit, Mylord", sagte er. „Ich bin nur ein einfacher Fußsoldat und hätte mir nicht anmaßen sollen zu wissen, was ..."

„Sei still", sagte Crusher und unterbrach ihn. „Im Moment brauche ich Leute um mich herum, die ehrlich sind. Mach keinen Rückzieher, weil du denkst, dass mir nicht gefällt, was du zu sagen hast. Zurück zu dem Thema, das du angesprochen hast ... Ich habe das Gefühl, dass du auf etwas gestoßen bist. Ich habe den Eindruck, dass hinter all dem etwas steckt, was ich nicht sehe. Wenn du glaubst, dass du das ausgraben kannst, dann wirst du genau das tun."

„Natürlich, Mylord", sagte Morakar, etwas erleichtert darüber, dass der Archon nicht wütend auf ihn war. „Ich nehme an, es wird die gleiche Regelung wie vorher sein: Ich werde nur dir Bericht erstatten."

„Du hast richtig vermutet", sagte Crusher. „Jetzt mach dich an die Arbeit ... wir haben vielleicht nicht viel Zeit."

Kapitel 21

„Captain, wir haben eine weitere Nachricht von Kage erhalten", sagte Lucky. „Nur Text."

„Die Kurzversion, Lucky", sagte Jason. „Wir sind dabei, eine befestigte Stellung mit einer Handvoll Leute und ohne schwere Waffen anzugreifen."

„Er sagt, wir müssen uns beeilen", sagte Lucky einfach.

„Das kann doch nicht dein Ernst sein", sagte Jason trocken.

„Du wolltest die kurze ..."

„Gib mir bitte einfach die vollständige Nachricht", sagte Jason mit einer Geduld, die er nicht spürte.

„Ein Kampfteam, das aus Nicht-Gelten bestand, griff die Wohnung an", sagte Lucky. „Sie schienen genau zu wissen, wo er war. Er konnte entkommen und sogar das Angriffsteam ausschalten, aber jetzt treibt er sich in Ker herum. Er macht sich auch Sorgen, dass Crusher nicht in Sicherheit ist, aber es fällt ihm schwer, zu ihm zu gelangen."

„Ich verstehe", sagte Jason und hob das Plasmagewehr, das er tragen wollte. „Es sieht also so aus, als ob die Dinge auf Restaria in Bewegung geraten sind, was bedeutet, dass wir auch hier nicht mehr viel Zeit haben."

„In der Tat", stimmte Lucky zu. „Ich glaube, es wird nicht mehr lange dauern, bis wir einen Blick auf den wahren Grund werfen können, warum wir hier sind."

„Was soll das denn heißen?", sagte Mazer abwehrend.

„Egal, was man dir gesagt hat oder was du vorhast, es ist fast sicher, dass wir die ganze Zeit nach der Pfeife eines anderen getanzt haben", sagte Jason. „Jetzt, wo jemand versucht hat, Kage auszuschalten, und die Dinge innerhalb von Ker sich schnell zu entwickeln scheinen, wird es nicht mehr lange dauern, bis wir sehen, wer das Sagen hat."

„Du glaubst also nicht, dass der Orden Restaria aus der Innenpolitik Galvetors heraushält?", fragte Mazer.

„Nichts für ungut, mein Freund", sagte Jason, „aber ich habe das nicht geglaubt, als Connimon uns zum ersten Mal davon erzählt hat. Aber ich bezweifle nicht, dass es das ist, was man dir erzählt hat."

„Meine Herren", sagte Kade eindringlich aus der hinteren Luke, „die Nacht dauert nicht mehr lange, und je länger wir hier sitzen, desto wahrscheinlicher ist es, dass wir entdeckt werden."

„Verstanden", sagte Jason. „Lass uns gehen."

Als sich die Luke öffnete, wurde Jason von dem Hitzestoß fast umgeworfen. Er begann sofort stark zu schwitzen und sah zu, wie die trockene Luft den Schweiß fast genauso schnell wieder abtransportierte.

Dies war eine gefährliche Umgebung, sogar nachts. Er war auf einem kleinen Felsvorsprung gelandet, der sich über und hinter dem Höhleneingang befand und es ihnen ermöglichte, die minimale Deckung zu nutzen, die es gab, als sie sich dem Eingang näherten, von dem Kade ihnen versichert hatte, dass er der Eingang sei.

Er schaltete seine Augenimplantate auf einfache Lichtverstärkung um, da der Boden immer noch so heiß war, dass sein Wärmemodus ausfiel, dass es schwierig war, sich vorsichtig durch die losen Felsen und das Gestrüpp zu bewegen. Der Abstieg dauerte nicht besonders lange, aber nach zehn Minuten keuchten und kämpften die Gelten und er hatte nicht das Gefühl, dass es ihm viel besser ging. Lucky führte den Weg nach unten mit seiner Trittsicherheit und seiner Unempfindlichkeit gegenüber der Hitze. Jason wünschte sich nicht zum ersten Mal, dass das Kampfshuttle besser ausgerüstet gewesen wäre als mit dem standardmäßigen Handfeuerwaffenschrank.

Als sie alle durch den schmalen Pass gegangen waren und am Höhleneingang standen, konnte Jason zum ersten Mal einen Blick auf die Spuren werfen, die sich überall befanden. Neben den Reifenspuren von verschiedenen Bodenfahrzeugen gab es auch größere Rillen, die nur von einem Fahrwerk stammen konnten. Tatsächlich konnte er sechs tiefe Spurrillen ausmachen, die sehr gut vom Dreiradfahrwerk einer DL7 stammen konnten.

Ohne ein Wort zu sagen, bewegte sich das Team auf die rechte Seite der Höhlenöffnung zu und trat ein, wobei es sich an die Innenwand anschmiegte. Der Gang schien größtenteils natürlich zu sein, aber Jason konnte Werkzeugspuren an den Wänden erkennen, wo Unebenheiten geglättet und ein größerer Spalt in das Felsgestein geschnitten worden war. Sie waren etwa fünfzig Meter in den Tunnel hineingegangen, als sie auf eine künstliche Wand stießen, die ihnen den Weg vollständig versperrte. Er stieß mit dem Gewehrkolben dagegen und beobachtete, wie sie schimmerte, als sich die Wellen des Aufpralls nach außen ausbreiteten.

„Das ist nur eine Umweltbarriere", sagte er. „Sie ist nicht dazu da, jemanden fernzuhalten, der unbedingt hinein will."

„Sollen wir versuchen, hier einzubrechen?", fragte Kade leise.

„Negativ", sagte Jason zurück. „Irgendwo hier in der Nähe wird es einen Eingang für die Besatzung geben. Das wird nicht der einzige Weg rein oder raus sein. Verteilt euch auf beiden Seiten des Tunnels."

Sie teilten sich auf und begannen, die Wände des Tunnels abzusuchen. Das Bauwerk war sechzig Meter breit und mindestens genauso hoch, also war es nicht unbedingt eine schnelle Suche. Es war keine Überraschung, dass Lucky den Eingang für die Besatzung auf der linken Seite des Tunnels fand, ein kurzes Stück hinter der thermischen Barriere. Es war ein kleiner, unregelmäßiger Tunnel, der vom Hauptgang abzweigte und in einer schweren Metalltür endete.

„Ich kann keine Einbruchsicherung oder einen Alarm entdecken, Captain", sagte Lucky leise.

„Dann mal rein", flüsterte Jason zurück. Er schaute über seine Schulter zu den beiden Gelten zurück und machte eine Handbewegung, von der er hoffte, dass sie richtig interpretiert würde: *„Seid bereit, wenn sich die Tür öffnet.* Lucky drehte den Griff und die Luke entriegelte sich mit einem schmerzhaft lauten Klirren, bevor sie nach außen schwang. Nachdem sie nach hinten geschlurft waren, damit sich die Tür öffnen konnte, blickten die vier in ein kleines Vorzimmer mit einer identischen Tür auf der anderen Seite.

„Es ist eine Luftschleuse", murmelte Jason. „Sie geben sich große Mühe, die Umgebung auf der anderen Seite der Barriere zu stabilisieren." Er nickte Lucky zu und hob seine Waffe leicht an, als der Kampfsynth die zweite Tür öffnete, während Mazer die erste schloss. Sie hatten es so abgestimmt, dass sich die Riegel gleichzeitig bewegten und die einzelnen Geräusche, die sie verursachten, minimiert wurden. Jason war beeindruckt. Das hatten sie nicht abgesprochen, aber der junge galvetische Krieger schien ein natürliches Gespür dafür zu haben, wie man in kleinen, verdeckten Teams arbeitet. Kade war Pilot und Captain eines Schiffes, das schon lange nicht mehr brauchbar war, und es war nicht einmal ein taktisches Schiff, aber er war immer noch ein Mitglied der Kriegerklasse und würde eine Kraft sein, mit der man rechnen musste, wenn die Dinge im Inneren schlecht liefen.

Hinter der zweiten Tür befand sich ein weiterer Tunnel, der viel länger war als der erste. Sie liefen schnell weiter, bis sie in eine schwach beleuchtete Nische kamen, in der an einer Seite Schutzausrüstung und Anzüge hingen. Jason schnappte sich einen der Anzüge und hielt ihn in Armlänge vor sich: zwei Beine, zwei Arme, ein Kopf (oder zumindest ein Hals); alles viel kleiner als ein durchschnittlicher erwachsener Mensch. Ein kurzer Blick auf die anderen Anzüge bestätigte, dass sie alle eine ähnliche Größe und Gestalt hatten. Obwohl er nicht so töricht war, eine Spezies allein nach ihrer Größe zu beurteilen, war er doch erleichtert, dass sie nicht mit einer Gruppe von an hohe Schwerkraft gewohnten Muskelpaketen konfrontiert werden würden, je tiefer sie in die Anlage vordrangen. Er wollte gerade etwas zu seinem Team sagen, als sein Neuralimplantat einen Alarm auslöste. Er war überrascht, als er sah, dass es sich um eine eingehende Nachricht handelte, und hoffte, dass es jemand aus seiner Crew war, bevor er seine Wetware autorisierte, sie anzunehmen.

STATUS:

VERTEIDIGUNGSPROTOKOLLE AKTIV

NOTSTROM: 72 %

Jason blinzelte überrascht, als die Nachricht in seinem Blickfeld auftauchte. Es war nicht gerade einer seiner Crewmitglieder: Es war sein Schiff. Die *Phönix* nahm selten von sich aus Kontakt mit ihm auf, aber die Tatsache, dass er überhaupt eine Nachricht erhielt, war ermutigend. „Das Schiff hat mich gerade kontaktiert", sagte Jason. „Es läuft mit Notstrom, der immer weniger wird, und die Verteidigungsprotokolle sind noch aktiv."

„Das heißt also, dass es noch in Betrieb ist?", fragte Mazer.

„Wahrscheinlich, aber nicht garantiert", schüttelte Jason den Kopf. „Es könnte ja sein, dass der Computerkern selbst an eine Stromquelle angeschlossen ist und diese Nachricht sendet. Aber er hat mein Peilsignal erkannt, also bin ich geneigt zu glauben, dass er noch intakt ist."

„Was ist mit Doc und Twingo?", fragte Lucky. Jason versuchte, das Schiff zu befragen, bekam aber nichts Brauchbares zurück.

„Sie sind nicht an Bord", sagte er. „Ansonsten weiß ich es nicht. Die *Phönix* gibt mir immer wieder die gleiche Statusmeldung, wenn ich sie frage. Vielleicht ist die Entfernung immer noch zu groß oder es gibt hier irgendwo eine Störung." Er drehte sich um und winkte ihnen, ihm aus der Nische zu folgen und sie kamen auf der anderen Seite der künstlichen Barriere heraus. Jason versuchte zu schätzen, wie lang der Tunnel war, aus dem sie gerade gekommen waren, und vermutete, dass die schiffsgroße Luftschleuse fast hundert Meter lang sein musste. Der Haupttunnel führte weiter in den Berg hinein und schien verlassen zu sein. „Lasst uns aufbrechen, solange es noch Nacht ist. Vielleicht können wir sie überraschen."

Sie nahmen ein zügiges Tempo auf, hielten sich an der linken Seite des Tunnels und waren alle unglaublich dankbar für die kühle, trockene Luft auf der Innenseite der Barriere. Es dauerte noch einige hundert Meter, bis sie auf das erste interessante Objekt stießen. Es handelte sich um die Überreste eines DL7-Kampfschiffs, das bis auf die Holme zerlegt war. Die Schlacke der Schneidewerkzeuge lag in unregelmäßigen, erstarrten Pfützen rundherum.

„Das ist nicht die *Phönix*", sagte Jason und sah sie sich genauer an. „Dieses Schiff war ganz im Werkszustand. Lasst uns weitergehen." Sie gingen schnell an dem zerlegten Schiff vorbei, wobei die Mitglieder der Omega Force den düsteren Anblick bewusst mieden und versuchten, nicht darüber nachzudenken, was mit ihrem eigenen Schiff geschehen könnte.

Hinter dem ersten Kampfraumschiff öffnete sich die Höhle zu einer Kammer, die so groß war, dass die Beleuchtung nicht bis zur Decke reichte und selbst die Wände kaum ihr Licht reflektierten. „Der ganze Berg muss hohl sein", bemerkte Mazer, als sie sich an die Wand drängten, um aus dem Licht herauszukommen.

„Das wollen wir nicht hoffen", sagte Jason. „Sonst wird uns jede unserer normalen Fluchtmethoden das Dach auf den Kopf fallen lassen." Er griff wieder nach seinem Neuralimplantat und funkte die *Phönix* an. Diesmal war das Schiff in der Lage, seine Übertragung vollständig zu empfangen und zu antworten.

STATUS:

KERN: OFFLINE

WAFFEN: OFFLINE

HAUPTTRIEBWERKE: OFFLINE

KRAFTSTOFFSTABILITÄT: 4 STUNDEN BIS ZUM AUSFALL DES KOMPRESSORS

INTEGRITÄT DES RUMPFES: 100 %

Er schaute sich in der Dunkelheit die Schiffe an, die auf dem Boden der Höhle herumstanden. Es gab ein weiteres frühes Modell der DL7, eine DL9, ein Paar DL6 und sogar den baufälligen Rumpf eines Mk XII-Transporters. Allesamt waren Schiffe von Jepsen Aerospace aus verschiedenen Jahrgängen und mit ähnlichen Konfigurationen. Die meisten von ihnen befanden sich in verschiedenen Stadien der Demontage, obwohl „ausschlachten" ein treffenderer Ausdruck für die Schäden wäre, die diesen Raumschiffen zugefügt wurden.

Aber Jason schaute sich keinen von ihnen besonders genau an. Der Grund dafür war weit hinten in der Ecke versteckt, nur ihre Nase ragte in den schwachen Lichtkegel: die *Phönix*.

„Da ist sie", flüsterte er, „hinten in der Ecke."

„Es sieht so aus, als ob dein Schiff intakt ist", sagte Mazer.

„Ich glaube, wer auch immer diese Jepsen-Ausschlachterei betreibt, wartet darauf, dass die Notstromversorgung so weit heruntergefahren wird, dass die Waffen und die internen Schilde ausfallen", sagte Jason. „Ich habe gerade einen aktuellen Status erhalten und der Hauptreaktor ist offline."

„Wie ist der Status der Notstromversorgung *der Phönix?*", fragte Lucky.

„Niedrige siebziger Prozentwerte", sagte Jason. „Aber wir haben ein größeres Problem. In vier Stunden wird die Leistung so weit fallen, dass die Kompressoren ausfallen und die Treibstoffladung verdampft und entweicht."

Die *Phönix* nutzte wie die meisten modernen Raumschiffe flüssigen Wasserstoff als Treibstoff für ihren Antimateriereaktor. Damit die Flüssigkeit stabil blieb, waren eine Reihe von Kompressoren und Kühlern erforderlich, und wenn diese ausfielen, kochte der Wasserstoff und trat harmlos aus den Auslassöffnungen aus. Das einzige Problem wäre dann ein Raumschiff mit einem leeren Treibstofftank. Jason machte sich ebenfalls Sorgen darüber, den Kern mit weniger als neunzig Prozent Notleistung zu starten, aber er behielt diese Angst vorerst für sich.

„Wir scheinen genug Zeit zu haben, um zum Schiff zu kommen und mit der Startsequenz zu beginnen", sagte Lucky.

„Nein", sagte Jason und hob eine Hand. „Wir müssen zuerst zu Twingo und Doc kommen. Wenn wir das Schiff in Gang bringen, werden sie sie entweder als Geiseln benutzen oder sie direkt töten."

„Weißt du, wo sie sich aufhalten?", fragte Mazer.

Jason kontaktierte das Schiff erneut mit seinem Link. Die Antwort war eine gute und eine schlechte Nachricht.

CREW STATUS:

CAPT. BURKE – VOLL EINSATZFÄHIG

ERSTER OFFIZIER CRUSHER – UNBEKANNT

ZWEITER OFFIZIER LUCKY – VOLL EINSATZFÄHIG

BORDARZT „DOC" – VERLETZT, NICHT LEBENSBEDROHLICH

CHEFINGENIEUR TWINGO – VERLETZT, KRITISCH

KOPILOT KAGE – UNBEKANNT

„Das Schiff ist nicht in der Lage, den Standort zu bestimmen", sagte Jason. „Aber sie sind beide verletzt ... Twingo schwer. Wir müssen weiter. Wir gehen weiter an dieser Wand entlang und hinunter zu etwas, das wie eine Reihe von provisorischen Gebäuden aussieht. Ich schätze, das sind die Quartiere für denjenigen, der diese kleine Operation leitet."

Das kleine Team bewegte sich am Rande des beleuchteten Bereichs entlang und verließ sich darauf, dass Luckys Sensoren sie vor jeder Gefahr auf ihrem Weg warnten. Das Arbeitsgebiet war riesig und sie brauchten länger, als Jason es sich gewünscht hätte, aber er würde Twingo nichts nützen, wenn er in eine Sprengfalle oder in eine schwer bewaffnete Patrouille hineinlief. Das Wissen, dass seine Freunde am Leben waren, gab ihm neue Energie und Konzentration, aber die Erkenntnis, dass einer von ihnen schwer verletzt war, ließ ihn ungeduldig werden.

Sie waren direkt an die billigen, provisorischen Gebäude herangegangen, als die ersten Geräusche ihre Ohren erreichten. Es waren zwei Stimmen, die aus einem der Eingänge kamen, der dem Boden, auf dem die Schiffe geparkt waren, am nächsten lag. Offensichtlich war dies die Nachtwache, und sie waren nicht sehr um die Sicherheit in ihrer Einrichtung besorgt.

„Du bist dran", sagte eine Stimme.

„Kennst du keine besseren Spiele?", antwortete Stimme zwei.

„Nee", sagte einer. „Würfle einfach. Unsere Schicht ist sowieso fast vorbei."

„Wie lange werden wir wohl noch an diesem schrecklichen Ort festsitzen?", beschwerte sich einer. „Wenn das letzte Schiff zerlegt ist, werden wir wohl nicht mehr lange bleiben müssen."

„Es sei denn, sie bringen mehr Jepsens", sagten zwei.

„Sag das bloß nicht", sagte einer. „Das letzte war schon schlimm genug. Wer auch immer sie besaß, muss die Notstromzellen ergänzt haben."

„Vielleicht", sagte jemand. „Es wäre viel einfacher, wenn der kleine Bastard, den sie damit gefangen haben, die Sicherheitscodes herausgeben würde. Ich habe noch nie gesehen, dass jemand, der so klein ist, so viel Bestrafung wegstecken kann."

„Folter ist eine ungenaue Wissenschaft", sagte einer. „Du hast es vielleicht übertrieben. Er muss überzeugt werden, dass es einen Ausweg für ihn gibt. Wenn du ihn glauben lässt, dass er auf jeden Fall sterben wird, hat er keinen Anreiz."

„Ich hatte seine Ausflüchte satt", sagten eine Stimme. „Ich denke, es ist sowieso egal, denn ich bezweifle, dass er die Nacht überleben wird. Danach müssen wir mit dem anderen anfangen, schätze ich."

Jason hatte genug gehört. Er spürte, wie sein Blut in seinen Adern pochte und sein Herz zu rasen begann. Seine Sicht wurde langsam grau und in seinen Ohren rauschte es laut. „Captain ...", hörte er Lucky rufen, aber er schien weit weg zu sein.

Er drehte sich um, schlüpfte durch die Tür und schaute auf die beiden sitzenden Außerirdischen hinunter. Er erinnerte sich vage daran, dass er diese Spezies kannte und dass sie in heißem Klima gediehen, denn ihre grüne, raue Haut erinnerte ihn an bestimmte Echsen auf der Erde. Sie sahen ihn völlig schockiert an und vergaßen ihr Spiel.

„Wer bist ..."

Die Stimme, die Jason als Nummer eins erkannte, wurde unterbrochen, als er zwei Schritte in den Raum machte und ihm eine so harte Rückhand verpasste, dass er aus dem Plastikstuhl gegen die Wand auf der anderen Seite flog. Jason setzte die Bewegung fort, bis er sich umdrehte und dem zweiten Außerirdischen gegenüberstand, der immer noch zu geschockt war, um sich zu bewegen oder gar nach seiner Waffe zu greifen.

Jason packte ihn an der Kehle und hob ihn leicht aus dem Sitz. Der Überlebensinstinkt des Außerirdischen setzte schließlich ein und er versuchte, eine kleine Pistole aus einem Gürtelholster zu ziehen, aber Jason sah es, packte die betreffende Hand und schlug sie auf den Tisch, bis er die Knochen brechen spürte. Der Außerirdische heulte auf und Jason hob ihn so hoch, wie er ihn erreichen konnte, bevor er ihn mit voller Wucht flach auf den Tisch knallte. Dann drückte er die Hand gegen seine Kehle, um jeden weiteren Widerstand zu unterbinden.

Er hörte ein Grunzen, gefolgt von einem heftigen Aufprall, und schaute rechtzeitig auf, um zu sehen, wie Mazer mit einer geballten Faust über dem anderen Alien stand. Jason nickte ihm zu und drehte sich zu seinem Gefangenen um.

„Also ... wirst du mir jetzt sagen, was ich wissen will? Oder muss ich diese ungenaue Wissenschaft ausprobieren, von der dein Freund gesprochen hat?", fragte er in jenovianischem Standard.

„Ich werde reden", keuchte der Außerirdische.

„Wo sind die beiden Gefangenen, die du gerade foltern wolltest?"

„Dieses Gebäude, eine Etage höher."

„Wie viele Wachen?"

„Keine, sie sind an den Wänden angekettet", sagte der Außerirdische und versuchte, seinen Körper zu bewegen, um den Druck von seinem Hals zu nehmen. Jason packte ihn fester und hob ihn am Hals und am Hosenbund hoch, bevor er ihn quer durch den Raum auf einen Haufen neben seinen Partner warf.

„Lucky, mit mir", schnauzte Jason. „Mazer, pass auf die beiden auf. Wenn sie versuchen, um Hilfe zu rufen ..."

„Töte sie", beendete Mazer mit einem wilden Knurren. „Mit Vergnügen."

Jason und Lucky sprinteten aus dem Raum und zurück in die offene Höhle. Als sie sich dem Gebäude näherten, hatte er die Außentreppe entdeckt, die zum nächsten Stock führte. Er spannte sich an und stürzte die Treppe hinauf, bis er nur noch zwei Stufen von der Oberseite entfernt landete. Sobald er aus dem Weg war, folgte ihm Lucky, der die gesamte Treppe mühelos überwand und mit einem überraschend sanften Aufprall neben Jason landete.

„Ich kann keine Sicherheitssysteme oder mögliche Fallen entdecken", berichtete Lucky. Jason packte den verschlossenen Griff und drehte ihn so lange, bis das Metall knirschte und der

Verriegelungsmechanismus nachgab. Er stemmte sich mit der Schulter dagegen und stürmte in den Raum ... aber er war nicht auf das vorbereitet, was er sah.

Doc kauerte in einer Ecke, angekettet an eine Stange, die über die gesamte Länge der Rückwand verlief. Sein linker Arm war offensichtlich gebrochen und sein Gesicht war geschwollen und aufgedunsen. Seine Kleidung hing in Fetzen herunter und er war offensichtlich seit Tagen nicht mehr in der Nähe von Wasser und Seife gewesen.

Twingo war nicht wiederzuerkennen. Die Schäden in seinem Gesicht, die durch die vielen Schläge entstanden waren, sahen schwer aus und Jason konnte sich nicht erklären, wie er überhaupt Luft in seine Lungen bekommen hatte. Sein rechtes Ohr war abgeschnitten worden und es sah so aus, als hätten sie sich mit demselben Messer an seinem Oberkörper zu schaffen gemacht. Er schien mehrere Brüche in den Extremitäten zu haben und sein Brustkorb schien nicht mehr symmetrisch zu sein.

„Lucky, schneide ihre Fesseln durch", sagte Jason leise. Der Kopf von Doc hob sich bei seiner Stimme und er sah die beiden ungläubig an.

„Captain?"

„Ganz ruhig, Doc", sagte Jason sanft. „Wir holen euch hier raus."

„Twingo ... hol Twingo", murmelte Doc und fiel nach vorne, als Lucky seine Fesseln durchtrennte. Jason ging zu seinem besten Freund hinüber und wartete darauf, dass Lucky mit seinem Laser die Kette durchtrennt, mit der Twingos linker Arm an der Stange befestigt war.

„Ich werde versuchen, unter ihn zu kommen", sagte Jason. „Ich werde ihn tragen. Du hilfst Doc." Als er hinübersah, konnte er sehen, dass Doc sich bereits aufgerappelt hatte und versuchte, Twingo zu helfen. So behutsam wie möglich schob er seinen Freund von der Wand weg, bis er in die Hocke gehen und beide Arme unter seinen Oberkörper schieben konnte. Dann richtete er mit quälender Langsamkeit seinen Rücken gerade und streckte vorsichtig jedes Bein, bis er mit dem kleineren, blauen Außerirdischen an seiner Brust stand.

„Jason", versuchte Twingo durch seinen kaputten Kiefer zu sprechen. „Ich habe ihnen nichts gesagt." Tränen liefen Jason über die Wangen, als er auf seinen Freund hinunterblickte.

„Ich weiß, dass du das nicht getan hast, Kumpel", sagte er leise. „Jetzt mach dir keine Sorgen, ich bringe dich hier raus."

„Das Schiff ..."

„Schhh ... Ihm geht es gut, Twingo", sagte Jason, als er mit Lucky und Doc im Schlepptau zur Tür ging. „Das hast du gut gemacht, sie waren nie in der Lage, an Bord zu gehen."

Sie schafften es ohne Zwischenfälle die Treppe hinunter und gingen zu Mazer, der in der Türöffnung des Raumes stand, in dem die Wachen sich aufgehalten hatten. Als er Twingos Zustand sah, klappte sein Kiefer herunter und seine Augen blitzten. Er schaute Jason an, die unausgesprochene Frage stand zwischen ihnen. Jason nickte einmal und in seinen Augen spiegelte sich die Wut des jungen Kriegers wider. Mazer drehte sich um und ging zurück in den Raum. Kurz darauf ertönte ein gedämpfter Schrei, der abrupt durch ein nasses *Schnapp* unterbrochen wurde. Einen Moment später ertönte ein scharfes galvetisches Gebrüll und dann ein weiteres krankhaftes Knirschen von

Knochen. Ohne sich umzudrehen, verließen Mazer und Kade den Raum und folgten den Mitgliedern der Omega Force, die über den Höhlenboden auf den *Phönix zugingen*. Jason griff erneut nach seinem Implantat, um mit seinem Schiff zu sprechen.

BEFEHL BESTÄTIGT

VERTEIDIGUNGSSYSTEME DEAKTIVIERT

HAUPTLADELUKE UND RAMPE ÖFFNEN SICH

SANITÄTSSTATION FÜR VERWUNDETE VORBEREITET

Selbst aus einer Entfernung von über fünfzig Metern konnte Jason das Wimmern der Aktuatoren hören, als sich die Heckrampe der *Phönix* absenkte. Womit er nicht gerechnet hatte, war das plötzliche grelle Licht der Laderaumbeleuchtung, das in die Höhle leuchtete und das nun deutlich zu sehen war, da sich das Heck des Kampfschiffs außerhalb der internen Beleuchtung befand, die die Bergungsmannschaften benutzt hatten.

So schnell er sich traute, ging Jason mit seinem schwer verwundeten Freund die Rampe hinauf und war schon auf halbem Weg zur Einstiegsluke für die Besatzung, als er hörte, wie Lucky die hinteren Drucktüren schloss und die Rampe hochfuhr.

„*Phönix*, reinitialisiere die externen Verteidigungsprotokolle", rief Jason. „Zehn Meter Umkreis."

„Bestätigt", sagte die emotionslose Stimme des Computers.

Als er in der Krankenstation ankam, stellte er fest, dass es ein Versäumnis gab, das sie in der ganzen Zeit, in der sie das Schiff besaßen, nie korrigiert hatten: Sie hatten nur einen Operationstisch.

„Scheiße", murmelte Jason, als er Twingo sanft auf dem Bett absetzte und zurücktrat. Doc kam schwer humpelnd hinter ihm herein.

„Ich schaffe das schon, Captain", sagte er. Trotz der offensichtlichen Schmerzen, die er wegen eines gebrochenen Arms und mehrerer Prellungen hatte, ging der Doc ohne zu zögern hinüber und gab den automatischen Systemen den Befehl, mit der Notfallbehandlung von Twingo zu beginnen. Jason fühlte sich unwürdig angesichts des Mutes, den die beiden in einer scheinbar aussichtslosen Situation bewiesen hatten und immer noch bewiesen.

„Captain Burke", sagte Kades Stimme leise hinter ihm.

„Ja?"

„Obwohl ich nur in rudimentärer Erster Hilfe ausgebildet bin, glaube ich, dass ich eurem medizinischen Offizier helfen kann", sagte Kade. „Ich kann zumindest seine Hände sein, da er selbst ziemlich verletzt ist."

Jason dachte darüber nach, bevor er dankbar nickte. „Danke. Das wird mir sehr helfen, denke ich."

„Wenn ich fragen darf", fuhr Kade fort, „bist du in der Lage, dieses Schiff mit weniger als drei Viertel deiner Notstromversorgung und ohne Chefingenieur kalt zu starten?"

„Das ist eine gute Frage."

Kapitel 22

„Morakar!"

Morakar blieb stehen und sah sich um. Es war das zweite Mal, dass er die drängende, etwas hohe Stimme hörte, die seinen Namen flüsterte. Er ging eine der Seitenstraßen entlang, die von Ker Commons, einem Platz in der Mitte der Stadt, wegführten, und hatte schon seit einer Weile das Gefühl, dass er beobachtet wurde.

„Hier drüben!"

Er schaute hinüber und sah eine zierliche Gestalt, die ihm zu verstehen gab, dass er sich dem dunklen Bereich nähern solle, in dem normalerweise das Regenwasser zwischen den Gebäuden abfloss. Die Gestalt war in weite schwarze Gewänder gekleidet und hatte eine Kapuze weit über den Kopf gezogen. Da er eine Falle vermutete, näherte sich Morakar mit Bedacht. Auch wenn es äußerst selten war, gab es einige Spezies, die das Risiko eingingen, in den Städten Restarias kriminelle Aktivitäten zu unternehmen. Normalerweise lebten sie nicht lange genug, um ihre Entscheidung zu bereuen, wenn sie erwischt wurden.

Als er näherkam, sah er, dass sich das Wesen mit zwei Händen an der Kante des Gebäudes festhielt und dann mit einer weiteren Hand seine Kleidung zurechtrückte. Morakar lockerte sofort seine Haltung und ging schnell zu dem Wesen hinüber, das ihm zuwinkte.

„Kage", sagte er zur Begrüßung. „Ich freue mich, dass du bei der Explosion der Wohnung unverletzt geblieben bist. Was ist passiert?"

„Ich habe es gerade noch unverletzt rausgeschafft", korrigierte Kage. „Ein sechsköpfiges Angriffsteam machte sich gerade zum Eindringen bereit, als ich durch die benachbarte Wohnung hinausschlüpfte."

„Es gab keine Leichen, als der Innere Sicherheitsdienst eintraf", sagte Morakar und sah Kage skeptisch an. „Bist du dir sicher, dass du angegriffen wurdest?"

„Ich weiß, wie es ist, angegriffen zu werden", schnauzt Kage. „Wahrscheinlich viel besser als du, wenn wir ehrlich sind. Die Überlebenden müssen sich die Leichen geschnappt und sich aus dem Staub gemacht haben, bevor die Sicherheitskräfte auftauchten. Du hättest zumindest herausfinden müssen, wo ich die ganze Ausrüstung zerstört habe."

„Es stand nichts in dem Bericht", sagte Morakar entschuldigend. „Wenn du beschädigte Ausrüstung zurückgelassen hast, haben sie sie vielleicht zusammen mit den Leichen ihrer gefallenen Kameraden mitgenommen. Zu welcher Spezies gehörten sie?"

„Ich konnte es nicht erkennen", sagte Kage. „Sie trugen Masken und verschleiernde Kleidung. Aber sie waren viel zu klein, um Gelten zu sein. Verdammt! Das ist einer der Hauptgründe, warum ich euch gefolgt bin ... wenn ich die Spezies kennen würde, hätte ich eine viel bessere Ausgangsbasis, um herauszufinden, wer versucht, uns zu töten."

„Uns?"

„Das hat auf jeden Fall etwas mit dem Verschwinden von Twingo und Doc zu tun, ganz zu schweigen von dem Schiff", sagte Kage. „Leider haben wir so viele Leute verärgert, dass es vielleicht nicht einmal etwas mit den Ereignissen auf Restaria oder Galvetor zu tun hat. Es könnte auch jemand gewesen sein, der uns zufällig hierher verfolgt hat. Erinnerst du dich an das Tarnkappenschiff, das versucht hat, uns von Colton Hub aus zu verfolgen?"

„Das ergibt Sinn", gab Morakar zu. „Hast du Lord Felex schon gewarnt?"

„Das ist der nächste Punkt auf meiner Liste, nachdem ich dich gefunden habe", sagte Kage. „Bei all den Sicherheitsvorkehrungen war es unmöglich, im Legionszentrum an ihn heranzukommen."

„Er soll in einer Stunde vor der Legionsführung sprechen, also wird es keine Zeit geben, ihn vorher zu erreichen", sagte Morakar. „In der Zwischenzeit sollten wir uns an einen etwas unauffälligeren Ort begeben und Informationen austauschen."

„Am liebsten irgendwo, wo ich etwas essen kann", stimmte Kage zu und folgte dem großen Krieger aus dem Platz.

„Eigentlich habe ich etwas Unterhaltsameres im Sinn", sagte Morakar spekulativ, als ein Leutnant der 8. Legion vorbeischlenderte, der offensichtlich betrunken war.

*****

Crusher schritt in der kleinen Kammer neben dem Hauptversammlungsraum hin und her, wobei seine formelle Rüstung bei jeder Bewegung knarrte und klapperte. Seine Verärgerung über seine Kleidung erreichte langsam den kritischen Punkt. Es war ihm ein Rätsel, wie er dieses lächerliche Outfit in seinem früheren Leben jeden Tag tragen konnte. Er bemerkte, dass sein Temperament und seine Gereiztheit direkt proportional zu den fehlenden Informationen über seine Freunde zu sein schienen. Er hatte Morakar vor einem Tag losgeschickt und noch immer nichts von ihm gehört.

„Wir sind fast fertig, Mylord", sagte Connimon, als sie den Kopf hereinsteckte.

„Herein, Verwalterin", polterte Crusher. Sie ging ängstlich in das kleine Vorzimmer, denn die miese Laune des Lord Archon war in den letzten Tagen legendär geworden. Als sie den Raum vollständig betreten hatte, fuhr er fort: „Was hältst du von der aktuellen Truppenaufstockung in der Stadt Ker?"

„Ich bin mir sicher, dass ich nicht weiß, was Sie meinen, Mylord", sagte sie sanft. Sie war gut. Crusher hätte die Lüge für bare Münze genommen, wenn er Restaria nicht verlassen hätte. Aber da er in der Nähe des Abschaums der Galaxis gewesen war, ganz zu schweigen von Weltklasse-Lügnern wie Twingo und Kage, konnte er das leichte Zusammenkneifen ihrer Augen und das unwillkürliche Zucken ihres Mundes erkennen. Was auch immer vor sich ging, sie vertraute ihm die Information nicht an.

„Natürlich", sagte er. „Ich habe nur ein paar zufällige Berichte erhalten. Nichts Festes." Er hörte einen Moment lang zu, als die drei Prätoren sich an die versammelte Menge wandten. „Haltet ihr das für klug? Wird ein geeintes Restaria ausreichen, um die Unruhen auf Galvetor zu verhindern?"

„Vielleicht eine Zeit lang", sagte Connimon vorsichtig. „Aber wir werden unaufhaltsam in die größere Galaxie um uns herum hineingezogen. Eine rein isolationistische Politik ist für unsere Welten vielleicht nicht mehr sinnvoll. Du solltest das angesichts deiner jüngsten Vergangenheit besser als jeder andere von uns verstehen können." Ihr Tonfall verriet Crusher, dass sie eher versuchte, seine Gefühle zu diesem Thema zu ergründen, als selbst eine Erklärung abzugeben.

„Das haben wir nicht zu entscheiden", sagte Crusher entschieden. „Wir sind die Wächter, die letzte Instanz und die Hauptabschreckung für potenzielle Feinde, solange es schriftliche Aufzeichnungen unseres Volkes gab. Ich werde nicht ein Jahrtausend an Tradition wegwerfen und das Gleichgewicht der Macht zugunsten einer politischen Seite verschieben."

„Natürlich, mein Herr", sagte sie fast traurig.

„Wir sind bereit für Euch, Lord Archon", sagte Fordix an der Tür. Crusher hatte ihn nicht kommen hören und fragte sich, wie lange er schon dort gestanden hatte.

„Nun gut", sagte er mit einem tiefen Seufzer. „Bringen wir es hinter uns."

Als er auf die erhöhte Bühne trat, erhob sich ein donnerndes Gebrüll aus der Menge, ein solcher Lärm, dass er die Triebwerke eines Raumschiffs hätte übertönen können. Crusher stand in der Mitte und ließ sich beobachten. Obwohl es Gerüchte und Sichtungen gegeben hatte, war dies das erste Mal seit über einem Jahrzehnt, dass ihr Wächter-Archon in offizieller Funktion vor ihnen stand. Er konnte die Energie im

Raum spüren. Sie war berauschend, elektrisch. Er hob die Arme, um zu signalisieren, dass sie still sein sollten, damit er mit seiner vorbereiteten Rede beginnen konnte.

Als er wieder in seine alte Rolle schlüpfte, verflog der Nervenkitzel auf der Bühne bald und wurde durch einen altbekannten Schmerz ersetzt. Mit der neuen Perspektive, die er durch seine Zeit bei Omega Force gewonnen hatte, wusste er jetzt, dass dieser Schmerz Selbsthass war.

Kapitel 23

„Wir haben noch drei Stunden bis zum Tagesanbruch, Captain Burke",
sagte Kade. „Sie werden sicher bald mit ihrer Tagesschicht beginnen."

„Ich weiß, wie viel Zeit wir haben, Kade", sagte Jason geduldig.
„Aber wir dürfen nichts überstürzen, wenn du nicht in weniger als einer
Millisekunde atomisiert werden willst, wenn es schief geht."

Der Krieger sagte nichts, drehte sich aber um und verließ den
Maschinenraum, damit Jason seine Arbeit ungestört fortsetzen konnte.

Das Starten eines abgeschalteten Antimateriereaktors war eine
heikle Angelegenheit. Zuerst musste genug Energie zur Verfügung
stehen, um die Isolatoren zu aktivieren: magnetische Barrieren, die
verhinderten, dass die Antimaterie mit den Wänden des Kanals in
Berührung kam und einen Großteil des Schiffes zerstörte. Dann mussten
die Antimaterie-Generatoren in Betrieb genommen werden, und diese
verbrauchten eine enorme Menge an Energie. Sie wandelten
Wasserstoffatome in Anti-Wasserstoff um und schickten sie durch den
Antimaterie-Verteiler, entlang des kurzen Kanals und in die

Injektorgehäuse. Gleichzeitig wurden die Einspritzdüsen auf der anderen Seite des Kerns mit Wasserstoffatomen aus derselben Brennstoffquelle gefüllt. Wenn der Controller die Injektoren zündete, traf Wasserstoff auf Anti-Wasserstoff und die daraus resultierende Atomvernichtung setzte eine enorme Menge an Energie frei, die die Konverter nutzten, um das Schiff anzutreiben. Sobald alles in Gang gesetzt war, war die Reaktion selbsterhaltend und ziemlich stabil; bei einem auftretenden Problem wurde die kleine Menge Antimaterie ausgestoßen.

Ein Problem war jedoch die Tatsache, dass bei weniger als achtzig Prozent Notstrom alle benötigten Subsysteme nicht mehr sicher betrieben werden konnten. Ein Kampfschiff im Weltraum hatte mehr als ein Backupsystem, aber jetzt musste Jason herausfinden, wie er sie am besten ohne die Hilfe seines Ingenieurs einsetzen konnte. Er schaute sich die unzähligen einzelnen Bedienfelder und Anzeigen an und seufzte angewidert. Bei Twingo sah es immer so einfach aus.

„Computer", sagte er. „Sind die beiden Notbrennstoffzellen aufgeladen?"

„Jawohl."

„Wenn beide Brennstoffzellen aktiviert werden, um den Hauptbus A zu ergänzen, reicht die Energie dann aus, um den Hauptreaktor zu starten?"

„Der Energiepegel liegt nicht innerhalb der zulässigen Sicherheitsgrenzen, um eine Startsequenz für den Hauptreaktor zu versuchen", teilte ihm der Computer mit, ohne zu zögern.

„Wie hoch wäre die verfügbare Energie? Gib mir die Antwort in Prozent, basierend auf der Leistung der Notstromzellen", sagte Jason.

„Siebenundachtzig Prozent."

„Wie viel Energie ist nötig, um den Hauptreaktor zu starten, falls er beim ersten Versuch anspringt? Nenne mir das akzeptierte Minimum und das absolute Minimum."

„Ein nominaler Reaktorstart muss neunzig Prozent betragen, um innerhalb akzeptabler Sicherheitsgrenzen zu liegen. Das absolute Minimum sind fünfundachtzig Prozent", dröhnte der Computer.

„Wie lange würde es dauern, den Ersatzfusionsreaktor in Betrieb zu nehmen?"

„Es würde zwei Stunden und zwanzig Minuten dauern, bis der Ersatzfusionsreaktor Strom liefern würde."

„Und wie lange dauert es danach, bis wir den Hauptreaktor starten können?", fragte Jason, wohl wissend, dass es eine nutzlose Frage war.

„Das würde weitere drei Stunden in Anspruch nehmen."

„Scheiße", murmelte Jason. „Wenigstens kann ich nicht die falsche Entscheidung treffen, wenn ich keine Wahl habe ... starte beide Notbrennstoffzellen und leite die Energie auf den Hauptbus A. Kopple den Hauptbus B von den Notstromzellen ab und gib mir Bescheid, wenn die Spitzenleistung aus allen drei Quellen erreicht ist."

„Verstanden."

Er verließ den Maschinenraum und ging durch das dunkle Innere seines Schiffes auf die hellen Lichter der Krankenstation zu. Durch die durchsichtigen Doppeltüren blickte er zu seinen Freunden. Doc, dessen Arm jetzt in einer Schlinge steckte, döste in einem Stuhl und hielt einen Tablet-Computer locker in seiner guten Hand. Sein

JOSHUA DALZELLE

Gesicht war teilweise mit Pflastern bedeckt, die die Schwellungen und Weichteilverletzungen in seinem Gesicht behandelten.

Twingo war unter den Abdeckungen und den verschiedenen Geräten, die Doc eingesetzt hatte, um das Leben des kleinen Ingenieurs zu retten, fast nicht zu sehen. Um sie nicht zu stören, ging Jason auf die Brücke, wo Mazer und Kade Wache hielten, über das Kabinendach auf die Gebäudegruppe blickten und auf Lebenszeichen der Morgencrew warteten.

„Irgendetwas?", fragte er und ließ sich in den Pilotensitz sinken.

„Alles ist still", sagte Kade. „In dem Gebäude, von dem wir annehmen, dass es ihr Schlafquartier ist, gibt es nicht einmal Licht."

„Hoffen wir, dass sie, selbst wenn sie unsere Arbeit finden, nicht zwei und zwei zusammenzählen und vier bekommen", sagte Jason abwesend, während er ein paar seiner Displays hochzog.

„Ist zwei und zwei nicht eigentlich vier?", fragte Mazer verwirrt.

„Das stimmt", sagte Jason, ohne sich die Mühe zu machen, die Redewendung zu erklären. Die beiden Krieger zuckten mit den Schultern und widmeten sich wieder ihrer Wache. Jason rief über sein Multifunktionsdisplay die Krankenstation auf und sah sich die Einschätzung des Computers zu Twingos Zustand an. Der explosive Atem, den er ausstieß, als er sie las, erschreckte beide Gelten, aber er bemerkte sie kaum. Es stand dort im Klartext, wie der Computer Twingos Chancen einschätzte:

Prognose: Vollständige Genesung nach Nanitenbehandlung.

Docs medizinische Nanoroboter würden also ihre Wirkung

zeigen und sein Freund würde sich wieder vollständig erholen. Die Erleichterung, die er verspürte, überwältigte ihn fast. Er sah sich den Bericht genauer an und stellte fest, dass das Ohr, das seine Peiniger abgeschnitten hatten, geklont und wieder angenäht werden musste. Für alles andere gab es eine Standardbehandlung, einschließlich einer kurzen Physiotherapie, sobald er wieder auf den Beinen war. Die Liste der schwerwiegenden Verletzungen war jedoch entmutigend. Diese Drecksäcke hatten ihm wirklich zugesetzt.

„Die Notstromversorgung ist jetzt bei achtundachtzig Prozent", unterbrach die Stimme des Computers seine Gedanken. „Die Brennstoffzellen-Backups haben jetzt ihre maximale Leistung erreicht."

„Verstanden", sagte Jason. „Aktiviere das Antimaterie-Eindämmungssystem. Sobald die Eindämmung stabil ist, schalte den primären Antimaterie-Generator ein."

„Bestätigt", sagte der Computer. „Antimaterie-Eindämmung aktiviert. Zeit bis zum Start des primären Antimaterie-Generators: fünf Minuten."

„Ich bin im Maschinenraum, Leute", sagte Jason, als er von seinem Sitz aufsprang. „Haltet die Augen offen und meldet euch über die Sprechanlage, wenn es interessant wird." Er verließ das Kommandodeck vier Stufen auf einmal nehmend und joggte durch den Gemeinschaftsbereich, bis er den Backbordmaschinenraum erreicht hatte. Weitere Anzeigen und Indikatoren waren jetzt aktiv und die vertrauten Umgebungsgeräusche wurden lauter, als das Schiff wieder zum Leben erwachte. Er beobachtete aufmerksam die Anzeigen, während die magnetischen Konstriktoren aufgeladen und stabilisiert wurden und das gesamte Antimaterieeindämmungssystem seine höchste

Effizienz erreichte. Die Kühlmittelleitungen zischten und vereisten, während sie die Supraleiter in den Antimaterieleitungen auf kryogene Temperaturen herunterkühlten.

„Aktiviere die Treibstoffpumpen", meldete der Computer. „Die Erzeugung von Antimaterie aus der Primärquelle wird in etwa fünfundzwanzig Minuten beginnen." Das Schiff verfügte über eine doppelte Redundanz bei den Antimaterie-Generatoren, aber angesichts der begrenzten Energie, die für einen Neustart zur Verfügung stand, wagte Jason nicht, beide gleichzeitig in Betrieb zu nehmen. Sobald der Hauptreaktor Strom lieferte, würde er die übrigen Systeme einzeln hochfahren können. Er beobachtete, wie die Verteiler mit Antimaterie geladen wurden und der Countdown, den der Computer anzeigte, gegen Null ging.

Sie näherten sich dem gefährlichsten Teil der Mission, oder zumindest dem Teil, in dem sie am verwundbarsten sein würden. Wenn der Hauptreaktor ansprang, würde es eine Pause geben, bis er genug Energie produzierte, um die primären Flug- und Waffensysteme in Betrieb zu nehmen. Gleichzeitig wären die Notstromaggregate so weit erschöpft, dass die Verteidigungssysteme nicht mehr genug Saft hätten, um einen engagierten Entertrupp abzuwehren.

„Computer, öffne einen Interkom-Kanal zur Brücke", sagte er, als ihm der letzte Gedanke durch den Kopf ging. Als er den Bestätigungsgong hörte, fuhr er fort. „Mazer, ich möchte, dass du dich hier unten mit Kade abwechselst. Ich öffne die Waffenkammer, und ihr müsst euch ein paar bessere Waffen besorgen als die, die in dem Shuttle waren."

„Verstanden, Captain Burke", ertönte Mazers Stimme aus dem

Lautsprecher an der Decke.

„Computer, entsperre und öffne die Waffenkammer", sagte Jason. „Meine Erlaubnis."

„Bestätigt", sagte der Computer. „Waffenkammer jetzt freigeschaltet."

Er überwachte wieder die Antimateriewerte in der Injektoreinheit. Als Mazer den Maschinenraum betrat, deutete Jason einfach auf die schwere Panzertür zu seiner Linken, die in die Waffenkammer führte. Mazer winkte wortlos ab und drückte auf die Schaltfläche, um die Tür zu öffnen. Ein aufgeregtes Gejohle drang aus der offenen Tür, als der Krieger im Kreis herumlief und sich all die Waffen ansah, die Omega Force im Laufe der Jahre gesammelt hatte.

„Nimm einfach etwas, das sinnvoll ist, um Eindringlinge abzuwehren", rief Jason. „Ich will keine Löcher in meinem Rumpf."

„Kein Problem, Captain", rief Mazer zurück. „Hast du bei all diesen Spielzeugen schon mal an einen Angriff auf die feindliche Stellung gedacht, während wir den Vorteil der Überraschung haben?"

„Mein Gott, er klingt sogar wie Crusher", murmelte Jason, bevor er seine Stimme wieder erhob. „Natürlich habe ich das ... Ich habe es ausgeschlossen. Es sind schon genug Leute bei diesem Debakel fast gestorben. Hier drinnen sind wir relativ sicher und wir haben keine Ahnung, was für eine Kampfkraft sie da draußen aufbieten können. Während Mazer noch in der Waffenkammer herumstöberte, kam Lucky in den Maschinenraum und stellte sich neben Jason."

„Wo zum Teufel hast du gesteckt?", fragte er.

„Ich habe das Schiff komplett durchsucht", sagte Lucky ruhig.

„Es sieht so aus, als ob unsere erste Einschätzung richtig war: Niemand hat das Schiff betreten, seit wir auf Restaria von Bord gegangen sind."

„Das ist gut zu wissen", sagte Jason. „Es wäre eine Schande, wenn wir so lange überleben würden, um dann bei unserer Abreise von einem versteckten Sprengsatz getötet zu werden."

„Hast du darüber nachgedacht, was passiert, bevor der Reaktor genug Strom hat, um abzuheben?", fragte Lucky und warf einen Blick auf alle Anzeigen.

„Ich habe unsere Gelten Waffen aus der Waffenkammer holen lassen", sagte Jason. „Die Tatsache, dass sie gewartet haben, bis der Strom ausgeht, bevor sie versuchen, das Schiff zu entern, lässt mich vermuten, dass es ihr Hauptziel war, das Schiff unversehrt zu übernehmen, also werden wir im Frachtraum eine Verteidigung aufbauen, falls es dazu kommen sollte."

„Was glaubst du, warum sie das Schiff überhaupt entführt haben?", fragte Lucky nach einem Moment. Jason war sich bewusst, dass Lucky von dem, was der Synth Deetz vor seinem Tod gesagt hatte, geradezu besessen war, und er wollte sich nicht noch einmal auf ein Gespräch darüber einlassen. Aber dass der Höhlenboden mit den Überresten anderer, ähnlicher Jepsen-Schiffe übersät war, ließ ihn innehalten.

„Ich bin mir nicht sicher", sagte er, da ihm nichts einfiel, was Lucky nicht durchschauen könnte. „Es könnte auch nur eine Gruppe von Bergungsarbeitern sein." Er spürte, wie sich die Augen des Kampfsynths in seinen Kopf bohrten, als er sich weigerte, hinüberzusehen.

„Ich weiß, dass du das nicht wirklich glaubst", spottete Lucky. „Die anderen Schiffe sehen aus, als wären sie seziert worden, nicht zerlegt. Irgendjemand sucht nach etwas." Jason seufzte schwer.

„Vielleicht", räumte er ein und hoffte, das Gespräch zu beenden. „Aber konzentrieren wir uns darauf, hier rauszukommen, und dann können wir uns wieder deiner langjährigen Verschwörungstheorie widmen."

„Ich fürchte, ich werde am Ende Recht behalten", sagte Lucky mit Nachdruck.

„Na schön", sagte Jason, „aber wir wissen bereits, dass auf diesem Schiff nichts ist. Es wurde bis auf die Holme auseinandergenommen und von den Eshquarianern wieder zusammengebaut. Die Hälfte der Hauptkomponenten stammt nicht einmal von Jepsen." Weitere Kommentare blieben ihm erspart, als Mazer aus der Waffenkammer kam. Sowohl Jason als auch Lucky staunten nicht schlecht, als er mit zwei riesigen Plasmagewehren auftauchte. Außerdem trug er Crushers Körperpanzer, der dem kleineren Krieger allerdings schlecht passte.

„Warum zwei Gewehre?", fragte Jason und ignorierte den Schmerz, den der Anblick verursachte. Es fühlte sich falsch an, dass sie sich mitten in einer gefährlichen Operation befanden und Crusher nicht bei ihnen war.

„Was meinst du?", fragte Mazer verwirrt. „Für den Fall, dass das erste überhitzt."

„Überhitzt?", fragte Jason und sah Lucky an. „Ich hatte noch nie eine Überhitzung und ich habe den Akku mehrmals in einer einzigen Salve entleert."

„Wirklich? Alle Plasmawaffen, die wir haben, überhitzen und

schalten sich ab, wenn man eine zu hohe Feuerrate beibehält", sagte Mazer und betrachtete die Waffe in seiner rechten Hand.

„Ich habe eure Waffen gesehen", sagte Jason mitfühlend. „Sie waren gut gewartet, aber etwa zwei Generationen hinter unseren Sachen. Spar dir das Gewicht und nimm nur eine, aber nimm so viele Akkus mit, wie du schaffst."

Mazer zuckte nur mit den Schultern und ging zurück in die Waffenkammer.

„Es ist seltsam, ihn in Crushers Rüstung zu sehen", bemerkte Lucky.

„Ja, das ist es", sagte Jason und wusste schon, was die nächste Frage sein würde.

„Glaubst du, dass er noch Teil unseres Teams sein wird, wenn die unmittelbare Krise auf seinem Planeten vorbei ist?"

„Ich weiß es nicht, Kumpel", sagte Jason schließlich. „Ich habe versucht, nicht zu viel darüber nachzudenken."

Die melancholische Stimmung wurde unterbrochen, als Mazer mit einem breiten Lächeln aus der Waffenkammer kam und zurück zur Brücke ging.

„Injektoren vollständig geladen", meldete der Computer. „Manuelle Eingabe für Reaktorinitialisierung erforderlich".

Jason ging zum Hauptbedienfeld und begann, die Befehle einzugeben, die den Computer ermächtigen würden, die Antimateriereaktion zu starten. Er beobachtete, wie die Integrität der Kammer erneut überprüft wurde und der Druck bestätigt wurde, dass er einem vollständigen Vakuum so nahe kam, wie es die Geräte erreichen konnten. Als die letzten Prüfungen abgeschlossen waren, zeigte das Bedienfeld an, dass er die Reaktion starten konnte. Er drückte auf das blinkende grüne Symbol und hielt es drei Sekunden lang gedrückt. Das Symbol verschwand und das Bedienfeld stellte sich auf den gewohnten Normalbetrieb um.

Für einige Momente schien es, als würde nichts passieren, aber schon bald begann das Deck zu vibrieren, als Wasserstoff auf Antiwasserstoff traf und der Druck in der Reaktorkammer anstieg. Der Computer begann langsam, die Treibstoffzufuhr zu erhöhen, bis genug Energie aus den Reaktoren kam, damit die Umwandler anfangen konnten, Strom für das Schiff zu erzeugen.

Jason beobachtete, wie die Wandler begannen, den Hauptbus A mit Strom zu versorgen, wenn auch mit einer alarmierend langsamen Rate. Er sah sich noch einmal die Instrumente an, bevor er zurücktrat.

„Computer, sobald die Energieversorgung sechzig Prozent erreicht hat, schalte den Hauptbus B wieder ein", sagte er. „Beginne nicht mit dem Aufladen der Notstromzellen, bis ich es sage. Halte alle externen Beleuchtungen und Anzeigen ausgeschaltet und warte auf meinen Befehl, bevor du bestimmte Schiffssysteme hochfährst."

„Verstanden."

„Lass uns auf die Brücke gehen", sagte Jason. „Von dort aus können wir die Fortschritte des Reaktors überwachen und uns eine Gesamtstrategie überlegen." Sie gingen an Kade vorbei, der gerade auf dem Weg zur Waffenkammer war.

„Hier entlang, richtig?", fragte er.

„Lucky kann es dir zeigen", sagte Jason und nickte dem

Kampfsynth zu.

„Wenn du mir folgen würdest", sagte Lucky, drehte sich um und ging den Weg zurück, den er gerade gekommen war. Jasons Bauchgefühl sagte ihm zwar, dass Kade keine Bedrohung darstellte, aber es machte auch keinen Sinn, ihn in einem riesigen Waffenlager direkt neben einem der Hauptmaschinenräume des Schiffes loszulassen. Zum Glück hatte Lucky seinen Tonfall erkannt und begleitete den Mann ohne zu fragen.

Als er auf der Brücke ankam, waren noch mehr Stationen aktiv und es gab Dutzende blinkende Statusleuchten, die alle seine Aufmerksamkeit auf sich ziehen wollten. Ein flüchtiger Blick zeigte, dass die meisten davon nur Warnungen waren, dass eine bestimmte Schiffsfunktion nicht aktiv war. Er setzte sich an die Ingenieursstation der Brücke und schlug mit den Knien gegen die Konsole.

„Verdammt! Kleiner Mistkerl", murmelte er, entriegelte den Sitz und schob ihn herum, damit er bequem sitzen konnte. Die Station war eine der wenigen auf der Brücke, die voll aktiv war, und er konnte sehen, dass die Leistung des Reaktors immer noch stetig anstieg und damit auch die dem Schiff zur Verfügung stehende Energie. Es reichte zwar noch nicht aus, um die Triebwerke in Betrieb zu nehmen, aber es genügte, dass der Reaktor sich selbst versorgte und die erschöpften Notstromaggregate keine unmittelbare Gefahr mehr darstellten.

„Werden sie nicht das ganze Licht deiner Displays sehen können, Captain?", fragte Mazer, der auf seinem Posten in der Nähe des Kabinendachs blieb.

„Sie können nicht hineinsehen", sagte Jason ablenkend. „Das Kabinendach hat eine aktive Schicht, die es von außen undurchsichtig macht."

„Schön", sagte Mazer. „Ich bemerke etwas Aktivität. Zwei Zielpersonen, die der gleichen Spezies angehören wie unsere Freunde, sind aus dem Gebäude, das wir für die Schlafbaracke halten, in ein anderes Gebäude gegangen. In dem Gebäude ist das Licht angegangen, aber das war's auch schon."

„Also sehen wir uns wahrscheinlich die Köche an", sagte Jason und rückte neben Mazer auf. „Ich bin immer wieder erstaunt, wie ähnlich wir uns alle sind. Uns trennen Millionen von Jahren der Evolution, unvorstellbare Entfernungen und wer weiß wie viele andere Unterschiede ... aber wir wollen alle sofort nach dem Aufwachen frühstücken."

Mazer musste über den unerwarteten Kommentar lachen. „Sie waren offensichtlich noch nicht unten in der Wachhütte", sagte er. „Sie scheinen auch nicht sonderlich besorgt darüber zu sein, dass die beiden noch nicht aufgetaucht sind."

„Ich glaube, unser erster Eindruck war richtig", sagte Jason. „Diese Typen sind entweder absolute Amateure oder sehr selbstgefällig, wenn man bedenkt, wie viele teure und seltene Schiffe sie schon gestohlen haben. Vielleicht hätten wir doch einen Frontalangriff wagen sollen."

„Wir tun das Richtige", sagte Mazer, nachdem er einen Moment darüber nachgedacht hatte. „Wie du schon sagtest, wissen wir nicht, was sie in diesem Komplex versteckt haben, und er ist groß genug, um Dutzende von Trupps unterzubringen. Außerdem gehört das Abschlachten von schlafenden Soldaten nicht zu meinen bevorzugten Methoden."

„Zu meinen auch nicht", sagte Jason. „Es ist unmöglich, dass sie die beiden Leichen nicht finden, bevor die *Phönix* abfliegt. Es besteht aber die Möglichkeit, dass sie denken, dass es ein Insider war und einen von ihnen verdächtigen."

„Das wird nicht lange anhalten", sagte Mazer. „Sobald sie ihre kleine Folterkammer überprüfen, werden sie wissen, dass etwas los ist."

„Vielleicht", sagte Jason. „So oder so, wir werden uns den Weg nach draußen freikämpfen müssen."

„Hauptbus A mit einundsechzig Prozent Kapazität", sagte der Computer. „Hauptbus B koppelt." Es gab einen dumpfen Schlag unter ihren Füßen, als die Lastschütze für Hauptbus B zurückgesetzt wurden.

„Das wurde auch Zeit", sagte Jason und joggte zum Pilotensitz hinüber.

„Gute Nachrichten?", fragte Mazer.

„Sehr", sagte Jason. „Die gesamte Energieversorgung des Schiffes ist multiplexfähig, so dass im Falle eines Gefechtsschadens die Systeme umgeleitet und abgeschaltet werden können. Die beiden Hauptbusse sind mit dem MUX verbunden und können alle Systeme unabhängig voneinander versorgen. Wenn wir aus dem Kaltstart kommen und so viel Kapazität wie möglich brauchen, lassen wir den Reaktor heiß laufen und teilen die Leistung zwischen den beiden Bussen auf, damit wir das Schiff voll einsatzfähig machen können, ohne Hauptbus A zu belasten oder irgendwelche Stromverbindungen durchzubrennen."

„Das klingt alles ... interessant", sagte Mazer und deutete damit an, dass es alles andere als das war. „Ich bin mir sicher, dass Twingo beeindruckt sein wird, dass du es geschafft hast, alles ohne ihn zum Laufen zu bringen."

Jason zuckte bei diesem Gedanken zusammen. „Wenn er wieder auf den Beinen ist, wird er wütend sein *und* ein absoluter Albtraum, wenn er in der Nähe ist", sagte er. „Ich habe etwa ein Dutzend Sicherheitschecks umgangen und mich bei den Details des Reaktorstarts fast vollständig auf den Hauptcomputer verlassen. Wenn das alles erledigt ist, wird er wahrscheinlich eine Woche brauchen, um herauszufinden, ob ich etwas beschädigt habe, das nicht mehr zu reparieren ist."

Mazer kehrte zu seiner Wache zurück, während Lucky und Kade die Brücke betraten und Jason die einzelnen Systeme hochfuhr. Er verließ sich wieder darauf, dass der Computer die Lücken füllte, während er ihm allgemeine Befehle gab. Als erstes waren die Repulsoren dran. Der Gravitationsantrieb war auf keinen Fall verfügbar, und schon das Aufladen der Emitter würde dazu führen, dass jeder in der Höhle auf sie zustürmte. Er begann auch damit, die Kondensatoren für die Waffen aufzuladen, hielt sich aber mit dem Vorbereiten der Treibstoffregler für die Haupttriebwerke noch zurück. Das war der letzte Schritt, denn dabei entstand ein lautes, kreischendes Heulen, begleitet von Treibstoffdampf, der aus den Gondeln austrat.

Er ging alles, was er gerade getan hatte, noch einmal durch, um sicherzugehen, dass er nicht versehentlich einen Konflikt ausgelöst hatte, der das Schiff in die Luft sprengen würde. Wie er gehofft hatte, gab es nichts, was er bisher getan hatte, was die Illusion zerstören würde, dass die *Phönix* ein lebloses Wrack war, also wartete er einfach ab und beobachtete, wie die Energiewerte weiter anstiegen. In einer Situation wie dieser war Energie das Leben.

„Sieht aus, als gäbe es was zu tun, Captain", rief Mazer. Seine Stimme war dringend, aber ruhig. Jason kletterte aus seinem Sitz und blickte auf die Höhle hinaus. Ihr Werk war entdeckt worden und vier der Außerirdischen standen sichtlich aufgeregt um die Tür der Wachhütte herum.

„Jetzt geht's um die Wurst", sagte Jason und verwirrte damit Mazer, der nun einen leicht verstörten Blick aufsetzte. „Es ist nur eine Frage der Zeit, bis sie entdecken, dass Doc und Twingo verschwunden sind, und dann werden sie genau wissen, wo sie anfangen müssen zu suchen."

„Wie weit ist das Schiff schon kampffähig?", fragte Lucky.

„Nicht genug", sagte Jason grimmig. „Wir müssen sie von dem oberen Raum fernhalten. Wir brauchen eine Ablenkung."

*****

„Das ist Wahnsinn! Lass mich frei!"

Der Krieger zerrte an den dicken Aluminiumgurten, die ihn am Stuhl festhielten, der wiederum am Boden verankert war.

„Es wäre klug von dir, wenn du anfängst, meine Fragen zu beantworten", sagte Morakar ruhig. „Ich will wissen, warum es einen Großeinsatz in Ker gibt. Worauf bereitet ihr euch vor?"

„Ich werde nichts antworten. Du hast kein Recht, mich festzuhalten. Wenn ich wieder frei bin, werde ich dafür sorgen, dass du dafür hart bestraft wirst." Der Krieger hatte sich geweigert, seinen Namen zu nennen, aber Kage hatte seinen biometrischen Scan durch eine Datenbank laufen lassen und herausgefunden, dass er in der Rangstruktur der 8. Legion hoch genug war, um zu wissen, warum sie mit voller Ausrüstung nach Ker gekommen waren.

„Dann habe ich keine große Motivation, dich am Leben zu halten, oder?", fragte Morakar und lächelte humorlos. „Wie ich schon sagte, wäre es das Beste, wenn du mir antwortest ..." Ein Klopfen an der Tür unterbrach ihn. „Zu spät", sagte er. „Öffne die Tür, Kage."

Kage ging hinüber, entriegelte die schwere Tür und ließ sie aufschwingen. Meluuk kam herein und nickte den beiden zu.

„Wer ist das?", fragte der gebundene Krieger. „Soll ich mich von einem übergroßen Gelt einschüchtern lassen?" Niemand antwortete ihm oder schaute auch nur in seine Richtung. Sie schwiegen, als eine andere, viel größere Gestalt den Raum betrat.

„Nicht er", sagte die Gestalt mit einem tiefen Grollen, bevor sie die Kapuze ihres Umhangs zurückzog.

„Lord Archon!", jammerte der Krieger praktisch. Er versuchte, sich zu verbeugen, aber die Fesseln hielten ihn fest. „Was auch immer ich verbrochen habe, erlaube mir, es wiedergutzumachen. Wenn nicht, werde ich mir das Leben nehmen."

„Ach, halt die Klappe", sagte Crusher angewidert. „Niemand wird sich umbringen. Aber du wirst Morakars Fragen über die Truppenaufstockung in meiner Stadt beantworten."

„Sein Vorname ist Zellon", sagte Kage leise und reichte Crusher ein Datenpad. „Er ist einer der Lieutenants der 8. Legion und ist direkt dem Primus unterstellt. Habe ich das richtig gesagt?"

„Das reicht", sagte Crusher, bevor er zu Zellon zurückblickte. „Und?"

„Ich verstehe das nicht, Mylord", sagte Zellon und sah sich

303

verwirrt im Raum um. „Ist das eine Art Test?"

„Meine Geduld war noch nie sehr gut", sagte Crusher, als er nach vorne trat. „In letzter Zeit wird sie immer dünner. Ich gehe mal davon aus, dass du kein kompletter Schwachkopf bist, also fangen wir von vorne an. Warum sind hier so viele Truppen stationiert?"

„Das waren unsere Befehle, Mylord", sagte Zellon zackig.

„Von wem kamen diese Befehle? Wer hat die 8. Legion zur Mobilisierung ermächtigt?"

„Das habt Ihr, Mylord", sagte Zellon. „Ich habe die Befehle selbst gesehen, die von euch unterzeichnet wurden. Wir sollten die voll einsatzfähigen Einheiten unserer Ehrengarde unauffällig tarnen und nach Ker zu einer Zeremonie schicken, bei der bekannt werden sollte, dass ihr zurückgekehrt seid." Crusher stand auf, atmete laut aus und rieb sich den Nacken.

„Binde ihn los", sagte er zu Morakar. „Wir werden diese Diskussion als zivilisierte Wesen fortsetzen. Wenn du irgendetwas Dummes versuchst, werde ich dir persönlich die Kehle rausreißen." Zellon sagte nichts, als Morakar die Fesseln löste, aber sein Gesichtsausdruck verriet, dass er nicht an Crushers Drohung zweifelte.

„Um das klarzustellen, ich habe keinen solchen Befehl gegeben", fuhr Crusher fort, als Zellon frei war. „Offensichtlich hat also jemand, der Zugang zu meinem Verschlüsselungssiegel hat, Befehle erteilt, die ich nicht verstehen kann. Was sollte deine Mission sein?"

„Es gibt einhundert Landefähren, die hinter den Hügeln bei der Stadt Ker versteckt sind. Ich weiß nur, dass wir sie in zwei Tagen für eine Mission besteigen sollen", sagte Zellon.

„Diese Fähren haben keinen Slip-Antrieb", sagte Morakar. „Wollte jemand anderes sie abholen und zum Einsatzgebiet bringen?"

„Das werde ich herausfinden", knurrte Crusher. „Und noch etwas: Warum wurde ein Teil meiner Crew gefangen genommen, mein Schiff gestohlen und ein anderer Teil meiner Crew angegriffen?" Er glaubte zwar nicht, dass ein einfacher Lieutenant diese Fragen beantworten konnte, aber einen Versuch war es wert.

„Ich weiß nichts von diesen Vorfällen, Mylord", sagte Zellon.

„Muss ich dir wirklich sagen, dass dieses Gespräch geheim bleiben soll?", fragte Crusher ihn.

„Auf keinen Fall, Mylord", sagte Zellon mit Nachdruck, um sicherzustellen, dass er das Gespräch überhaupt überlebte.

„Nun gut, du kannst gehen", sagte Crusher. „Aber da ist noch eine Sache ... Du bist jetzt ein aktiver Mitarbeiter von mir. Alles, was du über das hinaus erfährst, was du mir bereits gesagt hast, meldest du direkt an Morakar Reddix. Ist das klar?"

„Völlig klar, Mylord", sagte Zellon, stand auf und verneigte sein Haupt tief.

„Geh", sagte Crusher. Der Krieger verschwendete keine Zeit damit, sich um die Leute in dem engen Raum herumzudrängen und eilig zu fliehen. Da er nicht riskieren wollte, dass der Lord Archon seine Meinung änderte, hörte man ihn in vollem Tempo den dunklen Korridor hinunterlaufen. „Das ist ja eine interessante Entwicklung", sagte Crusher, nachdem er gegangen war.

„Das wird jetzt verdammt verwirrend", sagte Kage. „Wer weiß schon, wie man deine digitale Unterschrift fälscht?"

„Ich glaube, die Antwort ist einfacher als das", sagte Crusher. „Als ich weg war, hatte jemand genug Zeit, um sich Zugang zu meinem Büro zu verschaffen und meine Verschlüsselungscodes zu bekommen. Das wäre sicherer, als zu versuchen, es zu fälschen und erwischt zu werden."

„Und was machen wir jetzt?", fragte Morakar.

„Ihr zwei macht euch rar", sagte Crusher. „Ich werde mich mal mit den Prätoren eures Ordens unterhalten."

*****

„Lord Felex", sagte Fordix sanft, „komm doch bitte herein." Diese Bemerkung machte er, nachdem Crusher die Tür zu seinem Büro so heftig aufgeschlagen hatte, dass die Klinke beim Aufprall gegen die Wand beschädigt wurde.

„Was weißt du über die Truppen, die innerhalb von Ker eingesetzt werden, die im aktiven Einsatz sind?", fragte Crusher und ignorierte den Scherz. „Wusstest du, dass sich auch hundert unserer Landefähren in der Gegend herumtreiben?"

„Seit wann kümmerst du dich um das Tagesgeschäft der Legionen?", fragte Fordix.

„Seit wann willst du meine Fragen nicht mehr beantworten?", konterte Crusher, der nicht in der Stimmung für eine Belehrung durch seinen alten Mentor war.

„Du scheinst ziemlich aufgeregt zu sein", sagte Fordix, ohne direkt auf die Frage zu antworten. „Was ist das für ein besonderes Interesse an einer scheinbar einfachen Truppenbewegung?"

„Und wieder scheinst du völlig–" Crushers Worte erstarben in einem erstickten Fluch, als er vor Schreck erstarrte und zu Boden fiel, ohne auch nur den Versuch zu unternehmen, sich aufzufangen. Er konnte seine Gliedmaßen nicht mehr bewegen und sein Kiefer war zusammengepresst, aber er konnte seine Augen noch bewegen. Sie blickten nach rechts und sahen, wie Connimon um ihn herumging, ein seltsames Gerät in der Hand. Sie schaute traurig auf ihn herab, bevor sie sich an Fordix wandte.

„Das Gerät hat ihn fest im Griff", sagte sie und schaute auf die kleine Scheibe mit sechs Widerhakenbeinen, die sie in Crushers Hals gedrückt hatte. „Nahezu alle seine willkürlichen Funktionen sind ausgeschaltet."

„Kann er sprechen?", fragte Fordix, der ebenfalls aufstand und auf Crusher herabblickte.

„Nein", sagte sie. „Sogar die Augenbewegungen werden irgendwann unterdrückt werden. Wenn das Gerät zu lange angeschlossen bleibt, wird es anfangen, auch seine vegetativen Funktionen abzuschalten."

„Es gab keinen anderen Weg", sagte Fordix sanft zu ihr. „Überlass mir die Kontrolle und setz deine Vorbereitungen fort." Sie nickte, ohne zu sprechen, und wirkte ziemlich verzweifelt. Sie übergab Fordix das langstielige Gerät, das sie bei sich trug, und verließ schnell den Raum.

„Sie ist wirklich eine sanfte Seele", sagte Fordix, als Crushers Augen ihn mit unbändigem Hass anfunkelten. „Ich sehe ein, dass es klug von mir war, dich ... deaktivieren zu lassen. Ich hatte schon ein paar Mal daran gedacht, dich um Hilfe zu bitten, aber dafür bist du viel zu hochmütig. Du kannst einfach nicht das große Ganze begreifen, oder?

Das war schon immer eine deiner größten Schwächen. Ich bedaure dieses höchst unwürdige Ende für dich, aber du bist viel zu gefährlich, um dich direkt damit auseinanderzusetzen."

Fordix ging hinter Crusher und hob ihn an den Achseln hoch, zog ihn zu sich herüber und setzte ihn in eine liegende Position auf einem großen Stuhl.

„So", sagte er. „Wir sollten das erledigen, bevor deine Arme und Beine zu steif werden. Das ist wirklich nichts Persönliches, Felex, aber ich sehe an deinem Blick, dass du das nie so sehen wirst. Das bedeutet leider, dass ich dich nicht am Leben lassen kann, wenn ich hier weggehe. Um ehrlich zu sein, hast du mich ein bisschen überrascht. Der alte Felex hätte sich nicht um etwas Ungewöhnliches gekümmert. Nur dein eigenes Ego und dein Ruhm haben dich angetrieben. Verzeih mir, wenn ich respektlos klinge, denn ich habe die allerhöchste Achtung vor deinem Amt ... aber ich war nicht gerade begeistert von dir persönlich. All die Jahre, in denen ich dich erzogen und beraten habe, in denen ich versucht habe, dich zu etwas zu machen, das du gar nicht sein wolltest: ein echter Anführer für unser Volk." Fordix begann, im Raum auf und ab zu gehen, und seine Rede wurde immer aufgeregter, als ihn die jahrzehntelang aufgestauten Emotionen überkamen.

„Du warst der begabteste Krieger, der seit Generationen geboren wurde", fuhr er fort und schien fast zu vergessen, dass Crusher überhaupt hier saß. „Größe, Schnelligkeit, Kraft, Instinkt ... Du warst der Inbegriff eines galvetischen Kriegers. Und doch hast du bei deiner wichtigsten Aufgabe kläglich versagt. Wir werden seit Jahrhunderten von Galvetor unterdrückt, und du hast nichts getan, als diese Macht zu stärken. So viele von uns hatten sich so viel erhofft, als sich abzeichnete, dass du der nächste Wächter-Archon sein würdest. Unsere Chance, uns von dem erdrückenden Einfluss der Heimatwelt zu befreien, war zum Greifen nahe, und dann hast du uns alle verraten, indem du fast jedem Abkommen zugestimmt hast, das von einem korrupten Herrschergremium erlassen wurde, das uns weiterhin unterjochen will. Jetzt ist unsere Chance, diese virtuelle Sklaverei zu beenden, zum Greifen nah. Bei den Streitereien auf Galvetor darüber, wie viel Einfluss von außen sie akzeptieren oder ausüben sollten, konnten wir einige Mitglieder beider politischer Seiten davon überzeugen, dass die Legionen bereit wären, ihre Sache zu unterstützen. Sie werden uns mit offenen Armen empfangen, und wenn sie merken, dass wir nicht da sind, um uns an ihren kleinlichen Streitereien zu beteiligen, wird es schon zu spät sein. Wir werden die derzeitige, korrupte Regierung absetzen und mit Galvetor eine neue Koexistenz aushandeln. Wenn sie sich weigern ... nun, dann haben wir bereits zehntausend Krieger in der Hauptstadt." Fordix ging zu dem sich über die ganze Wand erstreckenden Fenster und blickte über die Stadt, während er das Gerät, das Connimon ihm gegeben hatte, müßig in seiner linken Hand drehte. Mit emotionslosem Blick schaute er zu Crusher zurück.

„Ich wusste, dass du niemals zustimmen würdest", sagte er. „Du wärst nie zurückgekommen, wenn du geahnt hättest, dass deine einzige Rolle in dieser Operation darin besteht, dem Orden eine vereinte Legion zu verschaffen. Ich weiß nicht, ob es an mangelndem Mut, mangelnder Überzeugung oder einfach an mangelnder moralischer Stärke liegt, aber ich wusste, dass man dir niemals zutrauen kann, in unserem besten Interesse zu handeln. Du warst dein ganzes Leben lang eine Marionette von Galvetor, ein tanzender Narr, und du hast deine Rolle gerne angenommen. Mit dieser, deiner letzten Tat, hast du wenigstens etwas getan, um deinem Volk zu helfen."

Er ging zu dem großen Schreibtisch in der Mitte des Büros und nahm ein kurzes, bösartig gebogenes Schwert in die Hand. Das Gerät, das er bei sich trug, ließ er auf den Schreibtisch fallen. Er zog ein Funkgerät heraus und sprach in das Gerät, während er Crusher ignorierte und durch das Büro ging. „Hier ist Fordix, du kannst mit der Operation beginnen. Viel Glück und ich treffe dich in Kürze dort." Er schaltete das Gerät aus und steckte es zurück in eine Tasche.

„Wie ich schon sagte, ist das nicht der Kriegertod, den ich mir für dich gewünscht hätte, aber ich bin auch kein Narr. Dich zu einem Einzelkampf herauszufordern ist ein Todesurteil für jeden, der dumm genug ist, es zu versuchen. Also muss das hier genügen." Er ging auf Crusher zu und setzte die Spitze der Klinge niedrig auf seine Brust, dann schob er das Schwert mit einer sanften Bewegung hinein. Trotz seiner momentanen Lähmung spannte sich Crushers Körper an und begann sich auf dem Stuhl zu bewegen.

„Erkennst du die Klinge?", fragte Fordix, als ob er über das Wetter sprechen würde. „Es ist die, die ich dir bei der Zeremonie gegeben habe, als du zum Wächter-Archon ernannt wurdest. Wenn es ein Leben nach dem Tod gibt, hoffe ich, dass du verstanden hast, dass ich getan habe, was ich tun musste, wenn ich dich dort treffe."

Fordix verließ den Raum und schlug die Tür mit einem lauten Knall zu. Crusher rollte mit den Augen nach unten und betrachtete den verzierten Griff des Schwertes, das noch immer aus seiner Brust ragte. Er konnte spüren, wie sein Blut aus der Wunde floss. Er schaute zur Decke und konnte nicht glauben, dass sein Leben wirklich so enden würde ... mit seiner eigenen Klinge erstochen von der Person, die er sein ganzes Leben lang als Vaterfigur betrachtet hatte.

Kapitel 24

„Es sieht so aus, als ob wir uns in ihr Kommunikationssystem eingeklinkt haben", sagte Jason von der Sensorstation aus. Er hatte sich mit den integrierten Kommunikationssystemen der Einrichtung verbunden, in der die *Phönix* versteckt war. Es sah aus, als ob er mit Hilfe des Hauptcomputers einige rudimentäre Überbrückungsbefehle erteilen könnte. Es war ein Glücksfall, dass die Sicherheit ihrer vernetzten Systeme genauso wenig vorhanden war wie die physische Sicherheit der Anlage selbst. Die Selbstüberschätzung der Feinde oder ihre grobe Nachlässigkeit hatten ihm den Weg geebnet, den er brauchte.

„Keinen Moment zu früh", sagte Mazer, der immer noch besorgt aus dem Kabinendach schaute. „Sie scheinen sich etwas beruhigt zu haben und durchsuchen jetzt systematisch die anderen Gebäude. Es ist nur eine Frage der Zeit, bis sie entdecken, dass ihre Gefangenen verschwunden sind."

„Wir sind fast fertig", sagte Jason und hüpfte zurück in den Pilotensitz. „Was ich seltsam finde, ist, dass die Todesursache ihrer beiden Freunde nicht unbedingt etwas ist, was man erwarten würde, wenn es einer von ihnen gewesen wäre. Ein wie ein Zweig gebrochenes Genick und eine zerquetschte Kehle mit dazugehörigen Krallenwunden? Ich hätte erwartet, dass sie sofort nach Eindringlingen suchen."

„Wenn die Dinge so sehr außerhalb des Erwarteten liegen, werden selten zuerst die richtigen Schlüsse gezogen", sagte Kade.

„Sind alle bereit?", fragte Jason. Alle drei auf der Brücke bestätigten das. „Computer, öffne einen Interkom-Kanal zur Krankenstation." Als er einen doppelten Piepton zur Bestätigung erhielt, fuhr er fort: „Doc, wir werden gleich abheben. Es wird ein Schublift ohne Schwerkraftantrieb sein, es wird also hart werden. Seid ihr da unten gesichert?"

„*Wir sind es, soweit es nur geht*", meldete sich Docs Stimme zurück. „*Aber ich würde es als einen Gefallen betrachten, wenn du die interne Schwerkraft nach dem Start schnell aktivieren würdest. Twingo wird ohne sie nicht allzu viele Manöver mit hoher Schwerkraftbeschleunigung bewältigen können.*"

„Verstanden", sagte Jason und schloss den Kanal. „Computer, sind die Repulsoren auf mein Kommando hin feuerbereit?"

„Jawohl."

„Initiiere den Com-Override, alle Kanäle und volle Lautstärke", befahl Jason. „Bereithalten für Audioquelle."

„Kanal offen. Ich bin bereit", bestätigte der Computer.

„Leg einen Song von Burke Personal Audio ein", sagte Jason, „AC/DC, *Thunderstruck*".

„Audiodatei gefunden. In Warteschlange."

„Datei abspielen", sagte Jason. Als die ersten Töne von *Thunderstruck* aus allen Lautsprechern im Gebäude ertönten, einschließlich der Computerstationen und persönlichen Kommunikationsgeräte, war er überrascht, wie laut es war. Er nutzte den Lärm sofort aus. „Bringe alle Waffen online und beginne mit dem Laden der Schildemitter", sagte er, während er zu seinem Triebwerksbedienfeld hinüberging, die vier großen Haupttriebwerke auf „Vorstart" schaltete und die Heizelemente anlaufen und das Treibstoffsystem spülen ließ.

Als die Basstrommeln aus den Lautsprechern dröhnten und der Heavy-Metal-Song an Intensität zunahm, begannen die Bewohner der Höhle im Freien herumzulaufen, einige hielten sich die Hände über die Ohren und sahen sich verwirrt an. Manche versuchten, einige der störenden Tonquellen auszuschalten, aber die manuelle Kontrolle war zu stark, um sie einfach abzuschalten. Jason schaute auf und sah, dass seine galvetischen Freunde nicht gegen die stampfenden Rhythmen immun waren, denn Mazers Fuß begann im Takt der Musik zu wippen und auch Kades Kopf wippte leicht mit.

„Was ist das?", fragte Mazer schließlich.

„AC/DC", sagte Jason, „das ist von meinem Heimatplaneten".

„Ist das ein Kampflied deines Volkes?", fragte Kade.

„Weißt du, ich glaube, das ist es irgendwie", sagte Jason. „Ich weiß, dass es wahrscheinlich mehr als ein paar Kämpfe ausgelöst hat."

„Es ist hervorragend", sagte Mazer.

Die *Phönix* gab jetzt wirklich Lebenszeichen von sich, als die Energie in ihre Systeme floss und die Anzeigen auf Jasons Statustafel grün wurden. „Ihr beide solltet euch jetzt anschnallen", sagte er. „Es ist fast zu spät, falls sie versuchen, an Bord zu kommen." Als die beiden Krieger sich zwei der Sitze an den Brückenstationen schnappten und sich anschnallten, leuchtete die letzte Anzeige auf, um Jason mitzuteilen, dass er jederzeit aufsteigen kann. Er wusste, dass die Kühlkreisläufe jetzt aktiv waren und die Entlüftungsöffnungen für die Wärmetauscher wahrscheinlich einen sichtbaren Dampfstrahl aus dem oberen Teil des Schiffes abgaben. Die Bestätigung dafür kam, als eine Handvoll Außerirdischer auf die *Phönix* zeigte und begann, auf sie zuzugehen, während die schrillen Gitarrenriffs ihre Ohren attackierten, von denen Jason hoffte, dass sie extrem empfindlich waren. Er wartete noch ein paar Sekunden, als sie näherkamen und die Intensität des Liedes ihren Höhepunkt erreichte.

„Repulsoren abfeuern!", brüllte Jason. Die *Phönix* wurde augenblicklich in Staub und Rauch gehüllt, als die vorderen Repulsoren explodierten und begannen, das Kampfraumschiff vom Boden der Höhle zu heben. Werkzeuge, Ständer und andere Ausrüstungsgegenstände wurden vom Schiff weggeblasen und direkt in die vermeintlichen Eindringlinge geschleudert, während das Schiff langsam weiter aufstieg. Nur einer schien noch am Leben zu sein, aber er war schnell verschwunden, als die Trümmerwolke des Starts über den Boden der Höhle rollte. Ohne den Gravitationsantrieb, der die Erschütterungen dämpfte, waren diese entsetzlich. Er griff hinüber und schaltete die Haupttriebwerke auf „Standby", beließ sie aber dort. Die Repulsoren richteten schon genug Schaden an; die massiven Plasmatriebwerke würden Trümmer herumschleudern, die nicht nur für sie, sondern auch für jeden, der dumm genug war, sich noch draußen aufzuhalten, gefährlich sein würden.

Er betätigte den Schalter oben auf dem Steuerknüppel und begann, das Schiff mit den Manövriertriebwerken über den Hauptboden zu steuern. Sie waren gerade stark genug, um das große Schiff in Bewegung zu setzen, aber nicht so stark, dass eine Überkorrektur das Schiff gegen die Wand schleudern würde. Dann fuhr er das Fahrwerk ein und aktivierte alle Waffensysteme. Als er nach unten blickte, sah er, dass die Energiewerte konstant blieben und sogar noch ein wenig stiegen.

„Sollen wir auf unsere Freunde da draußen schießen?", brüllte Mazer über das Dröhnen der Repulsoren hinweg, das in dem geschlossenen Raum fast ohrenbetäubend war.

„Nein!", rief Jason zurück. „Ich werde diese Mission nicht beenden, indem ich uns einen Berg auf den Kopf fallen lasse, wenn wir schon fast wieder weg sind." Während er langsam zum Ausgangstunnel manövrierte, setzte sich Lucky auf den Kopilotensitz und begann, die Bedienelemente nach seinen Wünschen einzustellen.

„Ich kann unsere Waffen und Sensoren von hier aus bedienen, Captain", sagte er.

„Ausgezeichnet", sagte Jason, „ich werde die Hilfe brauchen." Er überließ es seinem Freund, die Defensiv- und Offensivsysteme vorzubereiten und konzentrierte sich darauf, den Hindernissen auf dem Höhlenboden auszuweichen, während er gleichzeitig versuchte, nichts zu überfliegen, was die Repulsoren in ein herumfliegendes Geschoss verwandeln könnten. Sie kamen in den Bereich, in dem es zum Eingangstunnel hinunterging, und wenn etwas mit genügend Kraft gegen die Felswand geschleudert wurde, konnte es zurückkommen und das Schiff beschädigen.

Seine taktische Anzeige leuchtete mit einer Warnung auf und der hintere Sensorfeed zeigte, dass die Arbeiter, die bei ihrem anfänglichen Aufstieg nicht verletzt oder getötet worden waren, sie nun verfolgten und mit Handfeuerwaffen auf das Heck des Schiffes feuerten. Die leichten Antipersonenwaffen konnten nichts ausrichten, außer schwache Brandspuren auf dem Rumpf zu hinterlassen. Jason hoffte nur, dass sie in der Zwischenzeit nicht noch etwas Größeres anschleppen würden.

Als sie in den Tunnel eintraten, wurden die Stöße der Repulsoren auf so engem Raum immer stärker und Jason machte sich Sorgen wegen der Erschütterungen auf Twingo. Er schaltete das interne Schwerkraftsystem ein und das schien etwas zu helfen, aber es war immer noch eine extrem raue Fahrt. Er hätte gerne das Tempo erhöht, aber er befürchtete, dass die Resonanz nicht nur die *Phönix* beschädigen, sondern auch den Tunnel zum Einsturz bringen könnte.

„Es sieht so aus, als würden wir gerade bei Tagesanbruch auftauchen", rief Jason. „Es wird höllisch heiß sein, aber man kann es überleben. Willst du immer noch das Shuttle, Kade?"

„Ja, Captain Burke", antwortete Kade.

„Dann geh runter in den Frachtraum, wenn du kannst", sagte Jason laut. „Ich werde in der Nähe des Shuttles anhalten und unseren Transitstrahl für zehn Sekunden aktivieren. Danach bist du auf dich allein gestellt."

„Danke, Captain", sagte Kade, als er Mazer sein Plasmagewehr reichte.

„Viel Glück", rief Jason, als der ältere Krieger an ihm vorbei und von der Brücke eilte.

„Captain, wir sind jetzt in Reichweite der Luftschleuse", sagte Lucky.

„Du kannst mit den Plasmakanonen nach eigenem Ermessen feuern", sagte Jason und drückte zweimal auf den Abzug des Steuerknüppels, um dem Computer die Erlaubnis zum Abfeuern der Waffen zu geben. Eine Sekunde später war der Tunnel vor ihnen hell erleuchtet, als sich die Plasmakanonen an der Vorderkante öffneten und die gesamte Brücke in Rot tauchten.

Die Barriere schien aus einem flexiblen Material zu bestehen, das eng über die Öffnung gespannt war. Als der erste Plasmlitz einschlug und einen Teil wegbrannte, riss die gesamte Oberfläche ein und zog sich in die Wände des Tunnels zurück. Die übrigen Schüsse drangen weiter vor und zerstörten die äußere Barriere auf die gleiche Weise.

„Das war einfacher, als ich dachte", gab Jason zu, als er seine Geschwindigkeit erhöhte und sie aus dem Berg ins Freie flogen. Er atmete erleichtert auf, als das Schiff wieder einen großen, offenen Himmel über sich hatte. Es war nervenaufreibend gewesen, es ohne die präzise Kontrolle des Gravitationsantriebs durch so enge Bereiche zu steuern. Er öffnete einen Interkom-Kanal zum Frachtraum. „Du bist dran, Kade. Ich öffne die Truppenluke in ein paar Sekunden." Ohne auf eine Antwort zu warten, schloss er den Kanal, brachte das Schiff in die Nähe der Stelle, an der sie das Kampfshuttle verlassen hatten, und stieg auf eine sichere Höhe, damit der Krieger das Schiff verlassen konnte, solange die Repulsoren noch für den primären Auftrieb sorgten. „Lucky, öffne die Bodenluke und setze den Transitstrahl ein", sagte er.

„Verstanden", antwortete Lucky und seine Hände tanzten über die Kontrollen, um Kade aus dem Schiff zu lassen. Jason zählte in seinem Kopf dreizehn Sekunden ab, mehr als genug Zeit für Kade, um das Schiff zu verlassen und in Sicherheit zu sein.

„Schließen", befahl Jason, griff hinüber und schaltete die Haupttriebwerke auf „aktiv". Ein kurzes Heulen ertönte, gefolgt von dem beruhigenden Knall der Haupttriebwerke, die gezündet wurden. Er nahm den Schubregler in die Hand und ließ sie in den heller werdenden Morgenhimmel aufsteigen. „Lucky, fang an, die Umgebung mit den Sensoren abzutasten und mach zwei thermobarische Raketen mit maximaler Reichweite scharf", befahl er.

„Die Scans der Umgebung zeigen keine Bedrohung", berichtete Lucky. „Die Raketen sind scharf. Was ist unser Ziel?"

„Wir werden unseren Freunden dort hinten ein kleines Abschiedsgeschenk machen, weil sie so gastfreundlich waren", sagte Jason, als er entlang der Kammlinie beschleunigte und sie in einer engen Kurve zurück in die Richtung schwenkte, aus der sie gekommen waren.

„Die Raketen sind so eingestellt, dass sie den Tunnel durchqueren und in der Mitte der Höhle detonieren, gestaffelter Auslöser", berichtete Lucky. Jason sah, dass die beiden Waffen auf seinem taktischen Display als verfügbar angezeigt wurden. Er wählte beide aus und öffnete die vorderen Waffenschachttüren, während sie zurück zum Tunneleingang flogen.

Als er nur noch zweihundert Meter entfernt war, bremste er ab und ließ das Schiff in den Schwebezustand übergehen. Er konnte eine Gruppe von Arbeitern sehen, die verzweifelt versuchten, die Barriere zu reparieren, während die Sonne unaufhaltsam weiter in den Himmel wanderte. Sie blickten zu dem schwebenden Kampfraumschiff auf und schienen unschlüssig, ob sie sich zurückziehen, weiter an der Barriere arbeiten oder mit ihren unzureichenden Waffen das Feuer eröffnen sollten.

Er beobachtete, wie das Kampfshuttle abhob und den Bereich verließ, und beschloss, die Entscheidung für sie zu treffen. Als sie in den Tunnel eintraten, drückte er den Abzug und hielt ihn gedrückt, worauf zwei Raketen aus den Halterungen geschleudert wurden und mit Überschallgeschwindigkeit vom Schiff wegflogen.

Die Folgen waren heftiger, als Jason vorhergesagt hatte. Zuerst wurde ein Trümmerhaufen, darunter auch die Reparaturmannschaft der Barriere, mit enormer Geschwindigkeit aus dem Tunnel geschleudert. Dann begann der Berg selbst an der Südwand abzusacken, und ganz langsam begann der Gipfel zu sinken, während der gesamte Berg in sich zusammenzufallen schien. Mit einem Blick grimmiger Genugtuung schwenkte Jason die Nase der *Phönix* weg und begann, aus der Atmosphäre aufzusteigen, während ihre Haupttriebwerke über dem nun wirklich verlassenen Planeten aufheulten.

Sie erreichten schnell die Umlaufbahn, und das eshquarianische Kampfshuttle mit Kade an Bord folgte ihnen in Formation. Er sagte, dass er gerne bleiben würde, bis die *Phönix* in der Lage war, im Slipspace zu fliegen, also ließ Jason Lucky und Mazer eine versiegelte Transportkiste mit Vorräten vorbereiten, um sie zum Shuttle zu schicken, da er wusste, dass sie während der Hinreise alles an Bord gegessen hatten. Sobald sie weg waren, wies er den Computer an, wachsam zu bleiben und ihn zu informieren, wenn die Sensoren etwas in das System eindringen sahen. Das Tarnkappenschiff in der Nähe von Colton Hub ging ihm noch immer durch den Kopf, als er die Brücke verließ und zur Krankenstation ging.

„Wie ich sehe, warst du fleißig", bemerkte Jason, als er

hereinkam. „Wie geht es dir?"

„Da meine Verletzungen im Vergleich zu seinen ziemlich leicht waren, geht es mir ganz gut", sagte Doc. Sein Arm war immer noch in der Schlinge, aber Jason konnte sehen, dass der Knochen bereits von den medizinischen Nanorobotern zusammengefügt worden war und die Schwellung der Gliedmaßen deutlich zurückging.

„Das freut mich zu hören", sagte Jason. „Und Twingo?"

„Ich werde nicht lügen, er ist immer noch in großer Gefahr", sagte Doc. „Aber ich glaube, er ist aus dem kritischen Stadium heraus. Er hätte den Schock einer vollständigen Nanotech-Behandlung nicht verkraftet, obwohl der Computer alle zehn Minuten versucht, sie hinter meinem Rücken zu injizieren. Ich habe in den letzten Stunden gezielte Behandlungen mit streng programmierten Nanobots durchgeführt. Ich konnte die schlimmsten Schäden an seinem Kreislaufsystem beheben und habe seine Sauerstoffversorgung aufgestockt, um sicherzustellen, dass sein Gehirn nicht in Gefahr ist."

„Ich muss versuchen, den Slipdrive auch ohne ihn in Gang zu bringen", sagte Jason, „damit wir uns auf dem Rückweg nach Restaria nicht beeilen müssen. Ich werde versuchen, den Flug so reibungslos wie möglich zu gestalten, damit du weitermachen kannst."

„Das würde ich zu schätzen wissen", sagte Doc. „Aber was ich wirklich gebrauchen könnte, ist eine besser ausgestattete Einrichtung. Leider gibt es weder auf Galvetor noch auf Restaria eine, die sich nicht hauptsächlich an Gelten richtet."

„Dann wird dir die nächste Neuigkeit gefallen", sagte Jason. „Die *Defiant* wird das Galvetor-System wahrscheinlich ungefähr zur gleichen Zeit wie wir erreichen."

„Das *sind* gute Nachrichten", stimmte Doc zu. „Ihre Krankenstation kann es mit einigen Krankenhäusern auf Planeten aufnehmen, in denen ich schon war."

Jason nickte und wandte sich zum Gehen. „Gute Arbeit, sein Leben zu retten", sagte er. „Halte mich auf dem Laufenden und ich lasse dich mit deiner Arbeit allein."

„Danke, dass du uns rausgeholt hast, Captain", sagte Doc ernst, bevor Jason die Tür erreichte.

„Es ist gut, dass ihr wieder da seid", sagte Jason schnell, bevor er ging, um vor Doc nicht zu emotional zu werden. Er ging hinunter in den Maschinenraum und überprüfte alle Systeme, bevor er ein weiteres Terminal aufrief. Zum Glück hatte Twingo darauf bestanden, die anderen Besatzungsmitglieder in bestimmten Aspekten des Schiffes zu schulen, falls sie jemals in eine Situation geraten sollten, die genau derjenigen entsprach, in der sie sich befanden.

Er führte zunächst eine vollständige Diagnose der Hardware durch und schaltete dann alle Kontroll- und Sicherheitssysteme ein. Twingo hatte auch ein paar Skripte geschrieben, die verwendet werden konnten, um Stapelbefehle auszuführen und bestimmte Teile des Systems in der richtigen Reihenfolge hochzufahren, ohne dass er sich jeden kleinen Schritt merken musste. Als alles gut aussah und der Computer zustimmte, dass das System vollständig vorbereitet war, begann er mit der Ladesequenz für die Emitterspulen. Nach einer kurzen Zeit, in der es knallte, heulte und zischte, und Meldungen auf dem Display erschienen, konnte er den leichten Zug der Schwerkraft im hinteren Teil des Schiffes spüren, als sich die Emitter aufluden und kleine Gravitationswirbel bildeten. Sobald der Antrieb vollständig aufgeladen und stabilisiert war, würde sich alles wieder normalisieren, also verließ er den Maschinenraum und machte sich auf den Weg zurück auf die Brücke, um zu warten.

Wie die meisten wichtigen Systeme der DL7 waren auch die Slipdrive-Emitter neu und auf dem neuesten Stand der Technik, so dass die Ladezeit nur noch einen Bruchteil dessen betragen würde, was sie mit der ursprünglichen Jepsen-Ausrüstung erreicht hatte. Aber die Verzögerung ärgerte ihn immer noch, jetzt, wo er sein Schiff wieder hatte. Er wollte Twingo in eine richtige medizinische Einrichtung bringen, Kage schnappen, herausfinden, was Crusher vorhatte, und dann so schnell wie möglich aus dem Galvetor-System verschwinden, wie die *Phönix* sie tragen konnte.

*****

Kage und Morakar gingen langsam durch die Gänge in der Nähe des Büros des Archons im verlassenen Legionszentrum. Sie konnten sich nicht erklären, warum anscheinend alle gegangen waren, und hatten Meluuk zum anderen Turm geschickt, um zu sehen, ob es dort genauso war.

„Selbst die normalen Wachen sind nicht auf ihrem Posten", sagte Morakar leise. „Das ist ziemlich seltsam." Sie gingen noch eine Weile durch die Flure und trafen niemanden außer einem einzelnen Reinigungsbot und einer jungen Verwaltungsangestellten, die etwas in ihrem Büro vergessen hatte. Da sie nichts Ungewöhnliches bemerkt hatte, ließen sie sie weitergehen.

Morakar war auch nicht in der Lage, Fordix, die Prätoren oder sogar den Wächter über ihre Funkgeräte zu rufen. Er wusste, dass Lord Felex gegangen war, um die Prätoren mit den Geschehnissen in Ker zu konfrontieren, und die Tatsache, dass sie keinen von ihnen mehr erreichen konnten, machte ihm große Sorgen. Er und Kage arbeiteten sich stetig den Turm hinauf und hielten dabei Ausschau nach Lebenszeichen.

„Das wird langsam unheimlich", sagte Kage, nachdem sie eine weitere Etage überwunden hatten und die Außentreppe zum obersten Stockwerk hinaufgingen. Morakar blieb so schnell stehen, dass Kage ihm in den Rücken lief. „Was ist los?" Der galvetische Krieger schnupperte an der Luft, atmete langsam tief ein und blies sie seitlich durch den Mund aus.

„Blut", sagte er einfach. „Gelten-Blut. Komm mit." Sie rannten die Treppe hinauf, wobei sie Morakars Geruchssinn folgten, und landeten vor der verzierten Tür des Büros, das der Wächterarchon für seine Aufgaben nutzte. Morakar drehte sich um, trat gegen die Türklinke und ließ die Tür nach innen fliegen.

„Ich glaube nicht, dass sie abgeschlossen war", bemerkte Kage, als er sich an dem großen Krieger vorbeidrückte und sich im Büro umsah. „Oh Scheiße!" Morakar drehte sich um, um zu sehen, wohin Kage schaute. Crusher saß immer noch auf seinem Stuhl, die Augen geschlossen und eine riesige Klinge ragte aus seiner Mitte.

Kage ging zu seinem Freund hinüber und überprüfte seine Lebenszeichen. „Er lebt noch, aber er scheint viel Blut verloren zu haben."

„Die Klinge scheint sein Herz knapp verfehlt zu haben", sagte Morakar. „Mehr kann ich nicht sagen." Kage griff nach dem Griff des Messers, aber Morakar hielt seine Hand fest umklammert. „Lass das. Das könnte alles sein, was ihn im Moment vor dem Verbluten bewahrt.

323

Wer könnte gegen den Lord Archon gekämpft und mit einem so entscheidenden Schlag gewonnen haben?"

„Niemand", sagte Kage und drehte Crushers Kopf nach links, um die kleine Scheibe zu enthüllen, die immer noch an seinem Hals befestigt war. „Das ist wirklich interessant. Soweit ich weiß, werden sie nur vom eshquarianischen Geheimdienst benutzt und sind nicht frei verkäuflich."

„Was ist es?"

„Es ist ein neuronaler Disruptor", sagte Kage und sah sich das Gerät genau an. „Er kann für jede Spezies programmiert werden und kann dann alle Signale unterdrücken, die du willst. Es sieht aus, als hätte jemand Crusher gelähmt und ihm dann in die Brust gestochen."

„Wir suchen also jemanden, dem er vertraut hätte", sagte Morakar.

„Im Moment suche ich nach einer Möglichkeit, das Ding zu deaktivieren", korrigierte Kage. „Sie sind fast immer so konstruiert, dass sie entweder explodieren oder das Opfer töten, wenn man sie manipuliert. Sieh zu, dass du das dazugehörige Werkzeug findest ... es sieht aus wie ein langer silberner Stab." Während Morakar den Raum durchsuchte, lehnte sich Kage vor und streckte seine Hand aus. Dünne Ranken von Nanobots ragten aus seinen Fingern und begannen, die Basis des Geräts zu untersuchen. Mit Hilfe seiner neuralen Implantate und der Verbindung, die seine spezialisierten Nanobots herstellten, erforschte er das Innenleben des Disruptors und kam zu dem Schluss, dass das Gerät Crusher tatsächlich töten würde, wenn sich jemand daran zu schaffen machte.

„Ist es das?", fragte Morakar und kam mit einem silbernen

Gerät, das er vom Schreibtisch in der Mitte des Raumes genommen hatte, herüber.

„Ja", bestätigte Kage, „bring es her." Langsam untersuchte er das Gerät, bevor er seine Nanobots wieder losließ, um in das Gerät einzudringen und es zu untersuchen. Der Neuralinhibitor war zwar manipuliert, aber die Fernbedienung, mit der er ausgelöst wurde, war es nicht. Kage konnte sich Zugang zu der relativ primitiven Logik im Inneren des Stabes verschaffen und ihm befehlen, den Inhibitor an Crushers Hals zu deaktivieren. Sobald er das getan hatte, holte sein Freund tief Luft, krümmte seinen Rücken und stöhnte laut.

„Ganz ruhig, Großer", sagte Kage und legte eine Hand auf Crushers Brust. „Dein Schwert ragt etwa einen Meter aus dir heraus, also lass uns keine plötzlichen Bewegungen machen." Crusher war bereits wieder in die Bewusstlosigkeit gefallen und antwortete ihm nicht.

„Ich verstehe nicht, warum er noch nicht verblutet ist", bemerkte Morakar und betrachtete die Wunde aus der Nähe.

„Es sind die Nanobots in seinem Blut. Er trägt eine Ladung allgemeiner medizinischer Bots bei sich, die automatisch Traumata erkennen und alles tun, um ihn zu stabilisieren. Das gilt eigentlich für die ganze Mannschaft", sagte Kage. „Ich vermute, dass derjenige, der ihn niedergestochen hat, die Standardverfahren unserer Einheit nicht kannte, sonst hätte er ihn nicht so zurückgelassen."

„Ich habe ein sehr schlechtes Gefühl, wer dafür verantwortlich sein könnte", sagte Morakar. „Was sollen wir jetzt tun? Ich bin mir nicht sicher, wem wir in der Stadt vertrauen können, aber wir können ihn nicht einfach so zurücklassen."

„Lass mich an den Kommunikationsknoten gehen, dann

versuche ich, den Captain zu erreichen", sagte Kage, stand auf und sah sich im Raum um.

„Welcher Kommunikationsknoten?", fragte Morakar. Kage machte sich auf den Weg zu einer Verkleidung, die den anderen an den Wänden nicht unähnlich zu sein schien. Er wühlte ein wenig an der Kante herum, bevor die Platte in die Decke ragte und ein voll ausgestatteter Slipspace-Kommunikationsknoten aus einer Nische herausglitt.

„Das hier", sagte er mit einem Lächeln. „Ich habe es gleich gespürt, als wir reinkamen", sagte er, tippte mit einem Finger auf seinen übergroßen Schädel und zwinkerte Morakar zu. Er konfigurierte das Gerät, das für restarische Verhältnisse erstaunlich modern war, und sorgte dafür, dass sich das Slipspace-Feld des Transceivers um die Antenne bildete, die sich an einem anderen Ort im Gebäude befand.

Als sich das Feld stabilisiert hatte und der Kommunikationsknoten anzeigte, dass er bereit war, begann Kage, die Zieladresse und die Verschlüsselungsstandards einzugeben, die er aus dem Gedächtnis kannte. Es dauerte ein paar Minuten, bis sich der andere Kommunikationsknoten mit dem Gerät, das er benutzte, abglich und einen Kanal öffnete.

„Kage?" Jasons Stimme kam aus dem Lautsprecher. „Wo bist du?"

„Ich bin in Crushers Büro", sagte Kage. „Ich habe eine Vermutung ... Ich nehme an, du sitzt gerade auf der Brücke der *Phönix*?"

„Korrekt", sagte Jason. „Wir haben das Schiff unversehrt zurückerobert und befinden uns im Slipspace auf dem Weg zu euch. Twingo wurde sehr schwer verwundet, Doc wurde verprügelt, aber er scheint sich schnell zu erholen. Ich nehme an, du rufst nicht nur an, um zu plaudern."

„Crusher wurde mit etwas, das wie ein zeremonielles Kurzschwert aussieht, in die Brust gestochen", sagte Kage grimmig. „Er saß auf einem Stuhl in seinem Büro, als Morakar und ich ihn fanden. Seine Nanobots haben den Blutfluss weitgehend gestoppt, aber er wird bald ernsthafte medizinische Hilfe brauchen und wir glauben nicht, dass es hier in Ker jemanden gibt, dem wir vertrauen können." Er konnte hören, wie Jason ein verärgertes Seufzen ausstieß.

„Ich habe den Kern selbst gestartet, also bin ich ein bisschen nervös, die Triebwerke zu stark zu belasten", sagte Jason. „Ich kann fünfundsiebzig Prozent Slipstream riskieren ... dann sind wir in weniger als fünf Stunden da."

„Wenn wir ihn so lange ruhig halten können, sollte es reichen", sagte Kage, während Morakar unsicher mit den Schultern zuckte. „Übrigens, bevor er niedergestochen wurde, wurde er mit einem dieser raffinierten neuralen Disruptoren gelähmt, die der eshquarianische Geheimdienst gerne einsetzt."

„Das ist eine interessante Entwicklung", sagte Jason. „Ich habe vor, mich direkt auf dem Platz vor dem Legionszentrum niederzulassen. Was für einen Empfang kann ich erwarten?"

„Wahrscheinlich keinen", sagte Kage. „Die Stadt ist mehr oder weniger verlassen. Ich erkläre dir mehr, wenn du hier bist. Ich beende diese Verbindung, um zu sehen, ob ich die *Defiant* erreichen kann ... sie sind vielleicht näher als ihr."

„Verstanden", sagte Jason. „Wir sehen uns bald wieder."

Der Kanal wurde unterbrochen und Kage begann, den Knoten für eine neue Verbindung zurückzusetzen. Er begann, die Verbindungscodes einzugeben, die einen Kanal zum ungesicherten Knoten *der Defiant* öffnen würden, da er die Verschlüsselungscodes für einen privaten Kanal zum Captain des Schiffes nicht hatte.

Die Kommunikationsstation begann ihren automatischen Zyklus, um eine Verbindung über so große Entfernungen herzustellen. Die *Defiant* befand sich außerdem im Slipspace, was die Sache noch schwieriger machte. Kage stellte das Gerät so ein, dass es ihn alarmierte, wenn es eine Verbindung herstellen konnte, und ging zurück, um nach seinem Freund zu sehen. Er hoffte, dass Crusher so stark war, wie er schien, und durchhielt, bis Hilfe kam.

Kapitel 25

Jason sprang aus dem Pilotensitz und rannte hinunter zur Krankenstation. Er blieb kurz vor der Tür stehen, um nicht wie ein Wilder hineinzuplatzen und einen seiner verwundeten Crewmitglieder zu erschrecken.

„Doc, wir haben ein weiteres Problem", sagte er, als er den Raum betrat.

„Das scheint etwas zu sein, woran wir keinen Mangel haben", sagte Doc unwirsch. „Was ist passiert?"

„Kage hat gerade Kontakt aufgenommen. Crusher ist von einer Art Schwert durchbohrt worden. Er sagte, dass die Nanobots, die du in uns allen eingesetzt hast, die Blutung auf ein Minimum reduzieren, aber er und Morakar sind nicht in der Lage, richtige medizinische Hilfe zu bekommen", sagte Jason und hob seine Hände in einer hilflosen Geste.

„Wie weit weg sind wir?", fragte Doc.

„Ich habe gerade unsere Geschwindigkeit erhöht", sagte Jason.

„Es sind nur noch knapp drei Stunden, bis wir die Atmosphäre von Restaria erreichen."

„Wenn jemand durchhält, dann er", sagte Doc und stand von seinem Sitz auf. „Ich werde einen Notfallkoffer zusammenstellen. Wenn es nur eine Stichwunde ist, kann eine Notfallinfusion ihn nicht nur stabilisieren, sondern auch den Schaden auf der Stelle reparieren, je nachdem, was auf dem Weg dorthin durchbohrt wurde."

„Ich halte dich auf dem Laufenden, wenn ich entscheide, dass ich es riskieren will, mehr Geschwindigkeit aus den Motoren zu holen", sagte Jason. „Im Moment sieht alles gut und stabil aus und der Computer meldet, dass alles im grünen Bereich ist."

„Danke", sagte der Arzt abwesend, während er sich in der kleinen Krankenstation umschaute. „Übrigens, Twingo ist für ein paar Sekunden aufgewacht. Er weiß, dass er gerade auf der *Phönix* ist. Sobald ich ihm das gesagt habe, ist er in einen tiefen, natürlichen Schlaf gefallen. Das ist im Moment das Beste für ihn."

„Das ist ein gutes Zeichen", sagte Jason. „Ich bin oben auf der Brücke." Schnell machte er sich auf den Weg zurück zum Pilotensitz und überprüfte die Instrumente. Obwohl es ein Risiko war, hatte er nach dem Gespräch mit Kage die Triebwerke auf achtzig Prozent hochgedreht. Als er seine Anzeigen überprüfte, zögerte er, sie noch weiter aufzudrehen, ohne dass ein richtiger Ingenieur sich die Sache ansah. Sie würden niemandem etwas nützen, wenn eine Abweichung zwischen den beiden Triebwerksemittoren das Schiff in Stücke reißen würde. Crusher würde einfach noch ein bisschen länger durchhalten müssen.

Anstatt sich über Dinge aufzuregen, die er im Moment nicht

kontrollieren konnte, kümmerte er sich darum, dass die restlichen Systeme seines Schiffes auf alles vorbereitet waren, was ihnen beim Auftauchen im Galvetor-System begegnen würde. Auch wenn er sich nicht ganz sicher war, was die Triebwerkskonfiguration anging, lief der Hauptreaktor jetzt mit voller Leistung und die Verteidigungs- und Angriffssysteme waren ganz einsatzbereit.

*****

„Das solltest du dir ansehen", sagte Kage mit fester Stimme. Morakar und Meluuk, die sich nach der Durchsuchung des anderen Turms zu ihnen gesellt hatten, verließen Crusher und setzten sich zu ihm an das Computerterminal neben der Kommunikationsstation, die immer noch versuchte, die *Defiant* zu kontaktieren.

„Es ist die Hauptstadt", sagte Morakar mit leiser Ehrfurcht. „Deshalb brauchten die Lander auch kein Trägerschiff, sie flogen nur quer durch das System, um in Galvetor einzumarschieren."

„Was bedeutet das?", fragte Meluuk und starrte ebenfalls auf den Monitor.

„Das bedeutet, dass die Kriegerklasse ihr Volk wieder einmal verraten hat", sagte Morakar mit schmerzhafter Stimme. „Wir haben die rechtmäßig gewählte Regierung auf der Heimatwelt gestürzt und ich kann mir nicht vorstellen, dass es dafür einen legitimen Grund gab." Die Nachrichten auf dem Monitor zeigten, dass in der Hauptstadt von Galvetor das totale Chaos herrschte. Die Feuer brannten lichterloh, die Bürger rannten in Panik und gepanzerte Krieger patrouillierten durch die Straßen und eröffneten manchmal das Feuer auf den sporadischen Widerstand der Ordnungskräfte der Stadt.

Es gab keinen begleitenden Kommentar, sondern nur zufällige

Szenen der Zerstörung. Die Szene wechselte abrupt in die Hauptstadt, und alle Zweifel an einem gewaltsamen Umsturz wurden ausgeräumt, als sie sahen, wie die Prätoren des Ordens zusammen mit Fordix zwischen den gewählten Vertretern von Galvetors Regierung umhergingen. Alle waren gefesselt und auf den Knien.

„Ist da ein Ton dabei?", fragte Morakar. Kage spielte ein wenig an den Reglern des Terminals herum, bis Fordix' Stimme deutlich über das Chaos außerhalb der Kammer zu hören war.

„... zu lange war dieses Gremium korrupt, unfähig und blind für die Tatsache, dass Galvetor ohne Hilfe von außen nicht mehr überleben kann. Einige von euch erkennen das, die meisten nicht, aber so oder so vergeudet ihr die Jahre mit endlosen Debatten und öffentlichen Umfragen, anstatt entscheidende Führungsaufgaben zu übernehmen. Doch während all dieser Debatten und Vorträge von vermeintlich aufgeklärten Intellektuellen hat nicht einer von euch daran gedacht, dass die Verbannung der Kriegerklasse überdacht werden sollte. Niemand war der Meinung, dass eine geeinte Gelten-Rasse auf unserem Weg nach vorne von Vorteil wäre. Und was noch wichtiger ist: Während ihr euch darüber gestritten habt, wie sehr Galvetor von Handelsbündnissen profitieren würde, ist Restaria in Vergessenheit geraten, es sei denn, man benutzt es als Verhandlungsmasse ... als Sklaven, die an den Meistbietenden verkauft werden, um ihre Schlachten zu schlagen, während die Beute direkt zurück in die Hauptstadt fließt. Deshalb haben wir ..."

„Schalte es aus, Kage", sagte Morakar müde. Kage schaltete die Verbindung ab und sah zu seinem Gefährten hinüber. „Es ist dasselbe alte Argument, verpackt in ein paar neue Lügen", sagte Morakar. „Viele hier beklagen die Tatsache, dass wir gezwungen sind, auf Restaria zu leben, aber sie ignorieren bequemerweise die Tatsache, dass der Grund dafür, dass wir hier sind, der Versuch ist, eine gewählte Regierung zu stürzen. Mit seiner selbstgerechten Empörung beweist Fordix nur, warum diejenigen, die uns hierhergebracht haben, von Anfang an recht hatten."

„Das scheint von langer Hand geplant zu sein", bemerkte Kage nach einem Moment.

„Ja", stimmte Morakar zu. „All das muss schon lange vorbereitet gewesen sein, bevor sie meinen Bruder und mich gebeten haben, Lord Felex zu finden. Außerdem frage ich mich, ob es auf Galvetor nicht einige Mitverschwörer gibt, die die Verhaftung von Fordix arrangiert haben. Das war der perfekte Vorwand, um den Lord Archon zurück nach Restaria zu locken."

Bevor Kage antworten konnte, erschütterte ein dumpfes Grollen das Gebäude und wurde immer lauter. Er rannte zu den großen Fenstern, die den Platz überblickten, und wurde mit dem Anblick der *Phönix* belohnt, der durch die untere Wolkenschicht kam und sein Fahrwerk ausfuhr, bevor sie eine nicht ganz so sanfte Landung hinlegte, bei der einige Bänke und Skulpturen unter den massiven Rädern zerquetscht wurden.

„Jetzt geht es aufwärts", sagte er und war plötzlich viel besser gelaunt. Er sah, wie sich die Rampe senkte und Doc, Mazer und Jason aus dem Schiff und in das Gebäude rannten. Lucky lief zum Rand der Rampe ging, um sich umzusehen, bevor er zurück in den Frachtraum ging, um Wache zu halten. Von Kages Standpunkt aus sah es so aus, als ob die Triebwerke noch liefen.

Es war fast fünf Minuten später, als die drei aus dem Aufzug stiegen und sich in Crushers Büro drängten. Doc war der Einzige, der nicht erschrocken zusammenzuckte, als er die Klinge sah, die noch immer aus ihrem Freund ragte. Er ging schnell hinüber, holte einen Handscanner heraus und begann, nicht nur die Wunde, sondern auch Crushers allgemeinen Gesundheitszustand zu messen. Nach ein paar Grunzlauten und etwas Zungenschnalzen richtete er sich auf.

„Es war knapp, aber das ist nicht schlimm", sagte er. „Wer auch immer das getan hat, hat sein Herz verfehlt, aber er hat trotzdem ziemlich viel Schaden angerichtet. Die gute Nachricht ist, dass es nichts ist, womit die Nanobots, die ich bereits programmiert habe, nicht umgehen können." Er kramte in seiner Tasche und holte drei große Autoinjektoren mit den mikroskopisch kleinen Maschinen heraus und stellte sie in einer Reihe auf. Er zog das Ende des ersten ab und injizierte den gesamten Inhalt in die Nähe der Wunde. Jason schaute über seine Schulter und konnte sehen, wie die silbernen Ranken unter Crushers Haut zum Rand der Wunde liefen.

„Jetzt kommt der schwierige Teil", sagte Doc. „Das Timing muss ziemlich genau stimmen, sonst gibt es ein Riesenchaos." Gerade als es so aussah, als würde der Schwarm der Nanobots die Klinge berühren, packte Doc den Griff und zog sie mit einer schnellen Bewegung heraus. Crushers Augen weiteten sich und ein gurgelndes Stöhnen entwich seinen Lippen, bevor er flach und schnell atmend nach hinten fiel.

Die Wunde blutete kaum, als die Nanobots in den Hohlraum eindrangen und sofort damit begannen, das Gewebe wieder zusammenzunähen und die Nekrose zu entfernen, die an den Rändern entstanden war. „Helft mir, ihn flach hinzulegen", sagte Doc. Jason, Mazer und Morakar hoben Crusher auf, hielten ihn gerade und legten ihn dann vorsichtig auf den Boden. Dann benutzte der Doc die beiden anderen Autoinjektoren und pumpte den großen Krieger mit einer ganzen Armee von speziellen Nanobots voll. Jason hatte eine dieser Behandlungen schon einmal mitgemacht und wusste, dass die fast wundersame Genesung mit massiven Beschwerden verbunden war.

Sie warteten, während Crusher schlief und seine Wunde direkt vor ihren Augen heilte. Der Arzt legte einen intravenösen Tropf an, um das verlorene Blut zu ersetzen und seine Genesung zu fördern. Bald fühlte sich seine Haut nicht mehr kühl und klamm an und seine Atmung wurde wieder lang und tief. Es war fast neunzig Minuten nach der ersten Injektion, als er seine Augen öffnete und sich umsah.

„Captain", sagte er mit fester und klarer Stimme. „Du bist wieder da."

„Wie es scheint, nicht einen Moment zu früh", sagte Jason und kniete sich neben ihn. „Was ist passiert?"

„Das war alles eine Falle", sagte Crusher. „Alles diente dazu, mich hierher zurückzubringen, um alle Legionen unter ein einheitliches Kommando zu stellen. Als ich Fordix nach der Truppenaufstockung fragte, stach er mir dafür ein Schwert in den Leib."

„Wo ist die Verwalterin?", fragte Mazer.

„Sie war auch daran beteiligt", sagte Crusher. „Sie ist diejenige, die mich gelähmt hat, bevor Fordix mich erstochen hat." Sowohl Mazer als auch Morakar sahen sehr traurig aus. „Was ist passiert? Wie lange war ich bewusstlos?"

„Schockierenderweise hast du fast einen ganzen Tag lang mit einem Schwert in deinem Stuhl gesessen", sagte Jason. „Ich habe keine

Ahnung, wie das überhaupt möglich ist, aber es sieht so aus, als ob du auf dem Weg der Besserung bist. Auf Galvetor sieht es nicht so gut aus. Die Krieger von Fordix haben die Hauptstadt eingenommen und verkünden die neue Ordnung, die sie aufbauen wollen. Es scheint jedoch, dass keiner von ihnen über die anfängliche Übernahme hinaus wirklich durchdacht hat. Ich sehe viel Gerede und Getue, aber nicht viel Taten von ihm oder den Prätoren."

„Das ist nicht überraschend", sagte Crusher und stöhnte, als er sich aufsetzte. „Sie sind wie Kinder ... voller Idealismus und Überzeugung, aber mit wenig Planung und Logistik. Slogans sind kein Ersatz für einen gut durchdachten Plan. Apropos, wie sieht unser Plan aus?"

„Das fragst du mich?", sagte Jason spöttisch. „Du bist der Wächter-Archon hier."

„Jetzt ist nicht die Zeit für Kleinlichkeiten, Captain", sagte Crusher. „Wir müssen das so machen, wie wir es immer machen: als eine Einheit. Wir sind auf Galvetor weit in der Unterzahl."

Jason unterdrückte eine sarkastische Erwiderung. Es schien, als sei Crusher durch den letzten Verrat ziemlich gedemütigt und er brauchte keine billigen Sticheleien von Jason.

„Ich nehme an, du möchtest, dass ich dich in ein Zimmer mit Fordix stecke?", fragte Jason.

„Du kennst mich so gut", sagte Crusher mit einem riesigen, echten Lächeln, das jedes Menschenkind erschreckt hätte.

„Seltsamerweise haben wir vielleicht das Überraschungsmoment", fuhr Jason fort. „Selbst mit zehntausend

Kriegern werden sie nicht genug für überall haben. Was besitzen sie an Luftunterstützung?"

„Neun von diesen eshquarischen Kampfshuttles", antwortete Kage. „Sie hatten zehn, aber ihr habt eins gestohlen."

„Selbst mit erfahrenen Flugbesatzungen sind sie der *Phönix* nicht gewachsen", sagte Jason. „Deshalb denke ich, dass der gute alte Frontalangriff unsere beste Chance sein könnte. Selbst in deinem geschwächten Zustand haben wir mehr Feuerkraft, als wir gewohnt sind ... vorausgesetzt, die Reddix-Brüder wollen sich der Party anschließen."

„Ich bin dabei", sagte Mazer.

„Ich auch", sagte Morakar.

„Ich würde auch gerne mitmachen, Captain Burke", sagte Meluuk.

„Ich weiß das zu schätzen, wirklich, aber ich habe etwas Wichtigeres für dich zu tun", sagte Jason und sah Doc an. „Twingo kann die Reise nicht antreten. Wir werden die medizinische Einrichtung im zweiten Stock dieses Gebäudes sichern und du wirst hier mit ihm warten."

„Captain ..."

„Bitte, Doc ... wir können Twingo nicht allein hierlassen. Die medizinischen Geräte sollten in der Lage sein, ihn stabil zu halten, bis die *Defiant* die Umlaufbahn erreicht", sagte Jason. „Meluuk, ich werde dich aus unserer Waffenkammer ausrüsten und du musst dafür sorgen, dass sie in Sicherheit sind, bis wir zurückkehren oder unsere Verbndeten sie abholen. Hier geht es nicht darum, dich aus dem Weg zu räumen, sondern ich vertraue darauf, dass du meine Familie beschützt."

„Ich werde dich nicht enttäuschen, Captain", sagte Meluuk mit einem energischen Kopfnicken.

„Jetzt, wo wir einen groben Plan haben, sind wir bereit?", fragte Jason. „Okay, dann lasst uns Twingo auf eine medizinische Plattform verfrachten und sicherstellen, dass er sicher ist, dann können wir abheben."

„Eine Sache", sagte Crusher und hielt eine Hand hoch. Er zeigte direkt auf Mazer, bevor er fortfuhr. „Ist das meine Rüstung?"

Kapitel 26

Die Ruhe und der Frieden des schönen Restaria-Tages wurden unterbrochen, als der Antrieb der *Phönix* ansprang und sie sanft von der Oberfläche abhob und dem Sonnenuntergang entgegendonnerte. Sie hatten es geschafft, Twingo ohne Zwischenfälle zu transportieren, und Doc hatte sich in einer privaten Ecke der gut ausgestatteten medizinischen Station eingerichtet, um seine Fortschritte zu überwachen. Meluuk wurde mit einem Arsenal starker Waffen ausgestattet und in der Nähe des einzigen Eingangs postiert. Jason drängte die *Defiant* im Stillen, sich zu beeilen und das System zu erreichen. Er wollte unbedingt mit Twingos exotischeren Behandlungen beginnen, zum Beispiel mit dem Klonen der Teile, die seine Peiniger abgehackt hatten.

Er schickte die *Phönix* auf einen steilen Aufstieg aus Restarias Schwerkraftsenke und begann die Verfolgung von Galvetor um den Hauptstern des Systems. Er trieb das Schiff nicht zu sehr an, da der Schaden auf der Heimatwelt der Gelten bereits angerichtet war.

Stattdessen ließ er das Schiff nur langsam vorankommen, um Docs Behandlungen mehr Zeit zu geben und Crusher vorzubereiten. Sein Freund bewegte sich auf der Brücke, schwang die Arme und beugte sich in der Taille, um locker zu bleiben, bevor sie landeten.

„Kage, ich werde so viel Luftunterstützung wie möglich ausschalten, bevor wir landen, aber du bleibst allein im Schiff, sobald wir auf dem Boden sind", sagte Jason. „Die Schilde sollten mehr als genug sein, um das Schiff vor den Shuttles zu schützen, aber ich will keine Kollateralschäden in der umliegenden Stadt. Wenn wir weg sind, zieht ihr ab, wenn es euch zu heiß wird."

„Darauf kannst du dich verlassen", sagte Kage. „Luftkämpfe sind nicht meine Stärke."

„Genauso wenig wie eine sanfte Landung, ein einfacher Horizontalflug und das Vermeiden von Hindernissen beim Start", sagte Crusher, während er weiter um die Brücke marschierte.

„Wenigstens schaffe ich es, eine Mission zu beenden, ohne von meinem eigenen Messer erstochen zu werden", erwiderte Kage.

„Die Mission ist noch nicht vorbei, kleiner Mann", sagte Crusher. Das Hin und Her war wie Tausende von identischen Interaktionen, die Jason miterlebt oder an denen er teilgenommen hatte, seit er der Gruppe beigetreten war. In diesem Moment war das seltsam beruhigend.

„Übernimm du, Lucky", sagte Jason und sprang aus dem Pilotensitz. „Ich werde mich für die Party umziehen."

„Ich komme mit dir", sagte Crusher. „Ich muss auch noch meine Ausrüstung zusammensuchen."

„Mazer und Morakar, ihr könnt runtergehen, sobald wir zurück sind, und euch die Waffen holen, die euch gefallen", sagte Jason. „Da unten gibt es ein paar Standardrüstungen, die euch passen sollten. Wir haben nicht genug Zeit, um etwas Individuelles anzufertigen. Tut mir leid."

„Ich bin sicher, dass wir mit dem, was wir bereits haben, auskommen, Captain", sagte Morakar. Jason sah ihn einen Moment lang an, bevor er nickte und die Brücke verließ. Er schien die Doppelzüngigkeit von Fordix und dem Orden viel härter zu nehmen als sein Bruder.

„Ich hatte noch keine Gelegenheit, es zu sagen, aber gute Arbeit, dass du Twingo und Doc zurückgebracht hast, Captain", sagte Crusher, als Jason seine Rüstung aus der Nische holte und eine kurze Diagnose durchführte. „Ich bin froh, dass das Schiff noch in einem Stück ist."

„Ja, unser Timing war mehr Glück als Verstand", sagte Jason. „Wir waren fast zu spät für Twingo. Diese ganze Operation war ein einziges Durcheinander. Während wir das Schiff durch den halben Sektor gejagt haben, hat ein Killerkommando fast Kage ausgeschaltet und dann wurdest du von deinem engsten Berater aufgespießt."

„Ich bin mir sicher, dass es da irgendwo eine Lektion gibt", sagte Crusher nach ein paar angespannten Momenten.

„Ja? Was ist das?"

„Woher soll ich das wissen? Ich bin nur der dumme Soldat, der mit seinem eigenen Schwert erstochen wurde", sagte Crusher. „Wir sehen uns dann oben." Er schnappte sich seine Ausrüstung und stapfte aus der Waffenkammer. Er ließ einen leicht verwirrten Jason zurück, der versuchte, ohne Hilfe in seine motorisierte Rüstung zu steigen.

Nach einigen unwürdigen Verrenkungen gelang es ihm, in die Rüstung zu klettern und sie zu aktivieren. Einen Moment später schloss es sich um ihn herum und er stieg von dem Gestell herunter. Er schnappte sich seine Railgun, zwei Plasmapistolen und ein paar Granaten und verließ die Waffenkammer. Es war das erste Mal, dass er die Einheit nach den Modifikationen trug, die Doc an ihm vorgenommen hatte. Die Ergebnisse waren unerwartet und eine angenehme Überraschung. Zuvor hatte es immer eine kaum wahrnehmbare Diskrepanz zwischen seinen Bewegungen und denen der Rüstung gegeben, aber die verbesserten Fähigkeiten waren diese kleine Unannehmlichkeit wert. Jetzt fühlte sich der mächtige Anzug so natürlich an, als würde er einen gut angepassten Handschuh tragen. Als er die Stufen zur Brücke hinaufstieg, merkte er kaum noch, dass er da war.

Lucky wollte aus dem Pilotensitz aussteigen, aber Jason winkte ihm, zu bleiben. „Du solltest so viel Zeit wie möglich auf dem Pilotensitz verbringen", sagte er. „Ich übernehme, bevor wir in die Atmosphäre von Galvetor eintreten."

„Natürlich, Captain", sagte Lucky und setzte sich wieder in den Pilotensitz. Mazer und Morakar verließen die Brücke, als Crusher wieder hereinkam und zwei große Sandwiches mitbrachte.

„Wie kommt es, dass er hier oben essen darf?", fragte Kage.

„Er ist zu groß, um ihm das zu verwehren, er ist bewaffnet und er hinterlässt keine klebrigen Fingerabdrücke auf meinen Konsolen", antwortete Jason, ohne aufzusehen. „Sonst noch was?"

„Ja, es gibt drei Großkampfschiffe, die gerade aus dem Slipspace am Rande des Systems gekommen sind", sagte Kage.

„Wirklich?", fragte Jason ungläubig. „Zeig sie auf dem Hauptdisplay an." Die Sensorspuren der drei Schiffe wurden über ein Diagramm des Systems gelegt und auf dem Hauptschirm angezeigt. „Können wir sie schon identifizieren?"

„Nein", sagte Kage. „Die Reichweite ist zu groß und sie halten Funkstille, ohne Transponder. Sie sind aber nicht besonders groß. Kleiner als Zerstörer, vielleicht Fregatten."

„ConFed-Schiffe?", fragte Crusher.

„Unwahrscheinlich", sagte Jason. „Die ConFed-Flotte würde nicht drei Fregatten allein auf diese Weise einsetzen, und sie schleichen sich nicht in Systeme ein, ohne dass ihre Transponder ihre Zugehörigkeit laut und stolz verkünden. Werden sie ein Problem darstellen?"

„Nicht bei ihrer derzeitigen Geschwindigkeit und ihrem Kurs", sagte Kage. „Wir werden in einer weiteren Stunde landen; sie werden erst in zwölf Stunden die Umlaufbahn erreichen."

„Bis dahin wird alles vorbei sein, so oder so", sagte Jason. „Kennzeichne sie, lass den Computer sie verfolgen, aber das ändert nichts an unserem Plan."

„Lord Felex, wir haben eine Bitte an dich", sagte Morakar, als er und Mazer auf die Brücke zurückkehrten.

„Ja?", fragte Crusher.

„Wir möchten die Prätoren beanspruchen, wenn du Fordix herausforderst", fuhr Morakar fort. „Wir möchten unseren Namen von diesem Verrat reinwaschen."

Crusher tat so, als würde er es sich genau überlegen, drehte den Brüdern den Rücken zu und schenkte Jason ein halbes Lächeln und ein

JOSHUA DALZELLE

Zwinkern, bevor er sich umdrehte.

„Na gut", sagte er, „mit Bedingungen. Auch wenn diese Tat eure Namen reinwaschen wird, brauche ich euch vielleicht noch, wenn das alles vorbei ist. Ich erwarte, dass ihr für jede Aufgabe, die ich euch stelle, zur Verfügung steht und begeistert seid."

„Du kannst auf uns zählen, Mylord", sagte Morakar mit einer Verbeugung und sprach für sie beide.

Kapitel 27

„Wir werden vom automatischen Orbital-Kontrollsystem angefunkt. Es scheint eine automatische Standardnachricht zu sein", sagte Kage und klang enttäuscht. „Was ist das für eine feindliche Invasion? Sie ändern nicht einmal die ausgehende Nachricht, um alle vor dem Regimewechsel zu warnen? Oder zumindest den Sieg verkünden?"

Jason rollte nur mit den Augen. „Verfolge einfach weiter die Shuttles", sagte er. „Wie viele hast du entdeckt?"

„Sechs von neun", sagte Kage. „Die anderen drei könnten auf dem Boden sein."

„Gib alle Ziele in der Luft an mein taktisches Display weiter", sagte Jason. „Schalten wir es auf vollen Kampfmodus." Er und Kage fuhren das Schiff schnell auf volle Leistung hoch und schalteten alle taktischen Systeme ein.

„Waffen hoch, Schilde hoch, taktische Sensoren hoch", las Kage von seinem Statusdisplay ab. „Wir sind bereit, denen in den Arsch zu treten."

„Schnallt euch alle an", sagte Jason. „Wir werden mit hoher Geschwindigkeit in die obere Atmosphäre eindringen und einen Sturzflug durchführen."

„Was hat das zu bedeuten?", fragte Mazer ängstlich, als er sich im Sitz anschnallte.

„Ich möchte die Überraschung nicht verderben", sagte Crusher humorlos und sah aus, als wäre er lieber woanders.

Die normale Vorgehensweise bei der Annäherung an einen Planeten wäre es, das Schiff von der Schwerkraft einfangen zu lassen und eine Reihe von Abbremsumläufen durchzuführen, um mit einer sicheren Geschwindigkeit in die Atmosphäre einzutreten. Mit einem Schiff, das so leistungsfähig war wie die *Phönix, gab* es ein paar interessantere Optionen. Jason neigte die Nase ein wenig nach oben und ließ die Schilde des Schiffs mit einer Geschwindigkeit auf die Mesosphäre von Galvetor prallen, die die meisten anderen Schiffe zerreißen würde.

Als die *Phönix* die obere Atmosphäre verließ, erzeugte sie eine Reihe gewaltiger Schockwellen, die am Boden wie ein Donnerschlag zu hören waren. Jason winkelte die Nase wieder nach unten und gab Schub, wodurch das Kampfraumschiff in einen heftigen Sturzflug überging, bei dem alle auf der Brücke gegen ihre Gurte geschleudert wurden. Die koronale Entladung überhitzter Gase umspülte die Schilde, während das Schiff ruckelte und sich in die untere Atmosphäre hinunterkämpfte.

„Jetzt kommt der harte Teil", sagte Jason.

„Wie ist das möglich?", rief Mazer.

Jason ließ die *Phönix* auf den Rücken rollen und zog kräftig am Steuerknüppel. Dampf strömte von den Steuerflächen, als die Luft gegen sie drückte. Das Schiff drehte sich weiter, bis die Nase direkt auf die hellen Lichter der Hauptstadt gerichtet war, die sich praktisch direkt unter ihnen befand. Er gab wieder Schub und ließ das Schiff in einen Sturzflug übergehen, bei dem es mit hoher Überschallgeschwindigkeit auf den Boden zuflog.

„Kage, erfasse die sechs Maschinen mit Gefechtsköpfen mit geringer Sprengkraft", befahl Jason.

„Ich habe nur vier von ihnen im Visier", sagte Kage angespannt.

„Dann gib mir die", sagte Jason und begann, aus dem Sturzflug herauszukommen. Als sie sich auf einer Höhe von 4500 Meter befanden, riss er den Steuerknüppel zurück und zog den Schubregler ganz nach hinten, um den Gravitationsantrieb zum Ausgleich zu zwingen. Er kehrte seine Felder um und brachte das Schiff in weniger als ein paar Sekunden fast zum Stillstand, aber dank des Antriebs, der mit den aktiven Deckplatten zusammenarbeitet, spürten die Insassen kaum einen Ruck und wurden nicht gegen die Kabinenhaube geschleudert.

Jason richtete die Nase aus und ließ sie in einem viel langsameren Spiralsturzflug um die Außenbezirke der Hauptstadt fliegen. Als die vier Symbole, die die Shuttles in der Luft anzeigten, in seinem Blickfeld grün wurden, feuerte er vier Raketen auf sie ab. Selbst wenn sie sie verfehlten, was unwahrscheinlich war, hätten sie etwas anderes zu tun, als auf die *Phönix* zu *schießen*, während sie das Bodenangriffsteam auslud. Als die Raketen davonflogen, zog er die Nase herum, um die Kurve zu beschleunigen und sie auf das riesige Gebäude der Senatshalle zu richten.

„Wir haben zwei weitere Bedrohungen aus der Luft auf dem Schirm", sagte Kage. „Sie haben gerade von unserem Primärziel abgehoben und befinden sich auf Abfangkurs."

„Zuvorkommend von ihnen, dass sie für uns in Reichweite fliegen", grunzte Jason und drückte den Schubregler hoch, um den Angriff abzuwehren. Die ersten Schüsse des Gefechts kamen von den Shuttles, deren unwirksames Feuer harmlos an den Schilden der *Phönix* abprallte. Jason richtete sich auf das erste Ziel aus und ließ eine Salve aus den Hauptplasmakanonen los, die es sofort zerstörte. Die Annäherungsrate war zu schnell, um die Nase auf das zweite Ziel zu drehen, also ging er so nah wie möglich heran und ließ die Nahverteidigungs-Blaster die Seite des anderen Schiffs beschließen. Jason warf einen Blick auf den Sensorfeed und sah, wie aus dem Schiff Rauch aufwirbelte und es spiralförmig nach unten stürzte, um auf der Straße unter ihm eine harte Bruchlandung zu machen.

„Wir müssen den Zeitpunkt genau abpassen, Kage", sagte Jason, während er die *Phönix* so schwenkte, dass er genau über dem Dach des Gebäudes schwebte. Die Sensoren konnten keinen vollständigen Überblick über das Innere und die Bewohner geben, aber sie waren ziemlich sicher, dass sie über einen leeren Raum eindringen würden. Er zielte mit dem Fadenkreuz auf die von ihnen gewählte Stelle und feuerte mit den unteren Plasmakanonen eine Salve ab, die das Dach in einer Explosion aus Feuer und Rauch auflöste. Jason ließ das Schiff schnell über die Öffnung gleiten, öffnete die Luke im Bauch des Schiffes und aktivierte dann den Transitstrahl, der sie an die Oberfläche bringen würde.

„Los geht's!", rief er, schnappte sich seine Railgun und befestigte sie an den Verankerungspunkten auf der Rückseite seiner

Rüstung. Er schob seine Pistolen in ihre jeweiligen Holster und rannte die Treppe hinunter und durch den Gemeinschaftsbereich, während drei galvetischen Krieger und ein Kampfsynth ihm dicht auf den Fersen waren. Kage saß bereits auf dem Pilotensitz, als sie die Einstiegsluke zum Frachtraum erreichten.

Crusher bestand darauf, als Erster durch die Luke zu gehen, gefolgt von Jason, Lucky und den Brüdern. Als sie alle drin waren, fuhr der Transitstrahl durch das Dach zurück und sie hörten, wie die *Phönix* den Schub erhöhte und davonflog. Sie befanden sich in einer abgedunkelten Kammer, die aussah, als ob sie für eine Gerichtsverhandlung genutzt werden könnte.

„Wir haben Gesellschaft", sagte Crusher, als die Geräusche von laufenden Stiefeln zu hören waren, die sich den riesigen Doppeltüren näherten. Lucky schaltete in den Kampfmodus und Jason nahm seine Primärwaffe ab und schwenkte sie herum. Da die Railgun mit dem Zielcomputer seiner Rüstung verbunden war, musste er sie nicht über die Schulter heben, sondern ließ sie an seiner Hüfte ruhen und wartete. „Schießt, um zu töten", sagte Crusher grimmig. „Sie werden das auch tun."

Einen Moment später stürmten fünf schwer bewaffnete Krieger in den Raum und formierten sich in einer losen Schlachtreihe, um nach Zielen zu suchen. Jason traf den ersten von links in der Mitte mit einem Hochgeschwindigkeitsschuss aus seiner Railgun. Die leichte Rüstung des Kriegers hätte genauso gut aus Seidenpapier sein können. Lucky mähte zwei mit seinen am Arm befestigten Kanonen nieder und die Brüder schalteten die letzten Ziele aus.

„Los geht's", sagte Crusher. „Schnell, sie werden sich im

Hauptaudienzsaal versammeln."

Sie überließen Crusher wieder das Kommando und zogen in einer Reihenformation los. Die Flure des Gebäudes waren schockierend leer und sie trafen auf keinen weiteren Widerstand, bis sie die großen Ziertüren des Audienzsaals erreichten, und selbst dort waren nur drei weitere Soldaten postiert. Sie töteten zwei und setzten den dritten außer Gefecht, bevor sie sich lautlos zur Tür bewegten, um dort zu lauschen.

Sie konnten gerade noch das gedämpfte Gebrabbel der Senatoren, die jetzt Geiseln waren, hören und auch Fordix' dröhnende Stimme, die immer noch in großen, theatralischen Tönen verkündete. Jason schüttelte nur den Kopf. *Dieser Mann liebt den Klang seiner eigenen Stimme.* Er löste eine hochexplosive Granate und hielt sie Crusher vor die Nase. Der Krieger betrachtete sie kurz und nickte dann. Jason verband den Zünder mit dem System seiner Rüstung und balancierte dann die Granate zwischen den dekorativen Türgriffen.

„In drei ... zwei ... eins", sagte Jason, bevor er die Granate zündete und die Türen nach innen sprengte, so dass alle in der großen Kammer durch den Überdruck betäubt wurden. Crusher war aufgestanden und durch die Tür, bevor die Trümmer den Boden berührten. Lucky war direkt hinter ihm, dicht gefolgt von Jason. Die Reddix-Brüder mussten die Verwirrung abschütteln, bevor sie die Nachhut bildeten, da sie keine Kopfbedeckung trugen.

„Alle Legionäre, Waffen senken!", brüllte Crusher aus der zerstörten Türöffnung.

Es herrschte große Verwirrung, aber niemand hob die Waffen, also war das ein vielversprechender Anfang.

„JETZT!"

Daraufhin ließen einzelne Soldaten ihre Waffen sinken, sahen sich gegenseitig an und zuckten mit den Schultern.

„Crusher, oben am Podium", sagte Jason. Er konnte sehen, wie Fordix und die Prätoren des Ordens sich langsam auf den Hinterausgang zubewegten.

„Blockiert die Ausgänge!", rief Crusher. „Die drei Prätoren und Fordix dürfen den Raum nicht verlassen."

Sechs Soldaten rückten sofort aus, um ihnen den Rückzug zu versperren. Als Fordix sah, dass er nicht gehen konnte, richtete er sich auf und drehte sich zu Crusher um.

„Felex", sagte er. „Ich sehe, du bist viel zäher, als ich es dir zugetraut habe."

„Nicht besonders", sagte Crusher ruhig. „Du bist nur ein unfähiger Krieger, so wie ich es aus meiner Jugend kenne. Du hast mein Herz um fast zehn Zentimeter verfehlt."

Das brachte den ganzen Raum in Aufruhr. Die anderen Krieger im Raum richteten nun ihre Waffen auf Fordix und die Prätoren, um zu zeigen, wo ihre Loyalität noch lag.

„Und was jetzt, Felex? Du tötest uns einfach und alles wird wieder so, wie es war?"

„Natürlich nicht", sagte Crusher, ließ seine Waffen fallen und fuchtelte mit den Armen. „Du hast mit deiner Dummheit Jahrhunderte der friedlichen Koexistenz ruiniert. Nachdem ich dich getötet habe, werden wir einen neuen Weg finden müssen."

„Du würdest dich mir im Zweikampf stellen?", sagte Fordix, und seine Stimme klang tatsächlich hoffnungsvoll. „Selbst mit einer so schweren Verletzung?"

„Du wirst eine unangenehme Überraschung erleben", sagte Crusher und kam immer näher an seinen alten Mentor heran. Fordix ließ seine Waffen fallen und begann, sich zu strecken und von der Tribüne herunterzugehen. Jason betrachtete das zuversichtliche, ja nachsichtige Lächeln des älteren Kriegers. *Er glaubt, dass er tatsächlich eine Chance hat.*

„Es gibt eine gewisse Symmetrie zu ..." Fordix' Ausführungen wurden von Crushers ohrenbetäubendem Gebrüll unterbrochen, bevor er sich über die kurze Distanz zwischen ihnen stürzte und seine geschlossene Faust auf den Schädel seines ehemaligen Mentors schlug. Fordix' Kopf schnappte nach hinten, er flog ein paar Schritte zurück und brach auf dem Boden zusammen. Er hatte Mühe, sich zu erheben, da seine Motorik durch den verheerenden Schlag leicht beeinträchtigt war. Als er Crusher erblickte, wurde sein herablassendes Grinsen durch Schock und Angst ersetzt.

Fordix schlug mit zwei weit ausholenden Schlägen zu, die Crusher dazu brachten, seine Arme einzuziehen und leicht zu blocken. Dann holte er mit einem Schlag mit der offenen Handfläche aus, der Fordix seitlich am Kopf traf und ihn wieder zu Boden warf. Crusher setzte seinen Angriff fort und holte zu einem weiteren Schlag mit der geschlossenen Faust aus, der die Knochen zertrümmerte und den Kopf seines Gegners mit enormer Wucht auf den polierten Steinboden schlug.

„Es ist vorbei", keuchte Fordix, als er seine Hände in der Niederlage hob und ihm Blut aus Nase und Ohren lief. Crusher zog eine lange, gebogene Klinge aus der Scheide auf seinem Rücken.

„Es war vorbei, bevor es angefangen hat", sagte er und stieß die

Klinge in Fordix' Brust. Er beugte sich vor und flüsterte dem älteren Krieger ins Ohr: „Dort befindet sich übrigens das Herz."

Sobald Crusher aufgestanden war, hoben Mazer und Morakar ihre Waffen und erledigten die Prätoren der Faust des Archons mit Plasmafeuer aus den modernen Schusswaffen, die sie aus der Waffenkammer der *Phönix* genommen hatten. Fostel, Zetarix und Mutabor fielen auf den Boden und ihre Körper rauchten.

„Wer hat hier das Kommando?", forderte Crusher.

„Ihr seid es, mein Herr", sagte ein Krieger vom Rande des Raumes.

„Ich meine, wer taktische Befugnisse hat", stellte Crusher klar. „Wer leitet die Bodenkampagne?"

„Das bin ich", sagte der gleiche Krieger.

„Diese Operation ist vorbei", sagte Crusher ruhig. „Sie wurde nie wirklich genehmigt. Alle Truppen ziehen sich zurück und versammeln sich auf dem Platz in der Nähe des Senatsgebäudes. Sie bleiben isoliert und provozieren die örtlichen Ordnungskräfte nicht, bis wir dieses Schlamassel in Ordnung gebracht haben."

„Lord Felex Tezakar", sagte ein älterer Gelte, der auf die Gruppe zukam. „Soweit ich weiß, hast du die Verbannung aus Galvetor und Restaria akzeptiert, und doch bist du hier."

„Du hast es richtig verstanden, Senator", sagte Crusher in einem neutralen Ton.

„Ich gehe davon aus, dass du zurückgekehrt bist, um genau die Art von Gewalt zwischen uns zu verhindern, die wir heute hier gesehen haben", fuhr der Senator fort. „Eine solche Aktion würde vom Senat als akzeptabler Verstoß gegen die Bedingungen deines Exils angesehen werden."

„Stimmt auch wieder, obwohl ich nicht mit einem solchen Ausmaß gerechnet hatte", gab Crusher zu. „Sonst hättest du nie erfahren, dass ich zurück bin. Ich hätte die Dinge auf Restaria ohne die Einmischung des Aufsichtskomitees oder die Intervention der Inneren Sicherheit geregelt."

„Was sollen wir jetzt tun?", forderte ein anderer Senator. „Wir können nicht mehr so weitermachen wie bisher. Unsere Bürgerinnen und Bürger werden Taten fordern."

„Nein", sagte Crusher langsam, „wir können nicht zu dem zurückkehren, was vorher war. Wir müssen einen anderen Weg finden, um miteinander zu leben, aber das wird größtenteils von diesem Gremium abhängen."

„Ich denke, dass es dieses Mal an uns allen liegen muss. Keine Klasse darf das Gefühl haben, betrogen worden zu sein, wenn es geschafft ist", sagte der erste Senator. „Wirst du uns helfen?"

„Wie immer werde ich alles tun, was in meiner Macht steht, um meinem Volk zu helfen", sagte Crusher. Jasons Herz sank bei diesen Worten. Bevor er seinen Freund um eine Erklärung bitten konnte, meldete sich Kage über den Kommunikationskanal.

„*Captain, diese Schiffe haben ihre Geschwindigkeit erhöht*", sagte er. „*Sie werden innerhalb einer Stunde hier sein.*"

„Verstanden", sagte Jason. „Komm und hol mich ab."

*****

„Haben wir eine bessere Auflösung, wer diese Typen sind?",

fragte Jason, als die *Phönix* aus der Atmosphäre von Galvetor aufstieg.

„Nein", sagte Kage. „Sie laufen immer noch in Funkstille, aber wir haben bessere Scans von ihrer Konfiguration und Energieabgabe erhalten. Sie scheinen für ein Schiff der Fregattenklasse eher klein zu sein und haben Energiewerte, die wir von einem so kleinen Schiff erwarten würden."

„Ich schätze, wir können ausschließen, dass sie zufällig während eines Putschversuchs aufgetaucht sind und dann einfach beschleunigt haben, als das in Zweifel gezogen wurde", schimpfte Jason.

„Stimmt", sagte Kage. „Hat Crusher Fordix wirklich mit drei Schlägen niedergeschlagen?"

„Nun, er hat ihn auch in die Brust gestochen", sagte Jason. „Um ehrlich zu sein, war es ein bisschen enttäuschend. Bis zu dem Punkt, an dem der galvetische Senat kampflos kapitulierte, war Fordix ziemlich gut organisiert, aber danach schien er nicht mehr wirklich einen Plan zu haben."

„Ich wünschte, er hätte auf den Tod durch Kampf verzichten können", beschwerte sich Kage. „Fordix hatte wahrscheinlich viel mehr Informationen darüber, wer die *Phönix* entführt hat und wer die Typen sind, die auf uns zukommen."

„Stimmt", sagte Jason mit einem Seufzer. „Ganz zu schweigen davon, woher sie all die tollen Geräte der Eshquarianer bekommen. Schade, dass die Reddix-Brüder kurz darauf alle drei Prätoren ausgeschaltet haben."

„Ich habe langsam das Gefühl, dass die Gelten-Spezies ein bisschen überemotional und mehr als nur ein bisschen kurzsichtig ist, wenn es um solche Dinge geht", sagte Kage. „Aber hey! Das macht Spaß ... nur wir beide fliegen los, um den Feind frontal zu treffen."

Jason warf ihm einen irritierten Blick zu, beschloss aber, nicht zu antworten. Er hatte Lucky auf Galvetor zurückgelassen, um sicherzustellen, dass ein Nicht-Gelte anwesend war, um die Ordnung zwischen den verwirrten Kriegern und der Bevölkerung aufrechtzuerhalten, die gerade dabei war, den ersten Schock zu überwinden und ihn durch Wut zu ersetzen.

„Sieht so aus, als würden sie uns entgegenkommen", sagte Jason und schaute auf seine taktische Anzeige. Sie hatten einen Kurs direkt weg von Galvetor und tangential zum voraussichtlichen Kurs der ankommenden Flotte gewählt, um zu sehen, ob sie eine Reaktion bekommen konnten.

„Sie laden auch ihre Waffen und fahren ihre Schilde hoch", sagte Kage eindringlich. „Die Waffen sehen aus wie Standardware. Die Schilde scheinen auch nichts Besonderes zu sein, aber sie sind zu dritt, also müssen wir auf Abstand bleiben."

„Ja, wir wollen nicht in ein Kreuzfeuer mit drei Kriegsschiffen geraten, egal wie klein sie sind", sagte Jason. „Sieht so aus, als müssten wir uns zurückhalten, bis wir wissen, wer sie sind. Schalte alles auf volle Leistung. Es hat keinen Sinn, zu verstecken, was wir jetzt haben. Nimm alle drei Schiffe ins Visier, ich werde von hier aus die Prioritäten setzen."

Er gab Vollschub und änderte seinen Kurs, um sie direkt abzufangen. Da sie in der Feuerkraft weit unterlegen waren, beschloss er, den ersten Überflug mit hoher unterlichtschneller Geschwindigkeit durchzuführen und dann die weit überlegene Manövrierfähigkeit des

Kampfraumschiffs zu ihrem Vorteil zu nutzen.

„Wir haben das Ziel erfasst", sagte Kage. „In zwei Minuten sind wir in Reichweite."

Jason aktivierte die Verbindung zwischen dem Schiff und seinem Neuralimplantat, wodurch sein gesamtes Sichtfeld zum taktischen Display wurde. Er machte sich nicht die Mühe, das visuelle Spektrum zu überlagern. Bei der Entfernung und der Geschwindigkeit, mit der Raumschlachten stattfinden, gab es nicht viel zu sehen. Im letztmöglichen Moment änderte Jason den Kurs um zehn Grad nach Steuerbord, richtete den Rumpf auf das rechte Ziel und eröffnete das Feuer mit den Hauptgeschützen, sobald der Computer anzeigte, dass sie in Reichweite waren.

Das Gefecht war im Bruchteil einer Sekunde vorbei, denn die *Phönix* schoss an dem Schiff vorbei, das sie getroffen hatte, und war bereits in der ersten Kurve, bevor der Feind das Feuer erwidern konnte. Sie spürten ein paar Stöße, als unwirksames Nahverteidigungsfeuer harmlos auf ihre Schilde prallte.

„Das Schiff, das wir gerade getroffen haben, hat an der Backbordflanke ziemlich viel Schaden genommen", meldete Kage, als er die Sensordaten des Eröffnungsschusses des Gefechts auslas. „Es muss schlimmer sein, als es aussah, denn der Gegner bricht aus der Formation aus und beschleunigt in Richtung eines Absprungpunkts."

„Ich dachte nicht, dass es so schlimm ist", sagte Jason. „Ich vermute, dass sie nur hier sind, um sich einschüchtern zu lassen, denn wir haben nur zwei Schüsse abgegeben und sie machen sich aus dem Staub. Ich schätze, sie sind einfach nicht mit dem Herzen bei der Sache."

Er beschleunigte auf ihrem aktuellen Kurs, bevor er hart

herumschwenkte, um sich auf die Triebwerke des nächsten Ziels auszurichten. Als er auf sie zusteuerte, passten sie sich seiner Beschleunigung an und begannen, sich von Galvetor abzuwenden und das System zu verlassen. Nach dreißig Sekunden brach Jason die Verfolgung ab und schwenkte zurück, um in der Nähe des Planeten eine Verteidigungsposition einzunehmen. Da es mehrere Ziele gab, würde er eine rein defensive Strategie verfolgen und sie nicht zu weit in das System hinein angreifen, sodass der Planet für die anderen Schiffe oder die, die er nicht kannte, unbewacht blieb.

„Sie fliehen immer noch schnell", sagte Kage verwirrt. „Das Schiff, das wir getroffen haben, wird langsamer. Es sieht so aus, als ob sie doch nicht aus dem System springen."

„Sie gruppieren sich am Rande des Systems neu", sagte Jason. „Ich glaube, das war ein Fühler, um zu sehen, wer wir sind. Der nächste Einsatz wird nicht so einfach sein."

Jason brachte das Schiff relativ zu Galvetor zum Stillstand und drehte sich weiter, um die Feinde im Auge zu behalten, während sie dem Planeten um den Primärstern folgten. Nach einer Viertelstunde fanden sie heraus, warum die drei kleineren Schiffe ihren Angriff abgebrochen hatten.

„Drei weitere Slipspace-Signaturen nahe dem Rand des Systems", sagte Kage. „Halte dich bereit, während die Sensoren sie identifizieren."

„Sieht so aus, als hätten sie Verstärkung außerhalb der Reichweite der Sensoren", sagte Jason.

„Das wird dir nicht gefallen", sagte Kage und seine Stimme wurde eine Oktave höher. „Zwei Kreuzer und ein Zerstörer haben sich gerade zu den drei Fregatten gesellt."

„Sind wir sicher, dass es Kriegsschiffe sind?", fragte Jason.

„Ja, die Energieleistung bestätigt es", sagte Kage. „Ich habe versucht, sie über die Kommunikation zu erreichen, seit die Fregatten gewendet haben und geflohen sind, aber bisher keine Antwort."

Jason hätte ihn fast dafür getadelt, dass er so etwas tat, ohne ihn zu fragen, aber er ließ es auf sich beruhen, weil er es von vornherein selbst hätte anordnen müssen.

„Phalanx-Formation um den Zerstörer", sagte Jason. „Vorhersehbar. Aber wenn man nur einem einzigen Kampfraumschiff mit einer ganzen Flotte gegenübersteht, muss man wohl nicht allzu kreativ sein."

„Da kommen sie", sagte Kage, als die Formation begann, wieder in das System hinunter zu beschleunigen. „Ist es zu spät für mich, um mit Lucky zurückzubleiben?"

„Warum so defätistisch?", fragte Jason. „Sie sehen aus, als ob sie vierzig Jahre alt wären."

„Und das macht einen Unterschied?"

„Lass uns losgehen und sie treffen", sagte Jason. „Wir werden sehen, wie das hier läuft. Wenn wir sie nicht dazu bringen können, wieder zu wenden, werden wir uns in der Nähe von Galvetor neu gruppieren und hoffen, dass die Gelten eine Art planetarische Verteidigung haben."

„Glaubst du, wir sind in der Lage, uns zurückzuziehen, wenn wir es mit einem Zerstörer-Kampfverband zu tun haben?", fragte Kage und sah ihn an, als ob ihm ein zweiter Kopf gewachsen wäre.

„Wir hatten schon schlechtere Chancen", argumentierte Jason.

„Mit dem Überraschungsmoment und der Tatsache, dass wir zu dumm waren, es besser zu wissen", sagte Kage. „Ein langsamer Marsch durch das System ist nicht gerade subtil." Während Kage über die drohende Niederlage jammerte, optimierte er die Systeme des Schiffes für den bevorstehenden Einsatz.

„Ich wünschte nur, ich wüsste, wer sie sind", sagte Jason zu sich selbst. Die Funkstille von dem, was eine Invasionsflotte zu sein schien, war zermürbend. Waren sie hier, um Fordix' Putsch zu unterstützen? Oder war es etwas anderes? „Nun", sagte er laut zu Kage, „ich hatte sie für einen besonderen Anlass aufbewahrt, aber mach die XTX-4 warm." Kage hellte sich daraufhin merklich auf. Im hinteren Waffenschacht der *Phönix* befanden sich fünf XTX-4 Antimaterie-Raketen, auch *Schiffskiller* genannt. Sie konnten aus extremer Entfernung abgefeuert werden und verfügten über eine Art Spezialantrieb, der die Rakete auf ihrem Weg zum Ziel in den realen Raum hinein- und wieder heraussprangen ließ, so dass sie weder verfolgt noch abgeschossen werden konnte. Ihre Größe bedeutete, dass das Kampfraumschiff nur fünf Stück in einem einzigen Waffenschacht transportieren konnte. Ihre Kosten waren unvorstellbar hoch, und in vielen Systemen war es sogar illegal, sie an Bord zu haben.

Zum Glück waren sie fast nicht zu entdecken, wenn sie nicht eingeschaltet waren, und auch die Kosten spielten keine Rolle, da Omega Force sie technisch gesehen gestohlen hatte. Sie befanden sich an Bord der *Diligent,* Kellea Collerens früherem Kommando und Crisstof Daltons ehemaligem Flaggschiff. Sie befanden sich im Munitionsmagazin, als sie das Schiff überfallen hatten, um es als kinetische Zerstörungswaffe einzusetzen.

„Die XTX sind online, zehn Minuten, bis sie feuerbereit sind",
sagte Kage.

„Wir haben genug Zeit", sagte Jason. „Wir werden sehen, ob sie
die Veränderung unseres Energieprofils entdecken und verstehen
können. Wenn sie wissen, dass wir diese Dinger bei uns haben, werden
sie sich vermutlich entweder zurückziehen oder die Kommunikation
aufnehmen."

Sie warteten noch ein bisschen länger, da die Schiffe ihre
Beschleunigung beibehielten. Sie waren zwei Stunden voneinander
entfernt und kamen in Reichweite der XTX-4, als der Feind die
Funkstille brach.

„Wir haben eingehende Signale auf dem offenen Kanal",
berichtete Kage. „Nur Audio."

Jason nickte ihm zu, damit er ihn durchstellen konnte.

*„Wir sind hier, um die neue Regierung des Galvetor-Systems
logistisch zu unterstützen und zu entlasten"*, sagte die Stimme in
jenovianischem Standard. *„Bitte nennt uns eure Absichten."*

„Ich weiß nicht, ob ihr es schon erfahren habt, aber es gibt keine
neue Regierung auf Galvetor", sagte Jason. „Ich habe auch noch nie
gesehen, dass sechs Kriegsschiffe zur Hilfeleistung eingesetzt werden.
Also ... erklärt bitte, was ihr vorhabt."

Es gab eine lange Pause, während die Eindringlinge zweifellos
versuchten, jemanden auf dem Planeten zu kontaktieren, um zu
überprüfen, was Jason gesagt hatte.

„Wenn wir schon dabei sind", fuhr Jason fort, „wie wäre es,
wenn ihr uns sagt, wer ihr seid und wen ihr repräsentiert."

„Wir sind nicht verpflichtet, diese Fragen zu beantworten", sagte die Stimme nach einem Moment. *„Wir vermuten, dass ihr die rechtmäßige Regierung dieser souveränen Welt unrechtmäßig verdrängt habt und werden Maßnahmen ergreifen, um euch zu entfernen."* Der Kanal schloss sich und sie weigerten sich, ihn nach wiederholten Versuchen von Kage wieder zu öffnen.

„Es sieht so aus, als wollten sie es auf die dumme Art machen", sagte Jason seufzend. „Gib die Zieldaten an unsere Raketen weiter. Um die Fregatte, die wir bereits getroffen haben, werden wir uns danach kümmern."

„Was auch immer sie in Fordix' Plan investiert haben, muss wichtig sein, damit sie ein solches Risiko eingehen", bemerkte Kage. „Die ConFed wird das als Invasion betrachten, es sei denn, es gelingt ihnen, uns zu töten und schnell eine Marionettenregierung zu installieren."

„Ohne die Führung des Ordens wird es nichts nützen", sagte Jason und beobachtete den Timer auf seinem taktischen Display. „Crusher hat wieder das Sagen und die Legionen werden diese Typen in Stücke reißen, sobald landen. Die ganze Sache war ein Kartenhaus, das auf Fordix' Versuch aufgebaut war, die Kriegerklasse zu täuschen."

Als er die Schiffe auf dem Bildschirm auf sich zukommen sah, wurde der ganze Plan in seinem Kopf klarer, aber die eigentliche Motivation blieb ihm verborgen. War Fordix wirklich so ein blinder Idealist? Oder ging es um einen spezifischen Vorteil? Als Pessimist, der er war, ging er davon aus, dass es Letzteres war.

„Oh Scheiße!", rief Kage aus. „Ein neuer Kontakt ist gerade ins System eingedrungen. Er ist sehr groß und sehr schnell."

Jasons Herz sank bei dieser Nachricht. Es waren sieben große Schiffe und er hatte nur fünf große Raketen.

„Hier spricht Captain Kellea Colleren vom Schlachtkreuzer Defiant", meldete sich die vertraute Stimme über den offenen Kanal. *„An die sechs Kriegsschiffe in diesem System: Ihr werdet sofort hierher kommen und euch zu erkennen geben."*

Tatsächlich erkannten die Sensoren den neuen Kontakt als den schnittigen und mächtigen Schlachtkreuzer, der Crisstofs neues Flaggschiff und eines der kampfstärksten Kriegsschiffe in Privatbesitz war. Nur Daltons zahllose Kontakte innerhalb der ConFed und der regionalen Regierungen ermöglichten es ihm, ein solches Schiff zu besitzen, ohne dass er einem anerkannten Militär angehörte.

„Nun, das wird gerade interessant", sagte Kage. „Die ankommende Flotte dreht von dem Planeten ab. Es sieht so aus, als ob sie auf Zeit spielen und versuchen, Abstand zwischen sich und Captain Colleren zu bringen. Wir werden jetzt mehr oder weniger ignoriert."

„In einer solchen Situation ist das das Beste, was ich mir erhoffen konnte", sagte Jason. Während er zusah, befahl Kellea ihrem Schiff, die angreifende Flotte abzuschneiden, und beschleunigte so schnell, dass sie in Zugzwang gerieten. Sie drehten hart von Galvetor weg und begannen, sich voneinander zu trennen, um in den Slipspace überzugehen.

„Verdammt, das Schiff ist schnell", staunte Kage. „Ich bin froh, dass es uns nicht jagt."

„Ich auch", sagte Jason und staunte über die Beschleunigung, die das riesige Schiff erreichen konnte. Ein Schlachtkreuzer war die zweitgrößte Kriegsschiffklasse, wenn man von den Flugzeugträgern absah. Die Tonnage *der Defiant* war größer als die der sechs Schiffe, die sie verfolgte, zusammen. „Wir müssen uns vielleicht bald um ein Antriebs-Upgrade kümmern, wenn so große Schiffe in einer Schwerkraftsenke solche Geschwindigkeiten erreichen."

„Das stimmt."

„Verdammt!", sagte Jason plötzlich. „Schalte die XTX ab! Schnell, bevor die *Defiant* nahe genug ist, um uns zu scannen."

Kage stellte keine Fragen, sondern stürzte nach vorne und begann, die Waffen auszuschalten und in einen Ruhezustand zu versetzen. Er wusste genau, woher sie die sehr teuren und illegalen Waffen hatten. Er wusste auch, dass Jason auf die Frage von Crisstof und Kellea nach der Zerstörung der *Diligent* die Klappe gehalten hatte.

„*Phönix, hier ist die* Defiant", sagte Kellea über einen privaten Kanal. „*Die unmittelbare Bedrohung hat das Gebiet verlassen. Wir werden in der Umlaufbahn über Galvetor in Position gehen und die Lage einschätzen.*"

„Verstanden, *Defiant*", sagte Jason. „Wir treffen euch dort."

„Wenn sie sagt die *Situation einschätzen*, klingt das eher wie *sehen, was ihr dieses Mal angestellt habt*", sagte Kage. Jason zuckte zusammen, beschloss aber zu schweigen.

Kapitel 28

„Darf ich mit dir sprechen, Captain Burke?", fragte Mazer in einem ernsten Ton. Sie liefen zwischen den Truppen, die noch auf Galvetor verblieben waren, während die Fähren kamen und gingen und sie zurück nach Restaria brachten. Zwei Wochen waren seit dem Putschversuch vergangen, und die Nachwirkungen der politischen Neutronenbombe waren immer noch zu spüren. Das System war in völliger Unordnung, aber es hatte auch einen längst überfälligen Dialog zwischen den Bewohnern von Galvetor und der Kriegerklasse auf Restaria eröffnet.

„Natürlich", sagte Jason und wies auf ein Gebiet hin, das nur spärlich bevölkert war. „Was hast du auf dem Herzen?"

„Du hast gehört, dass die Beschränkung, das Galvetor-System zu verlassen, aufgehoben wird?"

„Ich habe davon gehört", sagte Jason vorsichtig. „Glaubst du, dass viele deiner Leute gehen wollen?"

„Darüber wollte ich mit dir sprechen", sagte Mazer. „Es gibt viele von uns, vor allem von der 7. Legion, die sehen wollen, was es da draußen gibt. Es reicht nicht mehr aus, die Abenteuer des Archons aus Geschichten zu verfolgen. Zum ersten Mal bekommen wir die Gelegenheit, es selbst zu sehen."

„Hast du über die Realitäten der Raumfahrt nachgedacht?", fragte Jason. „Die Realität sieht so aus, dass man meistens für längere Zeit in einem engen Schiff herumfliegt, unterbrochen von ein paar heftigen Aktionen auf Planeten."

„Wir sind uns bewusst, was das bedeutet", sagte Mazer geduldig. „Das ist keine Spontanreaktion."

„Wie viele Krieger haben sich dir genähert?", fragte Jason.

„Einhundertzweiundzwanzig", sagte Mazer. „Diese Zahl kann um ein paar Köpfe mehr oder weniger schwanken."

„Verdammt, eine ganze Kompanie von euch", pfiff Jason. Er erkannte die enorme Verantwortung, die er trug. Eine ganze Kompanie galvetischer Krieger wäre in den falschen Händen eine mächtige Waffe. Er musste auch an die Sicherheit und das Wohlergehen der Krieger selbst denken. Er würde sie nicht als Kanonenfutter frei herumlaufen lassen.

„Ich hatte gehofft, dass sich vielleicht ein oder zwei von uns deiner Crew anschließen könnten, Captain", sagte Mazer und unterbrach seine Gedanken. Jason dachte einen Moment darüber nach, aber dann wurde ihm klar, dass eine lose Söldnereinheit wie die Omega Force wahrscheinlich kein guter Ort für ein paar junge, großäugige Krieger wäre, die sich beweisen wollten. Jemand würde wahrscheinlich getötet werden, und er war sich nicht ganz sicher, ob er es nicht selbst sein würde.

„Lass uns das erst mal abwarten", sagte er zu seinem Freund, als ihm eine Idee kam. „Ich rede mit jemandem und melde mich wieder bei dir. Bleib hier in der Gegend, ich werde versuchen, ein Treffen zu arrangieren."

„Wie du es für richtig hältst, Captain", sagte Mazer, salutierte und drehte sich wieder zu seinen Freunden um.

Als Jason durch die Versammlung schritt, bemerkte er, dass die meisten der Krieger ihn nicht nur erkannten, sondern auch salutierten. Er fühlte sich zutiefst geehrt, ihren Respekt verdient zu haben. Lucky und Kage waren vor ein paar Tagen mit der *Phönix* aufgebrochen, um Twingo abzuholen und ihn zur *Defiant zu* bringen, wo er weiter behandelt werden sollte. Das Kampfraumschiff stand immer noch im Hangar des Kampfkreuzers, also ging Jason zu dem dienstbeflissen wirkenden Gelten hinüber und zwang ihn, sich eines der Kampfshuttles auszuleihen, die immer noch auf dem Gelände geparkt waren und zur Unterstützung der Truppenbewegungen eingesetzt wurden.

*****

„Was hältst du von all dem, Captain?", fragte Crisstof. Er und Jason saßen in der Beobachtungslounge der *Defiant* und tranken eine Flasche einer unglaublich teuren Spirituose. Sie hielten ihre übliche Missionsbesprechung ab, die immer dann stattfand, wenn die Omega Force in etwas verwickelt wurde, für das er einfliegen und es mit den örtlichen Regierungen klären musste. „Hat Fordix allein gehandelt?"

„Ich kann wirklich nicht sagen, wie es ist", gab Jason zu. „Meine neu gewonnene Einsicht in den Charakter der Gelten lässt mich glauben, dass es so gewesen sein könnte, aber offensichtlich wurde er von jemandem außerhalb unterstützt. Die ganze Ausrüstung der

Eshquarianer und die sechs Schiffe, die darauf warten, einzugreifen, sobald Galvetor gefallen war, könnten bedeuten, dass er nur eine Marionette war. Oder er hat sie benutzt, um seine eigenen Ziele zu erreichen. Mit anderen Worten: Ich habe keine Ahnung."

„Es ist bedauerlich, dass Lord Felex ihn getötet hat, bevor man das herausfinden konnte", bemerkte Crisstof.

„Das habe ich ihm gesagt", sagte Jason achselzuckend. „Aber wenn er die Kontrolle über die Situation zurückgewinnen wollte, musste er den Legionen beweisen, dass er immer noch würdig war, die Führung zu übernehmen. Jetzt, wo der Orden der Faust des Archons aufgelöst wurde, scheint er sich nicht mehr für die Details zu interessieren."

„Hast du mit ihm über seine Zukunft gesprochen?"

„Nein", sagte Jason mürrisch. „Crusher wird tun, was er tun will ... das war immer die Vereinbarung zwischen uns in Omega. Jeder kann jederzeit gehen. Nach dem Vorfall auf der Erde hätte ich das auch fast getan. Aber egal, wie er sich entscheidet, wir werden weitermachen. Lucky hat eine Spur zu zwei anderen Kampfsynths, die er überzeugen könnte, mitzumachen."

„Die offensichtliche Wahl wäre Mazer", bemerkte Crisstof.

„Das wäre es", sagte Jason, „und er hat darum gebeten. Aber er braucht etwas Erfahrung außerhalb des Lebens in der Legion in einem kontrollierten Umfeld ... und ja, ich weiß, das ist unglaublich heuchlerisch von mir, das zu sagen, angesichts meines eigenen Hintergrunds."

„Das bringt mich zu dem Grund, warum wir überhaupt reden", sagte Crisstof sanft. „Eine ganze Kompanie galvetischer Krieger auf der

Defiant stationiert? Ist das deine Lösung?"

„Sieh mal, sie werden sowieso abhauen", sagte Jason. „Sie könnten genug für ein eigenes Schiff zusammenkratzen und wer weiß, in welche Schwierigkeiten sie sich dann bringen. Oder sie werden von jemandem geschnappt, der sie als Schocktruppen benutzt, um jeden zu terrorisieren, der ihnen nicht gefällt", fuhr er fort.

„So kannst du sie im Auge behalten und hast in der Zwischenzeit die fähigste Marinesoldatengruppe, die der Quadrant je gesehen hat, auf deinem Schiff. Ich glaube wirklich, dass das wichtig ist, Crisstof. Du würdest eine neue Ära für diese Spezies einläuten, wenn du diese Krieger mitnimmst und sie die Galaxie ein wenig kennenlernen lässt, ohne dass sie von ihr ausgenutzt werden."

„Ich fürchte, du bist inzwischen genauso geschickt darin, mich zu manipulieren wie mein Captain", sagte Crisstof reumütig. „Keine Sorge, Jason. Ich habe bereits den Befehl gegeben und ihre Unterkünfte werden auf einem unserer vielen leeren Decks eingerichtet. Sie werden sogar ihre eigenen Trainingseinrichtungen haben."

Jason lehnte sich erleichtert zurück. „Danke", sagte er einfach.

„Also keine Nachricht von der Verwalterin?", fragte Crisstof nach einem weiteren ruhigen Moment.

„Es scheint, dass sie einfach verschwunden ist", sagte Jason. „Kein leichtes Unterfangen auf einem so abgeschotteten Planeten wie Restaria. Ich kann nicht einmal einen eindeutigen Beweis dafür finden, dass sie mit den Legionen nach Galvetor gegangen ist, also muss ich annehmen, dass sie sich entweder auf der anderen Welt versteckt oder einen Fluchtplan hatte."

„Was denkst du, was ihre Rolle war? Außer Crusher außer Gefecht zu setzen."

„Ich glaube nicht, dass das Teil ihres Plans war. Nachdem ich alle Beteiligten befragt habe, glaube ich langsam, dass sie ihre eigenen Ziele verfolgte, während sie mit Fordix zusammenspielte", sagte Jason und nahm noch einen Schluck. „Sie hat Informationen an beide Seiten weitergegeben, um Individuen in die Richtung zu lenken, die sie brauchte."

„Das lässt mehr Fragen offen, als mir lieb ist. Sie könnte für einen anderen Spieler gearbeitet haben, den wir nicht identifizieren konnten, sie könnte versucht haben, Crusher vor Fordix' Plan zu warnen, oder sie könnte Teil eines anderen Plans gewesen sein. Wenn wir an den Diebstahl der *Phönix* und die Angriffe auf meine Crew denken, scheint die dritte Möglichkeit die wahrscheinlichste zu sein."

„Ich dachte, du glaubst, dass die Vorfälle mit deiner Crew und deinem Schiff mit den Machenschaften des Ordens zu tun haben", sagte Crisstof.

„Das habe ich gesagt", gab Jason zu, „aber jetzt bin ich mir nicht mehr ganz sicher."

„Ich bin überzeugt, dass alles zu gegebener Zeit ans Licht kommen wird", sagte Crisstof mit einem leichten Schulterzucken. „Man kann sich verrückt machen, wenn man versucht, Geistern hinterherzujagen, die vielleicht gar nichts bedeuten."

„Du erzählst mir nichts, was ich nicht schon weiß", sagte Jason lachend.

„Ich habe ein böses, unbegründetes Gerücht gehört, dass wir

beim Sprung in das System eine merkwürdige Waffensignatur auf der *Phönix* entdeckt wurde", sagte Crisstof und setzte sein Glas ab. „Ich nahm an, dass es eine Art Anomalie bei unseren Sensoren geben muss."

„Hört sich ganz danach an", sagte Jason, stellte ebenfalls sein Glas ab und stand auf. „Ich würde schnell ein Technikerteam darauf ansetzen. Ungenaue Sensormessungen sind auf einem Raumschiff eine schlechte Nachricht. Wie auch immer, ich werde nach Twingo sehen und dann bin ich zum Abendessen mit dem Captain verabredet. Gute Nacht."

Jason eilte so schnell es der Anstand zuließ aus dem Aufenthaltsraum und übersah dabei das Grinsen des älteren Mannes.

*****

„Du siehst so gut wie neu aus, Kumpel", sagte Jason ausladend. „Wenn überhaupt, sieht das neue Ohr sogar noch besser aus als das ursprüngliche."

Twingo lachte tatsächlich und hielt sich dabei vor Schmerzen die Brust. Er konnte mit Hilfe einer Low-Tech-Lösung, die Jason für ihn angefertigt hatte, alleine gehen: einem Stock.

„Es ist ein gutes Gefühl, wieder auf den Beinen zu sein", gab Twingo zu. „Ein bisschen mehr Ruhe und ich bin bereit, den Schaden, den du an meinen Triebwerken angerichtet hast, wieder rückgängig zu machen."

„Du wirst eine Weile brauchen", gab Jason zu.

Es waren drei Wochen an Bord der *Defiant* vergangen und nun war sein Freund bereit zu gehen. Mazers Krieger waren gerade an Bord gekommen und lebten sich ein. Mazer war in einer von Kellea durchgeführten Zeremonie zum Captain befördert und zum

Kommandanten der Kompanie ernannt worden. Jason hatte ihm auf Wunsch des jüngeren Kriegers seine Rangabzeichen angeheftet. Sie alle trugen neue Uniformen, um zu verdeutlichen, dass sie keine Legionäre mehr waren, sondern Marineinfanteristen auf einem Schlachtkreuzer und unter dem Kommando von Captain Colleren.

„Ich habe gehört, wir haben einen zu wenig", sagte Twingo traurig.

„Ich konnte ihn nicht erreichen", sagte Jason. „Ich weiß, dass er beschäftigt ist, also ist das wohl unsere Antwort. Wir werden es schon schaffen."

„Das tun wir immer", sagte Twingo und schlurfte mit Lucky, der ihm half, in den Frachtraum. Doc und Kage waren bereits an Bord und es gab eigentlich keinen Grund, warum sie nicht abreisen konnten. Jason überlegte, ob er Kellea noch einmal besuchen sollte, aber sie hatten sich bereits verabschiedet und sie war sowieso auf der Brücke. Auch wenn sie sich etwas entspannt hatte, seit er sie kennengelernt hatte, wollte er ihre Autorität nicht durch einen unangekündigten persönlichen Besuch gefährden, während sie als kommandierender Offizier auf der Brücke ihres Schiffes war.

Er blickte über das Hangardeck auf all die Raumjäger, Shuttles und Beiboote, die der Schlachtkreuzer an Bord hatte, und dachte an das Aufwachen mit Kellea an diesem Morgen in ihrem Quartier zurück. Es war das erste Mal, dass sie echte Intimität ausprobierten, und wie sich herausstellte, waren seine Befürchtungen, dass sie körperlich und emotional nicht zusammenpassen würden, unbegründet. Mit ihrem dunklen Teint und den dunklen, nach oben gerichteten Augen hätte sie mit offenem Haar auch als exotisch schöne Menschenfrau durchgehen können. Die leichten Unterschiede in der Form ihrer Ohren und der Kamm, der ihren Nacken hinauflief, waren die einzigen offensichtlichen Anhaltspunkte. Jason entdeckte, dass es die Unterschiede waren, die er am liebenswertesten fand. Er schüttelte lächelnd den Kopf und ging zurück in den Frachtraum. Seine Hand schwebte über den Bedienelementen, um das Schiff zu schließen, als er Schritte hörte, die die Rampe hinaufkamen.

„Was zum Teufel! Du wolltest ohne mich gehen?"

„Ich dachte, du bleibst hier", sagte Jason achselzuckend und verbarg seine Überraschung über das Erscheinen des anderen auf der *Defiant*. „Wir konnten dich nicht erreichen und ich wollte dich nicht in Verlegenheit bringen."

„Ich verstehe", sagte Crusher und sah sichtlich verärgert aus. „Du bewegst Planeten, um Twingo zu finden, kannst aber nicht mit einem Shuttle auf die Oberfläche fliegen, um nach mir zu suchen."

„Du weißt, dass das nicht wahr ist", schoss Jason zurück, während seine eigene Wut aufstieg. Er zwang sich, sich zu beruhigen, bevor er fortfuhr. „Was ist mit deinen eigenen Leuten? Brauchen die dich nicht?"

„Ich bin genau das, was sie nicht brauchen. Nicht mehr", sagte Crusher, und auch seine Laune ließ nach. „Ich werde der letzte der Archonten sein. Galvetor tritt in ein neues Zeitalter ein und die normalen Gelten und Krieger müssen ihren eigenen Weg und neue Traditionen finden."

„Du überlässt sie also einfach dem Schicksal? Ist das nicht ein bisschen gefährlich?"

„Meine letzte Handlung als Archon war es, Morakar als Vertreter der Kriegerklasse im Senat zu ernennen", sagte Crusher.

„Ich wette, darüber war er nicht glücklich", sagte Jason lachend.

„Und genau deshalb war es immer klar, dass er es sein würde", sagte Crusher.

Jason betrachtete die Tasche, die er bei sich hatte, und die abgenutzte Schutzweste, die daran lehnte. Er war offensichtlich mit der Absicht gekommen, bei der Crew zu bleiben.

„Bist du sicher, dass es wieder so werden kann, wie es war?", fragte er. „Es gibt nur einen Captain auf diesem Schiff."

„Meine Arbeit hier ist getan", sagte Crusher, als er seine Sachen aufhob. „Ich bin bereit, nach Hause zu kommen."

Jason klopfte ihm auf die Schulter und betätigte die Steuerung, um das Schiff zu schließen. Die beiden machten sich auf den Weg zur Treppe, die zur Einstiegsluke für die Crew führte.

„Ich kann nicht glauben, dass du mich zurücklassen wolltest."

„Ach, verdammt noch mal, du Riesenbaby ... du hättest nur anrufen müssen, denn das Schiff kann in beide Richtungen fliegen."

Epilog

„Also erzähl mir, was du gefunden hast."

„Als wir ankamen, mussten wir durch einen scheinbaren Einsturz graben, aber das Schiff war nicht da. Alles, was wir fanden, waren Reste von anderen Jepsen-Raumschiffen. Einige waren das gleiche Modell, andere waren nur ähnlich konstruiert."

„Sehr interessant. Was noch?"

„Wir haben bestätigt, dass das Schiff in der Gegend war und in eine Art politischen Aufruhr auf dem Planeten verwickelt war."

„Das folgt einem bestimmten Muster, also wissen wir zumindest, dass es das richtige Schiff war."

„Was hat das alles zu bedeuten? Warum würde jemand all diese Jepsens stehlen und verschrotten?"

„Ist das nicht offensichtlich? Es gibt noch einen anderen Spieler in diesem Spiel. Jemand anderes hat erfahren, was dieses Schiff so besonders macht, aber er ist nicht so gut informiert, dass er genau weiß, welches Schiff es ist. Wo sind sie jetzt?"

„Sie wurden zuletzt gesehen, als sie aus dem Galvetor-System wegflogen. Wir haben sie bald darauf verloren."

„Ich nehme an, du weißt, was zu tun ist?"

„Ja. Wir haben bereits Teams losgeschickt, um sie aufzuspüren. Es sollte nicht lange dauern."

*****

„Bitte! Ich habe alles getan, was du wolltest!"

„Und doch sitze ich hier ohne das, was ich mir am meisten im Universum wünsche. Du hast den Deal verstanden, als wir dich angesprochen haben."

„Aber es war nicht meine Schuld! Ich konnte ja nicht wissen, dass die Crew so schwer zu kontrollieren ist."

„Ah ... aber wir haben dich gewarnt, Connimon. Ich glaube, ich habe dich ausdrücklich darauf hingewiesen, dass du in ihrer Nähe sehr vorsichtig sein solltest. Aber ich tröste mich mit der Tatsache, dass keiner von uns das bekommt, was er wollte: Galvetor und Restaria sind gerade dabei, neue Abkommen zu unterzeichnen und eine neue Beziehung aufzubauen. Eure kleine Revolution ist vorbei, also werdet ihr unsere Flotte sowieso nicht brauchen."

„Da wir beide verloren haben, kann ich einfach gehen und wir können diesen ganzen unangenehmen Vorfall hinter uns lassen?"

„Oh, nein", kicherte die Stimme humorlos. „Es tut mir leid, meine Liebe, aber das ist rein geschäftlich."

Ein Schuss flackerte aus einer Blasterpistole im abgedunkelten

Frachtraum und der Körper der Verwalterin sackte zu Boden.

„Schreckliche Biester", murmelte der Angreifer, bevor er zur Sprechanlage ging. „Schick jemanden runter, der das alles aufräumt, und sag mir Bescheid, wenn wir gehen können. Ich will so schnell wie möglich von Restaria weg."

„Der Schlachtkreuzer und das Kampfraumschiff sind beide vor einer Stunde in den Slipspace gewechselt. Es gibt keinen Hinweis darauf, dass sie unser Tarnfeld durchdringen konnten."

„Sobald der Laderaum gesäubert ist, kannst du starten. Ich werde in meinem Quartier sein und mir überlegen, wie ich *ihm* die schlechte Nachricht überbringen kann. "

Vielen Dank, dass Sie
Rückkehr des Archons gelesen haben.

Wenn Ihnen das Buch gefallen hat, wird die Geschichte hier fortgesetzt:

Das Geheimnis der Phönix, Buch Sechs der Omega Force-Serie.

Und sehen Sie sich auch Joshua Dalzelles andere actiongeladene militärische Science-Fiction-Serie an: *Die Saga Der Schwarzen Flotte.*

SO BLEIBEN WIR IN VERBINDUNG!

Abonnieren Sie meinen Newsletter, um über Neuerscheinungen, exklusive Inhalte und Sonderangebote informiert zu werden:

fiendspublishing.de/newsletter

Erhalten Sie frühen Zugang, um Übersetzungen einiger der führenden SF-Titel zu bewerten. Für unser Beta Team anmelden:

fiendspublishing.de/beta-team

Verbinden Sie sich auch mit mir auf Facebook:

facebook.com/fiendspublishingde

Auf der Suche nach weiteren tollen SF-Romanen?

Eine gescheiterte Mission ... bei der Unschuldige starben … Wenn Sie militärische Science Fiction der großen Autoren der Vergangenheit und Gegenwart mögen, werden Sie von dem Buch Genesis: Erste Kolonie begeistert sein, mit dem eine neue militärische SF-Serie beginnt. Finden Sie heraus, warum Hunderttausende von Lesern von Ken Lozitos Erste-Kolonie-Serie fasziniert sind!

Beginnen Sie die Erste-Kolonie-Serie noch heute!

Der Erstkontakt ist schiefgelaufen ... Verpassen Sie nicht diese dramatische Serie von Amazon-Bestsellerautor Rick Partlow. Das ist militärische Science Fiction, so wie sie sein soll. Perfekt für Fans von Joshua Tree, Brandon Q. Morris und Phillip P. Peterson.

Beginnen Sie die Heiliger-Krieg-Serie noch heute!

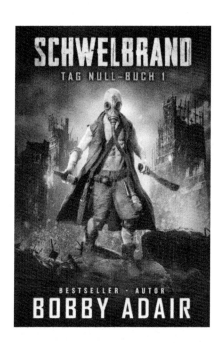

Schwelbrand ist die enorm populäre Zombie-Serie von Bobby Adair – rasant und voller Action. Niemand hatte erwartet, dass sich das Virus ausbreiten würde. Niemand hatte sich auf den Kollaps der Städte vorbereitet. Wer überleben wollte, musste kämpfen.

Beginnen Sie die Schwelbrand-Serie noch heute!

Von Joshua Dalzelle, dem Autor der Bestseller-Serie „Omega Force",
kommt eine ganz neue Zukunftsvision für die Menschheit.

Erleben Sie den vielversprechenden Beginn einer epischen
militärischen SF-Trilogie und sehen Sie, wie sich die Welt in naher
Zukunft entwickeln könnte.

Beginnen Sie die Saga der Schwarzen Flotte noch heute!

Auf der Suche nach weiteren tollen LitRPG-Romanen?

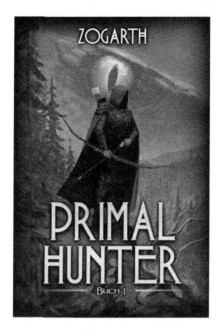

Erleben Sie eine apokalyptische LitRPG-Serie von Zogarth mit Levels, Klassen, Berufen, Fähigkeiten, Dungeons, Beute und all den großartigen Eigenschaften der Progression-Fantasy und des LitRPG-Genres, die Sie erwarten. Folgen Sie Jake, während er dieses neue riesige Multiversum voller Herausforderungen und Chancen erkundet. Er gewinnt an Macht und verwandelt sich langsam von einem gelangweilten Büroangestellten zu einem wahren Spitzenjäger.

Beginnen Sie die Serie Primal Hunter noch heute!

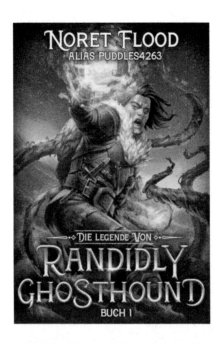

Den Beginn dieser LitRPG-Fantasy-Hitserie von Noret Flood mit mehr als 50 Millionen Views auf Royal Road sollte man nicht verpassen! Genießen Sie diese besondere Variante der LitRPG/GameLit, bei der Skillwachstum und das Pfadsystem Einzelpersonen ermöglichen, ihr Wachstum unendlich individuell anzupassen. Es gibt Klassen, Skills, Level und seltene Objekte, mit denen alle Fans von RPGs vertraut sind.

Beginnen Sie die Serie Die Legende von Randidly Ghosthound noch heute!

Dies ist eine Mischung aus LitRPG und Xianxia. Es ist wie ein Auto, das wie ein LitRPG mit Dungeons und Skills wirkt, aber das Innere und der Motor sind typisch Xianxia. Es verfügt über ein Magiesystem und ein Aufstiegssystem, die logisch und in sich stimmig sind, sowie über realistische Kampfszenen und einen vernünftigen Hauptcharakter.

Beginnen Sie die Serie Der Pfad des Aufstiegs noch heute!

Printed in Great Britain
by Amazon

40429953R00219